# La Série de Novella Obsessed

*Livres 1-5*

## The Obsessed Novella Collection

## Jeanne St. James

*Traduction par*
Marion McGuinness/ Valentin Translation

**Crédits :**
Couverture - français : Golden Czermak at FuriousFotog
Traduction de l'anglais au français: Marion McGuinness/Valentin Translation

www.jeannestjames.com

Inscrivez-vous à ma lettre d'information pour recevoir des informations privilégiées, des nouvelles d'auteurs et des nouveautés: www.jeannestjames.com/newslettersignup

---

Pour ne rien rater de ses actualités et de ses parutions, consultez son site web www.jeannestjames.com ou inscrivez-vous à sa newsletter (Seulement en anglais) : http://www.jeannestjames.com/newslettersignup

Liens d'auteur : Instagram * Facebook * Goodreads Author Page * Newsletter * Jeanne's Readers Group * BookBub * TikTok * YouTube

# Chapitre Un

*Il s'appelle Kane.*
*Je l'aimerai pour toujours.*
*Seulement, il ne le sait pas encore...*

SI JE CONNAIS SON PRÉNOM, c'est uniquement parce que chaque matin, quand il s'arrête au café pour commander son café allongé sans sucre, la barista crie « Kane, avec un K ! »

Chaque. Matin. Sans exception.

Je présume que la serveuse le fait exprès. Peut-être dans l'espoir de lui arracher un sourire. Mais il ne sourit jamais. Son expression ne varie jamais. Il semble perpétuellement bloqué en mode sérieux. Il prend juste son café, balance de l'argent dans le bocal à pourboires, se retourne et s'en va.

C'est peut-être un homme important. Un homme occupé. Un homme avec beaucoup de responsabilités sur ses larges épaules. Peut-être que son esprit est tout à ce qu'il doit accomplir dans la journée.

Mais il ne dévie jamais de sa routine. Un café noir allongé. Sans crème. Sans sucre. Aucune pâtisserie.

Pas une seule fois depuis que je l'ai remarqué.

Je fais rarement attention aux allées et venues des clients, car les matinées sont généralement très intenses. Je reste assise dans mon coin, mon ordinateur portable ouvert devant moi, mon cerveau bouillonnant d'idées. Ou pas.

Parfois, je souffre du syndrome de la page blanche. Dans ces moments-là, mon cerveau semble éteint et déserté. Il n'y a personne dans les étages. J'en souffrais le premier matin où je l'ai remarqué. Pendant ces périodes, je regarde au loin, dans le vide, tout en fouillant au fond de mon esprit. À la recherche de... quelque chose. N'importe quoi. Priant pour que quelques mots inspirants viennent stimuler ma créativité.

La porte d'entrée avec son délicat tintement n'attire généralement jamais mon attention. Jusqu'à ce jour. Le jour où j'ai fixé la porte sans réfléchir, sans prêter attention à l'afflux de clients.

Jusqu'à lui.

Il est grand. Et large. Pas gros, non. De puissants muscles se dessinent sous sa chemise lorsqu'il pousse la porte et entre. Ses cheveux bruns sont très courts sur les côtés, juste un peu plus longs sur le dessus. Une coupe de cheveux sérieuse. Comme lui... Aucun sens de la fête.

Sa chemise parfaitement repassée, d'un violet profond, est soigneusement rentrée dans son pantalon noir. Sa ceinture en cuir noir est fermée par une simple boucle en or.

Ses sourcils paraissent foncés et imposants au-dessus de ses yeux qui me font tressaillir. Si clairs que je ne saurais dire s'ils sont gris ou bleus. Une chose est sûre, ils contrastent follement avec son teint mat.

Son unique accessoire visible est une montre, à son poignet. Même de là où je suis assise, je devine sa valeur. Un modèle que je ne pourrais jamais m'offrir, et dont je ne connaîtrais probablement jamais la marque. Mais elle respire le luxe.

Ses jambes sont longues et indéniablement robustes, ce qui lui donne une démarche assurée lorsqu'il se dirige vers le comptoir.

Pourquoi s'arrête-t-il ici pour un simple café ? Je suis sûre qu'il pourrait se payer une cafetière. Ce n'est pas bien compliqué : du café moulu, un filtre, et de l'eau. On appuie sur le bouton, on attend, et voilà...

Ah, peut-être qu'il n'aime pas attendre. Mais est-ce vraiment plus rapide de s'arrêter ici chaque matin ?

Peut-être qu'il n'aime pas nettoyer derrière lui. Enfin, après l'avoir bien étudié, mon instinct me dit qu'il peut se permettre de faire appel à quelqu'un pour s'occuper de sa vaisselle sale. Peut-être même qu'il vit avec une personne disposée à le faire. Une épouse. Un époux.

Une *amante*...

Peu importe le motif de son passage matinal, car dès que je le remarque, je ne peux plus le quitter des yeux. Je ne peux plus me concentrer.

Je regarde ses lèvres bouger quand il passe commande. J'attends que les commissures de ses lèvres se relèvent lorsqu'il s'adresse à la barista. En vain. Aucun plissement des yeux, aucun sourire, pas même un hochement de tête indiquant qu'il parle à un autre humain.

Rien.

Il ne sort pas une seule fois son téléphone portable en attendant sa boisson. Je ne l'ai même jamais vu en tenir un à la main.

Il serait bien le genre à trouver impoli d'être au téléphone au lieu de donner toute son attention à la personne qui le sert. Même si cette attention est froide et insensible.

Il est constant, et il vient toujours seul.

Un jour, je passe de ma table habituelle dans le coin à une table d'où je peux voir sa main gauche. Son annulaire semble nu. Évidemment, ça ne prouve pas qu'il ne soit pas marié. Ou dans une relation sérieuse. Beaucoup d'hommes ne portent pas d'alliance.

Je l'observe tous les jours. J'apprends sa façon de bouger, je sais qu'il est droitier, qu'il fait quinze pas jusqu'au comptoir. Qu'il vérifie toujours que le couvercle de son café est bien en place avant de pivoter pour sortir.

Je suis devenue le chien de Pavlov. Quand le carillon retentit à 8 h 02 tous les matins, je dois lever les yeux. Je ne peux pas m'en empêcher, même si j'essaie de toutes mes forces.

Quand je le vois passer la porte, je commence à fantasmer sur lui. Comment serait-il nu ? Comment son visage se déformerait-il pendant l'orgasme ? La sensation de ses doigts au fond de moi, me caressant profondément, me laissant mouillée.

Comment son baiser serait sérieux quand il écraserait ses lèvres contre les miennes ?

Je ne peux pas me dérober à mes pensées. Mes désirs. Mes fantasmes de culotte trempée.

Je songe à changer de café, car c'est en train de virer à l'obsession.

Je veux le toucher. Je veux le voir sourire. Je veux le faire rire.

J'imagine qu'il lui manque quelque chose. Par exemple, moi. Je peux résoudre tous ses problèmes. Je peux lisser son front quand il se fronce à cause d'une surcharge de travail. Je peux l'embrasser pour évacuer sa tension. Je peux lui murmurer des mots apaisants à l'oreille pour le distraire de toutes les tâches importantes dont il est responsable.

Le seul point positif de mon obsession, c'est qu'elle m'aide à écrire. Une fois que le carillon s'est tu et que la porte se referme derrière lui, mes doigts courent sur le clavier. Je ne souffre plus d'aucun blocage créatif. Les fantasmes se succèdent dans mon esprit, et je serre les cuisses l'une contre l'autre jusqu'à en avoir mal lorsque les mots se déversent sur l'écran.

Il est ma muse.

Mon inspiration.

Sa peau est très mate, mais je ne l'imagine pas se prélasser au bord d'une piscine. Il semble trop puissant pour une telle oisiveté. Ou trop impatient. Il n'a probablement pas le temps de s'amuser. Pour lui, vivre, c'est agir.

Donc, ce n'est pas du bronzage. Non, son teint semble naturel. Ses origines sont à l'origine de sa carnation. Sombre. Taciturne. Intense. Sa lignée recèle des secrets bien éloignés de l'Amérique moyenne. Même si sur son permis de conduire, il est considéré comme Caucasien, son arbre généalogique affirmerait le contraire.

Kane avec un K m'intrigue.

Je ne fais plus jamais de grasse matinée, sans même avoir besoin de mettre mon réveil. Mes yeux s'ouvrent tous les jours de la semaine à la même heure, ma tête est déjà tout entière tournée vers lui. Je m'assure d'être au café, à ma place habituelle avec mon ordinateur portable ouvert, mon thé chai fraîchement infusé et bien chaud devant moi à 7 h 50. Juste au cas où il serait en avance.

Il ne l'est jamais. Il est réglé comme une horloge. Il a une routine, et s'y tient.

Chaque. Matin. Sans exception.

Je veux connaître son nom de famille. Ce qu'il fait dans la vie. Le genre de voiture qu'il conduit. Est-ce qu'il vient au café à pied ? Est-ce qu'il habite ou travaille dans le coin ?

Quand le carillon retentit, je lève la tête. Mes yeux redescendent rapidement vers l'heure dans le coin de mon écran : 8 h 02. Puis je les repose sur lui.

Aujourd'hui, il porte une veste par-dessus sa chemise bleue claire, et cette couleur fait ressortir celle de ses yeux. Sa cravate bleu foncé à motifs est parfaitement nouée, avec soin, tout contre son col. Ses manchettes dépassent de la veste jusqu'à ses mains. La longueur appropriée pour un homme qui sait s'habiller. Ses boutons de manchette en or scintillent au rythme des mouvements de ses bras.

Il est tellement trop bien pour moi qu'il ne jette jamais, jamais, un regard dans ma direction. Pas une seule fois.

Je ne comprends pas comment il ne ressent pas la chaleur de mon regard, la nature obscène et érotique de mes pensées.

Comment peut-il ignorer que je le déshabille ?

Chaque. Matin. Sans exception.

Il doit patienter ce matin. Deux personnes sont devant lui dans la file, et leurs commandes sont bien plus complexes que son habituel café noir allongé. Et le personnel est en sous-effectif. Son regard perçant balaie l'espace derrière le comptoir avant de saisir la situation. Il lève le bras et vérifie sa montre.

Il tape du pied. Probablement d'impatience, pas de la nervosité. Il pivote et examine la salle. Pour une fois, il remarque qu'il y a d'autres clients et d'autres éléments dans le café que lui, la serveuse et son grand café noir.

Je le sens, même s'il n'est pas tout près de moi, même s'il ne me touche pas.

À chacune de ses respirations, je perçois un léger mouvement de l'air. Je remarque chaque clignement de ses yeux. Ses longs cils noirs s'ouvrent et se ferment comme deux éventails chinois.

Puis son regard se pose sur moi. Au lieu de glisser vers une autre cible, il s'arrête. Il se fige. Cet homme me fixe. Peut-être parce que je le fixe aussi. Peut-être parce que ma bouche s'ouvre et que je respire plus difficilement que de coutume.

Je me trémousse maladroitement sur la chaise en bois dur tandis que la chaleur me monte aux joues, et je suis mortifiée de ne pas réussir à détacher mon regard du sien.

Ses paupières se plissent et ses sourcils se froncent, assombrissant encore plus ses yeux. Ils me rappellent un océan agité et non un la paisible mer des Caraïbes.

Mon cœur bat la chamade à mesure qu'il étudie mes cheveux. Je lutte pour ne pas y passer la main en espérant être bien coiffée... parce que ce n'est souvent pas le cas. Je jure intérieurement quand son regard se pose sur ma bouche. Je me lèche les lèvres avant de fermer ma mâchoire, manquant de peu de me mordre la langue. L'inspection qu'il fait de moi est lente et minutieuse. Il passe en revue mon cou, puis son regard descend encore.

Je suis contente d'avoir enfilé un pull en cachemire à col en V ce matin et pas un vieux sweat-shirt. Jamais, dans mes rêves les plus fous, je n'aurais pensé qu'il me remarquerait.

Jamais.

Ses yeux se promènent doucement vers mon décolleté et

s'arrêtent à nouveau. Une seconde, deux secondes, trois secondes. Le sang me monte à la tête, et je ne sais plus où me mettre. La chaleur s'accumule entre mes jambes et je me tortille sur mon siège.

Mon Dieu, rien que son regard me donne envie de jouir. Mon intimité palpite et j'ai envie de me toucher.

Tous ces fantasmes.

Si seulement il savait.

Il rirait probablement et penserait que je suis idiote. Qu'il est beaucoup trop bien pour moi ! Il n'accepterait jamais de fréquenter quelqu'un comme moi.

Mais je veux qu'il me touche. Je veux que ses doigts fouillent mes cheveux, qu'il me tire la tête en arrière. Je veux sentir ses lèvres, ses dents, le long de la puissante pulsation dans mon cou. Je veux qu'il caresse de ses pouces mes tétons durcis.

Je me sens étourdie et je me rends compte que j'ai arrêté de respirer. Je suis en train d'attendre. J'attends qu'il fasse un geste. Qu'il m'attrape la main, m'entraîne vers la porte, vers sa maison, sa voiture, son bureau, où il pourrait me baiser minutieusement et intensément jusqu'à me faire exploser en mille éclats.

Je veux grimper sur ses genoux et m'empaler sur sa queue, le chevaucher jusqu'à en être toute humide, en sueur, et me cramponner à sa peau du bout des ongles. Je veux sentir ses dents le long du galbe sensible de mes seins.

*Je veux.*

*Je veux.*

*Je veux qu'il me touche.*

*J'ai besoin qu'il me touche.*

*J'ai besoin de ses doigts, de sa queue dure, en moi.*

*Et je suis aussi impatiente que lui.*

*J'en ai besoin maintenant.*

*Je le veux maintenant.*

*Maintenant !*

Je crie en silence. Une voix que je ne reconnais pas comme étant la mienne hurle : « Touche-moi, bordel ! Touche-moi ! »

Je me rends alors compte que tous les clients ont les yeux rivés sur moi. Ces mots, cette supplication, n'ont pas été criés silencieusement dans ma tête.

Non.

J'ai prononcé ces mots à haute voix. Ma gorge éraillée en est la preuve flagrante.

Je repousse ma chaise qui grince avant de tomber par terre en fracas. J'attrape mon ordinateur portable, et je le referme brusquement. Je le glisse sous mon bras et me précipite hors du café.

Je laisse ma dignité derrière moi avec mon chai latte.

Mes joues sont encore brûlantes, mon cœur bat à tout rompre, mon estomac se noue. Je suis sur le point de vomir.

Je pousse la porte d'entrée et inspire une bouffée d'air frais, m'obligeant à bien gonfler mes poumons. J'inspire par les narines, j'expire par la bouche. Lentement, régulièrement. Je dois garder le rythme jusqu'à ce que la nausée disparaisse.

Le dos tourné vers la devanture du café, je fais face aux voitures qui défilent à toute vitesse, et dont les occupants ignorent tout de mon récent accès de folie. Ils ne savent pas à quel point j'ai eu l'air d'une folle en suppliant un homme, un parfait inconnu, dans le café derrière moi.

Mais moi, je le sais.

Et lui, il le sait.

Je dois m'éloigner avant que la porte ne s'ouvre, que le carillon ne retentisse et qu'il ne sorte sur le trottoir. Que nous serions contraints de partager.

Parce que pour l'instant, l'idée de partager quoi que ce soit avec lui est insupportable.

Je force mes pieds à bouger, mes jambes à fonctionner. J'avance sans réfléchir. Un pas après l'autre.

Puis un klaxon de voiture résonne, m'extirpant de ma torpeur. Et, tout à coup, je ne suis plus qu'une poupée de chiffon.

# Chapitre Deux

Des doigts longs et forts me saisissent fermement le bras, me forçant à reculer sur le trottoir. Ma tête dodeline d'avant en arrière comme un de ces chiens en plastique sur la lunette arrière des voitures. Une montée d'adrénaline me retourne l'estomac, et mon cœur rate un battement.

— Attention !

Sa voix est basse, douce, comme du miel chaud. Mais elle est déterminée, celle d'un homme qui prend les choses en main.

Je ne me suis pas encore retournée.

Pas encore.

Je ne peux pas lui faire face. Même s'il envahit mon espace personnel.

— Tu vas bien ?

Je sens qu'il m'inspecte pour s'assurer que je suis indemne.

Comme je ne réponds pas, il continue :

— Écoute. Je peux t'offrir un café ? J'ai remarqué que tu as oublié le tien.

Un autre exemple de mon profond dysfonctionnement.

Je suis incapable de lui répondre, alors je hoche simplement la tête. Je me ressaisis aussitôt et incline ma tête vers le café derrière nous et retrouve enfin ma voix.

— Pas là.

Je suis tellement humiliée que je doute de pouvoir retourner un jour dans mon repère matinal préféré.

— Non. Pas là, approuve-t-il dans un gloussement.

Son rire résonne, grave et profond comme sa voix, et me donne des frissons. Je ne doute pas que sa voix seule pourrait me faire fondre en une flaque à ses pieds. Les bruits amusés qui s'échappent de lui m'affectent plus que je ne pourrais jamais l'imaginer.

Et qui aurait cru qu'il pouvait même esquisser un sourire, sans même parler de rire.

Étrangement, je ne lui ai pas encore fait face. Je semble figée sur place.

— Merci de m'avoir retenue… hésité-je, et il répond à ma question non formulée.

— Kane.

Tout mon être connaît son prénom. Je l'entends chaque matin quand la serveuse le crie. J'acquiesce et me retourne lentement, me libérant de son emprise sur mon bras.

— Kane, répété-je, et le mot coule sur ma langue.

Je réalise que je n'ai jamais prononcé son nom à haute voix auparavant. Même après toutes ces semaines passées à l'étudier tandis qu'il attendait son café. Ce prénom lui va bien.

Il me dévisage, une question dans les yeux. Mais il ne demande pas.

— Lila.

Un prénom délicat pour une femme qui ne l'est pas.

— Ravi de te rencontrer, Lila.

Mon nom sur ses lèvres me fait l'effet d'un caramel qu'il sucerait. Sucré, collant. Mes orteils se recroquevillent et mes doigts se serrent en poings.

— Alors, un café ?

— Oui.

— Je connais l'endroit parfait.

Oh, moi aussi… Son lit.

Je secoue la tête, les paupières closes, m'efforçant de chasser de mon esprit ces images de débauche.

— Tu es sûre que ça va ?

Cet homme qui n'a jamais montré la moindre émotion pendant toutes les minutes passées à l'observer manifeste soudain de l'intérêt pour une parfaite inconnue ?

Et ça me frappe alors. Kane avec un K est aussi un inconnu. Je ne devrais pas le suivre où que ce soit, non ?

Il s'éclaircit la voix tandis que je le dévisage.

— Si tu ne veux pas y aller...

Bien sûr, j'irai avec lui. Parce qu'il n'y a pas d'autre endroit où j'aimerais être que chez Kane avec un K.

S'il se révèle être un tueur en série dérangé, j'espère que j'apprendrai de mes erreurs. Je renâcle bruyamment.

Il hausse les sourcils et me sonde au plus profond de mon âme.

— Allons-y, balbutié-je finalement, avant de me maudire en silence.

Ses sourcils se détendent et les petites rides au coin de ses yeux incroyables se creusent. Si je ne le connaissais pas mieux, je pourrais penser que c'est une sorte de sourire. Ou un regard satisfait.

Il m'attrape le coude et me guide trois voitures plus loin, s'arrêtant devant une berline Mercedes garée contre le trottoir, entièrement noire. La peinture, les fenêtres, les roues. Elle en jette. Et elle a l'air très chère.

Il sort une clé électronique de sa poche et m'ouvre la portière comme un parfait gentleman. Je suppose que je ne devrais pas en attendre moins de lui. Je me glisse sur le siège passager en cuir gris foncé et avant que je ne puisse le remercier, il referme la portière. Le silence qui règne dans la voiture tandis qu'il en fait le tour jusqu'au côté conducteur me donne l'impression de me trouver dans une sorte de cocon luxueux et hermétique. J'arrête de caresser le siège en cuir souple quand il ouvre de son côté.

Bon sang, je ne peux même pas m'offrir une voiture. Depuis que j'ai quitté mon emploi pour écrire à plein temps, je dois faire bon usage de mes deux pieds, et profiter des transports en commun.

Mais je suis globalement bien plus heureuse. L'inconvénient, c'est que je me sens plutôt seule ces derniers temps, car l'écriture est bien souvent synonyme d'isolement.

Je jette un coup d'œil furtif à l'homme derrière le volant. Il ne se sent probablement jamais seul. Au contraire, il apprécie probablement ses moments de solitude.

Je me tourne vers l'avant pour deviner la direction qu'il prend. À mesure que les plaques de rues défilent, je réalise qu'il se dirige vers l'ouest. Vers une zone de la ville moins malfamée.

Sans surprise.

— Alors, à qui criais-tu tout à l'heure ?

Il ne sait pas. Ou peut-être qu'il est poli et fait semblant de ne pas savoir. Dans tous les cas...

— Je suis écrivaine. Mes personnages ont des conversations dans ma tête tout le temps.

Il hausse un sourcil, mais reste concentré sur la route. C'est l'heure de pointe du matin, et les rues sont bondées.

— En général, je garde mes idées pour moi, lui assuré-je.

Un sourire s'esquisse sur son visage. Il me jette un rapide regard en biais, comme pour dire qu'il ne me croit pas.

Donc, il sait.

Le rouge me remonte au visage, et j'essaie de changer de sujet.

— Où va-t-on ?

— On est bientôt arrivés.

Ce n'est pas une réponse, mais je tourne la tête pour regarder par la fenêtre côté passager. Les commerces ont cédé la place à des habitations. Certaines sont grandes et majestueuses, d'autres plus modestes et bien entretenues. Les rues sont bordées d'arbres et exemptes de déchets. Plus chic que là où se trouve mon appartement. Juste un peu.

— Tu n'es pas censé aller quelque part ? demandé-je.

Il n'est probablement jamais en retard au travail.

— Si.

— Et où est-ce ?

J'étudie son profil. Comme la circulation est moins dense dans la partie résidentielle de la ville, il s'autorise à tourner la tête pour me regarder.

Non, ce n'est pas un regard, il promène ses yeux sur mon visage. Je m'efforce de garder une expression neutre ; je ne veux pas qu'il sache à quel point il me perturbe.

Mais ça ne manque pas – mes tétons durcissent sous ses yeux et je serre les cuisses l'une contre l'autre tandis que le manque entre elles grandit.

Je crains qu'il soit capable de me faire jouir d'un simple coup d'œil.

Il se concentre à nouveau sur la route et, presque aussitôt, engage sa grosse Mercedes dans une allée, avant de pénétrer dans un garage prévu pour trois voitures. Tandis que la porte du garage se referme derrière nous, je ne sais pas trop quoi faire. Je me trouve maintenant dans la voiture d'un inconnu, dans le garage d'un inconnu, dans la propriété d'un inconnu. Et personne... personne ne sait où je suis.

*Bien joué, Lila. Tu finiras peut-être par être en plat avec des fèves, ou bien ta peau servira de manteau. Mais il est sexy, non ?*

— Je... Euh...

Il n'attend pas que je finisse de balbutier mes inquiétudes. Il sort simplement de la voiture et passe de mon côté, ouvre ma portière et me tend une main.

*Vous voyez ? Un vrai gentleman.* Quel tueur en série aurait d'aussi bonnes manières ?

Putain. Probablement la plupart d'entre eux.

Mes doigts se crispent sur l'ordinateur portable que je tiens contre moi, et je fixe sa main tendue.

Ses doigts semblent longs, foncés et soigneusement manucurés. Tout à fait aptes à m'étrangler. Pourquoi avoir jugé intelligent d'aller prendre un café avec lui ?

— Laisse-moi t'aider, Lila. Prends ma main.

Un ordre poli.

Eh bien, quand il le dit comme ça... D'accord.

Je libère une main cramponnée à mon ordinateur et je le laisse la prendre pour m'aider à sortir du véhicule. Alors qu'il referme la portière derrière moi, je me retourne et aperçois deux autres véhicules dans le garage. L'un ressemble à une vieille voiture des années soixante. Et l'autre n'est pas du tout une voiture. La moto, entièrement noire comme la Benz, semble très puissante, et le symbole qui figure sur le côté est celui de BMW.

Cet homme aime la vitesse. La précision. Le luxe.

Tout ce que je ne représente pas.

Je suis une écrivaine sans le sou qui fait de son mieux pour joindre les deux bouts et qui a même du mal à payer son loyer. Je ne peux pas m'offrir une manucure, ni de vêtements onéreux et encore moins de rendez-vous réguliers chez le coiffeur... ni même une Ford Escort 1988.

Mais en revanche, je suis une femme déterminée. Et j'ai toujours été disposée à travailler dur.

Alors qu'il me conduit par une porte vers ce que je ne peux que supposer être sa maison, je suis déterminée à ne pas être victime d'un meurtre aujourd'hui.

La main qui enveloppe la mienne est chaude, douce et immense, engloutissant la mienne. Maintenant que je suis à côté de lui, je remarque à quel point il est grand. Moi, au contraire, je ne suis pas bien grande du tout. Je ne dépasse le mètre soixante que de quelques millimètres. Il doit bien faire trente centimètres de plus que moi. Peut-être pas tout à fait, mais pas loin. Peut-être un mètre quatre-vingt-cinq, voire quatre-vingt-huit.

Je jette un coup d'œil vers le sol pendant que nous marchons. Ses chaussures de ville brillent, son pantalon est d'une longueur parfaite. Cet homme n'achète pas ses costumes en prêt-à-porter. Non, monsieur.

Nous empruntons un long couloir carrelé et débouchons sur une grande cuisine ouverte. Encore du carrelage, des couleurs neutres, une propreté impeccable.

Et, ô surprise : une cafetière est posée sur le comptoir, dans un coin, sous un placard. J'ai soudain envie de passer un doigt dessus pour vérifier qu'il n'y a pas de poussière. Je ne le fais pas parce qu'il me libère et pose une main dans le bas de mon dos.

Le pull que je porte est fin et je sens la chaleur de sa paume sur ma peau. Je me retiens de frissonner – mes tétons sont déjà bien assez durs.

Il me guide vers un tabouret situé au milieu de l'îlot et me prie de « prendre place ».

Je m'exécute et le suis des yeux tandis qu'il enlève sa veste de costume. J'ai l'impression de regarder un film porno lorsqu'elle glisse sur ses larges épaules et le long de ses bras. Je ne peux détacher mon regard lorsqu'il la plie soigneusement en deux et la pose sur le dossier d'une chaise à la table de la cuisine.

— Je suppose que tu vis ici.

Il passe une main sur sa veste pliée avant de se retourner, avec un petit sourire narquois.

— Non, je n'ai aucune idée de qui vit ici. Je me suis dit qu'on pourrait emprunter leur cafetière.

Oh, monsieur a le sens de l'humour. J'aime bien ça.

Je l'aime bien lui.

Après l'avoir vu au café, je n'aurais jamais pensé que ce type avait une personnalité, quelle qu'elle soit.

— Tu es donc un excellent cambrioleur, puisque tu as même mémorisé le code de l'alarme.

— Je n'oublie rien.

Drôle de réponse. Mais bon...

— Comme toi.

Mon regard plonge dans le sien. Ses incroyables yeux bleus sont d'une couleur si étrange compte tenu de son teint.

— Qu'est-ce que tu veux dire ?

Il ignore ma question et traverse la cuisine pour sortir un

paquet de café du congélateur. Pendant qu'il règle la cafetière, le dos tourné, il me demande :

— Tu as faim ? Tu veux manger quelque chose avec ton café ?

— Tu cuisines ?

— Juste ce qu'il faut pour ne pas mourir de faim. Qu'est-ce qui te ferait envie ?

Je secoue la tête, mais comprends qu'il ne me regarde pas.

— Je n'ai pas faim, mais merci.

Il me jette un coup d'œil par-dessus son épaule.

— Tu es sûre ?

— Oui, merci.

Je n'ai pas faim, *mais* je suis curieuse, et reprends :

— Pourquoi passes-tu tous les jours au café si tu as une cafetière chez toi ?

Il appuie sur le bouton pour allumer l'appareil haut de gamme et se tourne vers moi, s'appuyant au comptoir. Ses yeux me balaient une nouvelle fois, si bien que j'ai envie de frissonner.

— À cause de toi.

Je fronce les sourcils, car je ne comprends toujours pas en quoi le fait qu'il s'arrête tous les jours prendre un café a un rapport avec moi.

— De moi ?

Il s'écarte du comptoir et s'approche. Je l'observe comme un lion traquant sa proie. Cette fois, je ne peux pas contenir le frisson qui me parcourt l'échine.

Il se penche en avant et je retiens mon souffle en pensant qu'il va m'attraper, mais non, il saisit le dossier du tabouret et le fait pivoter pour me tourner entièrement vers lui. Un pas de plus et mes jambes se retrouvent coincées entre les siennes.

Il me dévisage et je ne peux détacher mon regard du sien. Je suis piégée. Figée. Comme un cerf dans les phares d'une voiture au milieu d'une route, incapable d'éviter le choc qui s'annonce.

— Lila. J'y vais tous les jours pour te voir, toi.

Il ment. C'est obligé, il ment. Pas une seule fois il n'a regardé dans ma direction depuis que je l'ai remarqué. Il doit inventer cette histoire au fil de notre conversation.

— Je ne te crois pas, murmuré-je.

Mon regard se pose sur ses lèvres joliment dessinées lorsqu'il dit :

— C'est pourtant la vérité.

Je passe la langue sur mes propres lèvres, car je me sens soudain déshydratée. Le mouvement ne lui échappe pas et il fixe ma bouche.

— Un matin, j'étais en retard et je me suis dit que j'allais juste faire un saut pour prendre un café, et j'ai remarqué que tu étais assise dans un coin, cachée derrière ton ordinateur portable. Tu avais les joues roses et un regard doux, un peu perdu dans le vide. Tu mordillais ta lèvre inférieure. Tu avais l'air si sexy à ce moment-là. J'ai su à cet instant précis qu'il fallait que je te revoie.

Quand il parle, ses phrases sonnent magnifiquement, peu importe leur sens, peu importe le contexte. À ce moment précis, j'ai envie de l'entendre prononcer un mot injurieux. Un mot brûlant, obscène. Comme « putain ». Ce mot-là, dans sa bouche, aurait sans doute des allures de chant de colombe et de cantique d'ange.

*Comme c'est bizarre.* Mon fil de pensées n'est pas du tout un fil, mais un gribouillis. Un griffonnage désordonné sur un bout de papier froissé.

— Je t'attendais.

— Tu m'attendais…? répété-je, encore plus confuse.

— Tu m'observes depuis des semaines, poursuit Kane en se plaçant derrière moi, sans me toucher. Il est juste là. Une présence que je sens, mais ne vois pas.

— Pourquoi ? reprend-il.

— Pourquoi…

Mes paroles s'évanouissent. Je ne veux pas lui dire pourquoi, je ne veux pas passer pour une âme dépravée. Une traqueuse obsédée.

Mais il le sait. J'en prends soudain conscience : il s'agit peut-être d'un jeu pour lui. Il se met en scène tous les jours jusqu'à ce que je le remarque. Et dès que je l'ai compris, je suis tombée dans son piège.

Son approche était-elle une forme de préliminaires étranges ?

Je secoue lentement la tête. Je parle d'une voix basse, essoufflée.

— C'est ce que tu voulais, n'est-ce pas ? Que je te remarque ? Si oui, pourquoi ne m'as-tu jamais parlé ?

Parce que je doute que cet homme soit timide ou introverti comme moi.

Il me touche enfin, un doigt écarte mes longs cheveux de mon épaule, du côté droit de mon cou. L'air est frais contre ma peau à nu. La chaleur de son corps lèche mon dos alors qu'il se penche contre moi. Encore plus près. Puis il appuie ses lèvres dans le creux de mon cou. Un geste doux et délicat, comme un papillon qui se pose au cœur d'une fleur en train d'éclore.

— J'ai attendu longtemps de pouvoir faire ça.

Je ne comprends toujours pas pourquoi il a attendu si long-temps. Pourquoi ne pas aborder une femme qui vous intéresse ?

— Tu ne m'as pas regardée une seule fois, mais tu as attendu pour m'embrasser dans le cou ? murmuré-je, sans masquer l'in-crédulité de ma question.

— Oui, dit-il contre ma peau. Chaque jour, je voyais ton corps réagir quand j'entrais. Tu fondais sur place, tu me fixais avec une ardeur impossible à rater.

Je secoue légèrement la tête, sans tenter de déloger ses lèvres qui me rappellent la soie effleurant ma peau. Puis le bout de sa langue dessine une ligne le long de ma colonne vertébrale.

— Alors, c'était un jeu.

— Je voulais m'assurer que tu étais intéressée.

— Et ma petite crise l'a confirmé.

Il pose les mains sur mes épaules et les serre doucement en approchant sa bouche de mon oreille.

— Oui. Tu as exigé que je te touche.

C'est bien ce que j'ai fait.

— Comment veux-tu que je te touche ?

— Comment ? Ou plutôt... où ?

Il relâche mes épaules et me contourne. Face à moi, il me toise de tout sa hauteur. Cet homme est intimidant sans le moindre effort.

— Les deux.

Le feu me monte aux joues. Pas à cause de l'embarras, cette fois. Au contraire, mon désir brûlant alimente ces flammes.

J'ai très envie de lui.

J'ai vraiment beaucoup trop envie de lui.

Mon corps est un brasier.

— Ne me force pas à deviner, Lila. Dis-moi. Dis-moi ce que tu veux que je fasse avec toi. Ce que tu veux que je te fasse.

Une réponse simple serait « tout », mais je doute qu'il accepte cette réponse. Il a l'air d'être très attentif aux détails.

*Commence par la base, imbécile.*

— Embrasse-moi.

Je lutte pour garder ma voix posée sur la fin. Je ne veux pas que mes mots ressemblent à une question, je préfère lui donner l'impression que je sais ce que je veux.

— C'est tout ?

Un rire manque alors de m'échapper, car nous savons tous les deux qu'un baiser ne suffira pas.

— Non.

Son sourire s'élargit, les coins de ses yeux se plissent. Il est amusé.

— Un café d'abord ?

— Oh non, pu...

Avant que je puisse terminer, sa bouche s'écrase contre la mienne, ses lèvres s'agitent, sa langue va à la rencontre de la mienne et se met à explorer avec force et détermination.

Ses doigts s'enfoncent dans mes cheveux et il nous rapproche. D'un mouvement de tête, il scelle nos bouches l'une contre l'autre. Un gémissement jaillit du fond de ma gorge. Mes paupières se ferment et je ne pense à rien d'autre qu'à son geste.

Son baiser me domine. Il prend le contrôle de mon corps de la tête aux pieds. Il hérisse le duvet sur ma nuque.

Par ce seul baiser, je lui appartiens.

Il prend mon visage dans ses mains et suspend notre étreinte, reculant juste assez pour que je puisse parler. Mais il n'est qu'à un souffle de moi.

Juste à un souffle. Je ne bouge pas. Je ne peux pas. J'ouvre les yeux et je croise son regard. Ses iris bleus me font frissonner parce qu'ils sont ombragés, illisibles. Et parfaitement troublants.

— Encore, murmuré-je.

Ses lèvres se recourbent légèrement et il les presse à nouveau contre les miennes, cette fois-ci plus doucement. Nos langues s'emmêlent et je pose mes mains sur son torse. La première juste sur son cœur pour le sentir battre sous ma paume. Il bat aussi vite que le mien. Ce n'est pas un rythme régulier, mais un tambour battant.

Alors qu'il descend le long de ma mâchoire, je penche la tête pour lui offrir mon cou. Sa langue, chaude et humide, glisse le long de ma gorge et je manque de ronronner. Mes tétons ne sont plus que des bourgeons douloureux, et je veux qu'il les touche, qu'il les suce.

Je ne connais même pas son nom de famille.

Mais lorsque ses mains descendent sur mes épaules, je réalise que je m'en fiche complètement. Son véritable nom pourrait être Kane avec un K, je n'en aurais rien à foutre.

— Que veux-tu d'autre, Lila ?

Encore des questions. Je ne veux pas lui dire. Je veux qu'il comprenne mes besoins. Il me force à réfléchir, à admettre que je désire cet inconnu plus que je n'ai jamais désiré quiconque auparavant.

Ce lien et cette attirance n'ont aucun sens. C'est grisant, presque enivrant.

Il sent bon. Des épices brutes, piquantes. À ce moment-là,

je sais que je dois le goûter. A-t-il un goût semblable à son odeur ? Comme un plat exotique qui titillerait mes sens ?

Je l'inspire à pleins poumons et je dis :

— Je veux te prendre dans ma bouche.

Sans un mot, il se redresse et s'éloigne. Si ses yeux étaient sombres avant, ils le sont bien plus maintenant. Dangereux et orageux.

Il n'a plus l'air d'un chaton satisfait d'avoir bu un bol de lait. Il est redevenu ce lion qui traque sa proie et m'observe attentivement, prudemment.

La plupart des hommes que je connais auraient baissé leur pantalon et sorti leur engin avant même que l'offre ne soit formulée. Pas cet homme. Il reste immobile et m'étudie, si bien que j'ai envie de gigoter sur le tabouret.

Puis, soudain, un rictus se dessine au coin de sa bouche et il me tend une main.

— On va sauter le café.

J'ignore sa main, me lève du tabouret et m'agenouille devant lui. Sur le sol de la cuisine. J'attrape la boucle de sa ceinture et ses mains tombent le long de son corps tandis qu'il écarte un peu les jambes pour se stabiliser. Je jette un coup d'œil vers le haut de son corps et le vois m'observer tranquillement. Son expression est indéchiffrable.

Je vais voir ce que je peux faire pour y remédier. Mes doigts tremblent, alors que je tâtonne jusqu'à réussir à défaire la boucle et dégrafer son pantalon. Je descends lentement sa fermeture éclair et je fixe le tissu entrouvert avec impatience. C'est comme le matin de Noël.

Je suis prête à déballer mon cadeau.

Comme il a légèrement écarté les pieds et que ses cuisses sont musclées et solides, son pantalon ne glisse pas de ses hanches. Son boxer est du même bleu que ses yeux et, d'après ce que je peux voir, il va certainement m'offrir un très, très beau cadeau.

Je déglutis difficilement et m'évertue à respirer calmement

tout en passant les doigts sur le coton qui recouvre sa protubé-rance. Je veux le voir. Je veux le prendre en main, mais je savoure pleinement l'attente fébrile de l'inconnu.

Il ne bouge pas et ne fait pas un bruit tandis que je le prends dans ma paume et que je sens le poids et la chaleur de ses bourses enfouies dans son caleçon. Je jette à nouveau un coup d'œil vers le haut. Toujours aucune réaction.

Je glisse les doigts sous l'élastique de la taille et dévoile lente-ment ce que j'attendais.

Je salive à la vue du fluide qui perle au sommet de sa couronne. D'un coup de langue, je le lape. Ce délice salé a un goût de paradis et mes paupières se ferment. Mon intimité est mouillée et se contracte, j'ai tellement besoin de sentir son long membre dur, sa circonférence épaisse en moi.

Il glisse un doigt sous mon menton et relève mon visage vers lui.

— Regarde-moi quand que tu me prends dans ta bouche.

J'obtempère. Mon regard ne faiblit pas tandis que j'entoure son gland de mes lèvres. Il ne réagit pas, si ce n'est très légère-ment, un minuscule tressaillement près de son œil droit. Ce n'est pas ce que j'attends. Mais je ne fais que commencer.

J'enroule mes doigts autour de la base de sa queue et je serre. Je ne peux pas continuer à le dévisager. Je dois me concentrer pour le faire craquer.

Je le prends un peu plus profondément, accueillant autant de lui que possible. Mes lèvres s'étirent, ma langue glisse, ma bouche suce. Mes yeux se relèvent lorsque j'entends un bruit. Je n'ai pas rêvé, j'ai bien entendu quelque chose, mais il ne me montre toujours aucune réaction. Il se retient, son contrôle est solide.

Plus déterminée, je laisse courir ma langue le long de la veine épaisse, capture sa couronne en bouche, aspire plus fort, avant de gratter légèrement de mes dents la zone la plus sensible.

Mes propres gestes me donnent envie de lui, je mouille déjà

pour lui. Je ne veux plus étirer mes lèvres, je veux qu'il m'étire de l'intérieur, qu'il me remplisse complètement.

Je décris un autre va-et-vient de la base à la pointe et ses hanches sursautent. Non, pas un sursaut, seulement un léger tressaillement. Cet homme semble fait d'acier. Immunisé contre la chaleur humide de ma bouche, la douceur de ma langue.

Un autre tressaillement, un autre bruit. Il laisse tomber son masque. Ses mains s'enfoncent dans mes cheveux, les serrent, font frémir mon cuir chevelu. Je lève suffisamment les yeux pour voir les siens, maintenant à moitié fermés, ses lèvres légèrement entrouvertes. Ses doigts se crispent puis se détendent dans mes cheveux en suivant le rythme de mes mouvements.

Je fais glisser ma bouche de haut en bas plus rapidement, et j'entends enfin sa respiration se faire plus saccadée, plus superficielle. Je voudrais sourire devant mon triomphe, mais je ne peux pas, car il est toujours aussi dur, long et épais dans ma bouche.

Ses mouvements se font discrets, sans profondeur, tandis qu'il ramène ma tête vers lui. Je lutte pour ne pas paniquer lorsqu'il heurte le fond de ma gorge, encore et encore. Je déglutis et respire par le nez, mes yeux s'humidifient. Je détends ma gorge, mais je n'arrive toujours pas à le prendre en entier. C'est inconfortable, mais je veux le voir craquer. Je veux être celle qui fait naître sur son visage une expression de plaisir absolu. Je veux l'entendre crier mon nom.

Alors qu'une larme coule au coin de mon œil, je tourne la tête vers son visage. Ses yeux se ferment, sa mâchoire se crispe, ses lèvres se serrent. Lorsqu'un faible gémissement lui échappe, ses yeux s'ouvrent et il me surprend à le regarder. Ses yeux s'assombrissent tandis qu'il soutient mon regard, sa poitrine se soulève lorsque mon nom s'échappe de ses lèvres.

Et comme son corps se contracte contre moi, il est sur le point de s'effondrer. Sur le point d'être défait.

— Lila... Lila... Lila, scande-t-il à chaque respiration. Un râle brut lui échappe, puis il serre les dents et libère son sperme chaud et salé au fond de ma gorge.

Il me tient toujours fermement par la tête, son emprise puissante tandis que sa queue pulse sur ma langue. Et j'accepte tout de lui.

Parce qu'il est à moi.

Il ne le sait simplement pas encore.

# Chapitre Trois

Kane me guide à travers la maison jusqu'à la chambre principale comme s'il m'escortait au bal de fin d'année... une main lovée au creux de mon dos, l'autre tenant la mienne devant nous. J'ai l'impression qu'il faudrait remonter le couloir en dansant la valse plutôt qu'en marchant.

C'est la première fois de ma vie que j'entre dans une chambre à doubles portes. Au-delà du seuil, c'est clairement son domaine.

La chambre est spacieuse, c'est même plus une suite, décorée avec goût dans des couleurs feutrées, dans les tons taupe et brun. Les meubles noirs resplendissent, et je n'imagine pas le moindre grain de poussière survivre même qu'un instant dans cette maison. Aucune pile de vêtements ni bouteille d'eau de Cologne ou de lotions en vue, pas de chaussette égarée ni de paire de chaussures en vue. La chambre est aussi bien rangée que Kane avec un K.

Il serait peut-être un peu choqué s'il voyait mon appartement. Mais ce n'est pas le moment d'y penser. Non. Pour l'instant, il me dirige vers le centre de la pièce et me laisse tourner en rond pendant qu'il me reluque de haut en bas, comme un filet mignon sur le point d'être dévoré par un végétarien qui s'accorderait un morceau de viande en cachette.

Ma voix se brise lorsque je demande :

— Tu veux que je me déshabille ?

Parce que sinon, pourquoi m'aurait-il emmenée dans sa chambre ? Pour la tasse de café que je n'ai jamais vue ?

— Non.

Il s'arrête, et sa voix grave dans mon dos agit comme un aphrodisiaque. La gâterie que je lui ai offerte m'a déjà laissée mouillée. Je suis déjà prête à ce qu'il me prenne fort, profondément et vite.

Mais il n'a pas l'air d'un homme ordinaire. Il semble vouloir prendre son temps, ne pas se précipiter. Profiter des moindres détails.

— Tu es délicieuse, murmure-t-il. Il passe les doigts dans mes longs cheveux, puis en saisit soudain une poignée et me tire férocement la tête en arrière. Il appuie sa bouche sur la zone sensible où mon cou rejoint mon épaule. Qui aurait cru que ce bout de peau avait le pouvoir de me faire fondre ?

Peut-être que ce n'est pas ma peau, mais l'homme. Il est possible que partout où il pose sa bouche, je me décompose comme lui plus tôt dans la cuisine. Mais je crains de ne pas tenir aussi longtemps que lui. Je n'ai pas autant de contrôle... et je ne suis pas sûre d'en vouloir.

Ses bras se croisent devant moi, il saisit l'ourlet de mon pull et le remonte lentement. Le tissu glisse sur mon ventre, sur mes côtes, mon soutien-gorge – et le dos de ses mains effleure mes mamelons. Je ferme les yeux sous la sensation. Il progresse si lentement que j'en deviens folle. Il continue, tirant la matière douce au-dessus de ma tête, mes cheveux retombant autour de moi une fois libérés. Il laisse mes bras dans les manches. Je comprends pourquoi lorsqu'il fait glisser le pull le long de mes bras et de mon dos. Il le laisse enchevêtré autour de mes poignets. Mes mains se retrouvent attachées derrière moi un peu trop facilement. Simplement avec mon pull. Mes lèvres s'écartent et un souffle saccadé m'échappe.

Il est dur contre mes fesses, mais il y a trop d'épaisseurs de vêtements entre nous. Je grogne d'impatience et entends un ricanement en guise de réponse.

— Lila, nous avons tout notre temps.

Non, ce n'est pas vrai. J'ai une échéance à respecter, et il doit aller quelque part. Même si je n'ai toujours aucune idée de la destination. C'est un homme qui doit être quelque part, occupé à faire quelque chose.

Peut-être n'a-t-il de comptes à rendre qu'à lui-même.

Je respire difficilement et tourne la tête pour le considérer.

— Regarde devant toi, m'ordonne-t-il.

Mon premier réflexe est de le remettre à sa place. Naturellement, j'aurais tendance à répondre qu'aucun homme ne peut me dire ce que je dois faire.

Mais je sais que ce n'est pas vrai. Pas ici. Pas maintenant. Pas avec lui.

Alors j'obéis.

Je fixe son grand lit et je me demande dans combien de temps nous serons dessus. Dans combien de temps sera-t-il complètement nu ? Et, plus important encore, dans combien de temps je jouirai...

Les bras liés derrière moi, il me mordille les épaules, la base du cou, la colonne vertébrale, ne s'arrêtant que parce que mes poignets le gênent. Sa langue parcourt ma colonne vertébrale jusqu'à la racine de mes cheveux. Avec aisance, il détache mon soutien-gorge, mais celui-ci tombe vers l'avant jusqu'à ce que les bretelles s'accrochent à mes coudes.

Il prend mes seins, les soupèse, effleure de ses pouces les pics durcis. Il va et vient, va et vient, jusqu'à ce que mes seins soient lourds de désir. L'envie de sa langue, de ses lèvres, de sa bouche.

— Magnifique, murmure-t-il dans mon oreille avant d'en lécher le lobe du bout de la langue. Il prend mon lobe dans sa bouche et je sursaute à l'idée qu'une chose aussi simple puisse être aussi érotique. Je ferme les yeux pendant qu'il suce et que ses doigts s'emparent de mes deux mamelons, les tordant, les tirant, les taquinant jusqu'à ce que mes genoux se dérobent.

Il relâche rapidement mon oreille et me rattrape, serrant un bras autour de ma poitrine.

— Ah, tu aimes ça.

Quel euphémisme !

— Oui, exhalé-je.

Une large paume parcourt mon ventre, l'autre presse et pétrit un sein tandis que son souffle chaud joue le long de mon oreille.

— Parfaite.

Je ne suis ni délicieuse, ni belle, ni même proche de la perfection. Mais je porterai ses compliments comme une deuxième peau, car personne, pas même un seul des hommes que j'ai eus dans mon lit ne m'a jamais qualifiée de la sorte. Même si ça ne doit pas durer, j'accueillerai ses compliments. Il n'a pas besoin de prononcer ces mots pour me mettre à nu, et je sais qu'il en est conscient. Et j'en viens presque à penser qu'il croit peut-être à ce qu'il dit.

Je me sens bien, désirée. Et j'ai encore plus envie de lui, si seulement c'est possible.

Kane saisit mes poignets emprisonnés et me fait pivoter jusqu'à ce que nous nous retrouvions face à face. Il a l'air un peu débraillé. Sa chemise ressort de son pantalon depuis l'épisode de la cuisine, la boucle de sa ceinture est desserrée et le tissu tient à peine autour de ses hanches. Son érection reste forte, son gland lisse et bombé dépassant de l'élastique de son boxer, comme pour nous rappeler son existence.

Je pense qu'aucun de nous ne l'oubliera. J'ai envie de le lécher à nouveau, de me mettre à genoux. Mais j'ai besoin de plus aussi. J'ai besoin d'une satisfaction personnelle.

Et ma patience s'est envolée depuis longtemps.

— Déshabille-toi, ordonné-je.

L'un de ses sourcils s'arque légèrement et ses lèvres se resserrent un instant avant qu'il ne réponde :

— Je ne pense pas que tu sois en position d'exiger quoi que ce soit.

— Je peux dénouer le pull autour de mes mains.

— Je sais que tu peux, mais tu ne le feras pas tant que je ne t'en donnerai pas la permission.

*Bon sang.* Il a raison.

J'aime le pouvoir qu'il a sur moi. J'en ai des frissons jusqu'aux orteils. C'est plus que du sexe. Parce que si ce n'était que du sexe, il m'aurait déjà baisée et on serait dans la voiture, à mi-chemin de mon appartement.

— Jusqu'à présent, tu n'as demandé qu'un baiser. Et je voulais que tu me dises ce que tu veux.

Une fois de plus, le mot « tout » résonne jusqu'aux tréfonds de mon âme.

— Je veux te sentir en moi.

Il secoue lentement la tête.

— Non.

Ce n'est pas un non pour signifier qu'il refuse une fois pour toutes, mais au contraire, ce petit mot en dit long, très long. Il veut que je lui dise quoi faire pour nous emmener jusqu'à cette étape.

— Je veux ta bouche sur moi, lui dis-je.

— Je l'ai déjà posée sur tes lèvres, sur tes oreilles.

— Plus.

— Où ?

Je déglutis difficilement. Mes parois internes se contractent. Je veux qu'il soit là. Mes seins me font mal. Je veux que sa bouche soit là aussi.

J'ouvre la bouche, mais aucun son ne s'échappe.

Il passe les mains sur le galbe de mes seins.

— Ici ?

J'acquiesce.

Il glisse ensuite les doigts le long de mon ventre et sur mon jean, jusqu'au creux de mes cuisses.

— Et ici ?

Je frémis à son contact.

— Oui. Ici aussi.

Ses mains continuent de faire le tour de mes hanches jusqu'à mes fesses. Il les attrape et les serre.

— Et ici ?

Je n'ai jamais laissé la bouche de personne toucher là. L'idée me déconcerte. C'est un endroit plus intime que ma vulve.

— Non, murmuré-je, la voix chevrotante.

— Qui a dit que tu avais le choix ?

Mon regard croise le sien, et je sais que mes yeux sont écarquillés, surpris. Il esquisse un sourire nonchalant et rassurant.

— Nous ne ferons jamais rien que tu ne veuilles pas, m'assure-t-il, et je suis aussitôt soulagée.

Écoutez, j'ai l'esprit ouvert. Je suis prête à vivre de nouvelles expériences. Mais je ne connais pas cet homme. Pas encore.

Il glisse les bras autour de moi, presque dans une étreinte, repousse le pull torsadé et les bretelles de mon soutien-gorge, les laissant tomber par terre derrière moi.

— Je connais un meilleur moyen pour t'attacher.

— Je n'ai jamais...

— Jamais ?

Il hausse un sourcil comme s'il était surpris que tout le monde n'ait pas déjà été ligoté pendant l'amour.

Je secoue la tête.

— Non, jamais.

— Ça te plairait ?

— Je ne sais pas...

Cette possibilité m'excite et m'effraie en même temps. L'idée de ne pas pouvoir fuir en cas de besoin reste assez intimidante. Le sang pulse dans mes veines et mes nerfs sont à vif.

— Si tu m'attaches, je ne pourrai pas te toucher.

— Tu as envie de me toucher, Lila ?

*Oh, putain, oui.*

— Oui, Kane, j'en ai envie.

Mes doigts trouvent le haut de mon jean et j'ouvre à tâtons le bouton.

— Ne fais pas ça, m'arrête-t-il immédiatement en écartant mes mains. Je te déshabillerai toujours. Je prendrai soin de toi. Je m'occuperai de toi.

Le « toujours » me donne le vertige. Ça et le fait que personne n'a jamais pris soin de moi ou m'a gâtée, et que je ne suis pas forcément très à l'aise avec cette idée.

Il fait sauter le bouton de mon jean puis descend la fermeture éclair. Je m'agrippe à ses épaules pour garder l'équilibre tandis qu'il fait glisser le pantalon le long de mes jambes. Je lève un pied, puis l'autre, et il retire mes chaussures ainsi que mes chaussettes d'un même geste. Il est encore tout habillé lorsque je me tiens au milieu de sa chambre, juste en petite culotte. Je ne suis pas gênée parce qu'il m'a déjà dit que j'étais délicieuse, belle et parfaite. Et il n'y a rien de mieux pour redonner confiance en soi.

— Enlève ta culotte, puis assieds-toi sur le lit, écarte les jambes et montre-moi où tu veux que je mette ma bouche pendant que je me déshabille.

Je prends mon temps pour faire glisser ma culotte rose échancrée le long de mes cuisses jusqu'à la voir s'enrouler autour de mes pieds, puis la repousse avant de reculer jusqu'au bord du lit. Je m'assieds et écarte en grand les cuisses, sans rien lui cacher. Il reste sur place, sans bouger d'un poil, et j'ai envie de lui hurler de se déshabiller. Je veux voir son corps, je veux qu'il soit contre moi, je veux sentir son poids sur moi.

Il bouge enfin et se place devant moi, sans que rien lui bloque la vue, il tend la main pour déboutonner sa chemise, glissant un premier bouton dans sa boutonnière, avant de passer au suivant. Il prend son temps, sans se hâter. Il semble apprécier la vue que je lui offre. Ses yeux fixent mon intimité, et je glisse les doigts le long de mon ventre jusqu'en bas, ouvrant mes lèvres, le laissant voir à quel point je suis mouillée et prête pour lui.

Je décris quelques cercles autour de mon clitoris et j'appuie, mes hanches tressaillent. Mon effort pour l'obliger à se déshabiller plus vite semble être voué à l'échec. Peu importe comment je me touche, le nombre de doigts que je glisse en moi dans des mouvements de va-et-vient, il se contente de défaire sa chemise au même rythme.

Ça me rend complètement folle.

Il faut que je trouve un moyen de briser son emprise.

— Laisse-moi te voir jouir, dit-il en laissant enfin tomber sa chemise de ses larges épaules. Il la pose sur le dossier d'une chaise dans le coin de la pièce, mais ses yeux ne me quittent pas, ne se détournent jamais de pas mon intimité brûlante. Il fait passer son maillot de corps par-dessus sa tête et le plie soigneusement avant de le poser sur le siège. Il s'assied sur le bord et délace ses chaussures de ville. L'une, puis l'autre avant de les ôter et de les ranger avec ses chaussettes sous la chaise.

Son regard ne faillit jamais. Il observe mes doigts caresser ma vulve et mon clitoris, mon excitation augmentant à chaque mouvement.

— Je veux te voir jouir, Lila, répète-t-il. Il se lève, vêtu uniquement de son pantalon de ville. Il tire d'un coup sec sur la ceinture et, au lieu de la laisser sur la chaise, la plie en deux et la fait claquer bruyamment. Le bruit sec me fait sursauter et mon cœur s'emballe. Je l'imagine me fouettant le cul avec elle, colorant la peau d'un rouge sensible, chaude au toucher. Je ferme les yeux et enfonce deux doigts en moi, plus fort, plus vite. Je frotte mon clitoris de mon autre main, aussi fort et aussi vite.

Je suis sur le point de jouir, et il n'a même pas encore enlevé son pantalon. Mes yeux s'ouvrent.

— Il faut que je te voie.

Avec un bref signe de tête, il baisse son pantalon et son boxer d'un seul geste. Il s'approche du lit, mais ne cherche pas à me toucher. Je me retiens de pousser un cri de frustration, mais je sais ce qu'il attend.

Il veut me voir jouir.

Je n'ai même pas le temps d'apprécier sa nudité, sa masculinité, car j'y suis presque. En équilibre précaire sur un fil tendu. À quelques secondes d'atteindre ce qu'il a demandé, exigé.

Son regard sur moi me fait perdre l'équilibre et je chute. Mes yeux se ferment, mes hanches se soulèvent, et tout mon sexe ondule autour de mes doigts. Je crie, j'ai du mal à respirer. Je n'ai pas eu d'orgasme aussi intense depuis longtemps.

Désormais, il fait partie de mon éternité.

Mon orgasme n'a fait qu'atténuer mon désir, mais maintenant, je l'ai lui, dans toute sa gloire, bien réel devant moi.

Il est bâti comme une sculpture de dieu des ténèbres. Un ange des ombres. Je ne trouve que très peu de douceur dans ses lignes et l'étendue de sa peau. Son érection jaillit de son bassin, longue et épaisse. Ses hanches sont étroites, ses cuisses très musclées. Une fois que j'ai atteint ses orteils, mon regard remonte, plus lentement cette fois. Je passe sur les muscles dessinés de son ventre, la courbe de ses pectoraux fermes, ses petits mamelons foncés, ses larges épaules, les veines visibles de ses biceps durs, le creux de ses coudes, ses avant-bras puissants, puis ses doigts longs et élégants. Je réalise à ce moment-là que ces doigts peuvent me détruire.

Ils sont capables de toutes sortes de choses et faire de moi une marionnette. Un objet docile de jeu. Ils peuvent me contrôler.

Lorsque mes yeux s'arrêtent enfin sur son visage, il sourit. Un sourire entendu. Il sait que j'aime ce que je vois.

Comment pourrais-je ne pas aimer ? Il a dit que j'étais parfaite. Mais il a tort.

C'est lui qui est parfait.

Et il est tout à moi.

Il s'avance entre mes cuisses, prends ma main désormais pendante et la porte à sa bouche. Il glisse les deux doigts que j'avais enfoncés en moi entre ses lèvres et les suce. Sa langue tourbillonne autour d'eux et je frôle de nouveau l'orgasme. C'est l'un des gestes les plus érotiques qu'il m'a jamais été donné de voir.

— L'entrée était succulente, mais je suis prêt pour le plat de résistance. Il lâche ma main et se met à genoux entre mes jambes. Il enroule les bras autour de mes cuisses ouvertes, me tire jusqu'au bord du matelas. Je retombe sur mes coudes, tandis qu'il baisse la tête et que son visage disparaît.

Comme pour tout le reste, Kane prend son temps, caressant lentement mes lèvres du bout de la langue. Je m'ouvre à son contact comme les pétales d'une fleur. Une bouffée de plaisir m'envahit lorsqu'il caresse mon clitoris, le lèche, l'effleure, le suce avec ardeur. Ma tête retombe en arrière, entre mes omoplates, et je lève les yeux au ciel sous l'effet des sensations enivrantes que sa bouche provoque. Un gémissement étranglé m'échappe lorsqu'il sépare mes lèvres gonflées de ses longs doigts, afin d'ouvrir le passage à sa langue, qui décrit alors des va-et-vient. La chaleur monte lorsqu'il glisse deux doigts dans mes profondeurs moites, sa langue tourbillonnant maintenant autour de mon clitoris.

Putain de merde. Je n'en peux plus. Je suis mouillée, chaude et au bord de l'implosion. Prise de vertige et à bout de souffle, je redresse la tête et observe ce qu'il me fait, comme si le sentir ne suffisait plus. C'est un spectacle enivrant que de voir le sommet de sa tête bouger au même rythme que ses doigts. Et tandis qu'il suce mon clitoris avec force, mon cœur bat la chamade, mon corps se tend, puis s'abandonne à l'orgasme qui me submerge. Je crie son nom, ce Kane avec un K. Et il s'arrête alors que les dernières vagues se retirent. Il dépose un doux baiser sur mon bourgeon désormais très sensible avant de reculer et de s'accroupir, ses yeux rivés sur moi.

— C'est le regard que j'ai remarqué la première fois que je t'ai vue assise au café, dans le coin.

Ses mots doux me tirent de ma stupeur passionnelle. Ai-je

vraiment l'air d'avoir atteint l'orgasme quand j'écris ? Peut-être bien, lorsque j'écris une scène torride. Je me demande combien d'autres clients l'ont noté. Je devrais me sentir gênée, mais il sera temps de m'en soucier plus tard. Pour l'instant, je m'en moque.

Je ne m'intéresse à rien d'autre qu'à Kane avec un K et à son prochain geste.

Alors qu'il se lève et me toise, son regard est intense, ses lèvres luisent de mon excitation, et sa queue semble douloureusement dure. Lorsqu'elle tressaille sous mes yeux, un sourire se dessine sur mon visage.

— Où veux-tu que je pose ma bouche maintenant, Lila ?

Il n'arrête pas de prononcer mon prénom, et j'aime bien l'entendre ainsi, comme si cette répétition était un élément d'un jeu auquel je suis disposée à participer. Et moi aussi, je veux jouer.

Je montre ma bouche.

— Ici, Kane, dis-je avant d'attraper mes seins et de les serrer l'un contre l'autre. Et puis ici.

Il effleure du bout des doigts mes genoux, puis mes cuisses, ses mains se rejoignent autour de ma taille, ses larges paumes glissent le long de ma cage thoracique, mais il ne grimpe pas sur le lit. Pas encore. Il baisse la tête pour embrasser, lécher et mordiller une ligne invisible partant de mon pubis, passant par mon nombril et remontant entre mes seins et entre mes clavicules. Il dépose un léger baiser sur mon menton tandis que ses mains emprisonnent mes joues, me maintenant immobile, puis il s'immobilise juste devant mes lèvres.

Je respire mon odeur sur lui. C'est enivrant, et lorsqu'il pose sa bouche sur la mienne, je savoure ce qu'il a goûté, ma saveur féminine. Sucrée et excitante. Il fait glisser sa langue le long de mes lèvres entrouvertes et pénètre ma bouche, y décrit des va-et-vient, s'assurant que je me goûte complètement. Il capture mon gémissement et l'avale, y mêlant l'écho du sien.

Lorsqu'il recule, il appuie son front sur le mien.

— Lila, murmure-t-il, presque comme s'il souffrait.

Je souffre aussi, tellement j'ai envie de lui. J'ai besoin de lui en moi. Je veux me sentir entière et c'est impossible tant qu'il ne fait pas partie de moi.

Il me chevauche, et sa hampe épouse mon ventre, chaude et lourde. Il porte son attention sur mes seins, les prenant tous les deux dans ses mains, ses pouces effleurant d'avant en arrière mes tétons durcis. Mon dos se cambre tandis qu'il me masse et baisse la tête. Lorsque le bout de ses dents se referme sur la pointe délicate de mon mamelon, je me fige et retiens ma respiration. Je ne veux risquer aucun geste brusque, tant son emprise sur moi est dangereuse. Le bout de sa langue parcourt rapidement le téton, dans un sens puis dans un autre. Un élan de panique me traverse. Un faux mouvement. Un mauvais réflexe. Il suffirait de si peu pour que je sois blessée, voire affectée à jamais.

Il ouvre plus grand sa bouche autour de l'aréole, aspirant profondément ma chair rose au fond de sa bouche. Je me détends et me délecte de sa langue et de ses lèvres jouant sur ma peau. Il pince un téton avec ses doigts tandis qu'il prend l'autre en bouche. Encore et encore, jusqu'à ce que je me perde à nouveau, les yeux fermés, uniquement attentive à sa manière de disposer de mon corps. Sa maîtrise de ma chair, de mon être.

Comme pour tout le reste, il prend son temps, il est minutieux et précis. Il agit comme si ma peau était précieuse et qu'il devait la respecter, la vénérer. Une fois de plus, je suis submergée en pensant que je n'ai jamais été aussi désirée, aussi convoitée auparavant.

Je laisse mes doigts courir sur sa tête et m'émerveille de la texture de ses cheveux courts, de la peau lisse de son front, de la courbe de ses oreilles. Son cou est épais et musclé ; son pouls bat fort et régulièrement au creux de sa gorge. J'enroule mes doigts autour de son cou, mais il se dérobe, sa langue dessinant un chemin depuis mon sternum jusqu'à mon ventre. Il se redresse un instant, juste le temps de me retourner sur le ventre, et se replace à califourchon sur le haut de mes cuisses. D'un geste de la main, il repousse mes cheveux sur le côté, dévoilant ma nuque, et reprend. Son souffle chaud, sa langue humide, ses lèvres fermes partent de la naissance de ma chevelure, descendent le long de ma colonne vertébrale jusqu'au creux de mon dos, pour ne s'arrêter qu'à l'orée du sillon séparant mes fesses.

Je retiens mon souffle, dans l'attente de son prochain geste. Il souffle contre ma peau, me donnant la chair de poule. Il glisse alors un doigt entre mes fesses et demande :

— Et ici, Lila ? Veux-tu ma bouche ici ?

Mon intimité se contracte en l'imaginant savourer l'endroit le plus secret de mon corps. Un mélange de désir et de stupéfaction me traverse. Je lutte avec moi-même, pensant que ce serait probablement très jouissif, mais je n'arrive pas à dire oui. Je ne peux pas dire oui, pas encore.

— Non, gémis-je dans l'oreiller. Tu ne peux pas.

— Oh, je peux. Mais je ne le ferai pas. Pas avant que tu sois prête. Quand tu me supplieras de le faire, je t'initierai à cette expérience incroyable.

Il marque une pause en passant un doigt entre mes fesses.

— Mais pas avant que tu ne le veuilles.

J'acquiesce, le visage caché entre mes bras repliés.

— Ne te méprends pas, Lila. Je vais laisser passer ça aujourd'hui, mais rien d'autre.

Mais il avait dit...

— Rien d'autre, répète-t-il, le timbre de sa voix se faisant plus grave, comme s'il savait à que je pensais. Je ne te ferai jamais de mal, mais je ne veux pas que tu aies peur de vivre de nouvelles expériences.

Je ferme un instant les yeux, puis réponds :

— D'accord.

# Chapitre Quatre

JE ME DEMANDE dans quoi je me suis embarquée tandis que mes bras se tendent au-dessus de ma tête, mes poignets attachés à un barreau de la tête de lit. Deux oreillers soutiennent mes hanches alors que je suis allongée sur le ventre. La corde est douce comme de la soie et ne me gêne en rien. Il ne me restreint pas autrement.

Mes jambes restent libres, ma bouche est dégagée, comme s'il savait que tout cela était nouveau pour moi et qu'il ne voulait pas me faire peur.

Je le respecte pour cette raison, mais je suis curieuse de savoir jusqu'où cet homme peut aller. Il est doux, mais ferme dans tout ce qu'il fait. Je lui dis presque que ça ne me dérangerait pas qu'il soit un peu plus brutal.

En plus de la corde, il a préparé une poignée de préservatifs et une bouteille de lubrifiant, ce qui m'amène à me demander combien il nous en faudra. J'espère qu'il y en aura assez pour que je sois à la fois rassasiée et complètement vidée.

— Lila.

Parfois, il prononce simplement mon nom à voix haute. Sans rime ni raison. Je pense qu'il aime le faire rouler sur sa langue. Mais je crois que Kane avec un K a mieux à faire de sa langue.

Je suis surprise de voir l'heure sur l'horloge près de son lit : déjà deux heures que je suis là, et nous n'avons toujours pas couché ensemble.

D'accord, on a fait des trucs, mais pas couché ensemble. Pas encore en tout cas. Je sais qu'on y arrivera. Et j'essaie de rester patiente parce que je suis sûre que l'attente en vaudra la peine.

Comme je suis renversée sur des oreillers, les jambes écartées, mon sexe humide et la raie de mes fesses sont entièrement offerts. Je ne suis peut-être pas prête à recevoir sa bouche, mais j'ai le sentiment qu'il va me faire découvrir quelque chose dont je ne fais que parler dans mes romans, mais que je n'ai encore jamais vécu.

Je me demande s'il sait vraiment qui je suis et s'il a lu certains de mes titres, voire tous. La chaleur lèche mon corps, à la fois à cause du désir et d'une pointe d'embarras. S'il en a lu ne serait-ce qu'une de mes histoires, il pourrait me croire plus expérimentée qu'en réalité. Dans ce cas, il ne pourrait pas avoir plus tort.

Mon imagination est mon ultime outil d'écriture, les hommes comme Kane ma muse. Ils deviennent les graines de mes idées et de mes désirs les plus coquins. Mes fantasmes inassouvis.

Si je laisse carte blanche à Kane, je suis sûre qu'il sera prêt à tous les satisfaire. Cette pensée me fait sourire contre le matelas. Je n'aurais qu'un seul frein : moi-même.

Le lit vacille quand il se réinstalle. Je sais qu'il est agenouillé entre mes jambes parce que je sens sa chaleur. Son corps brûle comme une fournaise. Je tourne la tête juste assez pour voir ce qu'il fait.

J'ai le souffle coupé, mon cœur s'arrête une seconde, puis bat plus vite, et mon corps tremble.

— Je ne te ferai pas de mal, Lila. Je ne ferai jamais ça.

Bien qu'il tente de me rassurer, je ne peux détacher mon regard de la ceinture qu'il tient dans sa main. Je n'ai jamais été frappée ni même fessée auparavant. Ni pour le plaisir ni en guise de punition.

— Je ne ferai que ce qui te fait du bien. Je ne ferai que ce que ton corps me demande. Tu dis stop, et je m'arrête. C'est compris ?

— Oui, soufflé-je alors que le cuir frais de sa ceinture glisse sur mes fesses et descend le long de la raie.

Il tapote doucement l'extrémité dépourvue de boucle sur ma peau, et j'entends sa respiration s'accélérer et se faire légèrement saccadée. Ses tapotements deviennent un peu plus appuyés, et je me mords la lèvre inférieure, attendant la piqûre. Comme elle ne vient pas, je relâche ma respiration et me détends tandis qu'il se penche pour embrasser les zones qu'il a touchées avec le cuir lisse. Puis son corps se lève et son bras s'abaisse, la ceinture étroite heurtant brutalement ma chair. Je sursaute, mais pas de douleur, plus de surprise, et un cri m'échappe.

— Tu veux que j'arrête ?

Mon cœur bat à tout rompre et je frissonne. La confusion initiale s'estompe rapidement et, à part une légère brûlure, je n'ai pas vraiment mal. Mais l'air frais est apaisant sur ma peau échauffée.

— Dis-moi d'arrêter, exige-t-il.

Je tourne le visage dans tous les sens sur le lit et je gémis :

— Non.

Je sursaute lorsqu'il me frappe à nouveau. Cette fois, le son aigu qui emplit la pièce est à la hauteur de la sensation. Je sens une marque se former sur ma fesse. Il souffle sur ma peau chauffée et irritée. Et je gémis.

*Slap.*

*Slap.*

*Slap.*

Il évite le même endroit, trouvant toujours un coin de peau intact. Je crie, mais pas pour qu'il s'arrête. Non. Parce que c'est un plaisir que je n'avais jamais imaginé vouloir, désirer. Une fois la peur écartée, j'aime son pouvoir sur moi, celui de causer de la douleur, puis de l'apaiser avec ses baisers, sa langue, ses lèvres pincées alors qu'il souffle sur ma chair.

— Ton cul est rouge, Lila. Dis-moi d'arrêter, insiste-t-il, et je l'imagine au-dessus de moi, le bras en l'air, la ceinture à la main, prêt à me fouetter encore.

Je suis surprise de percevoir la crispation de sa voix, la tension de ses mots. Je suis maintenant consciente que l'utilisation de la ceinture dans le cadre de ce jeu lui fait perdre tout contrôle. Je suis curieuse de savoir ce qu'il va faire d'autre.

Ma peau me brûle légèrement et je ne sais pas si je dois lui dire d'arrêter ou de continuer. Si je le laisse continuer, je risque de le regretter demain. Et peut-être même le surlendemain. Mais je veux explorer ces sensations à nouveau, peut-être pas aujourd'hui, ou même la prochaine fois que Kane avec un K me contrôlera, mais bientôt...

— Stop.

Le lit bouge un peu sous le poids de son bras. Je ne parviens pas à voir son visage, j'aimerais pourtant savoir s'il est déçu ou soulagé. Après avoir entendu la ceinture tomber sur le sol, je tourne la tête pour vérifier. Il est toujours à genoux et se concentre sur mes fesses. Puis il sent mes yeux sur lui, et nos regards se croisent. Pas de déception, pas de soulagement, rien. Son expression n'est qu'une ardoise vierge.

Mais ses yeux. Oh, ses yeux étonnants sont sombres, dilatés, et laissent entrevoir des choses que je n'ai peut-être pas envie de connaître.

Sans jamais rompre notre contact visuel, il saisit le tube de lubrifiant posé près de ma hanche et en fait sauter le bouchon. Je soupire de soulagement, car je vais enfin le sentir en moi. Je ne sais pas pourquoi il a besoin de lubrifiant pour me baiser – je suis suffisamment mouillée pour qu'un homme aussi imposant que lui n'ait aucun mal à me pénétrer.

Alors que le lubrifiant frais coule le long de mon sillon interfessier, je comprends que ce liquide n'a jamais été prévu pour la destination à laquelle je pensais. Instinctivement, je tire sur les cordes. Kane caresse légèrement mes fesses.

— Du calme.

— Kane, je ne pense pas...

— Ce n'est pas ce que tu penses. Ne t'inquiète pas.

Facile à dire pour lui. Ce n'est pas son cul qui est là, en l'air.

— Je veux profiter de toi partout.

— Je comprends, mais...

Il garde une voix basse, apaisante.

— Lila, tu peux toujours me dire d'arrêter.

C'est vrai, mais...

Quand son pouce fait pression sur mon anus, je me raidis. Tant de premières fois aujourd'hui. Je ne sais pas ce que je dois penser de celle-ci. Il me caresse d'avant en arrière, enduisant mon orifice de lubrifiant.

— As-tu déjà...

Sa voix se brise.

Ah. Encore une perte de contrôle pour Kane avec un K.

— Non, gémis-je en enfonçant mon visage dans le matelas. Non.

— Es-tu en train de me demander d'arrêter, Lila ?

— Non.

Et, vraiment, non, pas du tout. L'infime pression qu'il exerce me laisse découvrir à quel point cette zone est sensible, érogène. J'ai soudain envie qu'il pousse plus fort, peut-être même qu'il insère un doigt complètement en moi. Je suis prête à essayer une pratique nouvelle.

Il explore mon entrée vierge, poussant et insérant progressivement son doigt en moi. Juste le bout pour commencer. Il ajoute du lubrifiant, et de la pression. Puis il change de doigt : ce n'est plus son pouce, mais un long doigt que je sens à l'intérieur de mon corps. La sensation est étrange, mais pas désagréable. Il insère la première phalange, étirant ma chair. Puis la deuxième. Il se retire.

— Ça va ?

Je ne sais pas trop. Je ne vais ni bien ni mal… Désormais, je suis juste curieuse. Et étonnamment prête à laisser cet homme faire ce qu'il veut de moi. Cette idée devrait me faire peur, mais non. Jusqu'à présent, Kane n'a rien fait pour m'effrayer, il m'a seulement donné du plaisir. Mais il est clair que ce n'est que le début de ce qu'il veut me faire découvrir.

Et je suis prête à accueillir tout ce qu'il veut m'offrir.

— Oui. Plus, s'il te plaît.

Son petit rire secoue le lit, et le son grave me fait sourire dans les draps.

— J'aime t'entendre dire « s'il te plaît », dit-il en glissant non pas un, mais deux doigts en moi cette fois. Une fois de plus, il est prudent et délibéré, s'enfonçant profondément en moi.

— Alors je le dirai encore et encore.

— Je préférerais que tu ne l'utilises pas comme une formule de politesse, mais plutôt en me suppliant.

Lorsque ses doigts sont complètement enfoncés, il les fait entrer et sortir de mon fourreau étroit, et un son que je ne reconnais pas s'échappe du fond de sa gorge. Ses mouvements lents me font pester – il est trop prudent avec moi.

— Plus vite, ordonné-je.

— Supplie-moi, répond-il, d'un ton beaucoup plus exigeant que le mien.

Je respire son odeur qui imprègne la literie jusqu'à mes poumons.

— Plus vite… *s'il te plaît.*

— *Ah.* Comme ça, Lila ? C'est ce que tu veux ? Dis-moi.

Sa cadence change, sa prudence aussi. Il me pénètre de ses longs doigts épais, encore et encore, et mon sexe aussi le réclame. Il ne m'a pas encore pénétrée et j'ai besoin de son attention, besoin de *lui.*

J'ai l'impression de dégouliner, mais je ne suis pas sûre que ce soit vrai.

— Je suis mouillée pour toi, Kane.

Le riche grondement de sa voix m'envahit.

— Je vois, Lila. Je vois à quel point tu es mouillée, à quel point tu es prête. Comme tu es délicieuse. C'est tout pour moi ?

— Tout pour toi. Seulement pour toi.

— Tu veux que je te baise ?

— *Oui, s'il te plaît, baise-moi.*

Je le supplie. Mon intimité se resserre tandis qu'il continue à introduire et retirer en rythme ses doigts de mon anus, m'amenant au bord de la folie.

Cet homme va s'emparer de ma santé mentale et l'emprisonner pour toujours. Il me volera un morceau à la fois jusqu'à me posséder complètement.

Je ne voudrai plus personne d'autre que lui. N'importe qui d'autre serait fade à côté.

Mais je m'en fiche. Tout ce qui compte, c'est ici, maintenant, et ce qu'il fait... Ce dont il est capable.

Je pousse un cri, à la fois choquée et soulagée lorsqu'un orgasme me traverse. Jamais, dans mes rêves les plus fous, je n'aurais cru pouvoir atteindre l'orgasme avec seulement ce type de stimulation.

— Lila... Lila. Tu es si belle quand tu jouis. Comme une fleur qui s'épanouit sous la pluie.

Mon esprit embrumé ne saisit qu'une partie de ses paroles murmurées, et une vague idée qu'il pourrait écrire des poèmes d'amour me traverse l'esprit. Mais c'est ridicule, et je ne veux pas d'un homme qui écrit des sonnets. Je veux un homme qui peut me faire crier des inepties. Et capable de me bouleverser de désir et d'envie.

Je n'ai pas besoin que ce soit joli. Il faut juste que ce soit cru et réel. Et bientôt...

— *Kane, s'il te plaît.*

Il halète en entendant ma supplication.

— *S'il te plaît. S'il te plaît. S'il te plaît*, gémis-je chaque fois que ma tête oscille d'avant en arrière.

Il se dégage, et je me retrouve soudain vide, seule, alors qu'il s'éloigne du lit et disparaît. Mais il revient rapidement, et le matelas ploie sous son poids.

Le bruit de l'emballage qu'il déchire me fait tressaillir et mon dos se cambre, je brûle d'impatience. Sa chaleur me transperce avant même qu'il ne me touche. Ses cuisses puissantes se pressent contre moi, les poils courts et drus chatouillant ma peau. Il saisit une poignée de mes cheveux et tire ma tête en arrière, me forçant à regarder le plafond. Une paume chaude et large glisse le long de mon dos, sur mes omoplates, mes côtes, autour de ma taille, et de nouveau vers mon dos. Alors qu'il se positionne contre moi, la couronne ronde de sa verge appuie sur mes lèvres lisses et enflées. Il glisse son gland enveloppé de latex de haut en bas, du sommet de mon orifice serré jusqu'à mon bourgeon sensible.

C'est plus fort que moi : je suis un peu déçue de ne pas pouvoir le regarder tandis qu'il me pénètre pour la première fois. Je veux étudier son visage, son corps, sa réaction, et plonger dans son plaisir en même temps.

Les secondes s'étirent et ressemblent à des minutes, des heures, des éternités, alors que j'attends, ma respiration de plus en plus saccadée, mes mains liées se serrant en poings. Tout mon souffle se libère alors qu'il se décale vers l'avant, et je me sens rendant plus humide, plus chaude, plus sauvage encore, et il m'ouvre à lui et, me conquiert.

*Enfin* – le mot me traverse l'esprit en un murmure. Mes lèvres s'entrouvrent et je m'oblige à *respirer* tandis qu'il me comble dans une lenteur insoutenable. Il coule lentement comme du miel, une si douce torture. J'imagine certainement le léger tremblement des doigts qui m'enserrent la hanche.

Il ajuste sa prise sur mes cheveux alors qu'il s'enfonce enfin complètement en moi. Je laisse échapper un soupir mêlé à un cri de soulagement. Il tire ma tête vers l'arrière, déployant ma gorge, et se penche vers l'avant pour me murmurer à l'oreille :

— Tu es à moi.

Non, il se trompe. Il ne le sait pas encore, mais il est à moi. Je me cabre contre lui à l'idée qu'il soit à moi pour toujours. *Ce sera lui pour toujours.*

Je tourne délicatement la tête et appuie ma joue contre ses lèvres pulpeuses. Son souffle chaud et humide enveloppe ma peau, son torse se gonfle contre mon dos, ses hanches se pressent contre moi.

Et il n'a pas encore bougé. Il me vole une autre partie de moi. C'est censé être l'inverse. Il doit m'appartenir à moi. Pas moi à lui.

Alors, je lui fais part de ma frustration en gémissant bruyamment, en me frottant contre lui. Je fais tout pour qu'il bouge, qu'il commence ses va-et-vient, puissants et profonds. Tous mes efforts ont l'effet inverse sur lui. En revanche, je parviens à me faire jouir de nouveau. Mon intimité palpite autour de lui, je l'encercle et le comprime.

*Et il glousse.*

Il s'amuse du retour de flamme de mon caprice.

— Patience, Lila. Je te donnerai tout ce dont tu as besoin. Fais-moi confiance.

*Fais-moi confiance.*

— Dois-je encore supplier ? lancé-je.

Je n'attends même pas sa réponse et lui hurle de me baiser, de me baiser maintenant, de me baiser fort, de me baiser jusqu'à ce que je ne sache plus qui je suis.

*S'il te plaît, s'il te plaît, s'il te plaît.*

— Kane, haleté-je alors qu'il incline légèrement ses hanches. Puis encore une fois. Et encore une fois alors qu'il exhale une bouffée d'air et se redresse, libérant mes cheveux. Maintenant, ses deux mains agrippent fermement mes hanches, me plaquant contre les coussins.

— Es-tu prête, Lila ?

— Oui, sifflé-je, les yeux au ciel.

Maintenant, j'ai envie de le tuer pour avoir osé me faire attendre si longtemps, pour m'avoir torturée, pour m'avoir taquinée. Alors que ses doigts s'enfoncent dans mes hanches, il s'arc-boute et bouge. Je crie quand il me donne exactement ce que j'attendais. Une baise puissante, impitoyable et brute. Je grogne à chaque coup tandis qu'il soulève mon corps sous la force de ses poussées.

— Oui... oui. Comme ça. Comme ça, scandé-je sans réfléchir. La pièce se remplit du son de mes mots dénués de sens, de mes grognements, de mes cris, de nos chairs qui se heurtent, de sa respiration lourde et irrégulière. Puis il prononce mon nom encore et encore au rythme de son corps.

*J'ai besoin de te voir. J'ai besoin de te voir. J'ai besoin...*

Je dois avoir crié cela à haute voix, car il hésite, son corps entier halète. Il aspire l'oxygène à pleins poumons.

— S'il te plaît, j'ai besoin de te voir, Kane. S'il te plaît, laisse-moi te voir.

Ses doigts s'assouplissent, me relâchent, et soudain, il n'est plus là. Les coussins sont brusquement retirés de sous mon bassin, et il me retourne, me mettant sur le dos, toujours atta-chée à la tête du lit. Mais maintenant, je peux le voir. Tout entier. Et il est splendide, car sa peau a maintenant un éclat qui met en valeur... chaque... unique... muscle. La lumière joue sur son corps, et je salive en pensant à la beauté de cet homme.

Et je n'ai aucune idée de la raison pour laquelle il est avec moi.

Mais il est là. Et je m'efforce de ne ressentir aucune gêne. Je repousse ce complexe. Je ne le laisserai pas me prendre la tête, gâcher ce moment et les autres à venir. Je veux apprécier et jouir de ce qu'il m'offre, me prélasser dans son désir. Ce n'est pas le moment de remettre en question son choix, ses motivations, sa façon de penser.

La commissure de ses lèvres se retrousse.

— Sors de ta tête, Lila. Reste ici, concentrée sur moi.

Il a raison. Pour l'instant, la chose la plus importante au monde est là, devant moi. La personne la plus importante me dévisage avec un sourire qui me coupe le souffle.

Et qui ravit peut-être bien mon cœur au passage.

Kane s'installe entre mes cuisses, sa large carrure parfaitement adaptée à mon corps. Il ne perd pas une seconde cette fois-ci, et aussitôt, nous ne faisons plus qu'un. Je pousse un soupir et le regarde dans les yeux.

— Ton corps est fait pour moi, murmure-t-il en bougeant à un rythme lent et régulier. Doux. Attentionné.

Il prend l'un de mes mamelons entre ses lèvres et en suce le sommet avec brutalité, sa langue en effleurant la pointe. Je me tortille sous son poids, mes hanches se soulèvent, mon dos se cambre pour tenter de glisser mon téton plus loin dans sa bouche. Il saisit l'autre mamelon entre son doigt et son pouce et le fait tourner d'avant en arrière. Je ferme les yeux tandis que des éclairs me traversent, descendent le long de mes membres et se précipitent au cœur de mon corps.

— Non, murmure-t-il, tout contre mon sein humide. Tu voulais me voir, alors regarde-moi.

Ma tête bascule d'un côté à l'autre tandis que je bégaie :

— Je... Je...

Sa voix se raffermit.

— Lila, regarde-moi.

Et j'obéis. J'ouvre les yeux, et il est à quelques centimètres de moi, fixant mon âme de ses yeux sombres.

— Voilà, dit-il avant d'enfoncer doucement ses dents dans ma clavicule.

Ses mouvements lents et doux s'accélèrent et il glisse les mains sous mon basin, me soulevant légèrement. L'angle est parfait pour que nous nous imbriquions l'un dans l'autre, pour qu'il m'amène à la lisière de vagues déferlantes.

Alors que son rythme s'intensifie, je me fiche qu'il voie mon visage déformé, la moindre de mes réactions. Je veux qu'il voie tout. Mon plaisir, ma douleur. Je veux qu'il voie tout ce qu'il me fait. Je ne veux pas me cacher. J'ai besoin qu'il sache à quel point il m'affecte.

Tout ce que mon visage lui révèle, c'est de son fait.

Et il me martèle jusqu'à ce que je sombre parmi les vagues. J'essaie de respirer tandis que les flots m'emportent.

# Chapitre Cinq

Il m'a laissé des instructions strictes : ne pas quitter la chambre avant qu'il revienne.

Après son départ, j'ai enfilé sa chemise et fermé quelques boutons tout en respirant son odeur épicée, désormais familière, tissée dans le coton.

Lorsque la poignée de la porte de la chambre tourne, j'ai le souffle coupé. Le plaisir et le soulagement que j'éprouve à son retour me font peur. Comment ai-je pu tomber si vite amoureuse d'un homme que je n'ai fait qu'observer de loin et sur lequel j'ai fantasmé ?

Je connais maintenant intimement son corps, mais rien d'autre. J'ai toujours eu la tête sur les épaules alors, pourquoi me la fait-il perdre ?

Lorsqu'il entre dans la pièce, je suis de nouveau attirée par le magnétisme qui se dégage de lui, qui émane de tous ses pores. Mais je suis déçue qu'il soit habillé, même si cette réalité peut être facilement corrigée.

J'ai l'eau à la bouche, probablement à cause des deux sachets de nourriture qu'il transporte, mais peut-être aussi de la vue qu'il m'offre. Mon estomac est d'accord et gargouille bruyamment dès que l'odeur du plat à emporter passe le seuil et atteint mes sens.

L'odeur est aussi délicieuse que son apparence.

— On mange au lit ? demandé-je, surprise.

Ses yeux se posent sur moi, s'attardant sur la chemise trop grande dans laquelle je me prélasse. J'espère qu'il ne m'en voudra pas de l'avoir empruntée.

— Toi, tu ne vas pas manger.

Je fronce les sourcils, confuse. Alors, je vais rester là et le regarder manger ?

— C'est moi qui vais te nourrir, poursuit-il, une expression légèrement amusée sur le visage.

Ah. C'est encore mieux que l'odeur de la nourriture. Toutefois, je pense maintenant que je devrais tenir un tableau de bord de toutes les « premières » que Kane m'a fait découvrir au cours de ces dernières heures.

Je tapote le lit, puis décale les oreillers contre la tête de lit à côté de moi.

— S'il vous plaît, rejoignez-moi à ma table, cher monsieur !

Le ronronnement profond de sa voix m'envahit.

— Vous préférez que je sois habillé ou nu ?

— Oh, nu, bien sûr. Nous ne voudrions pas tacher vos vêtements au cas où des aliments tomberaient sur, disons... vos genoux ?

Je fronce les sourcils, retenant un sourire.

Son propre sourire s'élargit, il dépose les deux sacs en papier sur un tabouret à proximité et se débarrasse des vêtements de sport décontractés qu'il a enfilés pour aller chercher à manger. S'il est délicieux habillé, il est encore plus beau nu.

Ses yeux bleus pétillent tandis qu'il lève les bras et tourne lentement sur lui-même, comme s'il s'offrait, tel un morceau de gâteau au chocolat dans la vitrine des desserts.

Bon sang de bonsoir. Cet homme...

Il pourrait facilement devenir une addiction. Je crains que

chaque minute passée ici ne rende plus difficile encore mon départ à la fin de cette journée.

Il ouvre les sacs et en retire deux assiettes couvertes. De véritables assiettes, pas des contenants en plastique bon marché typiques des plats à emporter.

— Ce restaurant est le meilleur du coin. Je connais personnellement le chef.

Je hausse les sourcils, pourtant cette information ne devrait pas me surprendre.

— Alors, tu es quelqu'un de puissant ?

— On peut dire ça, dit-il, puis il rit en s'approchant du lit.

Je penche la tête et le regarde avec curiosité.

— C'est toi, le chef ?

Il rit à nouveau, ses dents brillent d'un blanc éclatant contre ses lèvres sombres.

— Non, je ne suis pas un grand cuisinier. Tu te souviens ? Je t'ai dit que j'étais tout juste passable.

— Dites-moi, Monsieur...

Je ne connais toujours pas son nom de famille. Et il ne connaît pas le mien non plus.

Après avoir posé les assiettes sur la table de nuit voisine, il fait mine de s'essuyer les mains sur son pantalon invisible puis, d'un geste, me tend la main. Lorsque je serre ses doigts chauds, il s'incline un peu, sans quitter mes yeux, et répond :

— McGovern.

— Oh, un Irlandais ! C'est exactement ce que votre patrimoine génétique me criait, m'exclamé-je avec une pointe d'humour. Il se relève, mais ne me lâche pas la main, et je ne suis pas pressée de la retirer.

— Enchantée, M. McGovern. De quelle région de la petite île d'Irlande venez-vous ? lancé-je en riant.

Il s'esclaffe et ignore ma question en posant la sienne :

— Et vous ?

— Je ne suis pas originaire d'Irlande.

Il secoue la tête comme si j'étais une sale mioche.

— Vous savez bien ce que je demande.

— Flowers.

— Lila Flowers ?

Il fronce les sourcils. Je ne lui en veux pas. C'est généralement la réaction que mon nom fleuri suscite. Et elle est généralement suivie de « Pourquoi tu ne t'appelles pas plutôt Lily ou Lilas ? »

Mais il n'est pas comme les autres, et il soulève ma main pour effleurer mes phalanges de ses lèvres.

— Un nom magnifique pour une femme tout aussi magnifique. C'est un plaisir de vous rencontrer, Mademoiselle Flowers.

— Tout le plaisir est pour moi, rétorqué-je – absolument tout à moi. Maintenant que les formalités sont faites, pouvons-nous nous occuper de notre repas nu ?

Il baisse la tête.

— Bien sûr.

Lorsqu'il relâche ma main, je commence à retirer sa chemise, mais il m'arrête.

— Garde-la. J'aime te voir porter mes vêtements.

— Mais je risque de la tacher.

— J'en ai d'autres, me rassure-t-il en ramassant les assiettes et en s'installant délicatement à côté de moi, avant de reposer les plats sur le matelas ferme entre nous.

Alors qu'il soulève les couvercles, j'ai du mal à détourner mon regard du spectacle succulent entre ses jambes et à me concentrer vers notre délicieux repas. Mais quand j'y parviens, je suis choquée. Il n'y a que des amuse-gueules, mais pas du genre « restes du frigo ». Oh, non. Il y a là des gambas, du brie fondant et des crackers, des fraises, de minuscules morceaux de pain grillé garnis de ce qui ressemble à du saumon fumé et du caviar rouge. Ainsi que des bouchées au crabe et des petits fours appétissants.

— Eh bien, *ça*, c'est un vrai pique-nique, chuchoté-je en regardant ce large assortiment.

Il porte à mes lèvres un hors-d'œuvre au caviar.

— Tu as déjà goûté du caviar ?

Je fixe les œufs de poisson sur le minuscule morceau de pain grillé.

— Non.

— Tu veux essayer ?

*Pour toi, je suis prête à tout essayer*, ai-je envie de lui répondre. Au lieu de cela, j'ouvre simplement la bouche et il glisse l'amuse-bouche entre mes lèvres. Je saisis le pain croustillant entre mes dents, le coupant en deux. La texture lisse et fumée du saumon, l'onctuosité salée du caviar et le croquant du pain grillé assaillent ma bouche. Mais dans le bon sens du terme. Je ferme les yeux et mâche, et lorsque j'avale enfin cette bouchée paradisiaque, je les ouvre et le dévisage. Il a l'air satisfait. Probablement parce que je n'ai pas grimacé ou recraché dans la main qu'il a placée sous mon menton pour rattraper les miettes.

— Incroyable, dis-je enfin. Il m'offre le reste de la bouchée et je l'attrape goulûment. Tandis que je mâche et que lève probablement les yeux d'extase, il s'en sert une, la gobant tout entière. Il soulève ensuite une crevette de la taille d'un canot pneumatique, que j'accepte volontiers. Je n'ai jamais goûté de crevettes aussi sucrées et succulentes, et je pousse un petit soupir ravi.

— Je pourrais m'y habituer.

Il ne s'agit pas d'une de ces petites crevettes de buffet, du genre toutes maigres et noyées dans une cuillérée de sauce cocktail industrielle. Non. La nourriture qu'il m'offre sent le luxe, et à mesure qu'il me nourrit, m'essuyant les lèvres avec une serviette entre chaque bouchée, je me sens comme une reine. Une reine pourrie gâtée en plus.

Une autre première.

Il mange aussi, œuvrant à tour de rôle, passant de lui à moi. Jusqu'à ce que, finalement, la première assiette soit vide et qu'il ne reste plus que deux petits carrés de dessert et une demi-douzaine de fraises bien dodues dans la deuxième assiette.

Si au début je m'étais inquiétée des quantités, je me sens

étonnamment rassasiée... même si je lorgne tout de même sur l'un des petits fours.

Lorsqu'il en porte un à ma bouche, elle s'ouvre tel le bec d'un oisillon qui attend d'être nourri par sa maman. Au lieu de le déposer dans ma bouche comme un gentleman, il étale le cœur à la crème sur mes lèvres. Surprise, je recule la tête et il se rapproche, m'essuyant avec sa langue.

*Ça*, c'est du dessert.

— C'est bon ? lui demandé-je en souriant, et je sens qu'il reste encore un peu de texture sucrée.

— Mmmm. Sucré. Savoureux. Tellement délicieux, murmure-t-il avant de recommencer. Cette fois, je suis prête et ma langue s'élance pour goûter la délicate garniture crémeuse avant qu'il ne la vole entièrement. Il embrasse mes lèvres pour me voler le reste et me tend enfin le dessert. Je l'attrape du bout des dents, en faisant exprès de mordre ses doigts.

— Vilaine, me gronde-t-il malicieusement. Si tu me mords les doigts, comment vais-je pouvoir te toucher ?

— Tu peux me toucher avec d'autres parties de ton corps, lui rappelé-je en penchant la tête vers ses genoux. Ma morsure a semblé réveiller quelque chose en lui, et j'en ai maintenant la preuve sous les yeux.

— Et tu as aimé ça.

— Oui, me rassure-t-il avant de déguster le dernier carré de dessert.

Il brandit une fraise.

— Une excellente façon de terminer notre brunch. Viens. Prends-en une bouchée, dit-il en plaçant une fraise dans sa bouche et en la calant entre ses lèvres.

Je me dis que j'aime vraiment son idée tandis que me penche en avant et mordille le bout du fruit rouge. C'est sucré et juteux, et une goutte écarlate coule sur son menton. Il commence à l'essuyer, mais je l'arrête.

— Non, non. Je lèche alors sa mâchoire du bas vers le haut,

jusqu'au coin de sa bouche. Son érection est incontestable maintenant, elle se dresse entre nous.

Il prend une autre fraise dans l'assiette.

— Une autre ?

J'acquiesce, et au lieu de me l'offrir, il en mord le bout, puis se penche pour presser ses lèvres contre les miennes. À la fin du baiser, il pousse le morceau de fruit sur ma langue, et je n'ai jamais savouré un fruit d'une plus belle manière. De très loin. Que ce soit grâce à la qualité de ces fraises ou au fait qu'il me les offre, peu importe : cette baie rouge est désormais mon fruit préféré.

Il retire les assiettes entre nous et les dépose sur la table de nuit avant de se retourner, une autre fraise entre ses longs doigts bronzés.

— Sur le dos.

Ce n'est pas une demande, mais un ordre.

Je m'écarte de la tête de lit et me laisse glisser jusqu'à me trouver allongée sur le dos, sa chemise serrée autour de mes hanches. Il grimpe aisément à califourchon sur moi, et j'ai hâte de découvrir comment il va m'offrir cette fraise particulière.

Il part du sommet de ma tête, et caresse de l'extrémité pointue du fruit mon front, suit ensuite la ligne de mon nez, de mes lèvres et jusqu'à mon menton. Il la passe dans mon cou, sur ma clavicule et entre mes seins jusqu'à atteindre le premier bouton de chemise fermé. Il écarte le tissu, découvre mon sein droit et dessine des cercles tout autour, d'abord larges à la base, soulevant ensuite la main et décrivant des spirales de plus en plus resserrées jusqu'à mon téton. Incroyable comme c'est érotique de le voir effleurer le bout dur de mon mamelon avec ce simple fruit rouge. Mon sexe palpite, prêt à l'accueillir une fois de plus.

Il repousse la chemise de l'autre côté, met à nu mon sein gauche négligé et me provoque les mêmes sensations merveilleuses ici aussi. Je n'ai jamais autant aimé les fraises qu'en cet instant.

D'une main, il fait sauter d'un geste expert les boutons de la chemise, dévoilant peu à peu mon ventre. Avec le pouce et l'index, il tire la fraise vers le bas, plongeant dans mon nombril, puis décrivant des cercles tout autour. Il écarte la chemise et, du bout de la langue, retrace tous les endroits où la fraise s'est égarée. Sa langue chaude, humide et habile m'arrache un gémissement. J'étreins ses joues tandis qu'il remonte et que son visage se rapproche du mien, écrasant ma bouche contre la sienne. Son baiser est si profond qu'il me coupe le souffle.

Une autre partie de moi a disparu. Un autre morceau qu'il possède maintenant. Alors que c'est censé être l'inverse, il est censé être à moi.

Alors qu'il recule légèrement, nous nous respirons l'un l'autre. Il est mon oxygène, et je suis le sien. Ses yeux bleus sont rivés sur les miens, et j'oublie de respirer lorsqu'un sourire se dessine lentement sur son visage d'une beauté à la fois saisissante et si masculine.

Je me demande comment je peux avoir autant de chance. C'est impossible. Alors, avant de perdre le courage, je lui demande :

— Sois honnête, es-tu vraiment venu au café tous les jours pour me voir ?

Parce que j'ai encore du mal à y croire. Pourquoi *cet* homme aurait-il besoin de faire ça ? Et pourquoi moi ?

Kane fronce les sourcils, sa poigne se resserre autour de moi.

— Je ne mens jamais, Lila.

Il n'est clairement pas content, et je me mords la lèvre inférieure. Est-ce que je viens de commettre une erreur fatale en sous-entendant qu'il ment alors qu'il a toujours été gentil avec moi ?

J'aimerais pouvoir revenir quelques secondes en arrière, à l'instant où il m'a adressé ce large sourire et ne plus voir sa déception.

— Je suis désolée, murmuré-je. C'est juste que...

— Tu crois vraiment que je ne te trouve pas fascinante ?

Voire hypnotisante ? Tu m'attires comme une flamme attire un papillon de nuit, Lila. Il n'y a aucune raison de se poser des questions, il suffit d'accepter cette évidence.

L'idiote que je suis a envie de répondre que je n'accepte jamais ce qui ressemble à une évidence. Ce n'est pas ma nature. J'ai toujours besoin de comprendre pourquoi, ce qui fait vibrer les gens, ce qui attire les couples l'un vers l'autre. C'est l'écrivaine en moi, l'éternelle romantique, l'âme curieuse qui prend le dessus.

Je contrôle les pensées et les sentiments des personnages. Je connais les miens. Ce que je ne comprends pas, c'est ceux de Kane. Et je ne peux pas m'empêcher de voir fouiller à la recherche de la vérité. Je me rappelle alors que j'ai le reste de l'éternité pour découvrir ce qui se passe dans sa tête et son cœur. Je n'ai pas besoin de les connaître sur le bout des doigts à ce moment précis. Je peux apprendre tout au long de notre voyage.

Mais pour l'instant, je dois régler ce problème.

— Kane, commencé-je, et je respire profondément avant de continuer. Je n'ai jamais été populaire, ni « l'une de ces filles », ni même extravertie. J'ai toujours gardé mes distances et j'utilise mon imagination pour me créer une vie excitante. Je n'ai jamais été à l'aise pour aborder les hommes et je ne sors pas souvent avec eux, mais quand je le fais... Disons que mes options sont un peu limitées. En fait, j'ai peur de devenir une de ces vieilles dames à chats.

C'est bizarre de lui avouer tout cela, car je n'en parle jamais à personne. Même pas à ma famille.

— Combien de chats as-tu aujourd'hui ?

— Aucun.

Il renverse sa tête vers l'arrière et éclate de rire. Lorsqu'il se calme enfin, il me regarde dans les yeux.

— Lila, tu ne te rends pas compte... Quand je suis entré dans ce café pour la première fois et que je t'ai vue, j'ai tout de suite su qu'il y avait quelque chose de spécial en toi. Je ne sais pas comment ni pourquoi, mais je le savais. Et crois-le ou pas, ce n'est qu'après trois matins consécutifs que tu m'as enfin remarqué. Et une fois que tu m'as vu...

Il recule et sourit.

— J'étais foutu.

Un soupçon d'incrédulité me taraude encore, mais je le repousse. Je ne vais pas continuer à me demander – ou à lui demander – pourquoi il me veut. Je vais accepter cette évidence, comme il l'a dit. Et profiter du moment. Et de lui. Oh oui, de lui.

Je passe les doigts sur son front et sur sa joue. Il les attrape et en presse le bout sur ses lèvres, les embrasse, puis aspire mon majeur dans sa bouche. Alors que sa langue tourbillonne autour de mon doigt, mes paupières se ferment à moitié, j'observe son visage et un frisson me parcourt l'échine. On pourrait croire que mon doigt est un dessert succulent ou l'une de ces fraises bien mûres.

J'expire son nom.

— Kane...

— Tu es délicieuse et je veux te goûter encore, murmure-t-il contre le bout de mon doigt.

Je sais ce qu'il veut dire, mais...

Il glisse du lit et disparaît dans la salle de bain principale. Quelques secondes plus tard, j'entends l'eau jaillir du robinet. Il est en train de faire couler un bain. Un parfum puissant et délicieux s'échappe de la pièce et mes narines tressaillent tandis que je m'efforce d'en reconnaître l'origine.

Bien sûr, c'est lui. Ce qu'il ajoute dans l'eau me fera sentir comme lui, me marquera de son parfum.

Quelques instants plus tard, il se dirige à grandes enjambées vers le lit, et je lâche un petit cri lorsqu'il me soulève dans ses bras. Je passe les mains autour de son cou et il me porte jusqu'à la salle de bains. Il me repose sur mes pieds, puis vérifie la température de la baignoire qui se remplit rapidement. Elle forme un triangle incurvé, largement assez grand pour nous deux. Ce n'est pas le combo typique baignoire et douche. Une cabine de douche en verre dépoli est dissimulée dans un autre coin de la pièce surdimensionnée attenante à la chambre.

Il fait glisser la chemise ouverte de mes épaules et elle tombe sur le sol tandis qu'il m'aide à entrer dans la baignoire-jacuzzi. L'eau est très chaude, sans pour autant me brûler la peau, et lorsque je m'enfonce dans l'eau parfumée, mes muscles se détendent. Je m'installe en soupirant et l'eau monte juste assez haut pour que mes seins flottent. Il me fait signe de me redresser, j'obtempère et il se glisse derrière moi. Lorsqu'il s'abaisse de tout son poids, le niveau s'élève dangereusement et l'eau menace de déborder. Dans l'eau, je remarque le contraste entre ses longues jambes sveltes et bronzées qui épousent l'extérieur des miennes, plus claires. Je laisse courir mes mains sur ses cuisses musclées, savourant les contours et la force contenue sous cette peau parfaite.

Lorsqu'il passe un bras devant moi, je remarque qu'il attrape une barrette à cheveux posée sur le bord de la baignoire et je ne peux m'empêcher de me demander pourquoi il possède un tel objet, et à qui elle appartient. Est-ce celle d'une autre femme ? D'une ancienne petite amie ? Ou bien les garde-t-il à portée de main pour ses conquêtes ravies dans les cafés ? J'oublie rapidement tout cela lorsqu'il attrape mes cheveux et les enroule au sommet de ma tête et, d'une main experte, les attache afin d'éviter qu'ils ne finissent mouillés.

Avant que je ne puisse me caler contre son torse pour savourer ce bain, il dépose des baisers sur le côté de ma gorge jusqu'à la courbe entre mon cou et mon épaule. Je frissonne ardemment. Mes mamelons se dressent douloureusement et leurs pics rose foncé flottent juste à la surface de l'eau.

— L'eau est-elle trop froide ?

— Non, le rassuré-je.

C'est lui qui me donne la chair de poule, pas la température de l'eau. Mais la vue de mes propres seins qui flottent me donne envie de les entourer de mes mains mouillées, de les attraper, de les soulever, d'effleurer mes propres tétons. Je me laisse retomber en arrière, les yeux fermés, et joue avec moi-même. Je sais qu'il me regarde parce qu'il est immobile, silencieux, le seul murmure de sa respiration emplissant mes oreilles. Sa queue est dure entre nous, elle grossit rapidement jusqu'à atteindre sa taille et sa longueur maximales. Je me recule jusqu'à être collée contre lui, son érection emprisonnée entre nous.

— Te voir te toucher, c'est un spectacle grandiose, Lila.

Je feins l'innocence en renversant la tête, je ris à voix basse et demande :

— C'est vrai ?

Je pince mes deux tétons entre mes doigts et les tourne un peu, gémissant doucement devant mes propres actes. J'ai l'impression qu'il y a une ligne directe entre la pointe de mes seins et mon sexe, et je me tortille un peu contre le fond lisse de la baignoire. Je serre mes cuisses l'une contre l'autre parce que j'ai envie de jouir et je sais qu'il ne me faudrait pas beaucoup plus pour y parvenir.

— Où te touches-tu aussi, Lila ?

— Partout, murmuré-je en déglutissant difficilement et en appuyant ma tête contre sa clavicule. Je me lèche les lèvres et inspire profondément, sentant mon cœur brûler pour lui.

— Montre-moi, souffle-t-il contre la peau humide de mon épaule.

Je continue à caresser un sein tout en plongeant mon autre main sous l'eau. J'écarte les jambes pour avoir plus de place et glisse ma main dans le creux de mes cuisses.

— Montre-moi, répète-t-il, d'une voix basse et rauque.

Mes lèvres s'écartent et une bouffée d'air s'échappe alors que je sépare mes replis charnus et que je rencontre mon cœur palpitant.

— C'est ça, Lila. Jouis pour moi, me presse-t-il doucement, et sa voix dans le creux de mon oreille est un aphrodisiaque dont j'ignorais jusqu'à l'existence.

J'appuie sur mon clitoris et décris des cercles autour du bout des doigts jusqu'à ce que mes hanches sursautent et que je glisse finalement deux doigts à l'intérieur de moi en poussant un cri étouffé. Je pince une dernière fois mon téton et je laisse descendre mon autre main pour aider la première. Je joue avec mon bourgeon et je me donne du plaisir, mon bassin dansant entre ses cuisses. Son buste se soulève et s'abaisse à un rythme plus rapide contre mon dos et, avec un gémissement, il saisit mes deux tétons et les tortille brutalement. Je crie, je me cambre. Il les tire, les pince et les tord sans aucune pitié, tandis que j'augmente la cadence de ma main, mes doigts s'enfonçant dans l'eau. Des vagues oscillent d'avant en arrière, éclaboussant par-dessus le rebord la baignoire et jusque sur le carrelage. Ma respiration se fait rapide, irrégulière, et je m'active à un rythme effréné. J'y suis presque, je suis si près du but. Je ferme les yeux, me concentrant sur ce que font ses doigts et les miens.

Il murmure mon nom encore et encore.

— Jouis pour moi, Lila. Jouis pour moi.

Un juron explosif m'échappe alors que mes hanches se soulèvent et sortent presque de l'eau. Mon cœur se resserre avec une intensité à laquelle je ne m'attendais pas, mes orteils se recroquevillent et mes yeux roulent derrière mes paupières. Je m'effondre à nouveau contre Kane et il encaisse le choc en grognant.

Je ne marque même pas de pause pour profiter du contre-coup de mon orgasme. Sans même attendre que le clapotis de l'eau ne s'apaise, je me tourne dans la baignoire pour lui faire face et je m'empale sur son érection avant qu'il ne puisse m'en empêcher.

— Lila, s'écrie-t-il en se raidissant, et ses mains agrippent si fort mes hanches que ma peau en gardera des traces.

Il me maintient immobile et ferme les yeux un instant, luttant intérieurement.

— Non, gémit-il en ouvrant les yeux et en me regardant d'un air sombre. Non.

— Si, lui dis-je, sans détourner le regard. J'arrache ses doigts crispés de ma chair et je commence à bouger. Je me berce contre lui, mon clitoris frôlant son bassin tandis que je le fais entrer et sortir de moi.

Sa tête bascule en arrière et ses yeux se ferment tandis qu'il se crispe sous moi, luttant contre l'envie de lâcher prise.

— Kane, Kane, tu te sens si bien en moi. Tu me remplis. Tu... me complètes.

Ses yeux s'ouvrent et il me dévisage. Quelque chose a changé en lui. Il m'observe avec une intensité qui me fait frissonner à nouveau. Les pointes tendues de mes seins frôlent sa peau chaude et humide, glissant de haut en bas au gré de mes mouvements.

— Qu'est-ce que tu me fais ?

*Je te fais mien.*

Avant que je puisse répondre, il enfonce ses dents dans mon cou et crie contre ma peau humide. Ses mains se posent sur ma taille et me maintiennent en place tandis que ses hanches se soulèvent. Nous nous frottons l'un à l'autre, incapables de nous rapprocher davantage, même si nous y mettons toute notre ardeur. Et quand je sens les fortes pulsations à la base de sa queue, je plonge avec lui de l'autre côté du précipice, jusqu'à ce que nous soyons tous deux noyés l'un dans l'autre.

Quand le calme revient enfin, je pose ma tête contre son torse et il m'entoure de ses bras, me serrant contre lui tandis que notre respiration ralentit, que nos pensées reviennent et que nous remarquons que l'eau du bain se refroidit et nous force à sortir et à nous séparer l'un de l'autre.

# Chapitre Six

Je suis punie parce que j'ai été vilaine. J'ai profité de la faiblesse momentanée de Kane et nous avons fait l'amour sans préservatif. Et maintenant, je dois être punie.

Je me retrouve de nouveau les bras tendus, mais cette fois-ci, je ne suis pas sur le lit. Oh, non. Les cordes souples retiennent maintenant mes poignets au-dessus de ma tête. Mes orteils frôlent tout juste la moquette, bien que difficilement. Et mon monde est actuellement sombre.

Très, très sombre.

Bien sûr, Kane possède un véritable bandeau et n'a pas besoin d'en utiliser un de fortune. Il couvre entièrement mes yeux, et il ne bouge pas d'un pouce. L'air se déplace tandis qu'il me tourne autour, réfléchissant probablement à ce que sera ma pénitence.

Je n'ai pas peur de ce qu'il va me faire subir. Je ne m'inquiète absolument pas. Au contraire, j'attends avec impatience le plan qu'il va élaborer.

Encore des premières, à n'en pas douter.

Et plus de matière pour mes livres. Sans parler de mon imagination fertile.

Un objet léger balaie mes côtes et mon ventre. Une plume,

peut-être, qui chatouille ma peau. Un frôlement par-ci, un frôlement par-là. Sur les pointes dures de mes tétons, sur le galbe de mes seins. Un bref contact avec mes lèvres, une caresse sur ma joue. Je ne trouve qu'un seul mot pour décrire ce qu'il fait : il me *titille* en dessinant la silhouette de mes courbes. Du sommet de ma tête jusqu'à mes orteils. Je serais étonnée qu'il en ait raté un seul millimètre. Je l'imagine dans mon esprit armé d'une plume de paon surdimensionnée, aux couleurs violettes, vertes et bleues éclatantes. Un bleu semblable à celui de ses yeux fascinants. Ma cécité temporaire me donne envie de revoir leur couleur exotique.

Lorsque Kane m'a attachée, il m'a demandé de rester silencieuse à moins qu'il ne m'adresse la parole ou me pose une question. Sans quoi, je serais bâillonnée.

Le bandeau ne me déplaisait pas. Le bâillon, par contre, je n'étais pas sûre, alors j'ai accepté.

Tandis qu'il fait glisser la plume le long des courbes de mon dos, dans l'échancrure de ma colonne vertébrale, et chatouille le sillon de mes fesses, je fais tout mon possible pour ne pas rire. Je ne suis pas chatouilleuse d'habitude, mais ne rien voir et ne pas savoir ce qu'il va faire ensuite me rend plus sensible aussi.

Je sursaute et il me fouette avec la plume, ce qui me donne encore plus envie de glousser, mais je me mords la lèvre inférieure pour me retenir. Se faire fouetter avec une plume est le plus grand oxymore qui me soit donné d'imaginer. Pas plus violent qu'une mouche qui se pose sur moi, mais tellement plus agréable.

— Lila, la plume n'est qu'un début, ne l'oublie pas, prévient sa voix grave.

Bien sûr, bien sûr. Qu'est-ce qu'il y a ensuite ? Un foulard en soie ?

Mais je deviens soudain sérieuse lorsque j'imagine qu'un morceau de soie glissant contre ma peau nue serait très, très érotique. Et là, c'est moi le dindon de la farce, parce que j'ai envie de ça. Je suis prête à ce qu'il délaisse les légères taquineries de la plume et passe à autre chose.

Ses lèvres chaudes se pressent contre le sommet de ma colonne vertébrale, puis il disparaît.

Mes oreilles se tendent pour entendre ses mouvements, pour comprendre ce qu'il fait, pour découvrir la suite. Mais ses pas quittent la pièce.

*Zut.* Il m'a laissée seule, suspendue au milieu de sa chambre. Je me mets sur la pointe des pieds et pivote tout mon corps pour faire face à la porte. Je suis tentée de l'appeler, mais je me rappelle qu'il m'a fermement intimé l'ordre de me taire.

Et j'obéis.

En toute honnêteté, je n'ai jamais reçu d'ordres d'un homme auparavant, pas même de mon père, mais Kane n'est pas un homme comme les autres. Et pour cette raison, je crains de devoir avouer que je serais prête à faire tout ce qu'il m'ordonne. Mon intention était de le faire mien pour toujours. Je commence à croire qu'il est en train de renverser les rôles.

Mes oreilles se dressent tandis que ses longues enjambées dévorent l'espace entre lui et moi. Il avait peut-être soif, car la journée a été bien remplie.

Je ne sais plus quelle heure il est, mais mon horloge biologique me dit qu'il est au moins en fin d'après-midi. La tasse de café qu'il m'a offerte tout à l'heure me semble dater d'une éternité.

Je le sens debout devant moi. Je l'entends respirer. Je l'imagine souriant à l'idée de ce qu'il va faire ensuite.

Et ce qu'il fait me fait hurler de stupeur.

Le froid. Un froid brûlant qui me fait frissonner. Kane fait tournoyer ce qui ne peut être qu'un glaçon sur ma peau, laissant une traînée mouillée dans son sillage. Je tressaille de nouveau tandis que mes tétons durcissent tant que mes seins en deviennent douloureux. Et il ne les a même pas encore touchés.

Il passe la glace sur mon ventre et descend jusqu'au creux de mes cuisses. Il taquine mon clitoris avec le cube glacé et le glisse entre mes replis ardents. Le glaçon fond au bout de ses doigts et je suis presque soulagée de le sentir disparaître.

Un autre tintement et je gémis, attendant qu'il recommence. Il se place derrière moi et fait glisser le deuxième glaçon le long de mon dos, sur mes fesses, le long de mes cuisses, puis il remonte. Il l'appuie sur mon anus serré et le maintient en place jusqu'à ce qu'il fonde complètement.

Un autre cliquetis et je sursaute lorsqu'il m'attrape les seins, m'attendant à un froid mordant sur ma peau. Mais il n'en est rien et je me demande ce qu'il prépare.

Et quand sa bouche s'empare de mon mamelon, je ne me pose plus aucune question. La fusion du cube froid et de ma chair sur sa langue me provoque une onde de choc. Je tremble violemment et je gémis. La sensation est extraordinaire, mais je la déteste et l'aime à la fois.

Il suce un mamelon puis l'autre, remplaçant le glaçon dans sa bouche quand c'est nécessaire, jusqu'à ce que mes tétons soient presque engourdis. Mais lorsque le dernier glaçon disparaît, sa bouche devient chaude, avide, et il me pince, me lèche et me suce jusqu'à ce que je sois complètement enflammée, que je me tortille et que je me morde la lèvre pour ne pas crier.

Lorsque ses dents raclent chaque pointe dure, je ne peux plus me retenir. Un cri de frustration jaillit, mais je n'ai prononcé aucun mot. Je n'ai pas enfreint la règle. Pas encore, en tout cas.

Mais peut-être que je le devrais...

Je suis curieuse de savoir quelle serait la punition en cas d'infraction à une règle pendant... une punition.

Peut-être que Kane avec un K possède une canne avec un C. Je tremble à cette idée. Et alors que je l'imagine en train de me fouetter légèrement le dos, mes fesses, mes seins, mon corps se contracte férocement, en proie à un orgasme. Comment est-ce possible ?

— Putain, je viens de jouir, m'écrié-je avant de me raviser.

*Merde.*

Alors qu'il s'éloigne de moi, je pense à tout ce qu'il pourrait faire. Les pinces à tétons, le fouet, la pagaie, le bâillon... Je n'ai pas d'autres idées parce que, comparée à Kane, je suis si vierge de toute expérience. Je ne connais même pas toutes les facettes des jeux coquins.

Ou alors, il pourrait m'infliger la pire punition imaginable : refuser de me toucher.

La pire des punitions, je ne la supporterais pas. Je mourrai sans sa peau. Je me flétrirai et disparaîtrai comme de la poussière dans le vent.

J'ai envie de m'excuser d'avoir enfreint sa règle, mais je ne veux pas parler à tort et à travers et aggraver la situation. J'attends qu'il dise quelque chose, n'importe quoi, pour pouvoir répondre. Mais il ne réagit pas. J'aimerais voir son visage, évaluer ses pensées et son humeur, mais je me heurte à l'obscurité.

Si je lui dis d'arrêter, il me détachera, ôtera le bandeau et je pourrai me mettre à genoux pour implorer son pardon. Mais si je le fais, il risque fort de me voler la dernière partie de moi que je garde, celle à laquelle je m'accroche encore...

Mon libre arbitre.

Dès qu'il me libérera des cordes, je veux avoir le loisir de m'en aller. Même si je ne le fais pas, je veux avoir le choix.

Toutefois, il est censé m'appartenir. Et non l'inverse. Je dois bien admettre que mon pouvoir de séduction n'est pas à la hauteur de mes espérances. En réalité, c'est moi qui suis captivée, pas lui.

Il est bon. Il sait ce qu'il fait. Moi, apparemment, pas vraiment.

Je l'entends se déplacer dans la pièce, ouvrir et fermer une porte, et je reste là, respirant à peine, mes oreilles s'efforçant de deviner ses intentions. Mon esprit s'emballe devant les possibilités qui s'offrent à moi.

Mais je n'aurais jamais pu envisager ce qu'il me fait alors. Un objet vient entourer mon pubis. Pas sa main. Un truc en plastique avec un bord en caoutchouc et dont la forme ressemble à celle d'un masque à oxygène. Il plaque cet objet contre ma chair, puis j'entends un bruit de pompage – manuel, pas électrique – et l'air s'échappe de la coupe qui entoure mon pubis. Ma peau se tend et mes lèvres se gonflent comme si elles étaient aspirées par un tube étroit, même si ce n'est pas tout à fait exact. Plus il pompe, plus mes petites lèvres se gonflent, plus je mouille, plus mon clitoris devient sensible.

Si c'est une punition, je suis prête à l'accepter à tout moment.

Peut-être que mon châtiment consiste à ne plus sentir ses doigts ou sa bouche sur moi et à ne plus toucher qu'un morceau de plastique impersonnel. Mais le sang afflue à la surface de ma peau lorsqu'il va et vient encore deux fois et que ma chair remplit la coupe. Je sens et j'entends qu'il décroche quelque chose – ce que je ne peux qu'imaginer être le tube et la pompe à main – et il disparaît.

Il disparaît, littéralement.

Volatilisé. Disparu. Pas un mot, pas un murmure, rien. Si j'avais l'impression que mon esprit tourbillonnait avant, il est maintenant hors de contrôle comme dans une tornade. Mes épaules me font mal à force d'être étirées au-dessus de ma tête et mon intimité palpite férocement à chaque battement de cœur. Et je n'entends rien d'autre que le silence.

Il pourrait inviter le facteur et je n'y pourrais rien. Il pourrait prendre des photos de moi dans cette position vulnérable et les diffuser sur Internet. Ou les envoyer par courriel à mes parents. Il pourrait aussi bien être au téléphone en ce moment même et inviter un ami à venir me baiser pendant que lui regarde. Ou bien une douzaine d'amis.

Ou il pourrait être en train de rassembler des bâches en plastique et son sac à outils de tueur en série. Et c'est peut-être la dernière fois que j'entends parler de lui. La déception m'envahit à l'idée que je ne finirai peut-être jamais la série de livres sur laquelle je travaillais ce matin encore au café.

Puis, je me ricane en repensant à mes idées ridicules. Pour

autant, mes bras fatiguent quand même et mon sexe enfle toujours dans les confins de l'objet.

Les secondes ressemblent à des minutes, les minutes à des heures. Même s'il n'y a pas d'horloge dans la pièce, j'entends un tic-tac imaginaire dans ma tête alors que le temps s'égrène lentement. Alors que je suis sur le point de céder et de l'appeler, il revient.

— Soif ?

Il a posé une question, je peux donc répondre.

— Oui.

Ma voix est rauque et éraillée. Et avant que je puisse en dire plus, je sens la pression d'un verre contre mes lèvres. L'eau glacée coule dans ma gorge et hydrate ma bouche sèche.

— C'est la dernière fois que je te le rappelle, Lila : tu peux dire stop à tout moment.

Une fois qu'il a baissé le verre, je secoue la tête.

— Non.

J'imagine une expression de satisfaction et de fierté sur son visage.

— Je veux que tu prennes plaisir à tout ce que je te fais.

— C'est le cas. Je prends du plaisir, le rassuré-je. Mais je suis prête à être libérée.

— Tu demandes la permission ou tu exiges ?

Je ne réfléchis qu'une seconde.

— Je demande.

— Alors j'ai besoin que tu restes là-haut juste un peu plus longtemps. Je suis sûr que ça en vaudra la peine.

— Puis-je te poser une question ?

Et je prends aussitôt conscience que je viens de le faire. Il hésite avant de répondre.

— Oui.

— Me laisserais-tu jamais te faire ces choses ?

Encore un silence, mais plus long cette fois. Je commence à penser qu'il ne répondra pas quand enfin, il reprend :

— Ça pourrait se négocier. Et, quoi qu'il en soit, je devrais d'abord t'enseigner les techniques, ajoute-t-il à voix basse.

Même si je ne peux pas le voir, je sais que le timbre soudain plus grave de sa voix va de pair avec l'assombrissement de ses yeux. Je me demande ce qui l'excite le plus. La possibilité de me laisser lui faire ce genre de choses ? Ou l'idée qu'il m'éduque ?

Il passe un doigt dans le joint de l'appareil en plastique pour rompre l'aspiration et, si une telle chose est seulement possible, ma peau soupire presque de soulagement.

Mais même ainsi, ma vulve reste gonflée, toutes ses terminaisons nerveuses excitées et palpitantes.

— Tu es tellement pulpeuse, Lila. Tu devrais te voir. Magnifiquement gonflée et rose, luisante de ton excitation.

Il me tient par les hanches en s'agenouillant devant moi et glisse les mains vers mes fesses et l'arrière de mes cuisses. Surprise, je pousse un cri lorsqu'il me soulève soudain. Pendant un instant, presque tout mon poids repose sur mes bras tendus. Mais avant que je puisse protester, il passe mes jambes par-dessus ses épaules et encaisse la plus grande partie de mon poids.

Je crie quand sa bouche me trouve, et les bienfaits de cette pompe sexuelle sont indubitables. Je tressaille à chaque coup de langue sur mon clitoris, sur mes lèvres. Il suce mon bourgeon sensible et je jouis peu après en haletant. Mais il ne ralentit pas, il continue à sucer et à lécher, à mordiller et à gratter, et ses doigts glissent jusqu'à mon cul. Il écarte mes fesses et joue le long de mon sillon, taquinant mon orifice. Et je n'en peux plus.

*Je n'en peux plus.*

*Plus du tout.*

Je tire sur les cordes, j'aimerais pouvoir me pincer les seins et les tétons. Et un étrange mélange de frustration et de satisfaction m'envahit. À l'idée de ce qu'il ne fait pas, et à celle de ce qu'il me fait.

Mais je sais qu'il ne peut pas être partout à la fois. C'est là que mes deux mains pourraient être utiles, ou même un de ses amis. Sur ce, mon cerveau s'arrête net sur ce dernier point.

Mme Innocence est en train d'imaginer des choses qui n'ont absolument rien d'innocent.

Mon sourire se transforme en grimace lorsque ses doigts jouent le long de ma fente et se frayent un chemin à l'intérieur de moi. Non seulement les deux doigts à l'avant, mais son petit doigt se glisse dans mon derrière. Il m'entraîne dans une frénésie, sa bouche se resserre sur mon téton et il fait entrer et sortir ses doigts sans précaution, sans douceur aucune.

*Et j'en veux bien plus.*

*Beaucoup plus.*

Au contraire, je crie :

— Stop !

Instantanément, mes jambes glissent vers le sol, mes orteils touchent la moquette, il se lève et s'éloigne.

Le bandeau tombe de mon visage et je plisse les yeux à cause de la luminosité soudaine de la pièce. Kane se tient devant moi, nu, sa longue et épaisse érection saillante.

— Je suis désolé, Lila, dit-il, un air inquiet sur le visage.

Non. Non. Ce n'est pas pour cela que je veux qu'il arrête.

— Détache-moi, ordonné-je.

Il s'empresse de défaire les nœuds des cordes souples qui me retiennent et je m'effondre presque lorsque je suis enfin libre. Il me rattrape et scrute mon visage.

— Tu vas bien ?

— Oui, marmonné-je. Oui, j'ai besoin que tu me baises, Kane. Je veux que tu sois en moi maintenant.

Le voile épais du désespoir enveloppe ma voix. Le soulagement traverse son visage et disparaît aussitôt, laissant place à un sourire complice. Il me prend dans les bras et me dépose sur le lit, et grimpe sur moi. Il se met à quatre pattes sur mon corps et me regarde dans les yeux. Mon regard se porte sur la lourde érection qui pèse entre ses cuisses épaisses. Je ne suis pas la seule à être prête.

— Lila, nous n'avons pas utilisé de préservatif tout à l'heure. Veux-tu que j'en utilise un cette fois-ci ?

Une pensée fugace me traverse, me disant qu'il sera le dernier homme avec qui je serai et que nous serons ensemble pour toujours, si bien que ce n'est pas nécessaire. C'est risqué, mais nous avons – correction, *j'ai* – déjà merdé et comme je suis sous contraception, cette question ne m'inquiète pas. Mais quand même...

— Non, murmuré-je en le regardant bien en face. Je ne veux rien entre nous.

Une lueur scintille au fond de ses pupilles avant qu'il ferme brièvement les paupières. Et quand il les rouvre, elle a disparu.

— Dis-moi ce que tu veux.

— Toi, dis-je simplement.

— Dis-moi où tu me veux.

— Au plus profond de moi.

— Dis-moi comment tu me veux.

— Moi au-dessus, décidé-je alors.

Eh oui, je réalise à ce moment-là que j'ai besoin d'être sur lui. Jusqu'à présent, c'est lui qui a eu tout le contrôle. Et j'aimerais en reprendre un peu.

# Chapitre Sept

D'UN GESTE, il me positionne à califourchon sur sa taille, ses mains agrippant mes hanches. Je l'étudie tandis qu'il s'allonge sous moi dans ce que je considère comme une position plutôt soumise. La suite dira si j'ai raison de le croire, mais pour l'instant, je choisis de m'accrocher à cette impression. De mes mains libres, je peux tracer les traits de son visage et explorer son corps du bout des doigts.

Il reste immobile, seuls ses yeux suivent mes mouvements. Ses petits tétons foncés sont pointus et je les effleure avec ma langue. Je n'obtiens pas de réaction si ce n'est une légère tension soudaine. Ses doigts s'accrochent à mes cheveux lâchés pendant un court instant, puis il frotte mes longues mèches sur son torse. Alors que je descends le long de son corps, embrassant, léchant, goûtant sa peau, il saisit à nouveau mes cheveux et jusqu'à ce qu'ils me retiennent telle une laisse et que je ne puisse aller plus loin. Pourtant, j'en ai envie. Je ne suis qu'au milieu de son ventre, mais je veux aller plus bas. D'un coup sec, il me force à relever les yeux vers lui. Ses yeux sont sombres, dangereux. Et comme il tire sur mes cheveux, je suis le mouvement, remontant le long de son corps jusqu'à ce que mon regard se pose sur son visage.

J'approche mes lèvres des siennes et je glisse ma langue à l'intérieur pour explorer sa bouche. Un instant plus tard, il tourne la tête, rompant le baiser.

— Attention, tu risques de te retrouver à nouveau sur le dos, m'avertit-il d'un ton cassant. Le pouvoir que j'ai sur lui m'enivre légèrement.

— Pas cette fois, lui dis-je, un peu trop sûre de moi.

Il me fait à nouveau face, les narines dilatées, les paupières à moitié closes.

— Fais attention à toi.

— Sinon, quoi ?

— Ne me tente pas.

Je feins le choc en entendant sa « menace », sans être le moins du monde inquiète. Qu'est-ce qu'il peut faire ? Me baiser jusqu'à ce que j'oublie comment je m'appelle ? Il m'a déjà donné une fessée avec une ceinture. À ce souvenir, je sens mes parties intimes se contracter.

— Je serai ravie d'essayer, murmuré-je, et j'enfonce mes dents dans son épaule. Son corps se cambre sur le lit et ses doigts s'enfoncent dans la chair de ma hanche. Sa queue, nichée entre mes fesses, tressaille. Lorsque je le relâche, je passe ma langue sur les marques que j'ai laissées.

— Tu aimes ça, murmuré-je.

Une grimace se dessine sur son visage et sa mâchoire se crispe avant que je ne baisse à nouveau la tête, le mordant cette fois-ci sur le cœur.

— Lila, souffle-t-il, soulevant les hanches et poussant entre mes jambes.

Mon rire est grave et sulfureux alors que je me délecte de mon pouvoir sur lui. Je mordille ses pectoraux et menace de mordre ses tétons, les grattant du bout de mes dents. Mais je ne mords pas cette zone sensible, je descends plus bas et, cette fois, il me laisse faire. Je chevauche ses cuisses et saisis son sexe dur en main. Je lui jette un rapide coup d'œil avant de baisser la tête pour entourer de mes dents la couronne épaisse. Je serre juste assez pour qu'il sache pertinemment ce dont je suis capable, mais je me retiens bien de le mordre. Ma langue s'élance et capture la goutte salée qui perle sur son gland. Je descends vers son délicat scrotum et le prends en bouche, cette fois en faisant très attention à mes dents. Ses doigts s'entrelacent dans mes cheveux, comme s'il était prêt à les tirer si je tentais autre chose qu'un doux traitement de ce précieux endroit.

Avec un sourire, j'entrouvre mes lèvres pour le libérer et je tourne la tête pour lui mordiller l'intérieur des cuisses. D'un côté, puis de l'autre. En remontant, j'attrape son érection entre mes seins et je les serre l'un contre l'autre, la laissant coulisser entre eux.

— Assez, s'étouffe-t-il en m'attrapant par les bras et en me soulevant.

J'ai envie de lui dire que c'est moi qui déciderai quand ce sera assez, mais je n'ose pas. J'ai vraiment envie d'être au-dessus et je pense que si je prononce ces mots, je risque de me retrouver rapidement en dessous. Au lieu de cela, je remonte et me place au-dessus de lui, gardant sa queue bien immobile tandis que je m'abaisse lentement. Alors qu'il m'étire, qu'il me remplit, je le contemple et il m'imite.

Son torse se soulève et s'abaisse un peu plus rapidement maintenant et il effleure de ses pouces mes mamelons tendus tandis que je bouge sur un rythme ancestral. J'appuie mes mains sur la peau lisse de sa poitrine et bascule mes hanches tandis qu'il pétrit et presse mes seins. Lorsque je sens un tiraillement au plus profond de moi, ma tête se renverse en arrière et ma bouche s'ouvre. Son membre s'adapte parfaitement à moi et caresse juste le bon endroit. À chaque mouvement vers le bas, je presse mon clitoris contre son bassin.

La chaleur envahit ma poitrine et mes joues tandis que l'orgasme grandit. Je retourne mon regard vers le sien. L'air siffle entre ses dents serrées, et lorsque je suis sur le point de jouir, je pince ses deux mamelons, sans aucune pitié.

Il hurle mon nom et je m'envole alors qu'il me laisse

retomber sur le lit et me grimpe dessus avec autant de pitié que j'en ai eue pour lui. J'enroule mes jambes autour de ses cuisses et l'attire aussi profondément que possible. Il me martèle, nos peaux s'entrechoquent, mon sexe encore gonflé et trop sensible accepte chaque centimètre de lui, encore et encore.

— Jouis pour moi, Lila, exhorte-t-il avant de grimacer, et son corps se tend, les veines de ses muscles se font plus saillantes, les tendons de son cou se contractent. Jouis pour moi.

— Dis-moi quand tu vas jouir, dis-je d'une voix rauque. Dis-moi quand tu seras prêt.

Il pose son front sur le mien et ferme les yeux.

— Je suis prêt, grogne-t-il. Je vais jouir au plus profond de toi.

Ses mots sont l'élan dont j'ai besoin et je réponds :

— Jouis avec moi.

Il soulève mes hanches et s'enfonce dans mon corps une fois de plus, en criant :

— J'y suis !

Mes hanches se cabrent et lui échappent des mains tandis que je m'écrase contre lui, des ondes puissantes irradiant du centre de mon corps. Je ne peux même pas lui dire que je jouis aussi. Mais il ne peut passer à côté de la réaction intense de mon corps.

Ma vulve palpite aussi fort que mon cœur et j'ai du mal à prendre une grande inspiration. Alors que j'abaisse mes hanches jusqu'au lit, il bouge avec moi, ne voulant pas rompre notre lien. Pas encore, en tout cas.

De temps en temps, je sens encore un frémissement à la base de sa queue.

— La pompe a-t-elle augmenté ton plaisir ? demande-t-il en se dégageant.

— Oui, c'était intense, dis-je en souriant. Et pour toi ?

— Absolument, murmure-t-il en déposant un baiser sur mon front.

Avec un grognement, il se laisse tomber à mes côtés et me serre contre lui.

— Autant dire que ce n'était pas vraiment une punition.

Ma tête repose contre son torse et sa voix gronde contre mon oreille.

— Tu apprendras que mes punitions sont plutôt de douces tortures. Je ne veux pas que tu ressentes autre chose que du plaisir.

— J'espère que cela ne te dérange pas, mais je ne pense pas pouvoir supporter davantage de tes *douces tortures* aujourd'hui. Je ressens une douleur en bas, et ce n'est pas dû au désir. Même si je suis clairement comblée, j'aimerais pouvoir marcher demain.

Son corps tremble contre le mien tandis qu'il s'esclaffe.

— Je vais te laisser récupérer puisque j'en ai besoin moi aussi. Je n'ai plus vingt ans.

— Moi non plus, soupiré-je.

J'ai l'impression que mes vingt ans, c'était il y a une éternité, et en regardant son corps, je me rends compte que, quel que soit son âge, il est en meilleure forme physique que la plupart des vingtenaires. Et il est sans le moindre doute plus expérimenté.

— Le dîner ne devrait pas tarder à arriver.

Je lui lance un regard surpris.

Il continue :

— Je l'ai commandé quand je suis allé chercher le brunch.

— Tu savais que je serais encore là à l'heure du dîner ?

Une commissure de ses lèvres se recourbe.

— Je viens de te retrouver, Lila. Tu crois vraiment que je te laisserais partir si vite ?

— Il faut bien que je rentre chez moi à un moment ou à un autre.

Il reste silencieux un moment.

— C'est vrai, et je dois retourner à mes affaires. Mais c'était sympa de passer une journée à faire l'école buissonnière, tu ne trouves pas ?

— Oh, oui. Tu peux faire l'école buissonnière avec moi quand tu veux.

— Si tu acceptes de passer la nuit ici, je peux te déposer chez toi demain matin en allant au travail.

Toute cette histoire n'a rien d'un coup d'un soir, merci et au revoir. C'est au contraire un scénario qui vise à me garder assez longtemps pour me donner envie d'en avoir plus. Pour me rendre accro, comme je le craignais.

Et il a réussi.

Mais je ne refuserai pas un câlin de toute une nuit.

— Et je passerai te prendre pour dîner demain soir. Je t'emmènerai rencontrer le chef.

— Genre un vrai rencard ?

— Pourquoi as-tu l'air surprise ?

Je ne devrais pas l'être. J'avais merveilleusement commencé à l'aimer pour toujours. Et, bien sûr, l'éternité devait englober la soirée de demain. Et la suivante...

— On peut apprendre à mieux se connaître autour d'un dîner assis et habillés, plaisanté-je.

Il hausse un sourcil.

— Ah. Tu ne veux pas que je te serve un dîner au lit ?

— Oh, si, je veux bien. Penses-tu ! Mais est-ce qu'on ne fait pas les choses un peu à l'envers ? Ne devrait-on pas dîner et discuter, puis aller au lit ?

— Tu préfères que tout se passe dans la tradition.

Ce n'est pas une question, mais plutôt une découverte amusée.

— Es-tu déçue de la façon dont j'ai géré la situation aujourd'hui ? demande-t-il, et je perçois une pointe d'humour dans sa voix.

— Oh, bien sûr que non. Le traditionnel est barbant, lui dis-je en me blottissant un peu plus contre lui.

Et le sexe du jour n'avait rien de traditionnel.

Il est révolu le temps où j'attendais d'un homme qu'il me prenne en missionnaire. Kane a relevé la barre jusqu'à un niveau impossible à égaler. Mais ça n'a aucune importance. Parce qu'il est désormais mon seul et unique partenaire, de toute façon. Je devrais peut-être lui faire part de mes projets.

— C'est prometteur, dit-il en frottant sa paume le long de mon bras.

Quand il me touche, j'ai envie de ronronner comme un chaton, mais c'est un bâillement qui s'échappe.

— Si je mange un peu, je finirai peut-être par ronfler dans tes bras.

— Je suis sûr que ce sera un ronflement très sexy.

— Ah ! Tu me diras demain matin à quel point c'était sexy.

Il hausse un sourcil.

— Est-ce que je vais devoir t'étouffer avec un oreiller pour pouvoir dormir ?

— Hmm. C'est possible. Tu pourras me retourner sur le côté si je ronfle trop fort.

Il écarte une mèche de cheveux de mon épaule.

— Lila, si je te retourne, ce ne sera pas pour arrêter tes ronflements.

— C'est prometteur, lui dis-je en l'imitant, avec un clin d'œil.

La sonnette interrompt notre badinage et il m'abandonne au milieu des draps froissés pour enfiler à nouveau son short de sport. Il ne s'absente pas longtemps et à son retour, la délicieuse odeur d'un repas chaud le précède dans la chambre.

— Oooh. J'ai hâte de rencontrer ce chef.

Je me redresse et regarde avec envie les sacs qu'il tient dans ses mains. Je tapote le lit à côté de moi, comme tout à l'heure.

— Je vais devenir grosse si je ne quitte jamais ton lit et que tu continues à me nourrir avec tous ces bons petits plats.

— Tu es faite pour être gâtée, Lila.

Alors que Kane s'installe à mes côtés, je me dis que je pourrais m'habituer à ce qu'il me gâte.

— Par toi.

— Par moi, convient-il.

— Seulement toi.

Les coins de ses yeux se plissent.

— Seulement moi.

— Pour toujours ?

— Si c'est ce que tu veux, conclut-il avec un large sourire, et je lui rends la pareille.

Puis il me donne à manger jusqu'à ce que je sois rassasiée. Quand il a terminé de nettoyer, il se glisse à nouveau entre les draps. Il me prend dans les bras, me serre contre lui, passe les doigts dans mes cheveux, dépose de légers baisers sur mes pommettes, mon front, mes lèvres. Et, même s'il n'est pas tard, je perds peu à peu le combat contre mes paupières alourdies. Et je glisse dans un sommeil réparateur, mon corps entrelacé avec celui de Kane avec un K, et la dernière pensée qui me vient à l'esprit, c'est que le réveille-matin sonnera bien trop tôt.

# Épilogue

*Bip. Bip. Bip.*

J'ouvre les yeux en entendant l'alarme. Mais je ne suis pas dans le lit de Kane, et mon cœur palpite tandis que la panique m'envahit.

Mon anxiété monte encore d'un cran lorsque je vois ce qui ressemble à une personne en blouse de médecin en train de contrôler des machines bruyantes tout autour de moi. Bien sûr, c'est une femme médecin. Elle porte une blouse blanche sur laquelle est brodé le nom *Dr Emily Branson*.

Elle me sourit et me tapote doucement l'épaule comme si elle essayait de me rassurer.

— Vous sortez du coma. Nous vous avons gardée endormie pour faciliter votre guérison. Vous avez subi un traumatisme important et votre cerveau a gonflé sous l'effet de l'impact.

Sa voix est douce, grave et apaisante.

Elle se penche près de mon oreille et je cligne des yeux lorsqu'elle ajoute :

— Il y a quelqu'un ici qui veut vous voir, chuchote-t-elle en inclinant la tête vers la porte ouverte. Il est venu tous les jours pendant les heures de visite. Vous avez de la chance.

Elle me lance un sourire complice et je suis incapable de

répondre le moindre mot parce que j'essaie de comprendre pourquoi je suis ici, ce qui s'est passé. Je regarde la femme médecin contourner un homme de grande taille, qui porte un costume bien ajusté, debout dans l'embrasure de la porte, et elle lui tapote le bras en passant.

— Vous pouvez entrer maintenant.

Il s'approche et me sourit, ses dents si blanches contrastant avec sa peau mate.

— Quand vous vous êtes précipitée devant cette voiture...

Il s'interrompt, ses yeux étonnants sont tristes. Il marque un temps d'arrêt pour rapprocher une chaise du lit. Il y installe sa grande carrure avec grâce avant de reprendre :

— J'ai essayé de vous rattraper, mais vous m'avez glissé des doigts avant que je puisse...

Sa pomme d'Adam frémit lorsqu'il déglutit difficilement.

Je secoue la tête. Lentement. Avec précaution. Je ne comprends pas ce qu'il dit. Je ne me souviens pas avoir été renversé par un véhicule. Pourtant, maintenant que je suis réveillée, j'ai l'impression d'être passée sous un camion. Je regarde les aiguilles et les tubes qui sortent de ma main meurtrie.

Je ne me souviens peut-être pas de ce qui s'est passé, mais je me souviens de lui.

Je ne pourrai jamais l'oublier. Il semble faire partie de moi, de chacune de mes cellules.

Je ne sais pas pourquoi il est là, mais j'en suis heureuse.

Il prend délicatement ma main dans la sienne et se cale contre le dossier, sans la lâcher, tout en douceur. Son expression est sérieuse et il m'observe intensément.

— Au fait, je m'appelle Kane.

Oui. Kane avec un K.

Je m'éclaircis la voix pour tenter de parler.

— Un grand café noir.

Enfin, ses lèvres se recourbent.

— Oui.

— Vous m'avez sauvée.

Il secoue la tête.

— Non, j'ai essayé, me rappelle-t-il. Je suis désolé de ne pas avoir réussi.

Mais alors... Tout ce qui s'est passé entre nous...

— Mais vous m'avez ramenée chez vous... commencé-je, mais je me perds dans mes pensées.

Il fronce les sourcils et les commissures de ses lèvres retombent un peu.

— L'ambulance est arrivée et vous a transportée directement ici.

— Vous avez une cafetière ?

Son froncement de sourcils s'accentue sous le coup d'une apparente confusion.

— Oui.

— Dites-moi. Pourquoi vous arrêtez-vous au café tous les matins, alors ?

Son expression s'adoucit et il me sourit gentiment.

— Je pense que vous savez pourquoi.

Oui, je sais pourquoi.

---

*Il s'appelle Kane.*
*Je l'aimerai pour toujours. Seulement, il ne le sait pas encore.*

Une novella obsédée

Ce n'est pas qu'une histoire d'amour,
c'est une obsession…

Édition française

# ONLY HIM

USA Today Bestselling Author

# JEANNE ST. JAMES

# Chapitre Un

## Sydney

*PUTAIN DE MERDE.*

Je jette un coup d'œil derrière le rideau et aperçois l'homme qui transporte des cartons depuis un camion loué jusqu'à la maison voisine.

Ma mâchoire se referme comme un piège. C'est quoi ce putain de karma ?

Mes doigts tremblent en s'agrippant au tissu du rideau. Je dois rêver. Jamais je n'aurais pensé que mon coup de cœur du lycée déménagerait... Juste. À côté. De chez moi.

Juste à côté !

Mon ventre se tord et mon intimité se contracte.

Je veux appeler quelqu'un. Je veux courir partout dans la maison en criant.

*Reid Turner en personne* déménage à côté !

Pincez-moi !

Je ne l'ai pas vu depuis des lustres. Pas depuis la remise des diplômes. Et c'était il y a si longtemps.

Mais je sais que c'est lui. Ça ne fait aucun doute.

Toutes les fibres de mon être le savent, car j'ai passé le plus clair de mon adolescence à le traquer – *euh, à le regarder*. Je le reconnaîtrais n'importe où.

Sa démarche. Ses cheveux (même s'ils sont coupés beaucoup plus court maintenant). Ses épaules (beaucoup plus carrées qu'au lycée – le gamin est devenu un homme). Ses cuisses épaisses (elles ont toujours été musclées, parce qu'il faisait partie d'une équipe de sport).

C'est forcément lui.

Mon cœur s'arrête lorsqu'il jette un coup d'œil vers ma fenêtre. Je laisse retomber le rideau comme s'il était en feu et me plaque contre le mur. Mon rythme cardiaque passe de zéro à soixante en une seconde.

Putain de merde, il m'a vu l'épiant ?

Le pouls dans mon cou palpite et risque à tout moment de jaillir de ma gorge. Je serre une main contre ma poitrine tout en essayant de ralentir ma respiration.

Inspire. Expire.

Ça va aller.

À l'époque du lycée, ce type n'a jamais su que j'existais, il ne me reconnaîtrait certainement pas aujourd'hui, de toute façon.

J'ai changé. J'ai *mûri*.

Mon corps mince à la poitrine plate s'est nettement embelli. Mes seins sont peut-être plus gros et plus lourds que je ne le souhaiterais, et mes hanches suffisamment galbées pour ne plus rentrer dans un jean moulant, mais je n'ai aucun problème à attirer les hommes. Aucun problème.

Il semblerait qu'ils préfèrent avoir une bonne prise lorsqu'ils s'enfoncent en moi, transpirent sur moi, grognent et gémissent, et malheureusement, *la plupart du temps*, ils me laissent insatisfaite et sur ma faim.

Et *la plupart du temps*, j'ai hâte qu'ils se rhabillent et s'en aillent.

Petit-déjeuner ? Non, merci. Je suis au régime.

Mais revenons à nos moutons.

*Reid Turner, bon sang.*

Je jette à nouveau un coup d'œil par la fenêtre et je me

demande pourquoi il déménage ses affaires tout seul. Peut-être devrais-je aller lui proposer mon aide ?

C'est alors que je les vois. Toute une ribambelle de mecs baraqués et sexy qui entrent et sortent de la maison en file indienne, comme une armée de fourmis.

Où trouve-t-il ses amis ? Chez Mecathlon ?

Peut-être que ce sont tous des stars du porno gay. Je veux dire, Reid a reçu le prix de l'élève le plus susceptible de réussir dans la vie. Les stars du porno ont réussi, n'est-ce pas ? Ce sont des stars après tout.

J'essuie la salive qui s'accumule à la commissure de ma lèvre. Putain de merde. Gay ou pas, c'est un sacré buffet. Mais quelle déception ! Découvrir que mon amour de jeunesse n'aime pas les femmes ?

Ce n'est pas seulement décevant, c'est dévastateur.

Je lève les yeux au plafond et supplie toutes les divinités qui m'écoutent :

— Je vous en prie, faites qu'il ne soit pas ce que je crains.

Reid est mon fantasme ultime, mon sujet de masturbation permanent, depuis que j'ai posé les yeux sur lui pour la première fois au début de la seconde.

Enfin, plutôt le jour où je suis tombée sur lui. La première fois, c'était un accident. La dizaine d'autres fois au cours de nos années de lycée... plus vraiment si accidentelles. Et une fois, j'ai même effleuré *accidentellement* le devant de son jean.

Il était tiède et doux. Mais cette nuit-là, j'ai imaginé qu'il était chaud et dur. Et tout à moi. Cette nuit-là s'est révélée être agréable et je me suis peut-être même foulé un doigt.

Mais peu importe le nombre de fois où je me suis jetée devant Reid Turner, il n'a jamais paru me remarquer. Je n'avais ni décolleté ni formes. Et je n'étais assurément pas une pom-pom girl, ni même une membre de l'équipe de supporters ou de la brigade, ou, quel que soit le nom qu'on lui donnait.

Je n'étais personne. Juste un corps de plus qui se traînait

dans un couloir étroit et bondé, entrant et sortant des salles de classe comme un troupeau de bétail.

Je ne dis pas que je n'ai *jamais* suscité d'intérêt. Mais pas de la part de Reid Turner et de ses semblables. Oh, j'ai été embrassée et doigtée, et j'ai fini par perdre ma virginité, mais rien de tout cela ne mérite un article dans la presse.

Et chaque fois que je me retrouvais *parquée* dans un débarras, sur la banquette arrière d'une voiture, dans la chambre d'un garçon dont les parents étaient sortis dîner, je fermais les yeux et j'imaginais Reid.

C'est ainsi que j'ai eu mon premier orgasme (sans en avoir à m'en occuper moi-même). Si je fermais les yeux bien fort et que j'imaginais que le garçon était Reid, alors je... *Oui*. Et le pauvre type pensait probablement qu'il était doué et il décevait à tous les coups la suivante avec laquelle il baisait à la sauvette. Le cas échéant, ce n'est pas mon problème.

En revanche, ça a fini par me bousiller, moi aussi. Parce qu'aucun mec n'était jamais assez bien pour moi.

Aucun d'entre eux n'était Reid Turner.

Cet enfoiré m'a ruinée à jamais. Alors qu'il ne m'a jamais touchée.

Pas. Une. Seule. Fois.

Qu'il le sache ou non (et je suis presque sûre qu'il ne le sait pas), cet homme me doit un orgasme époustouflant.

Je ricane en m'imaginant me pointer chez lui pour exiger qu'il me fasse jouir. Il péterait une durite.

Mais... Je devrais peut-être y réfléchir sérieusement.

Il pourrait appeler les flics. Peut-être même, demander une mesure d'éloignement. *Bon sang.*

Je me tapote le menton en réfléchissant aux moyens de l'approcher sans me faire arrêter.

Puis ça me revient à l'esprit : il n'appellera pas la police. Pas parce que c'est un criminel et qu'il veut éviter les hommes en uniforme.

Non, c'est parce qu'il *est* la police. J'avais oublié qu'il était flic ! *Bon sang de bonsoir.* Comment ai-je pu oublier cette information capitale ?

Je me souviens avoir entendu parler de son choix de carrière lors de notre réunion de classe cinq ans après le diplôme. Celle à laquelle j'ai assisté juste pour le voir. Mais, il n'est jamais venu ni à notre dixième réunion non plus. C'est à ce moment-là que j'ai appris qu'il avait épousé son grand amour du lycée, Pamela Johnson. Pom-pom girl en chef, reine du bal de promo, élue la plus populaire. Oui, oui, oui. Beurk.

Donc, ça veut dire qu'il n'était pas gay. Ou est-ce que cette salope l'a fait basculer ?

Mes yeux parcourent la brochette d'hommes transportant les lourds cartons et les meubles hétéroclites. Aucun signe d'elle.

Mais ça ne veut pas dire qu'ils ne sont pas encore ensemble. Mais ça pourrait contrarier mes fantasmes.

*Ah, bordel.*

Et, bien sûr, ses choix de vie ne concernent que moi. C'est ça ?

*C'est ça.*

J'arpente mon salon, avide de tout savoir de sa vie *actuelle*. Il ne me laisse aucun choix.

Je vais devoir mener ma petite enquête.

---

EN FAIT, je m'interroge sur mes propres choix de vie en me glissant furtivement autour de sa maison après la tombée de la nuit. À quoi suis-je réduite ? J'ai l'impression d'être redevenue une traqueuse – *euh, une lycéenne.*

Toutes ces fois où j'assistais à ses matchs de lutte ou de baseball, que je m'asseyais dans les gradins et l'encourageais. Il ne l'a jamais remarqué, même si j'étais sa plus grande supporter. La fan ultime.

Mais bon sang, au moins avait-il choisi deux sports nécessitant le port d'une tenue moulante. Les deux, la grenouillère qu'il portait pour la lutte et ces pantalons moulants pour le baseball. Ses fesses rondes et musclées étaient spectaculaires dans les deux cas. Mais ce justaucorps... Non, je me souviens d'avoir été grondée lors d'un match par quelqu'un assis à côté. Il ne s'agissait pas d'un justaucorps, mais d'un singlet. Peu importe, au moins dans cette tenue, il ne portait pas de coquille. Je pense que toutes les femmes, y compris les mères, ont remarqué l'énorme bosse dans son singlet. On ne pouvait pas la rater. En fait, je suis sûre que les mères de certains de nos camarades de classe l'ont dragué. Et peut-être même qu'elles l'ont chopé. Quel adolescent n'a pas envie de baiser une MILF [1] ?

Quoi qu'il en soit, quinze ans plus tard (à peu près), je me retrouve à rôder autour de la maison de mon voisin comme une sale voyeuse.

Tout ça parce que ce Putain de Reid Turner a déménagé à côté de chez moi.

On n'est plus au lycée, pourtant. Non. À trente et un ans, j'ai bien l'intention de mettre la main sur Reid. Surtout qu'il me doit un orgasme.

Quand je pose le pied sur une branche, elle craque bruyamment et mon cœur, une fois de plus, se met à battre la chamade. Je me colle contre la façade de sa maison.

Bon sang, si l'un de mes voisins m'aperçoit...

Qu'ils aillent se faire voir. C'est mes affaires.

Et celles de Reid, bien sûr.

Je souffle un bon coup en réalisant que je pourrais être une bonne recrue pour l'asile de fous. Je secoue la tête pour m'éclaircir les idées. Je suis une adulte. Qu'est-ce que je suis en train de faire ?

Comment la vue de cet homme peut-elle me pousser à un tel délire ?

*Putain.*

Je me traîne jusqu'à chez moi, la tête basse, humiliée. Je devrais avoir honte de moi. Je devrais peut-être aller frapper à sa porte et m'excuser de mon mauvais comportement. Lui souhaiter la bienvenue dans le quartier. L'inviter à venir partager une partie de jambes en l'air.

Je ferme ma porte d'entrée à clé et je m'assieds dans mon salon sombre, totalement dégoûtée par mes actions.

Puis je monte à l'étage en courant.

# Chapitre Deux

## Reid

Cette nouvelle maison est si silencieuse que c'en est troublant. Je ne veux pas entendre mes propres pensées.

Les gars sont partis il y a seulement une heure et je me sens déjà seul. Non pas que je sois prêt à l'admettre à qui que ce soit. Je n'aime même pas me l'avouer à moi-même.

Mais les six derniers mois ont été horribles. Les mensonges, la séparation, le divorce. Les passages d'un canapé à l'autre, d'une chambre d'amis à une chambre d'hôtel. Maintenant que je suis installé chez moi, je devrais être heureux d'aller de l'avant, d'avoir enfin un endroit à moi.

J'ouvre le frigo et y jette un œil. Demain, après le travail, il faudra que je passe faire des courses. Un homme ne peut pas se contenter de bière. Et le seul truc qui me nargue c'est un assortiment de packs de bières. Pourquoi ? Parce que c'est ce que mes collègues de travail ont apporté lorsqu'ils m'ont aidé à déménager. Je saisis l'une des bouteilles à long col et je dévisse la capsule. La bière fraîche glisse au fond de ma gorge. Il ne me faut pas plus d'une minute pour la boire et j'en attrape une deuxième avant de refermer la porte.

Est-ce que je sais au moins comment vivre seul ? Bon sang, je me suis pratiquement marié en sortant du lycée. Je suis passé de la maison de mes parents à un appartement avec mon amour de lycée.

*Mon amour.*

*C'est ça.*

*Une putain de salope et de menteuse.*

Je prends une grande inspiration et j'essaie de chasser toutes ces conneries de ma tête. C'est fini. Il faut que je tourne la page.

Je vide la deuxième bouteille, ouvre le frigo et en sors une troisième avant de monter à l'étage.

Je ne prends même pas la peine d'allumer en entrant dans ma chambre. J'aime autant être dans le noir. Et comme il n'y a pas encore de rideaux, la lune se reflète dans la pièce. C'est paisible, j'essaie de m'en convaincre. *Oui, bien sûr.*

J'avale une nouvelle gorgée de bière, en me disant que je devrais être épuisé, mais ce n'est pas le cas. Peut-être que la bière m'aidera à dormir ce soir – ma première nuit dans une nouvelle maison. Et si ce n'est pas le cas, je peux toujours me masturber.

D'ailleurs, je suis plutôt doué dans ce domaine, puisque mon poing a été plus fidèle que mon ancienne femme. *Putain. Passe à autre chose, Reid. Ne laisse pas cette histoire te ronger.*

Je soupire et me dirige vers la fenêtre, jetant un coup d'œil au ciel nocturne et à la lune presque pleine. J'ai eu de la chance de trouver cette maison à un prix aussi abordable. Et avec un jardin clôturé, je peux enfin avoir un chien. L'une des nombreuses choses que Pam ne m'aurait jamais permis d'avoir...

La fenêtre de ma chambre donne sur le côté de la propriété et mes yeux se posent sur la maison voisine. J'aimerais que les maisons ne soient pas aussi rapprochées dans ce quartier. Je tiens à mon intimité. Mais, encore une fois, je l'ai achetée à un bon prix et c'est dans un joli voisinage. Je ne peux donc pas trop me plaindre.

Une lumière s'allume dans la maison adjacente. Ce qui me rappelle que je devrais me présenter aux voisins ce week-end. Mais pour l'instant...

*Putain de merde.*

*Putain de bordel de merde.*

Je pose la bouteille sur le rebord de la fenêtre et j'appuie mes mains contre le châssis, me penchant jusqu'à ce que mon front touche presque la vitre.

J'adore cette maison. C'est la meilleure des maisons. La meilleure maison du monde entier.

*Oh, je t'en prie, ne ferme pas tes rideaux. Ne. Ferme. Pas. Tes. Rideaux.*

Bordel, je pourrais être viré pour ça. Mais pour l'instant, ma queue et moi, on s'en fout.

Menottez-moi, fouillez-moi, emmenez-moi. Mais s'il vous plaît, attendez qu'elle ait fini. Laissez-moi ce petit bonheur.

Je me rajuste dans mon jean et concentre mon attention sur la fenêtre ouverte à moins de six mètres de la mienne.

Contrairement à ma chambre, la sienne est éclairée. Elle a l'air d'avoir les yeux fermés, allongée nue sur le dos, les jambes écartées, les genoux repliés. Et, mieux encore, son lit fait directement face à la fenêtre.

Ma chance tourne. Oh que oui !

Les seins de la femme sont exquis, plantureux, mais si beaux, les mamelons sombres d'une forme parfaite. La taille parfaite pour ma bouche.

Tandis qu'elle attrape un sein, son autre main se promène. Je dois déglutir, ce qui, pour une étrange raison, n'est pas chose aisée. Je dois aussi me souvenir de respirer lorsque ses doigts glissent le long de son magnifique ventre pour plonger entre ses jambes.

*Bordel de merde. Ça doit être le fruit de mon imagination. N'est-ce pas ?* Je me frotte vigoureusement les yeux du talon de la main et je regarde à nouveau.

Non, c'est bien réel. Ce scénario me rappelle le genre de pornos que nous regardions en cachette à l'adolescence. Ces trucs-là n'arrivent pas dans la vraie vie. Quand est-ce que tu regardes par ta fenêtre et que tu aperçois une femme sexy en train de se faire plaisir ? Jamais.

Je ne distingue pas clairement son expression, mais ses lèvres sont entrouvertes. Et quand ses doigts tirent sur ses tétons, je ressens la même chose, jusque dans mes bourses. Comme mon jean est devenu inconfortablement serré, je n'ai d'autre choix que de l'ouvrir. Je le dégrafe rapidement et le fais descendre le long de mes hanches, en même temps que mon boxer. Ma queue réclame son sexe, qui, j'en suis sûr, est maintenant humide de désir. Je passe mon pouce sur le liquide qui perle sur le gland et le fais tourner autour de la couronne. Mes hanches s'élancent vers l'avant tandis que je me saisis à pleine main. Mais ma paume est sèche et rugueuse parce que j'ai porté des cartons dans la maison aujourd'hui – pas du tout la même sensation que celle de sa moiteur lisse.

*Merde*. J'ai besoin de lubrifiant, mais tout est emballé. Ça prendrait trop de temps de le retrouver. Et je ne peux pas me décoller de la fenêtre, de toute façon. Je crains de rater la meilleure partie du spectacle.

Je presse la racine de mon érection et remonte jusqu'au bout, jouant avec ma longueur tout en l'épiant.

Sa main empêche de voir clairement son sexe, mais ce que je vois a l'air bien taillé. Ses cuisses sont écartées et ses genoux retombent vers l'extérieur. Le mouvement de sa main m'hypnotise, m'attire, transforme ma queue en pierre, mes testicules se contractent. Et je fais comme si c'était mes doigts qui envahissaient son intimité étroite. J'entre et je sors, je taquine son clitoris, je la baise sans relâche avec ma main.

J'ai besoin de l'entendre, alors je m'arrête juste le temps d'ouvrir complètement ma fenêtre. Et pendant une seconde, j'écoute attentivement, mes oreilles tendues pour capter le moindre bruit, le moindre gémissement, le moindre soupir.

Et je les entends. Les sons qui lui échappent me font serrer ma queue encore plus fort et tirer plus fort, plus vite.

Je me cale sur son rythme, mes hanches poussant vers l'avant tandis que les siennes se balancent de haut en bas. Sa tête bascule en arrière et son cou s'arque lorsqu'elle crie. Ses hanches se soulèvent du matelas tandis que sa main bouge rapidement et s'immobilise une seconde plus tard.

*Putain de merde.* Elle vient de jouir. Elle m'a pris au dépourvu, je voulais jouir avec elle. Je ne m'attendais pas à ce qu'elle prenne son pied si rapidement. Je souffle, déçu, mais je continue à me caresser de la base à la couronne. Je presse, je recueille le fluide et je recommence. Mon cœur bat violemment dans ma poitrine tandis que je la contemple allongée tranquillement, les jambes toujours écartées, une main s'attardant sur ses seins.

Puis, juste au moment où je pense qu'elle a fini et qu'elle va se lever, elle roule sur le côté et ouvre le tiroir de sa table de nuit, en sort un objet rose, long et en forme de…

*Bonté divine.*

Cette femme possède des jouets. Alors qu'elle retombe sur le lit, je recule pour m'assurer d'être bien dans l'ombre. Je ne veux pas qu'on me surprenne avec mon pantalon baissé et ma queue dure comme le roc dans les mains.

Je ne veux pas être pris en flagrant délit de perversité.

Le vibromasseur est si puissant que j'entends un léger bourdonnement dans toute la maison. Je gémis quand elle le tient contre elle. Puis le son change quand elle le fait glisser le long de sa vulve, l'appuyant sur ce que je devine être son clitoris et, une fois de plus, ses hanches sursautent.

Elle me tue. C'est vraiment injuste. C'est moi qui devrais glisser dans sa chaleur humide, et non ce gadget à piles.

Je grimace en entendant mes stupides pensées. Je ne connais même pas son nom et je suis jaloux d'un jouet rose.

Mais quand elle glisse ledit jouet en elle, je n'entends plus vibrer. Mais je l'entends, elle. Je la vois se frotter frénétiquement le clitoris d'une main et se baiser de l'autre avec le vibromasseur.

Mes genoux se dérobent et je m'appuie d'une main sur le mur à côté de la fenêtre, me masturbant deux fois plus fort. Je ne peux pas m'empêcher de l'observer. Sa tête oscille d'un côté à l'autre et elle crie à nouveau. Cette fois, elle crie un nom.

« Oh, baise-moi, Reid. Baise-moi, Reid. Baise-moi ! »

Je secoue la tête parce que j'ai forcément des hallucinations : il n'y a aucune chance qu'elle ait crié mon nom. Je ne connais même pas cette femme.

« Reid, baise-moi plus fort.

Mes mouvements ralentissent et je fronce les sourcils. Mais je suis un homme. J'ignore ces conneries et oublie que tout cela est impossible.

Mon érection devient encore plus dure, je ferme les yeux et me vide dans la paume de ma main. Maintenant, c'est moi qui crie et j'oublie que ma fenêtre est grande ouverte. Quand je relève les paupières, nous nous fixons l'un l'autre. Et je me demande...

Est-ce que j'ai la même expression de surprise paniquée qu'elle ?

Nous réagissons tous les deux au quart de tour. Je me laisse tomber sur le sol, le dos appuyé contre le mur. Je tiens encore ma queue dans une main et mon sperme dans l'autre. Mon cœur est sur le point de jaillir de ma poitrine.

A-t-elle vraiment dit ce que je crois avoir entendu ? Me connaît-elle ? Comment est-ce possible ?

Est-ce un piège ? Mon ex-femme m'a-t-elle piégé d'une manière ou d'une autre ? Tout ceci aurait-il pu être planifié ? Peut-être que quelqu'un attend dehors, et prend des photos de moi en train de me masturber en matant ma voisine.

Le mot « chantage » résonne dans ma tête. Mais si c'est vrai, alors la voisine est dans le coup.

Et là, ça devient logique. Autrement, comment aurait-elle pu connaître mon nom ?

Je vois ma carrière sombrer, ma pension disparaître, mes finances se tarir.

*Merde.*

Tout ça à cause d'une branlette. Je me hisse le long du mur, remonte mon jean sur mes hanches avec ma main vide et me dirige vers la salle de bain principale pour éliminer les preuves.

Je suis un connard dépravé. Je ne vaux pas mieux que tous les autres pervers que j'ai arrêtés pour avoir fait pareil.

Mais encore une fois, c'était peut-être un coup monté. Debout devant le lavabo, je m'observe dans le miroir. La colère que je ressens se reflète sur mon visage. Plus j'y pense, plus je suis énervé.

# Chapitre Trois

## Sydney

LLE MARTÈLEMENT de ma porte d'entrée fait sursauter mon cœur comme s'il venait de passer au défibrillateur. Impossible de faire comme si je n'étais pas paniquée, parce que je le suis, putain. Je ne veux pas ouvrir cette porte, mais il sait que je suis à la maison.

Bordel, il le sait parfaitement.

Je n'ai pas fait exprès de laisser les rideaux et la fenêtre ouverts. À moins que je ne l'aie fait inconsciemment. Peut-être qu'au fond de moi, je voulais qu'il me regarde.

Mais je ne m'attendais certainement pas à ce qu'il se pointe sur mon perron pour me confronter. J'attrape mon peignoir de satin noir au dos de la porte de la salle de bains et l'enfile, avant de serrer la ceinture.

Je ne sais pas si je dois descendre et répondre, ou me cacher et espérer qu'il s'en aille jusqu'à ce qu'on oublie tous les deux ce qui vient de se passer.

À mesure que les coups retentissent, je me rends compte qu'il n'oubliera rien du tout. Et moi non plus.

— *Ouvre cette putain de porte !*

Sa voix grave résonne sans problème à l'étage, et il n'a pas l'air content. Pas. Du. Tout.

Si je ne réponds pas à la porte, les voisins vont jeter un coup d'œil par la fenêtre, et se demander ce que c'est que ce chahut.

Et je suis déjà assez gênée comme ça.

Je dévale les escaliers et m'arrête devant la porte pour déverrouiller le pêne dormant. Dès que je tourne la poignée, la porte s'ouvre et je tombe à la renverse sous l'effet de la force. Il pénètre dans l'entrée et claque la porte derrière lui. Son regard est sauvage, mais la colère qui s'en dégage est indéniable.

Il s'adosse à la porte et son thorax se soulève comme s'il était à bout de souffle.

— *C'est quoi ce bordel ?* Comment connais-tu mon nom ?

J'ouvre la bouche, mais il n'en sort qu'un couinement.

*Génial.*

Si je pensais qu'il était sexy cet après-midi de loin, il est torride à quelques mètres de moi. Surtout quand on voit ses tendons et veines saillants dans son cou. La colère le dévore.

— Comment connais-tu mon nom ?

Il prononce chaque mot lentement et distinctement, comme s'il s'adressait à un enfant obstiné. Il passe une main dans ses cheveux courts et plisse les yeux vers moi. Il s'écarte de la porte et fait deux pas vers moi.

— Putain ! Réponds-moi.

Je suis sûre que j'ai l'air d'un poisson hors de l'eau avec ma bouche qui s'ouvre et se ferme sans qu'aucun son ne s'échappe.

— Je... hésité-je, avant de m'éclaircir la voix. Pourquoi crois-tu que je connais ton nom ?

— Parce que tu l'as crié quand tu as joui.

Une vague de chaleur monte de ma poitrine jusqu'à mes joues, en partie due à l'embarras et en partie à l'irritation. Sa colère alimente la mienne.

— Pourquoi me regardais-tu jouir ?

Maintenant, c'est lui le poisson hors de l'eau. Je le scrute avec délectation tandis qu'il tente de formuler une réponse raisonnable. Il n'en a aucune.

— Ta fenêtre était ouverte, lâche-t-il, comme s'il s'agissait d'une réponse valable.

— La tienne aussi.

— Tu devrais vraiment fermer tes rideaux, renchérit-il, plus posément.

— Toi aussi, dis-je avec un peu moins d'agacement.

Je vois sa colère se dissiper d'un coup dans l'air.

Il se passe une main sur le front.

— C'était chaud, putain.

— Ça l'aurait été encore plus si j'avais su que tu regardais.

À en croire son expression, il n'arrive pas à croire que je viens de dire ça. Nous sommes donc deux.

Sa main brosse à nouveau ses cheveux courts, cette fois-ci plus rapidement, et il la laisse brusquement retomber en un poing lorsqu'il se rend compte de ce qu'il est en train de faire.

— Qui es-tu ?

— Je suis ta voisine.

Il se rapproche d'un pas menaçant.

— Arrête tes conneries. Comment sais-tu qui je suis ?

Je ne cède pas, j'attrape l'extrémité de ma ceinture et je la resserre.

— Peut-être que je n'en sais rien.

— Tu connais mon nom.

— Peut-être que ce n'est qu'une coïncidence.

Il hésite et je devine les rouages qui se mettent en branle dans sa tête. Puis il se secoue et dit :

— Non.

J'arque un sourcil.

— Tu es sûr ?

Il acquiesce et s'approche suffisamment pour que je sente une légère odeur de bière dans son haleine.

— Oui.

Malheureusement, je déteste la bière. Mais j'adore ce Putain de Reid Turner. Il faut donc prendre le positif et le négatif.

— Ça ne me surprend pas que tu ne saches pas qui je suis.

Il fronce très fortement les sourcils.

— Tu connais mon ex-femme ? C'est elle qui a organisé tout ça ?

Qu'est-ce qu'il raconte ? De quoi parle-t-il ? Je choisis mes mots avec soin.

— Je connais effectivement ton ex-femme.

— Vous êtes amies ?

Je m'esclaffe, même si mon rire semble un peu amer.

— Mon Dieu, non.

— Alors d'où la connais-tu ?

Je hausse une épaule.

— Nous étions au lycée ensemble.

Il est maintenant à quelques centimètres de moi, fouillant mon visage, tentant de me situer.

— Tu étais deux classes après nous ?

— Non. J'étais deux rangs derrière toi à la remise des diplômes.

*Bam !* Et je me tais.

Ses yeux parcourent mes traits et il recule suffisamment pour poursuivre son investigation de mon corps.

— Impossible.

Je ne réponds pas.

— Comment t'appelles-tu ?

Je reste silencieuse. Il jette un coup d'œil autour de lui, à la recherche d'un indice de mon identité. Je sais qu'il ne trouvera rien. Du moins, pas là où nous sommes.

Il m'attrape soudain par les bras et je grimace de surprise plus que d'inconfort.

— Qui es-tu ?

Je lui adresse un petit sourire et il pousse un juron en me relâchant.

— Va te faire foutre, alors.

Et sur ce, il tourne les talons et se précipite vers la porte d'entrée, la claquant derrière lui.

ON TAMBOURINE de nouveau à ma porte d'entrée. Je grogne, pivote et jette un coup d'œil au radio-réveil. 0 h 12. *Qu'est-ce que c'est que ce bordel ?*

Je m'étais endormie dans la chambre d'amis, vêtue de mon seul peignoir parce que je n'osais pas retourner dans ma chambre avec la fenêtre toujours ouverte. Je n'avais pas envie de faire coucou à mon voisin en rogne, qui se trouve être mon fantasme ultime.

Est-ce que c'est encore lui à la porte ? Ou bien a-t-il envoyé ses copains flics, puisqu'il nourrit cette étrange théorie du complot selon laquelle son ex-femme l'a piégé ? Je savais que Pam était une garce, mais vraiment, est-ce qu'elle en était une *à ce point* ?

Qu'est-ce qu'il a fait pour mériter ça ? Il l'a trompée ? C'est une femme humiliée qui cherche à se venger ?

Peu importe. Ce n'est pas mon problème. Mon problème, c'est qu'en bas, on frappe encore *très fort* à ma porte.

Je soupire, noue mon peignoir et descends les escaliers. Je distingue le haut de sa coupe à travers les carreaux du haut de la porte.

— Ouvre la porte.

Une impression de déjà vu.

À peine ai-je déverrouillé qu'il entre en poussant la porte derrière lui. Au moins, il ne la claque pas cette fois-ci. Mais je le regarde actionner la poignée. Bon, d'accord. Ce ne sera pas une visite rapide comme la précédente.

— Il m'a fallu deux heures pour trouver ça. Tout au fond d'un carton de déménagement, annonce-t-il en brandissant un livre caché dans son dos.

J'écarquille les yeux quand je comprends ce que c'est.

— Sydney Ryan. « Syd Pot-de-Colle suit des stages de préparation à l'université et envisage de s'inscrire à l'université d'État. Bravo ! Elle aime regarder la lutte, le baseball et PRT. Son plat préféré est la pizza, et elle adore les comédies romantiques », cite-t-il de mémoire.

PRT. *Merde.*

Putain de Reid Turner ?

Je porte une main tremblante à ma bouche béante et mes yeux s'agrandissent lorsqu'il ouvre ce foutu album à une page vers la fin.

Il pointe du doigt une photo.

— C'est toi ?

Je me penche un peu, juste assez pour découvrir qu'il sent maintenant davantage le whisky que la bière. Il a dû trouver la bouteille planquée à côté de ses souvenirs de lycée. Il me montre une photo de lui en train de faire de la lutte et, oui, en arrière-plan, je suis assise dans les gradins avec un air épris pathétique.

Il feuillette les pages et s'arrête soudain.

— C'est toi ?

C'est une photo de lui dans le carré du batteur en train de frapper une balle floue, avec moi très clairement accrochée à la clôture derrière lui.

Avec un air épris pathétique.

— Putain de merde, chuchoté-je.

Il referme le livre et me regarde fixement.

— Pourquoi je ne me souviens pas de toi ?

Je rassemble mes idées brouillées, me redresse et m'éloigne de lui.

— Je ne sais pas. À toi de me le dire ?

Il secoue la tête puis passe devant moi et entre dans mon salon où il dépose l'album sur la table basse et s'affale sur le canapé. Il pose ses coudes sur ses genoux et enfouit les deux mains dans ses cheveux. Son geste serait plus efficace s'il avait vraiment une tignasse, comme dans sa jeunesse. Ses cheveux sont si courts que lorsqu'il y promène les doigts, l'effet n'est pas le même.

Mais j'aime bien cette longueur. Cela me rappelle à quel point il est mature maintenant. Et c'est comme s'il était *ce*

*Putain de Reid Turner 2.0.* Je décide à ce moment-là que je vais le faire mien. Tout à moi. (Au cinéma, ce serait à cet instant qu'on entendrait mon rire machiavélique, et que je me frotterais les paumes l'une contre l'autre.)

J'ai attendu longtemps que cet homme me remarque. Et maintenant qu'il sait que j'existe, je compte bien en profiter. Je tripote le nœud de mon peignoir et le desserre légèrement avant de le suivre. Je me dirige vers le centre de la pièce, en gardant la table basse entre nous.

Je pose les mains sur mes hanches, en veillant à ce que le haut du peignoir s'ouvre suffisamment pour qu'il puisse jeter un coup d'œil. Et, comme un réflexe pavlovien, son regard se porte directement sur mon décolleté et il se lèche les lèvres. Il s'approche de l'hameçon et je suis sur le point de le remonter.

Quand je prends enfin la parole, ma voix est plus rauque que d'habitude.

— Reid, ce n'était en aucun cas un coup monté et je ne suis pas amie avec Pam. Je ne l'ai jamais été, je ne le serai jamais.

— C'est clair, maintenant.

À ces mots, je me demande si je ne devrais pas me sentir insultée. Apparemment, je n'ai jamais été considérée comme assez bien pour être amie avec Pam.

Je repousse cette idée. Qu'est-ce que ça peut faire ? Ce *Putain de Reid Turner* est dans mon salon, à l'instant même, alors que je ne porte rien d'autre qu'un peignoir en satin. J'ai vu sa queue il y a quelques heures et j'ai l'intention de la revoir, mais de beaucoup plus près cette fois. En fait, j'ai l'intention de faire plus que de la voir.

*Vas-y doucement*, me dis-je.

C'est à mon tour de passer les doigts dans mes cheveux, ce qui fait durcir mes tétons lorsque quelques mèches glissent sur le satin. Je ne suis pas loin d'exhiber un mamelon.

Ses yeux sautent de mes seins presque dévoilés à mon visage.

— Tu me suivais au lycée ?

J'ai deux possibilités. La première, c'est de mentir. La deuxième...

— Oui.

— Pourquoi ?

— Tu t'es déjà vu dans un miroir ? ricané-je maladroitement.

Il hausse si fort les sourcils qu'ils semblent se fondre dans son front.

— Tu t'es déjà vue *toi* dans un miroir ? Pourquoi aurais-tu besoin de suivre quiconque ?

Mon sourire retombe.

— Je ne ressemblais pas à ça au lycée. Tu en as juste eu la preuve.

— Oui, mais...

Je secoue la tête et lève une main vers lui.

— Quand tu as des pom-pom girls blondes à forte poitrine qui bondissent devant toi et se battent pour attirer ton attention, la dernière chose que tu vas remarquer, c'est une fille timide aux cheveux bruns qui est aussi plate qu'une planche de bois.

— Et regarde où j'en suis arrivé avec cette garce blonde à forte poitrine.

Il grimace, se lève, contourne la table basse et s'arrête debout face à moi. C'est alors que je remarque qu'il est pieds nus et que le bouton supérieur de son jean n'est pas fermé. *Absolument torride.*

Il attrape une mèche de mes cheveux et l'enroule autour de son doigt avant de la regarder se dérouler.

— Je suis désolé de ne pas t'avoir remarquée. J'aimerais me rattraper, si tu me le permets.

Lui permettre ? J'insiste ! Je penche la tête et lui décoche un sourire que j'espère sexy, sulfureux. Et pas comme une folle furieuse.

— À quoi penses-tu ?

Il appuie un doigt à la base de ma gorge, puis le glisse vers le bas jusqu'à ce qu'il atteigne le V de mon peignoir. Il plie le doigt dans l'échancrure, mais ne bouge pas. Ses yeux s'assombrissent tandis qu'il fixe l'endroit où son doigt s'est arrêté et lorsqu'il lève les yeux, ses narines palpitent.

Sa voix est rauque et grave lorsqu'il reprend :

— Tout ce que tu désires.

Mes genoux faiblissent, mais je les bloque pour pas m'effondrer sur le sol devant lui et embrasser ses foutus pieds nus. Sans parler d'embrasser le sol sur lequel il se tient. Parce que bon sang, j'ai attendu toute ma vie pour avoir ce Putain de Reid Turner tout à moi. Et là, il me dit que je peux avoir tout ce que je désire.

Juste. Comme. Ça.

S'il est nul au lit, je renonce à tout. Je me coudrai le sexe et ne ferai plus jamais l'amour. Je deviendrai une vieille fille grincheuse.

S'il savait la pression qui pèse sur lui, il souffrirait peut-être d'anxiété de performance. Je ne peux donc pas lui avouer qu'il n'y a jamais eu que lui à mes yeux.

Je me rends alors compte qu'il doit payer pour cette si longue attente. Pour m'avoir obligée à ne vouloir que lui.

# Chapitre Quatre

## Reid

— Je veux te punir.

À ses mots, le sang bouillonne en moi et mes oreilles bourdonnent. L'ai-je bien entendue ? Cette nuit devient de plus en plus folle.

Ma voix se brise quand je demande :

— As-tu déjà puni un homme auparavant ?

Elle secoue lentement la tête.

— Non.

— Et comment comptes-tu me punir ?

Ma queue est tellement dure que j'ai envie de déchirer mon jean et de la laisser s'échapper. C'est comme si Godzilla avait envie de fracasser des immeubles.

Mais je dois me retenir, la laisser s'exprimer d'abord. Me donner une idée claire de ce qu'elle veut me faire.

Même si, très probablement, je ne dirais pas non à tout ce qu'elle proposera. Je suis l'homme le plus chanceux du monde en cet instant. Je n'aurais jamais pensé que ma chance pourrie tournerait ainsi.

Elle n'a aucune idée de la façon dont elle va me punir. Aucune. Alors, c'est là que je dois intervenir. Prendre le contrôle jusqu'à ce que je puisse le lui rendre.

Quoi qu'il arrive, je veux la voir nue à nouveau. Et cette fois, ce ne sera pas un vibromasseur en latex ou en plastique qui la baisera. C'est clair et net.

— Tu veux des suggestions ?

Ses yeux s'écarquillent et elle me regarde comme si j'avais deux têtes. Puis son expression change à mesure qu'elle réfléchit aux possibilités qui s'offrent à elle.

J'aime bien cette femme. Oh oui, je l'aime beaucoup.

Elle a du potentiel.

Je recule d'un pas, lève un doigt comme pour lui dire « attends une seconde » et me précipite vers la porte d'entrée. Je la tire d'un coup sec et elle ne bouge pas. Dans mon émotion (sans parler de ma crainte qu'elle change d'avis), j'ai oublié que j'avais fermé la porte à double tour. Je déverrouille, les doigts tremblants d'adrénaline, et je sors en courant, sans même prendre la peine de refermer derrière moi.

Mon cœur bat la chamade lorsque je pénètre dans ma maison et que je monte les marches deux par deux. Lorsque j'arrive dans ma chambre, je jette un coup d'œil autour de moi et trouve le carton que je cherche. Les mots « vieilles photos » y sont inscrits au marqueur noir. Je ricane de mon ingénieux subterfuge, l'attrape et lutte contre l'envie de dévaler la rampe d'escalier dans ma précipitation.

J'essaie de ne pas glousser comme une petite fille en courant vers la porte d'à côté, heureux que les maisons soient si proches l'une de l'autre. Je claque la porte derrière moi, referme le verrou et laisse tomber la boîte sur le parquet de l'entrée. Puis je me penche en avant, pris d'un fulgurant point de côté. J'enfonce ma main dans la zone douloureuse et inspire une bouffée d'air.

Putain de merde.

Quand je retrouve enfin mon souffle, je jette un coup d'œil dans le salon et constate qu'elle se tient toujours à la même place.

Je ramasse la boîte, l'attrape par la main et l'entraîne à l'étage, dans sa chambre. Je ferme les rideaux (parce que je me demande toujours si quelqu'un n'est pas en train d'espionner) et je déverse le contenu du carton sur son lit.

Ses yeux s'écarquillent de stupeur et elle s'exclame :

— Bordel de merde !

— N'est-ce pas ?

Je souris. Puis mon sourire retombe quand je me dis qu'elle n'est peut-être pas aussi impressionnée que ça. Peut-être que je lui ai juste foutu la trouille avec mon enthousiasme. Et avec ma boîte de « vieilles photos » qui n'en est pas vraiment une.

Non, c'est ma boîte de jouets.

Celle avec laquelle j'espérais que Pam accepterait un jour de s'amuser un peu. Mais elle n'a jamais voulu. Alors, j'ai gardé mes fantasmes pour moi.

Et aucun homme ne devrait en arriver là. Sauf si les jouets sont illégaux. Mais les miens ne le sont pas. Enfin, deux adultes consentants et toutes ces joyeuses conneries.

J'agite une main au-dessus du lit.

— Tu penses que ça peut te donner des idées ?

Quand ses yeux s'illuminent et qu'elle me lance un sourire coquin, je suis soulagé. Lorsqu'elle répond « Oh, oui », tout mon corps crie également « Oh, oui ».

Puis elle saisit du bout des doigts une vieille paire de mes menottes et les poils de ma nuque se dressent, mon souffle est coupé.

— Fais-moi ce que tu veux, lui dis-je, la voix un peu tremblante.

— Déshabille-toi.

Sans hésiter, j'attrape le dos de mon tee-shirt et le fais passer par-dessus ma tête, le balançant au loin. J'arrache mon jean et le jette, ainsi que mon boxer, dans un coin de la pièce.

Je me tiens devant elle, nu, ma queue saillante et j'ai envie de la toucher, mais je veux qu'elle me le demande. Elle inspecte chaque centimètre de mon corps. Du sommet de ma tête jusqu'à mes orteils, puis elle tourne lentement autour de moi. Je l'imagine tapotant une cravache contre sa cuisse.

Elle se transforme soudain devant moi. Elle redresse le dos, son regard se fait plus dur et elle pointe du doigt le sol.

— À genoux.

Je tombe instantanément à genoux, le choc me tirant un grognement. Je baisse les yeux vers la moquette, me laissant aller à jouer le rôle du soumis que j'ai toujours voulu incarner.

J'entends le cliquetis des menottes qu'elle ouvre et referme. Le bruit des dents métalliques me donne des frissons le long de la colonne vertébrale. Mes mamelons se durcissent et j'espère seulement qu'elle saura comment utiliser certains des jouets que j'ai apportés (je dis certains, parce que si elle les utilise tous en même temps, je risque de ne pas survivre).

Elle se place derrière moi, entre mes jambes. Je lui tends automatiquement mes poignets et elle me passe les menottes en métal froid, les serrant suffisamment pour que je ne puisse pas me dégager. Ma respiration ralentit et ma queue tressaille d'impatience.

— Pourquoi me punis-tu ? lui demandé-je alors qu'elle se dirige vers le lit.

Je la vois dans mon champ de vision périphérique, occupée à trier les objets étalés sur le couvre-lit.

— Pour m'avoir fait attendre si longtemps.

— Quoi d'autre ?

— Pour m'avoir obligée à ne vouloir que toi et personne d'autre.

Je suis stupéfait. J'ouvre la bouche pour avoir plus de détails, mais je manque de bégayer sous l'effet de la surprise. Je déglutis difficilement et réessaie.

— Je suis désolé.

Elle s'avance devant moi et je pose mon regard sur ses mains. Elle tient une bougie et un briquet. Elle pointe la bougie vers moi.

— C'est pour un dîner romantique ?

— Non.

— C'est pour quoi ?

J'hésite.

— De l'anal ?

Je secoue la tête, mais je tourne mon regard vers le sol.

— Non.

Le bruit du briquet qui s'allume me donne le vertige. Puis je sens l'odeur de la mèche qui brûle.

— Regarde-moi, exige-t-elle, et j'obéis.

Son attention passe de moi à la bougie allumée. La cire est déjà en train de fondre et de rouler sur les flancs de la bougie.

— Penche-toi en arrière.

Je reporte mon poids sur mes jambes et elle se glisse entre mes cuisses écartées. Elle fixe la flamme pendant un moment, puis incline la bougie longue et étroite sur le côté. Presque au ralenti, je regarde la première goutte de cire toucher mon corps. Elle manque de peu mon mamelon droit et la brûlure sur ma peau me fait sursauter.

Elle déplace la bougie au-dessus de mon mamelon gauche, plus près cette fois, et elle atteint sa cible, la goutte de cire chaude recouvrant la pointe du téton. Je crie et elle écarte la bougie, la redressant rapidement.

— Tu veux que j'arrête ?

— Non.

Le plaisir douloureux est tolérable et je veux qu'elle continue. Mon mamelon se tend tandis que la cire refroidit. Je veux essayer ce genre de jeu depuis des années et je ne vais pas la retenir maintenant.

Si elle est prête à donner, je suis prêt à recevoir.

Ce n'est pas parce que je veux lui laisser le contrôle cette fois-ci qu'il en sera toujours ainsi. Mais je suis prêt à la laisser me punir ce soir – c'est la règle du jeu.

En tant que flic, je dois toujours être maître de la situation pendant mon travail comme pendant mon temps libre, mais je n'ai pas toujours envie de tout maîtriser. Parfois, j'ai plutôt envie d'être celui qui est maîtrisé.

Une autre goutte tombe et atterrit sur mon torse. La phrase *La douleur est si agréable* résonne en moi.

Je ferme les yeux pour ne pas anticiper la chaleur du liquide qui me frappe, je veux plutôt la ressentir à mesure qu'elle se produit. Je gémis lorsque la cire recouvre complètement un mamelon et qu'elle passe à l'autre. Une goutte glisse le long de mon ventre, mais ralentit et durcit avant d'atteindre mon sexe. Je soupire de soulagement.

— Tu ne veux pas voir ce que je te fais ?

— Non.

— Pourquoi ?

— J'aime le plaisir de l'anticipation.

— Ah, murmure-t-elle.

Je l'entends souffler la bougie, l'odeur de la mèche fumante me brûle les narines. J'ouvre les yeux au moment où elle glisse un bandeau sur mon visage. Tout devient noir. Elle m'a ôté la possibilité d'observer ses gestes. Maintenant, je suis obligé de faire appel à mon imagination tandis qu'elle retourne vers le lit.

Ce n'est que lorsqu'elle saisit mon sexe que je réalise que c'est la première fois qu'elle me touche. Elle n'est pas tendre, elle passe autour un anneau en caoutchouc et le fixe à la base de mon érection. Je grogne et retombe un peu en avant, mais je me redresse quand elle glisse mon scrotum dans l'anneau.

Elle en sait peut-être plus qu'elle le prétend.

Elle ne s'attarde pas et n'essaie pas de me donner du plaisir. Elle s'en va rapidement. L'air vacille lorsqu'elle se lève. Dans ma tête, je fais un rapide inventaire de ce qui reste sur le lit. Et quand j'entends le claquement du cuir contre sa paume, je sais ce qu'elle vient de choisir.

Mes lèvres se recourbent légèrement lorsque je l'imagine vêtue d'un body en cuir noir, de bas résille, d'un collier de chien en cuir épais avec des pointes, et de talons hauts. Si je ne portais pas un cockring, je jure que je jouirais.

Une chose est sûre : j'emmène cette femme faire les boutiques ce week-end.

# Chapitre Cinq

## Sydney

SES LÈVRES s'écartent et il halète quand je lui caresse la joue avec le bout de cuir plat de la cravache.

J'ai l'impression de vivre une expérience extracorporelle. Aucun de mes fantasmes sexuels impliquant Reid ne ressemblait à ça. Pas le moins du monde.

Je tapote légèrement sa joue et je fais glisser l'extrémité en cuir de la cravache le long de sa gorge et sur la pellicule de cire dure qui parsème son torse et recouvre ses mamelons. Tandis que je continue à descendre le long de son sternum et de ses abdominaux, je me demande s'il veut que je le fouette avec la cravache. Je ne vois pas pourquoi cet objet se trouverait dans sa boîte à surprises s'il ne veut pas qu'on s'en serve. Je pourrais lui demander ou...

Je le frappe sur sa cuisse, le cuir plat claquant sur son quadriceps tendu. Son corps oscille, mais il ne crie pas. Je me suis retenue cette fois, et son absence de réaction me donne un peu plus confiance. Je lui donne un coup sec sur l'autre cuisse et, cette fois, il retient son souffle en grimaçant. Une marque rose apparaît à l'endroit où la cravache a touché la peau.

Son érection reste ferme, en saillie. Je passe le fouet sur sa longueur dure et sous ses bourses qui paraissent comprimées et foncées en raison de l'étroitesse de l'anneau. J'arrête la cravache à la base de son scrotum.

— Tu veux que je te fouette ici ?

J'effleure la peau qui renferme la portion la plus délicate de son corps avec le bout de cuir, dans un mouvement de va-et-vient.

Il gémit.

— Non. Pas là.

Je regrette maintenant de lui avoir bandé les yeux et j'aimerais pouvoir les voir.

— Pas même une légère tape ?

Il couine, mais ne me répond pas. Je retire la cravache et il se crispe comme s'il s'attendait à ce que je le fasse.

Je n'en fais rien. Je ne peux pas lui faire ça. Il faudrait d'abord qu'il me supplie. Au lieu de cela, je tapote légèrement le sommet de sa queue et il tressaille, mais se ressaisit aussitôt.

— Et là ?

— Oui.

Je promène le cuir sur toute sa longueur et je tapote sa couronne chaque fois que je passe dessus.

Il grince des dents, mais ne me dit pas d'arrêter. Je réalise alors que je ne lui ai jamais donné de « porte de sortie », un moyen de me dire quand les choses approchent de son seuil de tolérance, quand la douleur n'est plus ni agréable, ni désirée.

Je suis tellement en dehors de ma zone de confort que je sais seulement qu'il existe ce qu'on appelle des mots de sécurité. Et je ne suis même pas sûre que nous devrions les utiliser.

— Quel est ton mot de sécurité ?

Il secoue la tête.

— Je n'en ai pas.

Je recule, surprise.

— Pourquoi ?

— Je n'ai jamais fait ça auparavant.

Et avec cette phrase, toute mon assurance s'envole par la fenêtre ouverte de ma chambre.

— Qu'est-ce que tu veux dire ? Tu as tout l'attirail.

Je jette un coup d'œil aux divers jouets éparpillés sur mon lit. Il doit se foutre de ma gueule. Personne ne possède autant de jouets pervers et de moyens de contention sans jamais les avoir utilisés.

Je pensais qu'il était un pro en la matière. J'avais tort. Je réprime un rire nerveux et regarde la cravache dans ma main. Je pourrais blesser cet homme sans même le vouloir. Nous devons trouver un arrangement s'il veut continuer.

Le jeu « Feu rouge, feu vert » de mon enfance me revient à l'esprit.

— Vert, orange, rouge. C'est ce que nous allons utiliser.

Il acquiesce et je suis tentée d'arracher le bandeau pour m'assurer qu'il m'écoute.

— Je veux t'entendre répondre ou j'arrête tout de suite.

— Oui. Rouge, vert, orange.

Je n'ai vraiment pas envie de lui faire quelque chose qui l'oblige à me crier « rouge ». Je souffle et j'étudie ce Putain de Reid Turner attaché au centre de ma chambre, les yeux bandés, avec de la cire durcie sur le torse. Un souvenir du film *Misery* me traverse l'esprit. Je ne veux pas être la folle qui retient un homme en otage contre son gré. Ce qui est idiot, puisque je sais que Reid est consentant et que ce sont ses propres jouets que j'utilise sur lui. Mais quand même...

Je n'ai strictement aucune idée de ce que je suis en train de faire. Toutefois, je mouille et j'aime ce jeu autant que lui semble l'apprécier. Et s'il veut que je continue...

— Dis-moi ta couleur.

— Vert.

— Penche-toi en avant, pose ton front sur la moquette.

Il s'exécute immédiatement, utilisant la force de ses abdominaux pour basculer son corps. Il se cambre, ce qui m'empêche d'avoir accès à la partie qui m'intéresse.

— Les fesses en l'air.

Il recule les genoux jusqu'à ce que son corps forme un angle droit entre son front sur le sol, les fesses en l'air. Ses genoux doivent lui faire mal maintenant. Mais j'écarte cette idée et me concentre sur la tâche qui m'attend.

D'un coup de poignet, je lui assène un coup de cravache sur le dos et c'est moi qui tressaille cette fois. Il reste aussi solide qu'un roc, tout comme sa hampe qui pend entre ses cuisses.

— Tu aimes ça ?

— Oui.

Je cache ma surprise.

— Tu en veux plus ?

— S'il te plaît.

— Quelle couleur ?

— Vert.

Cette fois-ci, je laisse retomber la cravache sur ses fesses, c'est le coup le plus fort que j'ai donné jusqu'à présent. Je constate que sa peau se gonfle et qu'une marque apparaît à l'endroit du coup.

— Quelle couleur ?

— Vert.

Putain. Je ne veux pas le frapper plus fort, mais je suis surprise de voir à quel point tout cela m'excite. Je veux le baiser, pas le torturer. Mais lui donner le plaisir qu'il désire avive encore plus mon désir. Je veux lui donner ce qu'il veut. Parce que j'ai l'intention d'obtenir de lui ce dont j'ai besoin.

Cette fois, je le fouette à l'arrière des deux cuisses, manquant de peu son scrotum, et il lâche un grognement.

— Couleur ! m'écrié-je, un peu paniquée.

Il n'hésite qu'une seconde.

— Vert.

*Putain !*

La cravache s'abat une fois de plus sur ses fesses et j'enchaîne rapidement avec un autre coup sur ses cuisses, puis je lève la cravache une fois de plus.

— Dis-moi.

Il aspire une bouffée d'air et sa réponse est saccadée.

— Vert.

— Non, gémis-je.

— Vert, répète-t-il plus fermement.

Alors que je me tiens au-dessus de lui, la cravache prête pour un nouveau coup, il s'impatiente.

— Putain de vert. Fais-le !

Je lui assène un coup de cravache entre les omoplates, son dos s'arque et il crie. Je balance la cravache à l'autre bout de la pièce lorsque je vois une ligne rouge surgir de sa peau.

— Redresse-toi !

Il obtempère, et se redresse, les fesses sur les talons. J'arrache le bandeau et je me mets à genoux devant lui pour que nous soyons face à face. Je prends ses joues dans mes mains et je fixe ses yeux, sombres, indéchiffrables.

J'ai aimé cet homme presque toute ma vie.

— Je ne veux pas te faire de mal.

— Ce n'est pas le cas. Tu ne vois pas à quel point je suis dur ?

Je le vois. Mais au lieu de lui répondre, j'enlève soigneusement la cire séchée de sa peau, et remarque qu'il grimace de temps à autre.

Ses mamelons sont rouges, irrités, et je les embrasse doucement avant de les effleurer avec ma langue. J'embrasse chaque marque rouge de son torse et lorsque j'arrive à son érection, je la prends dans ma bouche. Il murmure quelque chose, mais je n'ai aucune idée de ce que c'est. Je prends autant de sa longueur que je peux, bien que nous soyons toujours dans une position inconfortable sur le sol. Je n'arrive pas à croire que j'ai ce Putain de Reid Turner à ma merci et que je le fais haleter grâce à mes lèvres, ma langue et mes dents jusqu'à ce qu'il crie enfin le mot Orange. Je me relève, j'attrape son visage entre mes mains et enfin, je l'embrasse.

J'écrase mes lèvres contre les siennes, explorant sa bouche, nos langues s'entremêlant sur le ton du jeu avant de virer au sérieux. Et, bon sang, j'embrasse ce Putain de Reid Turner.

*Enfin.*

Je gémis dans sa bouche, puis je me dégage à contrecœur.

— Comment je t'enlève ces menottes ?

Il jette un coup d'œil vers le lit.

— Il doit y avoir une clé quelque part dans les affaires.

J'espère bien que oui, parce que j'ai envie qu'il me touche. Et c'est moi qui suis impatiente. Je me lève en trébuchant et me précipite vers le lit. Je balaie le lit de la main, à la recherche d'une clé.

— Elle est en argent, fine et en métal.

Je lève les yeux au ciel, ravie qu'il ne puisse pas me voir. Comme si je ne savais pas à quoi ressemble une clé...

— Attends, lancé-je en brandissant ce qui pourrait bien être une clé de menotte. C'est ça ?

Il acquiesce et je m'agenouille derrière lui, essayant de comprendre comment le libérer de son carcan. Après quelques tâtonnements et jurons, j'y parviens et le détache. Il pousse un soupir et se frotte les épaules et les poignets, mais quand il tente de remuer, je l'en empêche.

— Ne bouge pas tout de suite.

Je jette les menottes sur le côté et me débarrasse de mon peignoir. À genoux, je me rapproche de lui, entre ses jambes, et me colle contre son dos. J'effleure sa peau de mes tétons durs et douloureux, j'embrasse sa nuque et je glisse la pointe de ma langue sur ses épaules et le long de sa colonne vertébrale. Quand je ne peux plus aller plus bas, je remonte, en m'assurant d'embrasser la zébrure qui barre son dos. La marque que j'ai laissée sur lui.

J'enroule mes bras autour de ses épaules, le serrant contre moi.

— J'ai tellement envie de toi, murmuré-je, contre la peau de son cou.

Lorsque j'enfonce mes dents dans ses muscles tendus, son

dos se cambre contre moi. Il gémit, saisit mes bras, enfonce ses doigts dans ma chair, sans me repousser. Non, il me maintient en place.

— Vert, chuchote-t-il.

Lorsque je mords la courbe dure du muscle entre son cou et son épaule, sa tête retombe en avant et il frissonne contre moi. Je remonte jusqu'au sommet de sa colonne vertébrale et saisis sa chair entre mes dents. Ça laissera une marque, mais avant que je le relâche, il me répète « Vert », et je mords plus fort, m'enfonçant plus profondément. Je m'arrête seulement avant de fendre sa peau.

Ma respiration est aussi haletante que la sienne. Savoir qu'il prend son pied quand je le mords me donne des frissons jusqu'au plus profond de moi. Je plaque mon bassin contre son cul et je laisse glisser mes bras vers le bas jusqu'à le prendre entre mes mains. Avec l'une d'elles, j'enveloppe son scrotum et avec l'autre, je serre la base de son sexe. Il pose ses mains sur les miennes et commence à contrôler le mouvement de mes doigts, de ma paume, sur toute sa longueur.

Sa queue est écarlate et ses testicules encore plus à cause de l'anneau qui lui coupe la circulation. Je veux l'enlever. Et je veux l'enlever maintenant. Je touche l'anneau de caoutchouc du bout de mon doigt.

— Enlève-le.

Je crains qu'il ne perde un peu de sa dureté en l'enlevant, mais le jeu en vaut la chandelle. Je veux savoir qu'il me désire et qu'il ne s'agit pas seulement d'un jeu pervers.

Après avoir soigneusement retiré l'anneau, je suis ravie de constater qu'il est tout aussi réceptif. Je peux le toucher plus facilement, plus complètement, sans que rien vienne l'entraver. Mes doigts jouent le long de son membre dur, à la peau veloutée. Je presse le gland, recueillant une perle de fluide sur mon pouce et je fais tournoyer le liquide soyeux sur tout le pourtour de sa couronne.

— Toi, fais-le, dis-je en me levant et en attrapant le flacon de lubrifiant sur le lit avant de me replacer devant lui. Tends la main.

Il s'exécute sans poser de questions. Je fais sauter le bouchon et dépose quelques gouttes sur sa paume.

— Montre-moi.

Il se prend en main et commence à se caresser. Lentement d'abord. Je regarde la peau luisante glisser à chaque friction. Ses yeux ne quittent pas les miens tandis qu'il serre son érection. Je repense à plus tôt dans la soirée, quand je l'ai surpris faisant la même chose.

Sa mâchoire se crispe et il inverse sa prise, coulissant plus fort, plus vite, son regard toujours rivé au mien. J'inspire une bouffée d'air lorsque je réalise que j'ai cessé de respirer. Je ne peux pas détourner le regard. Je baisse enfin les yeux sur ses mouvements rapides et quand je les relève, il grimace et ses paupières sont fermées. Toujours à genoux, ses hanches décrivent d'infimes mouvements au rythme de sa main.

En l'observant, je commence à me toucher. J'effleure de mes doigts les pointes saillantes de mes tétons, je passe une main sur mon ventre et je trouve ma propre humidité. Je suis mouillée et chaude, et je suis tentée de l'empêcher de finir parce que je veux qu'il soit en moi.

Mais regarder Reid se faire plaisir me rend folle. Tout son corps change à mesure qu'il se rapproche de l'orgasme. Si je dois l'arrêter, je dois le faire maintenant.

Mais je ne peux pas l'arrêter. Au lieu de cela, je plonge deux doigts entre mes jambes et dans mon centre humide. Je crie parce qu'il ne me faudra que quelques secondes pour basculer. Alors que ses yeux s'ouvrent et qu'il serre les dents, je jouis debout, tandis qu'au même moment, sa décharge blanchâtre atterrit dans sa paume ouverte. Un râle s'échappe du fond de sa gorge et il semble perdre toute sa force – il me rappelle une poupée de chiffon.

— Viens ici, dit-il et je m'approche.

Il prend ma main, celle qui était enfouie en moi, et il insère mes deux doigts luisants dans sa bouche, savourant le goût de mon excitation. Puis il se lève, lentement et prudemment, tout en tenant mon poignet pour que je ne puisse pas reculer. Avant que je ne comprenne ce qu'il s'apprête à faire, il m'embrasse.

Le goût de mon désir sur ses lèvres m'arrache un gémissement.

— Touche-moi, exigé-je.

Il lève son poing, celui qui contient son sperme.

— Puis-je aller me nettoyer d'abord ?

— Oui, je t'en prie, ris-je en tournant la tête vers la salle de bains principale. C'est par là.

Je ne peux m'empêcher de le regarder s'éloigner de moi. J'apprécie les mouvements de ses muscles sous sa peau, le long de son dos, de ses cuisses épaisses et, oh, de ses fesses. J'ai hâte d'enfoncer mes ongles dans ces sphères musclées lorsqu'il s'enfoncera en moi.

Je secoue la tête et me frotte les yeux avant de regarder le lit et de voir le reste du contenu de sa boîte étalé sur le matelas. Oui, c'est vraiment en train de se produire. Je n'imagine rien. Ce n'est pas un de mes nombreux fantasmes impliquant Reid Turner.

Mais ça me paraît trop beau pour être vrai.

Lorsqu'il sort de la salle de bains, il a un peu débandé, et l'envie de le prendre en bouche m'envahit, parce que lorsqu'il n'est pas aussi excité, je peux le goûter plus amplement. Mais mon envie de le voir me toucher l'emporte sur mon instinct.

J'ai attendu cet homme très, très longtemps. Je suis tentée de verrouiller les portes et de ne plus jamais le laisser partir.

Mais je ne vaudrais pas mieux que la femme dans *Misery*. Et je veux qu'il soit ici parce qu'il l'a choisi, pas parce qu'il y est forcé.

Je veux qu'il me touche parce qu'il en a envie, pas parce que je l'y oblige.

Tandis qu'il s'approche, son regard caresse chaque millimètre de mon corps et il me décoche un sourire époustouflant qui vide mes poumons de leur air. Ses yeux marron foncé semblent presque noirs et il se déplace avec une fluidité qui me rappelle celle d'un danseur. Impossible. Il est trop solidement bâti pour être aussi gracieux. C'est un homme puissant, un corps taillé pour la force. Un homme taillé pour l'amour.

Quand il se retrouve nez à nez avec moi, un rien nous sépare, mais rien ne se touche que notre souffle et notre chaleur. Il embrase mon être, jusque dans mes os.

Ma respiration se fait plus saccadée, je meurs d'envie de le toucher un peu plus à chaque seconde qui passe. Si je bouge ne serait-ce qu'un peu, sa peau me brûlera. Je crains que ces cicatrices ne disparaissent jamais, contrairement aux marques que j'ai laissées sur son corps. Celles-ci s'estomperont, seront oubliées. Mais je n'oublierai jamais ce que je vis.

Ce moment, cette nuit, cet homme.

Il n'y a jamais eu que lui.

Je savourerai chaque toucher, chaque baiser que je recevrai, au cas où ce serait la seule nuit avec lui.

— Sydney, murmure-t-il en me regardant dans les yeux.

— Putain de Reid Turner, dis-je en chuchotant.

Ses yeux scintillent et le coin de sa lèvre se relève.

— Je peux te toucher maintenant ?

— Tu as plutôt intérêt.

Je m'attends à ce qu'il aille droit au but. Mais pas du tout. Il balaie du bout des doigts la racine de mes cheveux, mon front, mes pommettes, mon nez, mon menton... mes lèvres entrouvertes.

Une tendresse à laquelle je ne m'attendais pas. Elle me prend au dépourvu, car c'est un revirement total par rapport aux activités précédentes.

Son regard suit le même chemin que ses doigts à mesure qu'ils descendent le long de ma gorge et glissent sur mes épaules. Mes mamelons sont tendus, douloureux, ils réclament son attention, d'autant plus qu'il s'en approche.

Mais il les évite, ce qui m'arrache un grognement. Il l'ignore et poursuit son chemin, traçant les contours arrondis de mes seins, de ma cage thoracique. Lorsque ses mains atteignent ma taille, elles font le tour vers mon dos et descendent sur mes fesses, puis il passe ses paumes sur mes hanches avant de s'agenouiller une fois de plus en position de soumission. Il trace des cercles sur mes cuisses, manquant de peu de frôler mes sillons humides avec le dos de ses phalanges. Je frissonne à ses effleurements. Lorsqu'il arrive à mes pieds, il recommence à remonter, utilisant sa bouche, ses lèvres, sa langue cette fois, adorant mon corps tremblant au fur et à mesure.

Mes doigts se serrent en poings pour m'empêcher de le pousser sur le sol et de le chevaucher à cet instant. Il dépose des baisers fugaces sur mon bas-ventre et je réalise alors qu'il s'agit simplement d'une autre forme de torture. Les rôles sont temporairement inversés.

Ses gestes n'impliquent peut-être pas de cravache, ni de cire chaude, ni d'inconfort du tout. Mais c'est tout de même douloureux. Parce que j'ai profondément envie de lui. Du plus profond de mon être jusqu'à chaque extrémité. Tous mes nerfs sont à fleur de peau, tous mes sens sont aiguisés.

Et juste au moment où je pense que je n'en peux plus, il passe ma cuisse par-dessus son épaule et presse sa bouche sur mon sexe. Je saisis sa tête entre mes mains tandis qu'il suce mon clitoris, puis en fait le tour avec sa langue. Mes paupières se ferment et mes doigts s'enfoncent dans ses cheveux, le serrant plus fort contre moi. Il glisse la langue entre mes plis, me caresse jusqu'à ce que je crie. Quand il enfonce deux doigts en moi, je l'injurie. Parce que ce Putain de Reid Turner va me faire craquer, mais pas assez vite. Avec ses lèvres plaquées sur mon bourgeon sensible et ses doigts qui me baisent, je me retrouve au bord du gouffre.

Il trouve mes fesses, ses doigts jouant le long de ma fente, me taquinant là où personne ne m'a touchée auparavant. Mais avant qu'il ne puisse aller plus loin, mon vagin se contracte et se resserre autour de lui, l'imbibant de mon excitation. Il pousse un grognement en léchant toutes les traces de mon orgasme et lorsqu'il se redresse sur ses talons, je ne peux pas ignorer l'effet que mon orgasme a eu sur lui. Il est à nouveau long et dur, et je suis prête à ce qu'il mette sa queue là où se trouvaient ses doigts.

# Chapitre Six

## Reid

Je ne savais pas qu'elle existait et maintenant je ne peux plus me passer d'elle. Elle me consume. À la fin de cette nuit, il ne restera peut-être plus rien de moi. Elle pourrait me posséder complètement. Elle serait ma maîtresse et moi son esclave.

Mais je m'en fiche, car mes poignets sont maintenant attachés aux coins supérieurs de sa tête de lit, mes bras tendus. Je vais, peu importe la manière, me racheter de ne pas l'avoir remarquée tout au long du lycée.

Je me prosternerai volontiers à ses pieds pour me faire pardonner ma bêtise.

Nue, elle s'agenouille sur le lit entre mes jambes écartées. Son visage est rougi et ses yeux brillent tandis qu'elle brandit un jouet en latex. Je n'en reviens pas de sa beauté.

— Qu'est-ce que c'est ?

J'étudie l'objet, l'un des nombreux que j'ai ajoutés à ma collection depuis ma séparation et mon divorce dans l'espoir de trouver quelqu'un avec qui jouer, d'explorer de nouvelles expériences. Je repense à la chance que j'ai eue d'avoir emménagé juste à côté et d'avoir trouvé Sydney. Ses longs cheveux noirs flottent sans contrainte autour de ses épaules et j'ai envie de sentir leur douceur contre ma peau, sur ma queue.

— Un plug anal.

Elle le regarde avec curiosité. Je suis heureux qu'elle n'ait trouvé aucun de mes jouets déplaisants jusqu'à présent. Elle a fait preuve de beaucoup d'ouverture d'esprit tout au long de la soirée. Et elle a vraiment eu l'air de prendre son pied en me « punissant » tout à l'heure.

— C'est pour toi ou pour moi ?

Ma respiration se coupe en imaginant que je l'enduis de lubrifiant et que je l'enfonce en elle, l'étirant, la remplissant avant que ma propre chair ne prenne sa place. Je gémis à la pensée de l'étroitesse de son corps. Un endroit vierge de tout autre homme.

— L'un ou l'autre, dis-je finalement.

— Tu en as déjà utilisé un ?

*Putain.* Je vois où elle veut en venir avec sa question et je regrette presque de l'avoir acheté. Il se peut que ce soit moi qui finisse par me faire enfiler ce soir. Je ne sais pas si je dois être excité ou inquiet.

— Non.

Elle croise mon regard et me décoche un sourire qui fait tressaillir ma queue.

— Tu en as envie ?

— Est-ce que j'ai le choix ?

Je tire sur les cordes qui m'attachent à la tête de lit pour lui rappeler que je n'en ai pas vraiment. C'est elle qui contrôle tout en ce moment.

— Non, je suppose que tu n'as pas le choix. Mais tu n'es pas dans une bonne position pour qu'on l'essaie.

Je suis d'accord, puisque je suis assis sur le matelas, attaché à la tête de lit. Mais je suis sûr qu'elle peut se débrouiller. Je me demande si je dois lui dire ou non, car je ne sais pas encore si je veux qu'elle l'essaie sur moi. Mais en revanche, si l'occasion se présentait, je n'hésiterais pas à l'utiliser sur elle. Et, en homme intelligent que je suis, je n'en ai pas pris un gros. Heureusement. Mon cul me remerciera peut-être plus tard.

— Je suppose que j'aurais besoin de lubrifiant, dit-elle en cherchant le tube dans la chambre.

— Je le conseille. Sinon, les voisins pourraient se demander pourquoi il y a un homme dans ta chambre qui crie au rouge à pleins poumons.

Elle s'esclaffe et part à la recherche du produit. Elle brandit le tube en signe de triomphe lorsqu'elle le déniche et une perle de sueur se forme sur mon front. Je me dis que je devrais être prêt à faire tout ce que je voudrais lui faire. Je me le répète. Et encore une fois pour faire bonne mesure.

Regarde-moi, une vraie chochotte. La cire chaude et les coups de cravache en cuir ne me font pas peur. Mais un petit plug anal m'effraie au plus haut point.

Lorsqu'elle remonte sur le lit, elle s'arrête pour m'étudier. Je la vois réfléchir longuement.

— Plie les genoux.

— Je ne sais pas...

— Maintenant ! me crie-t-elle.

Mes yeux s'écarquillent et mes lèvres se crispent, mais je fais ce qu'elle demande – non, *exige*. Je vois ce qu'elle fait, elle expose ma *vulnérabilité*, c'est-à-dire mon cul. Elle applique du lubrifiant sur le plug anal.

— Tu veux mettre quelque chose sur le...

— Silence !

*Bon, d'accord.*

Elle se traîne à genoux sur le lit jusqu'à ce qu'elle soit entre mes cuisses.

— Merde, j'ai besoin d'une paire de mains supplémentaire.

Je ne peux certainement pas l'aider. Je suis attaché au lit. Mais je suis curieux de savoir pourquoi elle a besoin d'aide.

Puis elle fait quelque chose que je n'attendais pas. Elle me reprend entre ses lèvres. Je gémis alors qu'elle avale pratiquement toute la longueur dans sa bouche chaude et humide. Sa langue joue avec moi tandis qu'elle m'aspire. *Ah, putain.*

Alors que son incroyable bouche tire sur ma queue, je

soulève légèrement les hanches pour aller à sa rencontre. Elle saisit mes bourses qui se contractent à son contact. Elle les tire vers le haut, puis un doigt joue avec mon anus.

*Ah, putain.*

Plus elle taquine mon orifice serré, plus je me détends. Jusqu'à présent, tout va bien. Entre sa bouche qui caresse mon érection, l'action des doigts et les petits bruits de succion qu'elle fait, je suis au paradis. Mes paupières deviennent lourdes et je respire plus vite, plus profondément. Puis ma poitrine se soulève lorsqu'elle enfonce son index jusqu'à la première articulation. Elle me rend fou. C'est bizarre, mais génial à la fois et je suis surpris. Heureux. Et...

*Aaah, putain.*

Son doigt entier entre et sort de moi. Elle baise mon cul. Putain de merde. Elle courbe son doigt et caresse ma prostate, ce qui me fait gémir et me donne envie de lui déverser mon fluide au fond de la gorge.

Puis son doigt est vite remplacé par un objet plus gros et plus ferme. Elle appuie sur le plug lubrifié, mais se heurte à une résistance. Quand elle me suce plus fort, plus vite, j'ai envie d'attraper ses cheveux et de lui baiser le visage. Mais je ne peux pas. Je suis puni. Je ne peux pas bouger mes mains. Je n'ai aucun contrôle sur la vitesse de sa bouche, de sa succion. Et mon sexe devient encore plus dur à cette idée.

Une main presse mes testicules et l'autre... Elle pousse le plug dans mon orifice et je crie sous la pression et le léger inconfort. Je me sens plein, étiré. C'est une sensation étrange. Ce n'est pas si désagréable, j'aime bien ça.

Elle lève la tête, un air de victoire dans les yeux.

— Victoire.

Ses lèvres sont brillantes et je n'ai qu'une envie : les embrasser. Quand elle se redresse, je suis un peu déçu. J'espérais qu'elle me sucerait jusqu'au bout. Mais quand je vois un préservatif dans sa main, ma déception s'estompe rapidement. Parce que je sais ce qui va suivre.

Je suis prêt, putain.

Je suis prêt pour ce moment depuis que je l'ai observée par la fenêtre.

Et voilà... des heures plus tard. Et enfin... *enfin*, je vais être au fond d'elle, sentir son intimité me serrer, me pomper jusqu'à ce que je me vide en elle.

À moins qu'elle... ne me taquine. Non. Non. *Noooon.*

Mais non, elle déroule le préservatif sur ma verge et je renverse ma tête contre le lit en la regardant sous mes paupières lourdes. Je laisse tomber mes genoux pour qu'elle puisse me chevaucher. J'aspire une bouffée d'air quand elle se hisse au-dessus de moi, se positionne dans l'axe et...

*Ah, putain de merde.*

Alors qu'elle se laisse pénétrer, ses yeux se ferment et sa bouche se détend. Mon cerveau s'éteint complètement. Je ne peux que me concentrer sur la chaleur humide qui m'entoure. Ma queue palpite en elle. C'est comme un petit coin de paradis. Lorsqu'elle ouvre les yeux, elle pose ses paumes sur mon torse et commence à bouger. Lentement, oh, si lentement, d'abord. J'ai envie de pleurer comme un bébé tellement c'est bon. Tout ce qui pourrait améliorer encore l'expérience, c'est d'enlever le préservatif et de la sentir tout contre moi.

Mais je sais que c'est stupide et...

*Ah, putain.*

Elle se penche en avant pour m'embrasser et ses tétons pointus frôlent ma poitrine. La prochaine fois que je la baiserai – ou qu'elle s'en chargera –, je veux avoir les mains libres. Je veux pouvoir explorer son corps pendant qu'elle me chevauche comme un cheval de manège.

Chaque fois qu'elle se baisse, le plug anal se déplace profondément à l'intérieur et je suis époustouflé. Je commence à me dire que je ne voudrais peut-être plus jamais faire l'amour sans.

Puis elle a un mouvement de hanches. Un roulement, un balancement, peu importe ce que c'est, c'est incroyable et je gémis dans sa bouche. Elle me pince la lèvre inférieure, ce qui me fait crier.

Je suis prêt à exploser. Mes bourses sont tendues, ma queue n'a jamais été aussi dure, et je jure que son bassin est doublement articulé. Puis elle s'effondre sur moi et s'immobilise pendant une seconde. Une seconde seulement, car elle fait alors de petits mouvements... elle frotte son clitoris contre moi. Je veux la toucher là. Je veux la taquiner jusqu'à ce qu'elle jouisse autour de moi. Mais je suis attaché et je ne peux pas. Je ne peux pas. Je veux, mais je ne peux pas.

— Putain, mords-moi, m'écrié-je, me surprenant moi-même de mon emportement.

Elle enfonce ses dents dans mon cou et je me rends compte que j'ai peut-être fait une erreur. Sa morsure pourrait me faire perdre la tête avant même qu'elle n'ait atteint l'orgasme. Mais elle gémit contre ma peau et elle est tout aussi excitée que moi.

— Vert, geins-je presque. Mes yeux se ferment sous l'effet du plaisir intense qui me traverse lorsqu'elle embrasse mon épaule et me mord violemment. Mes hanches se soulèvent du lit et je me plonge profondément et violemment en elle. Le plug anal se déplace à nouveau et c'est le bouquet final.

Je le sens tellement arriver. Il faut me donner un coup de fourchette.

— Je ne pourrai pas...

Je gémis. J'essaie de lui dire que je ne pourrai pas tenir plus longtemps.

Mais au lieu de ralentir, elle accélère le rythme en décrivant des va-et-vient sur moi et elle me mord à nouveau le torse. Je crie sous l'effet de la douleur, mais j'y suis presque. Si elle n'arrête pas, je vais exploser. Avec ou sans elle.

Elle passe la main entre nous et se frotte furieusement le clitoris, rejetant la tête en arrière, abandonnée à son geste.

Quand je sens son sexe bouillonner autour de mon corps, je jouis comme un geyser. Ma queue palpite vigoureusement et je me cogne la tête contre le dossier, avec un craquement et un juron.

Je vois des étoiles. Je ne sais pas si c'est à cause du choc à la tête ou du plaisir époustouflant que j'ai eu à faire l'amour avec cette femme. Sydney s'effondre sur moi, ses bras entourent mes épaules et elle me frotte l'arrière de la tête.

— Ça va ?

*Ça va ?* Tu peux me fracasser la tête avec une batte de base-ball si ça me permet de baiser comme ça. Mais je garde cette remarque pour moi. Au lieu de cela, je réponds :

— Tout est parfait.

Elle niche son nez dans le creux de mon cou et soupire.

# Chapitre Sept

## Sydney

Incroyable ! Je viens de baiser ce *putain de Reid Turner*. Je devrais louer un hydravion avec une banderole volante comme ceux qui survolent la côte et annoncer la nouvelle à tout le voisinage, au comté, à l'État, voire au pays entier. Que tout le monde sache que ma mission a été accomplie. Non seulement j'ai pu le baiser, mais j'ai pu lui enfoncer un plug anal dans le cul.

Qui l'aurait cru ? Le problème, c'était de savoir qui allait le retirer.

Pas moi. Je ne suis pas volontaire pour ce boulot.

Lorsque je reviens après avoir jeté le préservatif, je m'arrête au bout du lit et j'étudie Reid, les bras toujours tendus. Les marques de la cire et de mes dents marquent son torse et je me sens presque coupable. Mais je ne le devrais pas. Je n'ai rien fait contre son gré.

Je passe d'un côté à l'autre du lit, détachant les cordes qui le retiennent. Ses bras retombent sur le matelas et, avec un gémissement, il se frotte les poignets.

Il m'observe et je l'imite, les secondes s'écoulent sans un mot. Finalement, je demande :

— Alors ?

— Alors, quoi ?

— Tu vas enlever ce truc ? précisé-je avec un signe de tête vers cette zone.

Il glousse, mais ne bouge pas.

— Tu me donnes un ordre ?

— Non, rétorqué-je avant d'hésiter, mais seulement un instant. Tu ne veux pas l'enlever ?

Ses yeux se plissent devant ma surprise.

— J'aime bien ça.

Je hausse les épaules.

— D'accord, laisse-le en place alors, conclus-je en grimpant sur le lit pour m'installer à côté de lui. C'est comment ?

Il hausse un sourcil dans ma direction.

— Tu veux le savoir ?

— Mmm. Je ne sais pas.

Je me mordille la lèvre inférieure. Je ne suis pas sûre d'être vraiment prête pour ça. Mais cet homme pourrait me convaincre de faire n'importe quoi. Surtout si cela lui évite de se rhabiller et de franchir le seuil de ma maison.

Je jette un coup d'œil à l'horloge et constate que la nuit est bien entamée. Je me demande si l'aube nous ramènera à la réalité et si nous prendrons des chemins différents.

Toutefois, en regardant les divers jouets éparpillés sur le sol et les deux tables de nuit, je ne peux pas imaginer qu'il trouvera une personne plus appropriée que sa voisine d'à côté pour jouer volontairement à ses jeux sexuels.

Et de toute façon, qui a dit que j'allais le laisser partir ? Je l'ai eu, maintenant je le garde.

Son bras s'enroule autour de moi et il m'attire contre lui en me caressant les cheveux.

— Je n'arrive toujours pas à croire que je ne savais pas qui tu étais.

— Et tu as encore des choses à te faire pardonner.

— J'ai hâte d'y être... murmure-t-il à mon oreille.

Je frissonne et je suis soulagée qu'il ne ressente pas le besoin de s'échapper de sitôt.

— Quelle était la probabilité que tu emménages à côté de chez moi ?

— C'est le karma, répond-il en déposant un baiser sur mon épaule.

Ah, vous voyez ? C'est ce que je pensais. Certaines personnes sont faites pour être ensemble.

Mais je ne le dis pas à voix haute, car nous ne sommes pas encore vraiment « ensemble » et je ne veux pas le faire fuir avant même d'avoir la chance de concevoir notre avenir.

Je m'éclaircis la voix et chasse mes folles pensées.

— Alors, qu'est-ce qui s'est passé entre toi et Pam ?

Il s'adosse à la tête de lit et soupire. Je me rapproche de lui et pose une paume sur son torse. J'étudie sa forte mâchoire jusqu'à ce qu'il dise :

— Elle était enceinte.

— Quoi ? lancé-je en secouant la tête, confuse. Tu ne voulais pas d'enfants ?

Il me regarde avec ce qui ressemble à de la douleur dans les yeux. « Je ne voulais pas l'enfant de quelqu'un d'autre. »

— Je ne comprends pas.

— Oui, normal. Ne t'en fais pas, je ne comprenais pas non plus, jusqu'à ce que ça me tombe sur le coin de la figure.

Il repousse une mèche de mes cheveux derrière mon oreille et reprend son sérieux.

— Elle était enceinte de quelqu'un d'autre.

Ma bouche dessine un O. Je suis sûre que mes yeux aussi. Finalement, je murmure :

— Bon sang, ça a dû faire mal.

— Et tu sais, elle allait essayer de le faire passer pour le mien. Quelle salope !

— Comment l'as-tu découvert ?

— Je les ai surpris au lit tous les deux.

— Merde.

— Ai-je précisé que c'était mon lit ? Dans ma maison ? Oui.

— Au moins, tu ne l'as pas tué, lui. Ou elle.

— Elle n'en valait pas la peine. Toutes ces années perdues...

— On apprend de ses erreurs, dis-je en essayant de positiver.

Apparemment, je n'y parviens pas puisqu'il s'ébroue en réponse. Il glisse un doigt sous mon menton et soulève mon visage vers le sien.

— J'ai fini de faire des erreurs.

Je doute vraiment que ce soit vrai, mais je me tais.

— Ma plus grosse a été avec toi.

Il poursuit précipitamment quand il voit que je fronce les sourcils :

— Non, pas ce soir. Je voulais dire au lycée.

Ah oui. Cette erreur-là. Je lui tapote la cuisse.

— Tu te rattraperas.

— Évidemment.

Je presse le muscle dur de sa cuisse, puis j'en trace les contours. Ses cuisses ne tremblent pas comme les miennes.

— Tu fais toujours du sport ?

— Je joue dans l'équipe de baseball de notre unité. Je cours. Je baise ma voisine.

Je lève les yeux, surprise, et je ris.

— Je ne suis pas sûre que l'on puisse considérer cela comme un sport.

— Eh bien, tu m'as épuisé, et tu as été très bonne joueuse.

— Oh, je n'en ai pas encore fini avec toi.

Sa voix devient grave et rauque.

— C'est prometteur.

— Je suis sûre qu'il y a des jouets que nous avons oubliés.

— Oui, dit-il doucement. Mais nous ne pouvons pas tout faire ce soir.

— Alors, une autre fois, suggéré-je en retenant mon souffle.

— Oui, répond-il en promenant ses doigts le long de mon bras.

Sa réponse comme le contact de sa peau me donnent la chair de poule et mes tétons se durcissent à nouveau.

— Tu as dit un truc tout à l'heure sur lequel il faut qu'on revienne.

Oh, merde. J'ose demander des précisions ? J'essaie de détourner l'attention.

— À propos du fait que tu sois très sexy ?

Je passe un doigt sur son abdomen – et quel putain d'abdomen !

Il attrape ma main et la retient.

— Non. Tu as dit que tu ne voulais que moi et personne d'autre.

— Oh. Tu as entendu ça ?

J'essaie de dégager ma main, mais il resserre son étreinte.

— Je suis flic. Peu de choses m'échappent.

— C'est... flippant ?

Il me lâche enfin et se passe la main sur le visage.

— Je ne sais pas. Est-ce que c'est... hésite-t-il en agitant la main entre nous deux. Ça va finir comme dans *Liaison fatale* ?

Arf. Une vieille référence cinématographique. Je devrais peut-être lui dire que j'ai pensé à *Misery* tout à l'heure et qu'il faut peut-être que nous soyons sur la même longueur d'onde. Mais alors, peut-être que je ne devrais pas non plus lui en faire part.

— Non, pas du tout.

— Ce que tu as dit est vrai ?

Mon esprit commence à tourbillonner et je ne sais pas trop comment répondre. Du moins, sans donner l'impression que la situation est pire qu'elle ne l'est déjà. Je veux dire, je ne l'ai suivi qu'au lycée. Et maintenant que nous sommes au début de la trentaine, c'était il y a longtemps. Mais je ne l'ai jamais oublié. Et je n'ai vraiment désiré que lui.

— J'ai juste eu un coup de cœur stupide au lycée.

— C'est tout ?

Cet enfoiré a l'air déçu ! *Bordel. De. Merde.*

— Eh bien...

Il tourne mon visage vers lui.

— Eh bien, quoi ? demande-t-il, ses lèvres juste devant les miennes.

D'accord, ce n'est pas du tout fair-play et il le sait très bien.

Je croise ses yeux marron foncé et mes poumons se vident tout à coup.

— Il n'y a jamais eu que toi, Reid. Je n'ai jamais voulu que toi. Personne d'autre n'a jamais été à la hauteur.

Il cligne des yeux et ses sourcils se froncent.

— Pourquoi ?

Je fixe ses lèvres. Je veux qu'il m'embrasse.

— Je ne sais pas, murmuré-je. Si j'avais su pourquoi, je ne me serais pas torturée ainsi. Peut-être que j'aurais trouvé un mec sympa et que je me serais casée depuis le temps.

— Tu veux te caser ?

Je hausse légèrement une épaule.

— Je ne sais pas. Je ne sais pas si j'aurais pu être heureuse avec quelqu'un d'autre. Je ne sais pas si j'aurais pu être satisfaite.

— Tu veux être heureuse.

Il ne me posait pas la question, il énonçait un fait.

— Bien sûr. Tout le monde veut être heureux. N'est-ce pas ?

— Bien sûr, répète-t-il en effleurant ma joue d'une phalange. Es-tu heureuse en ce moment ?

— Avec toi dans mon lit ? Oui, bien sûr.

Il m'embrasse enfin, ses lèvres caressant doucement les miennes. Il garde la bouche fermée et rend le baiser presque chaste. Sa tendresse fait fondre mon cœur aussi vite que la bougie un peu plus tôt.

# Chapitre Huit

## Reid

EST-CE que je trouve un peu bizarre que cette femme m'ait suivi pendant tout le lycée ? Oui. Est-ce que je trouve étrange qu'elle pense que je suis le seul et unique homme pour elle ? Absolument. Mais je suis flatté. En dehors du soi-disant « coup de cœur de lycée », elle semble tout à fait saine d'esprit.

Et puis, qui pourrait refuser son corps splendide ? Des courbes, là où il faut, une bouche qui pourrait faire pleurer un homme mûr. Elle est très réceptive pendant les rapports sexuels, et aucun de mes désirs pervers ne l'a fait sourciller jusqu'à présent. Et ai-je précisé qu'elle habite juste à côté de chez moi ? Elle habite juste à côté.

C'est vrai. Juste. À. Côté. Bordel.

Elle est peut-être la femme parfaite pour moi.

Mais j'émets beaucoup d'hypothèses. Comme le fait qu'elle n'ait pas d'enfants, qu'elle ait un emploi rémunéré, qu'elle ne prenne pas de médicaments psychotropes et qu'elle ne me poignarde pas dans mon sommeil. Ce genre de petits détails.

Peut-être que la prochaine fois qu'elle me sucera, je vérifierai s'il y a des armes dans les tiroirs de sa table de nuit.

Je grogne et elle me fixe avec curiosité.

— Quoi ?

— Rien, dis-je. Je pensais juste à cette histoire de karma. C'est ridicule.

— Coïncidence, karma, peu importe. Je prends.

Moi aussi. Cette nuit est d'ores et déjà exceptionnelle, et elle n'est pas encore terminée. Je jette un coup d'œil à son réveil. Je n'ai pas veillé aussi tard depuis les fêtes de mes vingt ans. Je n'arrive pas à croire que je ne me suis pas encore évanoui, mais la femme allongée à côté de moi me donne de l'énergie, semble-t-il.

Pourrais-je faire cela tous les soirs ? Bien sûr que non.

— Ça te dérange si je fouille dans ton frigo ?

Sydney se décale, commence à se lever du lit.

— Qu'est-ce qu'il te faut ? Je vais le chercher.

Je lui attrape le bras pour l'arrêter.

— Non. Tu restes. Laisse-moi faire.

Même si j'ai besoin de fluides pour ranimer mon corps épuisé, j'ai d'autres raisons inavouables de descendre à la cuisine.

Pas pour espionner, même si cette idée m'a traversé l'esprit. Puisque nous sommes voisins, j'aurai bien d'autres occasions de creuser un peu si nécessaire.

Je lui lance un sourire.

— Tu veux quelque chose ?

— De l'eau, s'il te plaît.

Je hoche la tête et je descends en trombe, tout nu. Je ne me soucie pas de savoir que mes bijoux de famille sont de sortie.

J'attrape deux bouteilles d'eau dans la porte du réfrigérateur et mon regard se pose sur un truc coloré. Et mon esprit s'échauffe. Vous voyez ? J'ai dit que j'avais de mauvaises raisons. J'attrape le produit, puis je regarde fixement l'intérieur du réfrigérateur, réfléchissant à d'autres possibilités.

Je fouille ensuite dans le congélateur. Et voilà qu'il me vient une idée encore plus salace. Je m'esclaffe, rassemble mon butin et remonte à l'étage en courant.

D'accord, c'est un mensonge. Je n'ai pas assez d'énergie pour courir, alors je me traîne. Ça ne peut pas être moi qui gémis tous les deux pas, n'est-ce pas ?

En arrivant dans sa chambre, je la vois sur le côté, les yeux fermés. Ah, il n'y a pas que moi qui suis épuisé.

Je me racle la gorge et ses paupières se soulèvent lentement. Puis elles s'élargissent lorsqu'elle voit mes douceurs.

— De la crème fouettée et des glaces ? Tu as besoin d'une dose de sucre ?

Je lui lance une des bouteilles d'eau (je suis impressionné par la façon dont elle l'attrape), puis je jette un coup d'œil aux glaces.

— Elles sont sans sucre.

— Certes, mais tu as apporté toute la boîte.

Effectivement.

— Tu as faim ? reprend-elle. J'aurais pu te préparer quelque chose d'un peu plus consistant que de l'eau colorée congelée et un nappage à base de sirop de maïs.

Je fronce les sourcils.

— Tu te moques des trucs que tu gardes dans ta propre cuisine ?

Elle hausse les épaules et rit.

— Eh bien, un peu. C'est peut-être dans mon frigo, mais ça ne veut pas dire que j'en mange. J'ai deux nièces.

— Eh bien, je n'ai pas apporté ça pour qu'on en mange.

Du moins, pas dans le sens habituel du terme.

— Oh, alors, c'est différent.

Et, bon sang, cette femme semble prête à tout. J'ai envie de sauter, de lever le poing en l'air et de crier « Putain génial ! ». Je n'en fais rien, je dois garder mon énergie, car j'ai bien l'intention de baiser cette femme – ou qu'elle me baise – encore une fois avant l'aube. Une fois n'a pas suffi.

J'ai bien l'impression qu'une nuit ne suffira pas non plus.

Je vois d'ici la pente très glissante sur laquelle je ne me lasserai jamais d'elle. Ça me surprend, mais ça m'inquiète aussi.

Je chasse ces réflexions d'un revers de main parce que je suis un homme et qu'aucune femme ne me possédera jamais. Pas vrai ?

Absolument.

Il faut que je fasse quelque chose avec les glaces avant qu'elles ne se transforment en vieux soda.

— Alors, c'est quoi ton plan, Monsieur le glacier ? me demande-t-elle.

— Attends un peu, lui dis-je, comme si j'avais tout prévu.

Ce qui n'est pas le cas. Mais on peut improviser. Aucun problème. C'est alors que je me rends compte que le produit est probablement tachant et qu'il faut mettre quelque chose sur le lit. Ou...

On va dans la salle de bain, où tout est lavable, et où on peut se salir autant qu'on veut.

Ce sera aussi l'endroit idéal pour retirer le plug anal qui, soit dit en passant, est toujours dans mon cul. Ce n'est pas que j'allais l'oublier, mais le fait de monter et descendre les escaliers me l'a rappelé.

— Salle de bain ? lui proposé-je en penchant la tête vers la porte de ladite pièce.

— Vraiment ?

— Oui, à moins que tu ne veuilles ruiner tes draps et éventuellement abîmer ton matelas.

— D'accord, mais tu ne m'as toujours pas expliqué tes projets.

— Viens avec moi et tu le découvriras.

Je me dirige vers la salle de bains pour y déposer les affaires et jeter un coup d'œil à sa douche. Elle est de taille moyenne, peut-être un peu étroite, mais c'est une baignoire-douche combinée et avoir un endroit où s'asseoir peut être un avantage.

Sydney s'approche derrière moi et passe les doigts sur ma colonne vertébrale, entre mes plis, et tapote le bord du plug anal.

— Pas encore enlevé ?

— Non. Après. Quand on se douchera.

Elle se presse le long de mon dos et je sens ses tétons durs contre ma peau, et cet unique geste suffit à réveiller mon sexe. Je suis fier de mon petit soldat : il ne m'a pas laissé tomber une seule fois ce soir.

Alors que son corps m'étreint, elle tend la main pour jouer avec lui et il ne faut pas longtemps pour qu'il soit au garde-à-vous. Mais elle me relâche trop vite et attrape la boîte de glaces, en sort une et l'ouvre. Je me retrouve figé sur place quand elle la glisse lentement dans sa bouche et fait comme si c'était le phallus le plus délicieux du monde entier. Je suis jaloux.

C'est excitant de la voir faire entrer et sortir la douceur glacée de sa bouche, sucer et lécher le bout, et fermer les yeux en signe d'extase.

Ma queue tressaille et je la saisis, me caressant plusieurs fois. Elle fait deux pas vers moi et se met à genoux à mes pieds. Et, oh merde, cela ne faisait pas partie de mon plan inexistant. Mais je me dépêche de l'ajouter.

Sa bouche fait de petits bruits de succion autour du bâtonnet glacé, puis elle le retire, prend le contrôle de mon érection et glisse ses lèvres froides tout autour de moi.

*Putain de glace.* C'est une sensation folle, mais...

Un gémissement m'échappe.

Elle passe et repasse de la succion du bâtonnet à la succion de ma queue et le plan semi-formulé d'utiliser le dessert sur elle se désintègre. Du moins pour le moment. Ses lèvres deviennent rouge vif à cause du colorant à la cerise, et elle savoure le bout de mon érection comme une championne.

Chaque fois qu'elle me prend dans sa bouche glacée, c'est un choc jusqu'à ce que nous nous réchauffions tous les deux. Du froid glacial à la chaleur brûlante. Je me rends compte que je suis un génie d'avoir apporté toute la boîte à l'étage.

Alors qu'elle tient la glace fondante au-dessus de ma hampe, la texture visqueuse dégouline sur moi et Sydney la lèche. Et, putain, j'ai envie de jouir sur son visage. On aurait pu croire que le froid me réduirait à néant, mais non, je suis aussi dur qu'un roc. (Oui, j'ai dit que j'étais fier de moi, n'est-ce pas ?)

Le sol commence à devenir glissant et nous devons passer à

la douche. Je l'attrape donc sous les bras et la relève. Elle jette ce qui reste du bâtonnet dans l'évier et me sourit. Ses lèvres sont enduites de cette saleté rouge et collante et son menton a besoin d'un bon coup de serviette. Mais je m'en fous. Je l'attire à moi et la lèche pour la nettoyer. Je glisse ma langue sur ses lèvres et l'embrasse fort jusqu'à ce qu'elle s'agrippe à moi pour se maintenir en équilibre.

Oui, je l'ai embrassée si fort.

— Assieds-toi sur le bord de la baignoire, les pieds à l'intérieur.

Je crois que c'est le premier ordre que je lui donne ce soir, et elle ne rechigne pas. Lorsqu'elle s'installe sur le bord de la baignoire, j'attrape la bombe de crème fouettée ainsi qu'une autre glace et je la suis, me glissant de justesse en face d'elle.

— Écarte les genoux, continué-je, et ma queue tressaille d'impatience quand elle m'obéit. Voilà, murmuré-je en regardant fixement son entrejambe.

Elle est rose et lisse et semble bien plus comestible que le dessert que je tiens à la main.

Je m'agenouille entre ses jambes et je remplis ma bouche de crème fouettée. Puis je l'embrasse à nouveau. J'ouvre grand la bouche et je l'invite à entrer, sa langue me soutirant la crème sucrée.

Putain, l'intimité de ce geste me donne envie de jouir.

Je recule et lui en mets un peu sur les lèvres, ce qui me sert de prétexte pour lui sucer la lèvre inférieure. Je passe ensuite à ses seins et recouvre entièrement ses mamelons de ce nappage collant. Je dessine un motif sur son ventre et sur ses hanches. Je le parcours ensuite avec mes lèvres, ma langue et mes dents en grignotant sa peau, sans oublier de découvrir ses tétons rebondis.

— Tu es le meilleur dessert que j'aie jamais goûté, chuchoté-je. Et c'est la stricte vérité.

Son petit rire en réponse me donne envie de la baiser sur-le-champ, mais je n'ai pas apporté les bâtonnets glacés à l'étage pour les laisser fondre. Cependant, je me lasse rapidement de la décoration du dessert et je la mets de côté pour me concentrer sur la glace au raisin que je tiens dans ma main. Je lui écarte encore plus les genoux.

— Ouvre-toi à moi. Je veux te voir.

— Comme ça ? demande-t-elle, les yeux assombris et le souffle court entre ses lèvres entrouvertes.

— Oui, comme ça, murmuré-je en pressant l'extrémité glissante de la glace sur son clitoris. Elle sursaute et crie sous le choc du froid. Je la retire et la remplace par ma bouche chaude. Je recommence, encore et encore. Le froid puis le chaud jusqu'à ce que ses doigts s'enfoncent dans mes épaules, que son dos se cambre et qu'elle rejette la tête en arrière. Avant que la glace ne fonde trop, je l'introduis en elle et la baise lentement. Je suce son clitoris, faisant entrer et sortir la glace d'elle tandis qu'elle coule le long de ses cuisses, sur le bord de la baignoire et s'accumule autour de mes genoux. Quand il n'y en a plus, j'en prends un autre dans la boîte et je continue jusqu'à ce qu'elle soit sur le point d'exploser. À condition que je n'explose pas avant elle.

Après avoir retiré ce qui reste de la glace, je l'appuie sur son mamelon et le regarde se hérisser en une pointe dure. Son corps se couvre de chair de poule et elle frissonne. Elle prend le bâtonnet de mes doigts et en fait le tour sur ses deux mamelons, laissant derrière elle des traînées de liquide aromatisé à l'orange. Les gouttes coulent le long des courbes de ses seins et sur son ventre, s'accumulant dans l'étroite bande de poils au-dessus de son pubis.

Elle me fait penser à une œuvre d'art, avec ses couleurs orange, violette et rouge peintes sur son corps. Mon ex-femme ne se serait jamais autorisée à ressembler à cela, à être aussi échevelée. Mais Sydney prend tout ceci comme une évidence. Elle s'amuse autant que moi. À mesure que les glaces fondent, les bâtonnets de bois jetés finissent par se coller au fond et sur les parois de la baignoire.

Elle déballe le dernier et se lève. C'est un autre goût raisin.

Elle commence à dessiner sur mon corps pour que je sois aussi collant et sale qu'elle. Elle glousse en écrivant son nom sur mon dos. Elle décore mon visage avec de la « peinture de guerre ». Elle rend mes mamelons aussi durs que les siens, mais elle lèche l'arôme de raisin et, bon sang, je savais que j'aimais qu'on joue avec mes mamelons, mais le fait qu'elle les suce et les tapote avec sa langue me donne envie de la faire pivoter sur elle-même et de la baiser par-derrière.

J'ai dû faire un bruit, parce qu'elle dit :

— Mmm. Tu aimes quand je suce tes tétons.

Bien sûr que oui, mais je ne peux que grogner une réponse et enfoncer mes doigts dans ses cheveux pour la maintenir en place. Elle les suce plus fort, frottant ses dents sur les minuscules pics. Je laisse tomber une main pour toucher ses fesses, la serrant plus fort contre moi et poussant contre son ventre. Je ne veux pas encore jouir, mais je ne pourrai peut-être pas m'arrêter.

Surtout quand elle serre mes bourses en même temps qu'elle me mordille le téton. *Putain.*

— Je vais acheter des glaces au caramel la prochaine fois que je serai au magasin, murmure-t-elle contre ma poitrine.

J'ai envie de rire, mais je ne peux pas, parce que je suis trop occupé à m'imaginer la baisant avec une glace au caramel. Ou à la regarder se baiser elle-même. C'est bizarre, c'est vrai, mais c'est excitant aussi. Il y a peut-être une autre partie de son corps où j'ai envie de fourrer un bâtonnet au caramel. Ce qui me ramène rapidement à mon dilemme.

Le plug anal. Mais je veux la pénétrer une fois de plus avec celui-ci en moi. Et même si j'ai apporté les glaces et la bombe de crème fouettée dans la salle de bain, j'ai oublié la chose la plus importante. Les préservatifs. Ils sont encore dans la chambre et même si nous ne sommes qu'à quelques pas, j'ai l'impression d'être en Sibérie.

— Va chercher les préservatifs, m'ordonne-t-elle, comme si elle lisait dans mes pensées.

Je ne peux pas dire non à son ordre, je sors de la baignoire, je les trouve rapidement et je me dépêche de retourner dans la salle de bain, et je manque d'exploser sur place.

Elle a le dos collé à la paroi de la douche, les pieds appuyés sur le bord de la baignoire et une main est occupée entre ses cuisses, l'autre pressant un sein. Putain de merde, je veux me souvenir de ce spectacle pour toujours. Je m'appuie contre le chambranle de la porte et je prends une photo mentale de cette scène. Ses yeux fermés, ses lèvres entrouvertes et les sons qui lui échappent alors qu'elle atteint rapidement l'orgasme me font perdre la tête. Bon sang, je suis jaloux de sa main en ce moment.

— Ne bouge pas, lui intimé-je lorsqu'elle ouvre les yeux et me sourit. Reste comme ça.

Je déchire un préservatif avec mes dents, je le déroule et j'entre dans la baignoire entre ses cuisses écartées. Je prends une partie de son poids dans mes mains en entourant ses douces fesses et elle me guide à l'intérieur d'elle.

Oh, saint enfer. Putain de merde. Son sexe brûlant m'enveloppe complètement. Quand elle ondule autour de moi, je serre les dents pour ne pas jouir tout de suite. Chaque fois que je vais et viens en elle, mon cul se resserre autour du plug et j'ai l'impression d'être dans un train sexuel, où je la baise et où quelqu'un me baise. Et c'est absolument merveilleux.

Ma queue ne peut pas être plus dure ni mes bourses plus serrées. Alors que ses cuisses me compriment, ses mains s'enroulent autour de mon cou, ses ongles s'enfoncent dans mon dos. Lorsqu'elle plante ses dents dans ma gorge, je la martèle encore plus fort, plus vite, la faisant crier contre ma peau. Elle me mord plus fort, je grogne et m'immobilise en elle.

Lorsque je suis enfin capable de ralentir ma course incontrôlée, je fais les plus petits mouvements en elle. J'ai besoin qu'elle jouisse avant moi. Et il faut qu'elle le fasse vite, alors je frotte furieusement son point magique et elle se contracte tout autour de moi. Ses dents raclent mon épaule et s'ancrent dans le muscle au-dessus de ma clavicule. Je sursaute sous l'effet de la douleur, mais ma queue se durcit encore plus. Je suis si près du but. J'ai tellement envie de me déverser en elle, mais elle d'abord.

*Elle d'abord.*

Quand elle relâche les mâchoires, elle s'écrie :

— Je vais jouir !

Et... *putain*, elle jouit autour de moi, son corps me serrant comme un poing. Je veux m'effondrer à genoux, mais je ne peux pas, je la plaque contre le mur, à deux doigts d'exploser. Je lâche un juron et je me déverse en elle avec une force qui, promis, me fait voir des étoiles. Je me vide en frissonnant. Ma poitrine se gonfle et j'aspire de l'air pour tenter de reprendre mon souffle. Ce n'était certainement pas un marathon, mais j'étais déjà épuisé et mon corps ne peut endurer davantage de cette longue nuit.

Les yeux de Sydney restent fermés, sa tête s'appuie contre la paroi de la douche et ses poumons renouvellent leur oxygène aussi vite que les miens. Je doute qu'elle puisse tenir beaucoup plus.

Je ne veux pas me retirer parce que je veux faire partie d'elle aussi longtemps que possible. J'ai l'impression que nous allons finir en mille morceaux dès que je me serai éloigné.

— C'était incroyable, dit-elle sans ouvrir les yeux. Complètement dingue, mais génial.

Je suis d'accord avec elle, mais je n'ai pas encore suffisamment récupéré pour être capable d'aligner deux mots. Je me contente de hocher la tête et de presser mon front contre le sien, baissant un instant les paupières.

Lorsqu'elle repose les pieds au fond de la baignoire, elle me déloge et je suis déçu de cette sensation de perte. Après avoir jeté le préservatif dans une corbeille à papier, elle se tortille et tire sur le robinet de la douche, et quand l'eau fraîche nous atteint, nous poussons tous les deux un cri de stupeur, puis nous rions en sentant l'eau se réchauffer et soulager nos muscles fatigués.

Elle attrape l'éponge suspendue à la pomme de douche et je la lui prends des mains.

— Laisse-moi faire.

Après y avoir versé un peu de savon, je fais mousser son corps délicatement, comme s'il était fait de cristal précieux. Je prends mon temps pour le débarrasser entièrement de tout ce qui est collant et salissant. Je l'admets une fois de plus, je ne peux pas m'en passer. Mais ma hampe n'en peut plus et reste inerte, comme si elle était en grève.

Une fois qu'elle est propre, je shampooine ses longs cheveux noirs et elle gémit de plaisir. Pendant que l'après-shampoing imprègne ses cheveux, nous changeons de place, elle me prend l'éponge et me savonne, en s'assurant de passer dans tous les interstices et les recoins.

Bon sang, prendre une douche ensemble semble si intime que ma poitrine se serre. Si l'on ne compte pas le lycée, je ne connais même pas cette femme depuis vingt-quatre heures, et je suis déjà accro.

Les rôles sont peut-être en train de s'inverser... Elle était obsédée par moi pendant notre adolescence, je suis peut-être obsédé maintenant que nous sommes adultes.

Je ne peux qu'espérer qu'elle voudra plus que cette seule nuit.

Lorsque le jet de la douche rince les dernières gouttes de mousse, je comprends qu'il est temps de passer aux choses sérieuses. Il est temps de me libérer. (Littéralement.)

Je me demande si je dois lui enjoindre de sortir pour le faire en privé, car je ne veux pas me mettre dans l'embarras. Mais je pense aussi que ce serait bien qu'elle m'aide. C'est elle qui m'a enfoncé ça dans le cul pour commencer, après tout.

— Est-ce que tu... euh...

— Oui, répond-elle, anticipant ma demande gênée.

— D'accord, eh bien...

— Tournez-vous, ordonne-t-elle et je souris avant d'obéir. Les mains en évidence contre le mur.

J'écarte les jambes et plante mes paumes comme elle l'exige et j'ai l'impression d'être sur le point d'être fouillé avant d'être arrêté.

Hmm. Jeu de rôle. Il faudra peut-être qu'on essaie ça un soir, plus tard. Je chasse cette pensée de ma tête et me concentre sur la tâche à accomplir.

— Accroupis-toi et détends tes... muscles, me dit-elle et je la regarde par-dessus mon épaule.

Vraiment ? Elle agit comme si elle était une pro en la matière et je sais que ce n'est pas le cas. Mais je n'ai pas de meilleure idée, alors je plie les genoux et je m'abaisse un peu. Je sens une légère tension, un frémissement et une traction, et je ne sais pas si j'aime cette sensation ou si je devrais être mortifié d'être dans cette position avec une femme que je viens à peine de « rencontrer ».

Quelqu'un que je devrai saluer tous les jours quand j'irai chercher le courrier. Alors que je ris à cette pensée stupide, le plug sort, mais certainement pas aussi facilement qu'il est entré. Et, bon sang, ça n'avait pas été facile non plus d'y entrer.

Mais ce serait mentir que d'affirmer que je n'ai pas aimé l'expérience, alors il restera dans ma boîte à malices pour un usage futur.

Avec un peu de chance et si Sydney est d'accord, je compléterai ma collection.

Et, par miracle, je finirai par être un putain de mec chanceux.

# Chapitre Neuf

## Sydney

Ce *putain* de *Reid Turner* m'a essoré et séché les cheveux. Séché, avec un sèche-cheveux et tout le toutim. L'homme que j'ai désiré toute ma vie (enfin, presque) est en train de manger dans ma main. Comment en est-on arrivé là ?

Oh, je ne me plains pas. Mais je continue à penser que je vais me réveiller et découvrir qu'il n'a pas vraiment déménagé à côté de chez moi, et que j'ai rêvé l'avoir attaché à mon lit tout à l'heure.

Ça craindrait un max.

Le plus beau, c'est que ce n'est pas un connard non plus. Il est super canon, sexy, super au lit, et il est... sympa ! Alors oui, d'un instant à l'autre, je vais sûrement me réveiller et être déçue d'être seule dans mon lit, et la seule chose avec laquelle j'aurai été baisée, c'est mon fidèle vibromasseur.

Et là, je réaliserais que mon nouveau voisin n'est pas Reid, mais un gros italien poilu qui sent le pepperoni et l'ail.

C'est ce qui collerait un peu plus avec ma chance.

Mais si c'est un rêve, c'est un rêve génial, me dis-je en regardant Reid rassembler les sex toys éparpillés sur le sol de ma chambre. Alors qu'il les range dans sa boîte de « vieilles photos » (n'est-il pas malin ?), je peux voir l'ondulation de ses muscles sous sa peau. Oooh, bébé.

Si je n'étais pas aussi fatiguée, je lui sauterais dessus. Encore une fois. Mais comme je suis épuisée, je pense que je vais avoir besoin d'un fauteuil roulant pour me déplacer demain. Je jette un coup d'œil au réveil à côté du lit. Ou plutôt aujourd'hui, juste plus tard dans la journée.

La tristesse m'envahit lorsque je réalise que l'aube ne tardera pas à poindre et que Reid devra s'habiller. Lorsqu'il a fini de chasser et de rassembler ses jouets sexuels, il se tient près du lit avec sa boîte aux merveilles. Mon cœur s'emballe, car je pense qu'il est sur le point de partir.

— Tu t'en vas ? lui demandé-je en gardant un air impassible.

Une déception indéniable traverse son visage.

— Je... euh... Tu veux que je parte ?

« Bon sang, non ! » ai-je envie de crier. Mais je me retiens, je serre les draps dans mes doigts et je lutte contre cette pulsion.

— Pas vraiment. Tu pourrais aussi bien rester pour cette nui... cette matinée.

Il pose la boîte près de la porte de ma chambre et je ne peux m'empêcher de regarder son cul musclé. Il se tourne vers moi et je souris innocemment.

— Je peux t'inviter à prendre le petit-déjeuner un peu plus tard... si tu veux.

Vraiment ? Est-ce que ce putain de Reid Turner me propose un rendez-vous pour le petit-déjeuner ? Je passe mes doigts dans mes cheveux.

— J'ai probablement l'air d'une loque.

Il pose un genou sur le lit, attrape ma main et en embrasse les jointures.

— Tu es magnifique.

— Et bien baisée ? ajouté-je, un petit sourire aux lèvres.

— Assurément bien baisée.

— Je ne veux pas que ça te monte à la tête ou quoi que ce

soit, mais... ce soir doit être la meilleure nuit que j'ai jamais eue. Le sexe avec toi est à la hauteur de mes espérances.

Il lâche ma main et grimpe sur le lit, avançant à quatre pattes jusqu'à se trouver au-dessus de moi, me regardant droit dans les yeux. Je cligne des yeux quand il me demande :

— Tu as souvent pensé à faire l'amour avec moi ?

Nous sommes tous les deux nus. Nous nous sommes vus tous les deux dans différentes positions (nus). L'homme a été en moi (nu). Il n'y a donc aucune raison de cacher la vérité (nue).

— Reid, tu es mon objet de masturbation depuis la seconde.

Il fronce les sourcils.

— Ça fait un bail, hein ?

— Oh oui. Aussi longtemps que ça.

— Et la réalité est-elle meilleure que le fantasme ?

*Bon sang.* Les fantasmes étaient plutôt bons, pourtant.

— La réalité est meilleure que mes propres doigts.

— Ou qu'un vibromasseur ?

D'accord, là il exagère.

— Enfin...

— Putain, c'est blessant.

Il dépose un léger baiser sur mes lèvres, puis tombe à mes côtés, me prend dans ses bras et me serre contre lui.

— Eh bien, j'ai appelé mon vibromasseur préféré Reid.

Il tourne la tête pour me faire face.

— Ah oui ?

— Oui.

— C'est celui que tu utilisais quand je t'ai vue par la fenêtre et que tu as crié mon nom ?

— Peut-être.

Son ricanement feutré résonne dans son torse et je ne peux m'empêcher de sourire à ce son. Pourquoi sa femme lui a-t-elle fait un bébé dans le dos ? Je ne comprends pas.

Il n'y a jamais eu que lui pour moi. Maintenant que je l'ai, je ne le laisserai pas partir. Pas question. Je repense à toutes ces années gâchées, passées loin l'un de l'autre. Toutes ces années qu'il a vécues avec Pam pour qu'elle finisse par le tromper.

Moi, Sydney Ryan, je jure solennellement de ne jamais tromper Reid Turner.

Je me penche vers lui et le pince. Il dégage son bras et se frotte la peau.

— C'était quoi ça ?

— Je veux juste m'assurer que je ne rêve pas, lui dis-je en détournant la tête pour qu'il ne découvre pas mon sourire en coin.

— Si tu dois me pincer, fais-le au moins à un bon endroit.

À mon tour, je sursaute quand il me pince.

— Tu vois ? Tu ne rêves pas.

Je roule sur le côté et j'étudie son visage, et lui le mien.

— J'en suis ravie. Et sinon, à propos de ce petit-déjeuner...

Avant que je ne puisse terminer, ses paupières se ferment lentement, sous l'effet de la fatigue. Je finis par le regarder dormir jusqu'à ce que l'aube filtre à travers les rideaux tirés. Et, je dois dire que...

Ce *putain de Reid Turner* est un homme à qui je ne refuserai pas un rendez-vous matinal.

# Une novella obsédée

Ce n'est pas qu'une histoire d'amour,
c'est une obsession…

Édition française

# NEEDING HIM

USA Today Bestselling Author

# JEANNE ST. JAMES

# Chapitre Un

*Grace:*

CHAQUE ANNÉE, il se pointe. Il vient cinq jours puis disparaît. La même semaine, chaque année, depuis trois ans. Il arrive le dimanche soir et repart le vendredi matin.

Il ne me dit presque pas un mot. Il prend les clés de sa cabane en grognant, puis s'enferme pour toute la durée du séjour. Je ne sais pas s'il dort, mange ou autre. Tout ce que je sais, c'est que je ne dois en aucun cas le déranger. Il me l'a clairement fait comprendre avec hargne la première année.

Je suis simplement heureuse d'avoir un vacancier. Il ne chipote jamais sur le prix de la cabine, ne me demande jamais rien. Il ne se plaint jamais.

Le plus beau, c'est qu'il vient pendant la basse saison, lorsque la fréquentation est tellement réduite que je crains de finir pauvre. Sans abri et affamée.

Mais je le regarde. Il m'intrigue et je veux connaître son histoire. Pourquoi cette bourgade du Maine ? Pourquoi à cette période de l'année ?

Pourquoi ?

Et, surtout, pourquoi a-t-il choisi ma petite station balnéaire poussiéreuse au bord d'un lac ? Oui, la région est belle, mais elle est isolée. Cela dit, ce n'est pas comme s'il faisait des randonnées, du VTT ou même du bateau sur le grand lac.

C'est peut-être ce dont il a besoin. De calme. De paix.

Moi, j'ai trop de calme et de paix. Cette ville m'ennuie à mourir. Tous ceux qui ont de l'ambition prennent leurs jambes à leur cou dès que possible.

Mais je n'arrive pas à courir. Je n'arrive même pas à marcher.

Cet endroit appartenait à mon père. Quand il est mort, il l'a légué à sa fille unique. Bon sang, sa seule enfant. Il était fier de cette station, il l'avait construite de ses propres mains. Alors, bien sûr, j'en suis fière aussi.

Même si je m'y ennuie à mourir.

Et les relations amoureuses ?

Inexistantes. Si j'ai de la chance, je m'envoie en l'air lorsque les touristes viennent observer les élans en été. Si j'ai de la chance, je m'envoie en l'air lorsque les motoneigistes arrivent en ville et s'emparent du lac gelé et des sentiers environnants. Si j'ai de la chance, je m'envoie en l'air lorsque les vététistes viennent sillonner les bois quand les feuilles changent de couleur.

Mais disons que je n'ai pas eu beaucoup de chance ces derniers temps. Pas depuis longtemps. Je jure que je suis redevenue vierge, si c'est possible.

Heureusement, je ne suis pas trop coincée et je sais satisfaire mes propres besoins. Mais la solitude et l'ennui s'installent. Mes vibromasseurs et leurs piles sont devenus mes meilleurs amis.

Honnêtement, j'ai vraiment besoin de me partir de cette ville.

Je soupire et consulte mon carnet de réservations. Oui, le carnet, parce que même Internet craint ici. Et les antennes relais ? Oui, bien sûr. Vous aurez peut-être un signal si vous faites le poirier face au nord tout en chantant *Petit papa Noël*.

Toutes les cabanes sont encore équipées de téléphones fixes

et la télévision est diffusée par une antenne satellite, qui ne fonctionne que lorsqu'il n'y a ni nuages, ni pluie, ni neige, ni gazouillis d'oiseaux.

Mon cœur s'emballe lorsque je vois son nom écrit au milieu de mes gribouillis illisibles. Mais je sais que c'est lui. J'ai réservé sa cabine habituelle.

Les autres cabines ne sont pas réservées, car c'est la saison creuse. Personne de sensé ne vient ici. Les feuilles brunissent et tombent, le lac est déjà trop froid pour s'y baigner, mais encore trop chaud pour les activités hivernales.

Il a fait sa réservation pour cette année avant de partir l'année dernière.

J'espère qu'il viendra. Même au tarif très réduit que je lui applique pour venir à cette époque de l'année, chaque centime compte.

Ce n'est pas la seule raison pour laquelle j'espère qu'il viendra. Non, cette année, je suis déterminée à lui parler, à faire en sorte qu'il me voie et qu'il ne me regarde pas comme si j'étais transparente. Je veux qu'il comprenne que je ne suis pas qu'une personne anonyme qui lui remet sa clé et lui fait signer un reçu.

Non, cette année, ce sera différent.

Je n'ai pas baisé depuis longtemps.

Alors la clé, c'est lui.

---

## Nick :

UNE FOIS DE PLUS, je repars pour ce putain de séjour au milieu de Nulle Part, fin fond du Maine. Et je ne sais vraiment pas pourquoi.

Si, je sais. C'est juste que je ne veux pas me l'avouer ouvertement. Ou y penser trop fort.

Je n'ai plus besoin de cet endroit.

Je suis presque redevenu normal.

Peu importe ce que cela signifie.

Ces trois dernières années, je suis venu ici pour oublier. Pour ensevelir mon chagrin. Mais cette année, je suis sûr de ne pas avoir besoin de ce pèlerinage dans cette station balnéaire délabrée, cette petite cabane au bord du lac, pour survivre à cette semaine.

Pas cette année.

Ce n'est donc pas la raison pour laquelle je fais six heures de route pour me rendre dans un endroit où la télévision est de mauvaise qualité, où il n'y a pas de réseau mobile ni de Wi-Fi, n'est-ce pas ?

Certes, ce n'est pas comme si une pause dans mon emploi du temps surchargé au travail ne me ferait pas du bien. J'en ai besoin. Mais je pourrais la prendre dans un cadre plus agréable. Comme Aruba, pas Trou-du-cul-du-Monde, Maine, où il ne fait plus chaud et où l'eau est trop froide pour nager.

Mais il y a une chose que je laisse derrière moi chaque année quand je reviens à la réalité.

Elle.

Et c'est pour elle que je refais ce long voyage. À seulement six heures de la ville, de ma vie quotidienne.

Mais ne serait-ce pas un comble si elle s'était casée avec l'un des habitants du coin au cours de l'année écoulée ? Qu'elle se soit mariée, qu'elle soit pieds nus et enceinte, qu'elle ait pris vingt kilos et qu'elle porte maintenant des robes qui ressemblent à des rideaux et des pantoufles partout ?

Bon sang.

Si c'est le cas, je rebrousse chemin, je roule encore six heures pour rentrer chez moi, je refais mon sac et je saute dans un avion pour une autre destination.

Peut-être pas à Aruba, mais South Beach. Là où les femmes s'envoient en l'air et où je pourrais moi-même m'envoyer en l'air.

Ça fait trop longtemps.

Beaucoup trop longtemps.

Et je suis tellement prêt.

Mais je n'arrive pas à la sortir de ma tête.

Et je ne sais pas pourquoi.

Ce qui est drôle, c'est que je ne connais même pas son prénom. Je n'ai jamais demandé.

C'est moi le fautif.

# Chapitre Deux

## Grace

Quand sa voiture approche, je suis au premier rang : non seulement je l'entends, mais je la vois. Et pour cause. Je guette son arrivée avec impatience. Mon berger allemand, Magpie alias Maggie, pousse un petit jappement et me regarde.

Merci de me faire savoir que le beau gosse vient d'arriver, ma belle. Comme si je ne l'avais pas remarqué moi-même. Est-ce que ma chienne est au moins au courant de mes plans diaboliques ? Elle aurait peut-être honte de moi si elle savait.

J'ai le souffle coupé en entendant la portière de sa voiture claquer et ses pas lourds se diriger vers le bureau. Bientôt, son grand corps sera dans ce petit espace avec moi.

Lorsque la porte s'ouvre, mon cœur bat la chamade, mon pouls s'affole et je me fige lorsque Maggie lui adresse un doux hochement de tête et remue la queue. Bon, ce n'est pas un chien de garde, pour sûr. Mais elle est de bonne compagnie, même si elle n'a pas le choix, puisqu'elle est payée en croquettes pour vivre ici.

Mon regard passe de Maggie à l'homme qui lui tapote la tête et qui se fraye un chemin pour dépasser ce système de sécurité inutile de 30 kilos.

J'ouvre la bouche pour le saluer et je couine.

Un. Putain. De. Couinement.

Je fronce les sourcils durant un bref instant, puis je retrouve rapidement mon sourire nerveux et j'essaie à nouveau.

— Bienvenue, M. Landis, dis-je cette fois comme une personne normale.

Un coin de ses lèvres se relève. Et, oh putain, c'est sexy à souhait.

— Merci. C'est bon d'être de retour.

Attendez. Quoi ?

Cet homme vient vraiment de me répondre ? Je n'ai pas eu droit qu'à des grognements ?

Alors qu'il se tient debout, souriant à Maggie, la caressant, elle le regarde avec adoration et je suis jalouse. Ses mains sont sur elle. Ses yeux à elle sont sur lui.

Je suis jalouse de ma putain de chienne.

Quelle garce !

— Comment s'appelle-t-elle ?

Attendez. Quoi ?

Euh...

— Elle a un nom, non ?

— Oui... C'est Magpie.

Il fronce les sourcils.

— Magpie ?

— Maggie.

Il sourit à nouveau, pas à moi, mais à ma chienne.

— Hé, Magster, c'est un plaisir de te revoir.

*Bordel. De. Merde.*

En y réfléchissant bien, je me rends compte qu'il ne se contente pas de me dire ces mots, mais il parle aussi à ma chienne. Je me demande donc s'il n'est pas sous traitement médicamenteux. Il n'a jamais été aussi bavard ni aussi ouvertement amical.

Bizarre.

Après avoir tapoté une dernière fois la tête de Maggie, il fait deux pas (oui, mon bureau est aussi petit que ça) jusqu'au comptoir et me regarde droit avec insistance.

Je cligne des yeux. Et encore. Et quand il me sourit, *à moi*, je manque de jouir sur place.

(J'ai dit que ça faisait longtemps. Ne me jugez pas.)

Mais au lieu d'avoir un orgasme, je bégaie.

— Je... Je... Euh.

Je referme la bouche, tourne ma langue dans ma bouche avant de réessayer :

— Je vous ai réservé la même cabine que l'année dernière. J'espère que ça vous convient.

— Parfait.

Sa voix grave et profonde me fait trembler dans mes bottes. Une bouffée de chaleur se répand entre mes cuisses.

Qu'est-il arrivé à l'homme sombre venu ici trois fois déjà ? Je ne reconnais presque pas ce nouveau venu.

Mais je ne m'en plains pas. Comme je l'espérais, il me voit vraiment. Et j'espère qu'il aime ce qu'il voit.

Je porte mon jean le plus moulant, un pull marron doux à col en V (le seul que j'ai qui dévoile un décolleté), le seul soutien-gorge push-up que je possède, et ma seule paire de bottes peu pratiques (et par peu pratiques, je veux dire qu'elles ont un petit talon large). Je ne peux vraiment pas faire mieux que ça.

J'étudie son visage. Les creux sous les pommettes ont disparu. Il s'est remplumé, mais les deux premières années, il était très maigre, avait des cernes et semblait d'humeur maussade.

Même à cette époque, il n'a jamais été moche. Mais aujourd'hui, il est encore plus beau.

Oh, tellement plus.

Ses yeux gris lumineux m'observent en retour et je réalise à quel point il est impoli de ma part de le fixer. Je me demande comment il réagirait si je passais mes doigts sur sa barbe bien fournie ou sur ses cheveux courts et foncés. La barbe est nouvelle, les cheveux courts non.

Mais la pilosité faciale lui va bien. Il a l'air plus rustique, comme un homme qui vit au grand air, pas en ville, d'où je sais qu'il vient.

Peu importe d'où il vient, j'ai hâte de le voir nu.

S'il veut avoir l'air rustique, être nu avec un mousqueton à la main fera l'affaire.

S'il veut un style urbain, une cravate autour des poignets quand je l'attacherai au lit fera l'affaire aussi.

Je ne serai pas tatillonne.

Mais je serai exigeante.

Parce que j'ai bien dit que ça faisait longtemps pour moi, n'est-ce pas ? (Je suis presque sûre de l'avoir dit.)

Bon.

L'homme porte une chemise en coton gris clair très bien boutonnée et assortie à ses yeux (complètement déboutonnés), sous laquelle se cache un tee-shirt blanc.

Ettttt... je suis toujours en train de le reluquer comme une femme en manque de sexe (et c'est le cas).

Je laisse retomber mon regard sur le carnet de réservation et je m'éclaircis la voix.

J'entends alors un gloussement qui me fait monter le feu aux joues. Sans lever les yeux, je demande :

— Voulez-vous un service de chambre quotidien ?

— Absolument.

À la façon dont il prononce ce mot, j'ai l'impression qu'il vient de me chuchoter un mot salace à l'oreille. Je relève rapidement la tête et je vois ses yeux se plisser légèrement, comme s'il était amusé.

Il n'a jamais voulu que quelqu'un l'embête, lui ou sa cabane, lors de ses séjours précédents. Cette année, il le souhaite.

Intéressant.

Je fais glisser la clé sur le comptoir et avant que je puisse retirer ma main, il la recouvre de la sienne.

— Comment avez-vous dit que vous vous appeliez ?

C'est à son tour d'avoir l'air embarrassé parce qu'il n'a jamais posé la question et qu'il vient probablement de s'en rendre compte (même si, pensez bien que j'en suis parfaitement consciente).

Je déglutis difficilement.

— Je m'appelle Grace.

— Grace.

Il prononce mon prénom comme un murmure et un truc dans mon ventre s'échauffe, excite mes tétons, me donne envie de sauter par-dessus le comptoir et de lui enfoncer ma langue au fond de la gorge et à d'autres endroits.

Mais je n'en fais rien. Au lieu de cela, je tente de retirer ma main. Pas brusquement, juste assez pour qu'il la relâche. Il ne la libère pas. Au contraire, il resserre ses doigts pendant un moment avant de finalement les desserrer. Je contemple ma main comme si elle ne pouvait plus jamais être la même, puis je me ressaisis.

— C'est un très beau prénom.

*Euh...*

— Merci, M. Landis.

— Nick.

— Quoi ?

— Je m'appelle Nick.

— Oui, je sais, dis-je en montrant du doigt le carnet de réservation et mon horrible écriture. Je l'ai écrit ici.

— S'il vous plaît, appelez-moi comme ça.

*Euh...*

— D'accord.

— Nick, répète-t-il.

— D'accord... Nick.

Lorsqu'il me sourit, je suis sur le point de fondre. Cet

homme n'est pas le même que celui qui a débarqué ici pour la première fois il y a déjà quatre mois d'octobre de cela.

Je ne dis pas que je n'aime pas ce nouveau Nick. Je l'aime bien. Mais il est différent, ce qui me rend méfiante. Je n'y peux rien, c'est dans ma nature.

Mais écoutez, j'ai besoin de m'envoyer en l'air, et je l'ai déjà identifié pour ce boulot, alors je prendrai Nick quoi qu'il en soit. Nouveau Nick, ancien Nick, Nick sur le dos, Nick assis, debout, dansant la chenille. Je m'en fiche.

Enfin, il se tourne pour partir et je soupire discrètement. Non pas parce que je suis soulagée qu'il parte, mais parce que son cul dans son jean Levi's est absolument spectaculaire (avec un grand S).

— Vous avez besoin d'aide pour vos bagages ?

Il s'arrête et me jette un coup d'œil par-dessus son épaule, l'air encore une fois amusé.

— Vous avez un bagagiste ?

Il sait que je n'en ai pas.

— Non.

— Alors je m'en occupe. C'est bon. Mais merci quand même.

— Pas de problème, dis-je, et je le regarde, déçue, franchir le seuil et refermer la porte derrière lui.

Je m'affaisse derrière le comptoir et je baisse les yeux vers Maggie.

— Tu as de la chance, toi. Il avait les mains sur toi. Mais je suis la suivante. Alors, ne le touche pas, tu m'entends ?

Maggie s'assoit avec un bruit sourd, sa queue balayant le sol, tandis que sa langue pend sur le côté de sa bouche.

— D'accord, ma belle, maintenant qu'il est là, il faut que j'élabore un plan.

J'entends la voiture de Nick démarrer et s'éloigner de la petite maison en rondins qui fait office de bureau. Il séjourne toujours dans la cabane la plus éloignée de la maison pour avoir de l'intimité.

Encore une fois, il n'y a personne d'autre que lui et moi sur le domaine.

Toutefois, cette année, il n'a droit à nulle solitude. J'espère que ça ne le dérangera pas, mais je ne sais pas si la réponse m'intéresse vraiment. J'ai une mission. Et c'est…

L'opération Fin de la Traversée du Désert.

Et il vient d'être recruté.

———

POUR UNE RAISON que j'ignore, j'ai raté son appel hier soir, mais il a laissé un message sur le répondeur du bureau.

« Grace, pourriez-vous me déposer des serviettes supplémentaires ? »

Des serviettes. À *déposer*. Apparemment, hier soir, pendant que Maggie et moi étions occupées à mettre au point l'opération Fin de la Traversée du Désert, j'ai manqué la plus grande (pour ne pas dire la plus facile) occasion d'entrer dans sa cabine (et peut-être dans son pantalon). Avec sa permission, du moins.

Je regarde l'horloge. Sept heures du matin. Il est tôt, il ne s'est probablement pas encore douché et je peux certainement l'aider en lui apportant une ou deux serviettes supplémentaires. J'attrape un panier à linge, j'y mets des serviettes propres, un gant de toilette, ainsi que quelques muffins préparés hier soir.

Parce que, vous savez, le chemin vers le cœur d'un homme passe par la nourriture. Non pas que je veuille son cœur, j'ai besoin de quelque chose d'un peu plus solide que ça…

Je me demande si je ne devrais pas lui apporter du café fraîchement coulé pour accompagner les muffins, mais l'opération risque de prendre trop de temps et je suis impatiente.

Sans compter que je suis un peu excitée. C'est le moins que l'on puisse dire.

Je me demande si je ne devrais pas prendre des préservatifs avec moi (juste au cas où). Je pourrais toujours les glisser entre les serviettes jusqu'à leur utilisation.

Puis je me rends compte, *pauvre idiote*, que j'ai oublié d'en acheter. J'ai jeté mon autre boîte parce qu'elle était périmée.

Oui, *périmée*.

Parce que je n'ai pas eu besoin de préservatifs depuis fort longtemps.

Et maintenant, qu'est-ce que je fais ?

Je dois me laisser porter. L'opération Fin de la Traversée du Désert est lancée et ce n'est pas un petit obstacle qui va me ralentir. Si tout ne se passe pas comme prévu, je me rendrai en ville plus tard dans l'après-midi pour me réapprovisionner. Tant que Mme Sanders n'est pas derrière la caisse... Parce que si c'est le cas ? Tout le monde à Greenville saura que j'essaie de m'envoyer en l'air.

Certes, ils ne sauront pas avec qui. Mais ils se poseront des questions. Ils commenceront même à spéculer. Et bientôt, ils m'imagineront coucher avec Floyd du garage Test&Tune. Même si Floyd a environ cent ans (pas vraiment, mais il en a l'air). Floyd pourrait avoir une crise cardiaque s'il l'entendait et ce serait de ma faute.

Juste parce que j'aurais acheté une boîte de préservatifs.

*Merde.*

Alors que je jette le panier à l'arrière de la voiturette de golf que j'utilise pour faire le tour de la propriété, Maggie saute sur le siège passager et nous roulons sur le chemin de terre jusqu'à la toute dernière cabane.

Grâce à la voiturette, le trajet ne dure que quelques minutes et je me gare à côté de son SUV Infiniti noir dans l'herbe devant la cabane en rondins. Les rideaux à motif élan sont tirés sur l'unique large fenêtre (qui, je l'admets, a besoin d'être remplacée). J'aspire une bouffée d'air pour tenter de calmer mes nerfs. Échec cuisant.

À la place, je me livre à un petit discours d'encouragement. Pas à haute voix. Non. Plutôt dans ma barbe, mais apparemment, Maggie m'entend marmonner, puisqu'elle observe mon visage et penche la tête, pensant probablement que j'ai perdu les pédales.

— Ne me regarde pas comme ça. Tu manges du caca. Pas de jugement.

Maggie me sourit presque, descend du véhicule et renifle le SUV. Puis elle suit l'odeur de Nick jusqu'à la porte d'entrée, où elle gémit.

Je me bouge les fesses avant que le chien ne frappe à la porte et que Nick ne la laisse entrer. Pour une raison que j'ignore, je les imagine tous les deux passant un moment merveilleux alors que je suis dehors, les yeux collés à la fenêtre.

Je cale le panier à linge sous mon bras droit, je m'approche et frappe avec hésitation, puis je guette le moindre bruit de mouvement.

Rien.

Je frappe beaucoup plus fort cette fois-ci et...

Toujours rien.

Je jette un coup d'œil autour de moi, me demandant s'il est sorti pour une promenade matinale. Mais il n'y a personne d'autre que moi et Maggie, et donc s'il est sorti se promener, il est assez loin pour que je ne puisse pas le repérer. Je transfère le panier sous mon bras gauche et frappe encore une fois, assez fort, pas un martèlement, mais pas loin.

— Monsieur Landis ? appelé-je. Nick ? J'ai les serviettes que vous avez demandées.

Pas un bruit. Je regarde Maggie, elle lève les yeux vers moi, éternue, puis regarde la porte comme si elle attendait que je l'ouvre.

Hmm.

Oui, je peux entrer, déposer ses serviettes et repasser plus tard.

Bonne idée, Maggie ! Ma chienne est tellement futée.

Je tourne timidement la poignée, me demandant si je vais avoir besoin de mon passe-partout, mais la poignée tourne. Où qu'il soit allé, il a laissé sa porte ouverte.

Certes, la zone est parfaitement sûre, mais tout de même...

Les charnières grincent un peu lorsque je pousse lentement la porte en bois. Je pense d'abord à mettre un peu d'huile sur les gonds. Puis, en jetant un coup d'œil à l'intérieur sombre de la petite cabane, je pense à...

*Putain de merde.*

Nick Landis est étendu sur le lit, à plat ventre d'un coin à l'autre, la tête tournée vers le mur du fond, le drap couvrant à peine son grand corps nu, un tout petit pan croisé sur ses hanches. Et il n'y a visiblement rien entre lui et le drap, froissé comme s'il avait eu un sommeil agité. Il est complètement nu.

Oui, nu.

Et pas le genre de nudité gênante (nous avons bien quelques nudistes âgés dans la région), mais le genre appétissant (que je n'ai pas vu depuis bien trop longtemps).

*Ouiiiii.*

Figée dans l'embrasure de la porte, je m'éclaircis la voix, espérant qu'il se retournera pour me voir. Aucune réaction. Son dos se soulève et s'abaisse comme s'il dormait profondément. Les griffes de Maggie cliquettent sur le plancher à larges planches alors qu'elle se dirige vers le lit pour vérifier que l'homme est bien endormi. (Ai-je dit qu'il est totalement nu ? Parce qu'il l'est !)

— Maggie ! chuchoté-je, un peu paniquée puis, je reste pétrifiée lorsqu'elle lui met un coup de nez sous l'aisselle.

Je lâche un petit bruit, un bruit qui veut dire : « Oh putain ! Elle va le réveiller, il va se rendre compte que je l'ai regardé dormir et il va penser que je suis une obsédée bizarre. » Et ce n'est pas en passant pour une obsédée bizarre que je vais m'envoyer en l'air.

Je pense à laisser tomber le panier sur la table voisine et à me précipiter dehors avant qu'il ne m'attrape, mais Maggie n'est pas d'accord.

Elle enfonce son museau plus profondément sous son bras. Ai-je mentionné qu'elle adore être le centre de l'attention ? Elle veut probablement que ses mains se posent à nouveau sur elle.

Je fais glisser le panier à linge sur la table et manque de renverser une bouteille de whisky à moitié vide.

*Putain de merde.*

Apparemment, il n'a pas réglé ses problèmes. Ces dernières années, après son départ, il laissait derrière lui un tas de bouteilles vides dans la poubelle. Et par tas, je veux dire plus qu'une personne devrait boire seule.

Comme son attitude semble avoir changé cette année, je me suis dit que ce serait peut-être différent. Mais apparemment pas du tout. Peut-être qu'il n'en a pas fini avec ce qu'il vient fuir ici.

Cela dit, il est probablement couché là, dans un état de torpeur provoqué par l'alcool, et il ne dort pas vraiment.

Bon sang, je ne m'enverrai jamais en l'air s'il reste dans un état d'ébriété, de gueule de bois ou à moitié évanoui toute la semaine.

Je me rapproche du lit, avançant timidement au cas où il dormirait vraiment.

— Nick ? murmuré-je. Vous allez bien ?

Au moins, s'il m'entend, il pensera que je ne fais que prendre de ses nouvelles, que je me préoccupe de son bien-être et que je n'ai pas l'intention de lui sauter dessus.

— Nick ? M. Landis ?

Toujours rien. Quand même, personne ne dort aussi profondément.

Je m'approche du lit du côté le plus proche de la porte, à l'opposé de Maggie. À l'opposé de l'endroit vers lequel son visage est tourné.

Je touche courageusement son épaule.

Tout à coup, il bouge. Je ne bouge pas (puisque je suis à nouveau figée sur place). Et il grogne. Ce qui *me* donne envie de gémir parce que je l'imagine le faisant alors qu'il est en moi.

*Putain.* Je serre les cuisses l'une contre l'autre.

Je me ressaisis parce qu'il est peut-être blessé et qu'il a

besoin d'aide. Cela fait un moment que je n'ai pas suivi de formation aux premiers secours, mais je suis sûre que je peux faire du bouche-à-bouche à Nick sans problème. Il pourrait même y prendre plaisir.

Un petit coup de langue et...

Sa main sort à une vitesse surhumaine et attrape mon poignet. Avant que je ne puisse réagir, je virevolte dans les airs et j'atterris sur le dos avec un léger *Ouch*. Soudain, je me retrouve clouée au lit avec un lourd poids sur moi.

Comme on pouvait s'y attendre, ce poids est à cent pour cent celui de Nick.

Son visage n'est qu'à quelques centimètres du mien et je respire bruyamment. C'est probablement parce que je viens d'être plaquée sur le lit, et peut-être un peu parce que l'homme est maintenant très nu et très dur contre ma cuisse.

Bon sang.

*Non...*

Bon sang de bonsoir, plutôt !

Mes deux poignets sont enserrés entre ses doigts et mes bras s'étirent au-dessus de ma tête. Lorsqu'il glisse un genou entre mes cuisses, il appuie sur mon sexe avide.

Permettez-moi de vous dire que je crois que j'ai recruté le bon homme. (Bravo, moi !)

— Tu as apporté mes serviettes ?

Sa voix est rauque parce qu'il ne l'a pas utilisée depuis longtemps et la chair de poule apparaît sur tout mon corps, y compris sur mes tétons. Je porte un élégant tee-shirt thermique violet à manches longues suffisamment moulant bien pour qu'il ne puisse pas passer à côté. D'autant plus qu'ils s'enfoncent dans sa poitrine.

Ai-je mentionné qu'il est nu ?

Oui, il est nu.

Je me lance. L'opération Fin de la Traversée du Désert est lancée.

— Oui. Désolée d'avoir manqué ton appel hier soir.

Ma voix est si haletante qu'on dirait que je viens d'avoir un orgasme. Ce qui est peut-être le cas. Juste un peu.

— J'ai apporté des serviettes... Et quelques muffins, juste au cas où tu aurais faim.

— Grace.

Sa voix grave prononçant mon nom me freine en plein élan et je cligne des yeux.

— J'ai faim.

Oh oui, moi aussi.

— Mais pas faim pour un muffin.

Ah ? Moi non plus, je n'ai pas envie d'un muffin.

— Il y a un restaurant en ville...

— Grace.

Il m'interrompt de nouveau et je croise son regard. Ses yeux sont gris foncé maintenant et enflamment mon âme. Mais je serais ravie de la lui vendre en échange d'un très, très bel orgasme.

— Ah oui ?

— Je n'ai pas faim pour le petit-déjeuner.

— D'accord, murmuré-je.

— Tu sais de quoi j'ai faim, Grace ?

J'espère que c'est moi.

— De quoi ?

— De toi.

Oui. J'avais raison. Je ferais un tope là à Maggie si je le pouvais.

— Tu étais censée venir hier soir, murmure-t-il en fixant mes lèvres.

Je les lèche par nervosité.

— Je...

— Et alors, nous aurions eu toute la nuit. Maintenant, nous devons rattraper le temps perdu.

Vraiment ?

*Oh.* Oui, en effet.

Oui. Je suis d'accord. À cent pour cent.

— D'accord.

La commissure de ses lèvres se relève. Il a une belle bouche. Des yeux éblouissants. Et d'après ce que je peux ressentir, il n'est pas en reste non plus côté bijoux de famille.

— J'ai attendu ça longtemps, murmure-t-il à un cheveu de mes lèvres.

— Vraiment ? dis-je aussi doucement, tout en espérant qu'il m'embrasse.

— Vraiment.

— Moi aussi.

— Content de l'entendre.

— Pourquoi ? lancé-je, et je m'en veux parce qu'il recule un peu, allant exactement dans la direction opposée à celle que je veux qu'il prenne.

— Pourquoi, quoi ? demande-t-il, un peu confus.

— Pourquoi moi ?

— Parce que je n'ai cessé de penser à toi depuis mon départ l'année dernière.

Là, c'est moi qui suis un peu perdue.

— Oh.

Il sourit.

Je souris.

Puis il baisse de nouveau la tête et me demande, presque contre mes lèvres :

— Tu as envie de ça ?

— Oui, sifflé-je.

Je n'en ai pas seulement envie, j'en ai besoin.

— Y a-t-il quelque chose que tu refuses de faire ?

*Quoi ? Euh...*

Mais avant que je puisse lui demander de préciser ce qu'il veut dire, il écrase ses lèvres sur les miennes et je soupire dans sa bouche. Il m'embrasse comme s'il était affamé et que j'étais son salut. J'oublie rapidement sa question lorsque sa langue balaie mes lèvres et explore ma bouche. Il penche légèrement la tête pour nous rapprocher l'un de l'autre. Et maintenant, je gémis dans sa bouche.

D'habitude, je n'embrasse pas les hommes avec qui je couche… les vététistes, les motoneigistes, les amateurs de feuilles d'automne. Aucun d'entre eux. Parce que ce sont des aventures d'un soir et que le baiser est un acte intime à mes yeux.

Mais j'aime que Nick m'embrasse et je réalise à ce moment-là que, non, il n'y aura rien que je ne ferai pas avec Nick.

Parce que c'est Nick.

Et j'ai l'impression qu'au bout de ces trois ans, je le connais mieux que n'importe quel autre homme avec qui j'ai couché. Même si ce n'est pas tout à fait vrai, parce que je ne le connais pas du tout. Mais j'ai l'impression de le connaître au plus profond de moi, au plus profond de mes os, au plus profond de ma psyché. Nick est à moi. Même si c'est uniquement pour quelques jours.

Il y a toujours eu chez lui quelque chose qui m'a intriguée, même lorsqu'il était de mauvaise humeur et donnait l'impression de sombrer dans un profond marasme. Je l'aimais bien à l'époque. Je l'aime bien encore plus aujourd'hui.

Maintenant que son poids pèse sur moi et qu'il m'embrasse à pleine bouche, qu'il me fait mouiller, que mon intimité palpite de désir, je l'aime bien plus encore.

Comment ne pas l'aimer ? Je suis prête à tout pour mettre fin à cette traversée du désert.

Il rompt le baiser et ses yeux se font sombres et orageux lorsqu'il croise les miens.

— Tu ne résistes pas.

— Non.

Bien sûr que non, c'est peut-être l'opération la plus facile de l'histoire.

— Tu aimes les jouets, Grace ?

*Putain*, j'adore quand il prononce mon nom avec sa voix grave et bourrue.

Il hausse un sourcil et je me rends compte qu'il attend une réponse.

— Oui, dis-je en pensant aux petits amis à piles que j'ai dans mon tiroir.

*Mes*, au pluriel. Comme pour les frites, impossible de s'en contenter d'un seul.

— Je vais chercher le mien ?

— J'ai apporté les miens.

*Oh.* Il a des jouets. Je commence alors à me demander quel genre de jouets un homme peut bien posséder. Mais je pense que je vais le découvrir.

— Je te le redemande, y a-t-il quelque chose que tu ne ferais pas ?

Tout en me posant cette question (assez fermement d'ailleurs), il bascule ses hanches et son sexe dur glisse à l'intérieur de ma cuisse. Sa question me donne envie d'en savoir plus sur ses jouets. Un frisson me parcourt la colonne vertébrale.

Dans mon expérience limitée, je n'ai jamais été confrontée à quoi que ce soit que je ne veuille pas faire. Mais j'ai l'impression que Nick a beaucoup plus d'expérience que moi et qu'il ne pense pas comme moi.

Ce qui me fait tourner la tête.

— Tu peux me donner un exemple ?

Il les débite comme une mitraillette, sans me laisser le temps de répondre.

— La fessée ?

*Je...*

— Jeu anal ?

*Euh...*

— Être retenue ?

*Oh...*

— Les yeux bandés ?

*Oui...*

— Et plus encore.

Il y a d'autres choses ?

— Je n'ai jamais fait aucune de ces choses, murmuré-je finalement en tremblant, à la fois excitée et anxieuse.

— Tu en as envie ?

Quand j'hésite, il ajoute :

— Avec moi, Grace ?

Bien sûr que oui ! Parce que qui sait quand se représentera une nouvelle occasion pour moi de m'envoyer en l'air.

Mais je préfère répondre (comme si j'étais timorée) :

— Je serais prête à essayer.

Il sourit de nouveau, et ses yeux se plissent aux coins.

— Je m'en doutais. Je ne ferai rien que tu ne veuilles pas. Tu peux me faire confiance.

Mes muscles se détendent et un soupçon de tension s'échappe de mon corps. Je suis une femme seule dans les bois avec un homme que je n'ai vu qu'à quelques reprises, avec qui je n'ai jamais vraiment discuté, et je sais très bien qu'il a combattu une sorte de démon lors de tous ses séjours ici.

Je ne sais pas quel genre de démons, je risque donc de me mettre en danger.

Cependant, c'est le moment le plus excitant de toute ma vie dans cette ville ennuyeuse et je ne vais pas laisser passer ma chance de me mettre nue avec Nick, même si cela implique la possibilité de quelques brûlures de corde et ecchymoses.

Tant que la seule chose avec laquelle il m'empale, c'est sa queue, ça me va.

Peut-être suis-je stupide. Mais j'aurai mon fidèle berger allemand pour me protéger. N'est-ce pas ?

C'est évident.

Je tourne légèrement la tête et ne la vois pas. Maggie est probablement endormie dans le coin, en plein rêve canin.

*Soupir.*

— Si tu ne veux pas faire un truc, tu n'as qu'à me le dire, dit-il en relâchant mes poignets et en s'éloignant de moi.

Ses mots me poussent à me demander si je prends la bonne décision.

Mais c'est alors que je vois sa queue, que je savais déjà dure, mais dont j'admire maintenant la beauté. Longue et épaisse, ses bourses lourdes en dessous. Une légère pilosité recouvre son torse élancé. Une ligne sombre descend le long de son ventre, s'épaissit autour de l'aine et s'éclaircit à nouveau le long de ses cuisses charpentées. Il est encore un peu trop mince par rapport à ce que j'aime, mais bon sang, il est beau. Lorsqu'il se détourne du lit, j'admire son large dos et les fossettes situées juste au-dessus de son cul rond et musclé.

Il ne prend pas la peine de se couvrir (et *mon Dieu*, il ne devrait jamais le faire).

Je l'étudie tandis qu'il se dirige vers une valise ouverte, rangée dans un coin de la cabine.

— Il va y avoir des règles, m'informe-t-il, toujours face à la valise, dos à moi.

Je me redresse sur les coudes, l'observe, l'écoute, me demandant si je dois me déshabiller.

— Ne te touche pas. Je te toucherai. Ne demande pas. Ne me supplie pas. Je te dirai quand et si tu peux. Tu attends ma permission. Tu comprends ?

*D'accord, alors.*

— Oui.

— Je te dis de faire quelque chose, tu le fais. Pas de plaintes, pas d'hésitations. Tu le fais et tu seras récompensée.

Je n'ai jamais connu quelqu'un d'aussi autoritaire pendant une relation sexuelle. Mes escapades ne consistaient généralement qu'en des parties de jambes en l'air rapides, mais sans les rappels. Certes, je ne leur achetais pas non plus une carte de remerciement non plus après coup, mais tout de même...

Suis-je à ce point en manque de sexe que je laisserais n'importe quel homme me mener par le bout du nez ?

Non, pas n'importe quel homme... Nick.

Oui, je suis peut-être un peu en manque d'orgasme (non auto-induit), mais ce genre de délire autoritaire m'excite vraiment.

La voix de cet homme et son attitude me contrôlent. Il me possède. Il me conduit à la limite de moi-même.

Personne n'a jamais fait cela auparavant.

Et j'imagine qu'aucun homme ne le fera plus jamais.

Uniquement celui-ci.

Uniquement Nick.

# Chapitre Trois

## Nick

MON SANG BOUILLONNE, mon cœur bat la chamade dans ma poitrine. J'avais besoin de ça. J'avais besoin d'elle.

J'ai commencé à planifier ce projet il y a deux ans. Je pensais être prêt l'année dernière.

Je me suis trompé.

Mais cette année... cette année sera différente. J'ai eu un an de plus pour me préparer. Faire le point sur mes réflexions. Mes désirs.

Et espérer que Grace serait prête à jouer.

Aurais-je pu trouver une autre femme pour jouer avec moi ? Oui. Est-ce que je voulais une autre femme ? Non.

Ne me demandez pas ce que Grace a de plus. Parce que je n'ai pas la réponse.

Peut-être qu'elle ne semble pas blasée comme beaucoup de femmes de la ville. Peut-être que je pense qu'elle appréciera tout ce que je lui ferai.

J'ai lu quelque chose dans ses yeux à chacune de mes arrivées. À chacun de mes départs. La première année, je l'ai à peine remarquée. La deuxième année, je l'ai remarquée, mais je n'arrivais pas à m'extirper de mes ténèbres et la voir vraiment. L'année dernière, je l'ai remarquée et j'ai essayé. J'ai vraiment essayé. Mais je n'étais pas encore prêt.

Mais maintenant, oui.

Et elle est partante.

J'étudie le contenu de ma valise. Je n'ai pas emporté grand-chose. Juste assez pour l'initier aux plaisirs de mes jeux préférés. Juste assez pour lui faire plaisir. Juste assez pour punir.

Et elle appréciera les deux. Pour l'instant, je ne sors que le lubrifiant, les préservatifs et le bandeau noir soyeux.

Quand je me retourne, elle me regarde de ses beaux yeux noirs. Elle n'a pas bougé du lit et je suis soulagé qu'elle n'ait pas l'air effrayée ou inquiète.

En revanche, elle est toujours habillée.

Je m'approche du lit (en enjambant Magster, dont l'oreille tressaille dans son sommeil) pour poser le lubrifiant et les préservatifs sur la table de nuit. Les yeux de Grace suivent mes mouvements, alors je fais glisser le tissu soyeux entre mes doigts, lentement, sensuellement, lui faisant entrevoir ce qui va suivre.

Mais ce qu'elle ne sait pas encore, c'est que je vais vouloir tout contrôler. Oui, je le lui ai dit avec des mots, mais tant que je ne lui aurai pas montré, elle ne comprendra pas.

— Dois-je me déshabiller ?

Je me retiens de sourire devant son empressement.

— Tu ne me poses pas de questions, Grace. Quand je veux que tu fasses quelque chose, je te le dis. C'est compris ?

Ses joues se colorent et ses paupières s'alourdissent juste assez pour que je comprenne que mes ordres l'excitent. Je vois son pouls battre dans sa gorge et ses tétons frotter contre le tee-shirt moulant qui doit être retiré.

— Oui, répond-elle doucement.

— Debout.

Elle roule sur le côté du lit et se lève rapidement.

— Mets-toi au milieu de la pièce.

Elle obéit sans hésiter. Une fois de plus, je me réjouis de constater qu'elle est prête à suivre les instructions. Lorsqu'elle tend la main vers le bouton de son jean, je lui lance un « non » cinglant et ses mains tressautent, puis retombent sur le côté.

Elle se mord la lèvre inférieure et ce geste fait descendre une vague de chaud vers mon ventre et jusqu'à ma queue. Bientôt, ce seront mes dents qu'elle sentira au même endroit.

— Enlève tes chaussures et tes chaussettes.

Elle se penche et enlève une botte, puis l'autre, retire ses chaussettes et les glisse dans ses bottes. Elle les range soigneusement dans un coin. Puis elle se redresse et me regarde pour savoir ce qu'elle doit faire.

À cet instant, je suis tellement dur que je lutte contre la tentation de m'empoigner pour me caresser.

Je me rappelle que c'est moi qui commande, et que je dois donc rester maître de la situation. D'elle. De moi-même.

— Maintenant, tu peux enlever ton jean. Garde ta culotte.

Elle obtempère et se redresse à nouveau. Sa culotte est rouge et je devine le contour de son pubis à travers le tissu. J'ai hâte de m'en approcher, de très, très près.

— Enlève ton tee-shirt.

Comme elle commence à tirer sur l'ourlet, j'ajoute :

— Lentement.

Elle retire théâtralement le haut mauve et le pose sur une chaise en bois voisine. Elle se replace au milieu de la pièce et attend l'ordre suivant.

Elle est parfaite. Je ne peux pas avoir plus de chance. Sa peau ivoire brille, ses courbes sont pulpeuses, ses cuisses accueillantes. Ses longs cheveux noirs s'enroulent autour de ses épaules nues et recouvrent les doux et pâles monticules qui émergent de son soutien-gorge.

Je me demande si j'ai envie d'enlever ses sous-vêtements ou si je veux la regarder faire. Une fraction de seconde plus tard, j'avance, mon corps décidant à ma place.

Mon besoin de la toucher est plus fort que mon besoin de la plier à ma volonté.

Elle reste immobile tandis que je me glisse derrière elle et que ses épaules se raidissent. Juste un peu.

Comme nous nous connaissons à peine, ce réflexe ne m'étonne pas. Debout dans son dos, j'étudie ses courbes et ses reliefs, l'arrondi de ses fesses dans sa petite culotte rouge. Ses côtes se dilatent et se contractent à chaque respiration saccadée.

— Si belle, murmuré-je en passant un doigt d'une épaule à l'autre, repoussant ses longs cheveux ondulés sur son épaule pour que je puisse accéder fermoir de son soutien-gorge.

Je passe le bout d'un doigt sur le tissu, et elle frémit. D'un geste souple, je le détache et il tombe au sol dans un murmure. Ses doigts tressaillent, comme si son instinct la poussait à se couvrir, mais elle garde les mains le long du corps.

Cela me fait plaisir.

— Les bras en l'air. Oui, comme ça. Les mains sur la tête. Parfait.

Je passe mes doigts le long de ses flancs, sur ses côtes, et je les contourne pour soupeser ses seins. Je ne les ai pas encore vus, mais je veux d'abord les toucher, et je suis leurs galbes jusqu'à atteindre ses tétons, durcis, saillants, qui n'attendent que moi. Attendant que je leur accorde toute mon attention.

— Tu aimes que je te touche ? lui demandé-je en pressant mes lèvres contre la peau soyeuse de son cou.

— Oui, dit-elle si doucement que je l'entends à peine.

Mes pouces effleurent les pics durs, d'avant en arrière, jusqu'à ce que j'entende un bruit s'échapper de ses lèvres. Je fais rouler chaque mamelon entre mon pouce et mon index, les pinçant et les tordant jusqu'à ce que ma queue frémisse et qu'elle émette un autre son. Un gémissement ? Peut-être.

Le bout de ma langue trouve le sommet de sa colonne vertébrale et j'enfonce doucement mes dents dans sa chair. Son dos se cambre, elle presse son cou contre ma bouche et ses seins remplissent plus profondément mes mains.

— Exquise, lui dis-je.

Toute sa réaction l'est. Lorsque je relâche ses seins, je laisse mes mains glisser le long de son ventre jusqu'au haut de sa culotte. Je glisse mes pouces sous l'élastique et je fais glisser sa culotte rouge vers le bas, plus bas, beaucoup plus bas, jusqu'à mi-cuisses. Je la relâche et remonte mes mains jusqu'à envelopper son pubis.

Elle est chaude, humide, sensible, et je glisse un doigt entre ses plis pour déterminer à quel point elle est mouillée.

Oui, elle est luisante, accueillante, ses cuisses s'écartent très légèrement. Suffisamment pour que je puisse glisser un deuxième doigt.

Je me décale jusqu'à ce que mon érection touche la raie de ses fesses et je la sens se presser contre moi, m'encourageant.

Elle ne se rend pas compte que ce ne sera pas si facile. Rien ne sera facile aujourd'hui.

Elle gémit tandis que je frotte son clitoris avec le pouce et que je glisse deux doigts en elle, avant de les ressortir.

— Ah, c'est ça. Tu veux jouir, n'est-ce pas ?

— Oui, siffle-t-elle, la tête appuyée contre ma clavicule, le dos cambré.

— Tu n'as pas le droit de jouir tant que je ne te l'ai pas dit.

— Quoi ?

— Ne parle pas à moins que je ne te pose une question ou que je te dise que tu peux parler librement.

Elle soupire bruyamment, son corps se crispe légèrement.

— Tant que tu seras dans cette cabine, tu seras nue. Tant que tu seras dans cette cabine, tu ne jouiras pas à moins que je ne te le dise. Il n'y a qu'un seul mot que tu peux dire sans permission. C'est ton mot de sécurité. On va le définir maintenant.

Elle acquiesce et, une fois de plus, je suis profondément heureux. J'appuie mes lèvres sur son oreille.

— Je vais te donner un mot et si, à tout moment, je fais quelque chose qui est trop, qui ne te convient pas, ou si tu veux juste que j'arrête, tu diras simplement ce mot. Dis-moi que tu comprends.

— Je comprends.

— Ce mot est ananas. Souviens-toi de ce mot, Grace. C'est important.

Je glisse un troisième doigt en elle, mais seulement quelques instants. Quand je les retire, ils sont gorgés de son excitation.

Je murmure « Si mouillée, bébé », et ma queue est maintenant péniblement dure. J'ai besoin de me libérer autant qu'elle. Je passe mes doigts sur ses lèvres, puis je les plonge dans sa bouche.

— Goûte-toi.

Elle gémit, tout comme moi, tandis qu'elle suce mes doigts, sa langue jouant le long de mes doigts. J'ai hâte d'enfouir mon visage entre ses cuisses et de la goûter moi-même. Mais au lieu de cela, je la relâche et recule d'un pas.

— Enlève ta culotte. Lentement.

Elle accroche ses doigts au tissu qui lui arrive maintenant presque aux genoux et se penche doucement pour descendre la culotte jusqu'en bas de ses jambes.

— Arrête-toi là. Attrape tes chevilles.

Sa culotte et ses doigts sont enroulés autour de ses chevilles, et elle se tient là, penchée devant moi, dans toute sa gloire. Son sexe est rose et luisant, son cul doux et rond. Et je dois enfin me toucher.

J'attrape ma queue et la serre fort avant de la caresser de la base à la couronne.

— Jolie, bébé. Tellement jolie. Tu es déjà prête pour moi.

Elle ne dit rien, et je suis ravi qu'elle suive mes règles. Jusqu'à présent, elle est la partenaire de jeu parfaite.

Son intimité n'est pas la seule chose que j'ai l'intention de posséder.

— Ta bouche. Ta chatte. Ton cul. Ils ne sont plus à toi. Dans cette cabine, ils sont tous à moi. À qui sont-ils, Grace ? Tu peux répondre.

— À toi.

— Quel est mon nom ?

— Nick.

— À qui appartiens-tu, Grace ?

— À toi, Nick.

— Voilà. Ça te plaît ?

— Oui, dit-elle dans un souffle.

— Finis d'enlever ta culotte et mets-toi sur le lit. À quatre pattes. Face à la tête de lit.

Et sur ce, je lui donne une claque sur les fesses.

Elle halète, finit d'arracher sa culotte et sans même un regard dans ma direction, elle se précipite sur le lit pour se mettre en position.

Ma queue tressaille dans ma paume et mes bourses se contractent. Je vais peut-être devoir la sauter en vitesse avant de poursuivre notre expérience. Parce que je ne peux pas attendre plus longtemps pour m'enfoncer dans sa douce chaleur.

*Putain.* Pour quelqu'un qui aime garder le contrôle, le mien est en train de se désagréger à toute allure.

# Chapitre Quatre

## Grace

Je ne le regarde pas s'approcher du lit parce que je ne sais pas si j'en ai le droit. Quel que soit le jeu auquel il joue, je ne connais pas toutes les règles, seulement celles qu'il m'a énoncées jusqu'à présent. Et je doute qu'il m'ait tout expliqué.

J'ai l'impression que ce jeu a des règles qu'il va omettre juste pour pouvoir me punir.

Est-ce juste ? Je m'en fiche. Jusqu'à présent, tout ce qu'il a fait et tout ce que j'espère qu'il fera, c'est un jeu auquel je suis disposée à participer.

Même s'il m'a donné une échappatoire, un mot de sécurité, j'espère ne pas avoir à l'utiliser.

Je suis sûre que lui aussi.

*Ananas.* Bizarre, mais il fera l'affaire.

Je savais que son âme était sombre. Je savais qu'il avait des démons. Mais je ne m'attendais pas à tout cela de sa part.

Je ne suis pas déçue. Pas du tout.

Pour moi, tout ceci est inédit. Une expérience exaltante. Je vais profiter de ce jour, de cette nuit, de ces prochains jours pour m'investir dans des activités qui vont rompre avec mon ennui, avec ma vie de tous les jours.

L'opération « Fin de la traversée du désert » s'est transformée en autre chose. Et j'ai hâte de découvrir en quoi exactement.

Je garde les yeux rivés sur la tête de lit tandis que le matelas s'affaisse derrière moi. Son poids en fait tanguer la surface alors qu'il se déplace à genoux, me semble-t-il.

— Grace, dans l'intimité, la communication est essentielle. Qu'il s'agisse du langage corporel, des mots ou même d'un regard. Je veux te donner ce dont tu as besoin. Construire une relation de confiance, une complicité. Mais pour cela, j'ai besoin que tu écoutes attentivement tout ce que je dis. J'ai besoin que tu obéisses.

*Obéir.*

J'aspire une bouffée d'air, tremblante. Je suis tentée de jeter un œil par-dessus mon épaule, pour voir ce qu'il fait. Mais je veux obéir. Je veux être ce dont il a besoin.

Je veux qu'il soit ce dont j'ai besoin.

La chaleur de son corps me touche, le long de mes jambes, de mes fesses. Il est juste derrière moi, tout près. Mon cœur bat plus vite, car je suis convaincue d'obtenir enfin ce que je veux, ce dont j'ai besoin.

Lorsqu'il me caresse le dos de ses longs doigts, je soupire. Son toucher est à la fois apaisant et stimulant. Mes tétons réclament ses mains, mon intimité se contracte d'envie pour sa queue. Il continue à effleurer ma peau, le long de ma colonne vertébrale, sur mes fesses, il remonte le long de ma fente, n'effleurant que mes lèvres, mon anus, remontant jusqu'à ma nuque. Il saisit alors une poignée de mes cheveux et tire ma tête vers l'arrière, renversant mon cou. Il se penche au-dessus de moi et suce la peau sur le côté de ma gorge. Ses dents ratissent doucement ma chair, son érection se presse contre mes lèvres lisses et pulpeuses. Juste un tout petit mouvement...

Un seul mouvement et il sera en moi. Je suis tentée de pousser et de presser pour l'encourager, mais encore une fois... Je veux obéir et il ne m'a pas donné la permission... pour l'instant.

Pas encore.

Alors je reste immobile, là où il me veut, tandis qu'il tire sur mes cheveux, dessine le contour de mon oreille avec sa langue, descend le long de mon cou, jusqu'au milieu de ma colonne vertébrale, avant d'atteindre à nouveau la raie de mes fesses. Il ne s'arrête pas là.

Non.

Je suis sous le choc — il décrit le pourtour mon anneau serré avec sa langue, il l'effleure, il me taquine et je ne peux pas m'empêcher de gémir. Mes précédentes expériences ont été ennuyeuses, rien de comparable à celle-ci.

Jamais aucun homme ne s'est approché de cette partie de moi.

Je ne l'ai jamais fait.

Mais plus il lèche, embrasse et pousse, plus je me détends, appréciant son talent. Jusqu'à ce qu'il lâche brusquement mes cheveux et écarte mes fesses, et je l'entends émettre un bruit. Un bruit d'appréciation.

— Belle, murmure-t-il.

C'est exactement ainsi qu'il me fait sentir. Belle. Même dans cette position vulnérable.

Il a raison en ce qui concerne l'intimité et la communication.

Ses mots m'incitent à lui faire confiance, à m'ouvrir à lui. Ses gestes aussi.

— Ne bouge pas tes mains. Écarte un peu plus les genoux. Pas trop. Voilà, c'est ça. Parfait.

Et puis il se tait… parce que sa bouche est contre ma vulve, appuyant sur mon clitoris, sa langue joue avec moi, tournant, tapotant, caressant mon bourgeon sensible. Je lutte pour rester immobile. Pour garder mes mains et mes genoux bien en place.

J'ai envie de me laisser retomber sur le dos, d'attraper sa tête et de le maintenir fermement tandis qu'il me dévore jusqu'à ce que je jouisse. Avec ou sans sa permission.

Mais je n'en fais rien. Je joue son jeu.

J'attends.

Sa langue, sa bouche, puis ses doigts m'amènent au bord du précipice. Je suis sur le point de jouir et je ne peux pas. Pas encore. Il ne m'a pas encore autorisée à jouir.

J'espère que c'est pour bientôt.

Mes tétons sont durs et douloureux, mon anus se resserre, presque en manque, et mon sexe palpite tandis qu'il goûte tout de moi, qu'il la savoure, qu'il me savoure.

Il grogne contre ma chair gonflée et les vibrations me font geindre. Je me mords la lèvre pour me refréner.

Je suis au bord de l'orgasme, mais il ne m'a pas encore dit de lâcher prise et je lutte pour convaincre mon corps de se tenir tranquille. D'attendre.

— Pas encore, annonce-t-il, comme s'il pouvait lire dans mes pensées.

Mais ce n'est pas possible, c'est probablement moi, mon corps, qu'il lit comme un livre ouvert.

—Bientôt, mais pas encore, précise-t-il.

Il se déplace et attrape les objets posés sur la table de nuit. En quelques secondes, je sens le gel frais du lubrifiant contre ma chair brûlante. Il coule le long de ma raie et, du pouce, il en masse le pourtour. Encore quelques gouttes, encore des cercles du bout du doigt. Puis une pression.

Pas sa bouche, cette fois. Non. Un doigt, long, fort, déterminé à pénétrer mon cul vierge.

Lentement, il fait avancer le doigt jusqu'à la première articulation, franchissant l'anneau serré. Puis la deuxième articulation, et je suis soufflée par une sensation que je n'avais jamais éprouvée. Une sensation dont je n'aurais jamais pensé avoir envie ou besoin un jour.

Mais j'en veux plus. J'en ai besoin. C'est comme si cet homme savait tout ce dont j'ai besoin. Tout ce dont j'ai envie.

Puis il bouge en moi à un rythme qui pourrait bien me rendre folle. Et quand il enfouit à nouveau sa bouche contre moi, aspirant ma chair entre ses lèvres, ses dents, je crie presque

« ananas ». Parce que je n'en peux plus de ne pas pouvoir jouir.

Sa torture, c'est de me refuser cet orgasme. Et je ne peux pas le lui demander, je ne peux pas le supplier.

Je n'ai pas le droit.

Il doit me donner la permission.

J'ai besoin qu'il le fasse.

Mais il a la bouche pleine de mon sexe, de ma chair sensible, et il ne dit rien.

Je veux renoncer.

Je veux crier pitié.

*J'en ai assez.*

*J'en ai assez.*

*J'en ai assez.*

— Tu peux jouir, dit-il si doucement que je crois presque l'avoir imaginé.

Et quand sa bouche me retrouve et que deux de ses doigts s'enfoncent dans mon cul, je ne me soucie plus de savoir si je l'ai imaginé.

Je me laisse aller.

Mon esprit s'emballe. Mon corps convulse.

Je me crispe autour de ses doigts et un son que je n'avais jamais entendu auparavant m'échappe.

Un gémissement du fond de mes entrailles. Un cri de libération.

*Enfin.*

Et avant que l'orgasme ne s'estompe, il est en moi. Il me pénètre avec force, profondément et brutalement, faisant claquer ses hanches contre mes fesses. Le claquement de nos peaux, nos respirations irrégulières et les râles d'extase emplissent la petite cabine.

Alors qu'une de ses mains continue de fouiller mon étroit fourreau, l'autre m'attrape à nouveau par les cheveux, me tirant brusquement la tête en arrière jusqu'à ce que ma nuque ne puisse plus fléchir davantage.

— C'est ça, Grace. Chevauche ma queue. Sens-moi au plus profond de toi. Cette chatte est à moi. Ce cul est à moi. Ta bouche sera bientôt à moi aussi. Tu ne jouiras pas tant que je ne te le dirai pas. Dis-moi que tu m'entends.

— Oui, Nick. Oui, je t'entends.

— Je me sens parfaitement bien en toi. Comme si tu étais faite pour moi. Tu as été faite pour moi, Grace ?

— Oui. Seulement pour toi.

— À qui appartiens-tu ?

Aucune hésitation.

— À toi, Nick. Je t'appartiens.

— As-tu envie de jouir ?

— Oui, soufflé-je.

Parce que c'est vrai, même si je viens tout juste d'avoir un orgasme, je suis prête à recommencer. Ses mots, sa voix douce comme du miel m'excitent comme jamais auparavant.

C'est dingue. Mais j'adore ça.

C'est comme ça que je dois être baisée. Je ne suis pas faite pour être poussée du haut du précipice, je suis faite pour être balancée dans le vide.

— Es-tu prête à jouir à nouveau ?

— Oui, me forcé-je à répéter, parce que j'ai du mal à réfléchir, et encore plus à parler.

— Quand je dirai « maintenant », tu jouiras.

Ses doigts se recroquevillent en moi, me caressent, et sa queue s'enfonce encore plus loin, jusqu'à ce qu'elle ne puisse plus avancer.

Il se crispe, son corps hoquette. Puis il gémit « Maintenant », et je chute avec lui. Par-dessus bord, vers le vide infini en contrebas. Je ne sais plus qui palpite. Lui, moi, nous deux.

Je ne sais qu'une chose...

C'était l'homme pour lequel j'étais faite.

Lui. Et seulement lui.

*Mon Dieu*. J'ai l'impression de me désintégrer. Comment cet homme a-t-il pu devenir tout pour moi en moins d'une heure ?

— Ça faisait combien de temps ? demande-t-il, le bras enroulé autour de moi, me serrant contre lui.

Nous sommes allongés nus sur les draps, la fraîcheur de la saison séchant la sueur de nos corps, refroidissant notre peau. Je frissonne et il resserre un peu son étreinte.

— Trop longtemps.

Je devrais être gênée par ma réponse, mais non. Je n'ai rien à cacher.

— Ça fait combien de temps pour toi ? reprends-je.

— Trop longtemps, me répond-il en écho.

Sa réponse m'apporte une certaine satisfaction. D'autant plus qu'il a choisi d'achever sa propre traversée du désert avec moi. J'appuie plus fort ma joue sur son torse.

Une idée me traverse l'esprit et je relève les yeux vers son visage.

— Tu avais prévu ça ?

— Oui.

Un petit sourire se dessine sur ma bouche.

— Moi aussi.

Son regard écarquillé fixe le mien avec surprise, puis il rejette la tête en arrière et s'esclaffe. Un rire profond et masculin qui me donne envie de l'entourer de mes bras et d'extirper tous les démons qui lui restent.

Parce que je pense qu'ils sont toujours là. Ils se cachent.

Je veux lui poser la question, mais ce n'est pas le moment. Je le connais depuis longtemps, mais je ne le connais pas du tout. Et je ne le connais certainement pas assez pour lui demander ce qui le hante.

S'il veut me le dire, je l'écouterai.

Sinon, je respecterai sa décision.

Mais ma curiosité pour d'autres choses, plus intimes, prend le dessus.

— Je pensais que tu allais m'attacher.

— J'ai dit *retenue*, Grace. Pas *attache*.

Je me sens confuse et il doit le lire sur mes traits.

J'adore son sens de l'observation. Comme il l'a dit, la communication ne se limite pas aux mots.

— Tu dois écouter mes ordres attentivement. Je te le dirai une fois. Si je dois te le répéter, tu seras punie. Si tu suis mes ordres, tu seras récompensée.

Il pique ma curiosité.

— Quel genre de punition ?

Sa main se pose sur ma mâchoire et son pouce effleure ma pommette.

— Tu pourrais aimer la punition et me pousser à la réaliser. Tu pourrais ne pas aimer la punition, mais si tu ne l'aimes pas, je m'assurerai de bien m'occuper de toi après. C'est d'accord ?

— Mais tu n'as jamais dit quel genre de punition ce serait ?

— Teste-moi et tu le découvriras.

Il ne me menace pas, il me met au défi.

J'ai toujours aimé les défis. Ils m'aident à chasser l'ennui, à passer le temps dans un endroit où la monotonie et le lent mouvement des aiguilles de l'horloge définissent mes journées.

Mon attention glisse le long de son corps, de son ventre jusqu'à son aine. Sa hampe, épuisée par nos actions peu de temps auparavant, repose tranquillement, souple au milieu des poils sombres et bien taillés. Mes doigts suivent mon regard, mais ne s'arrêtent pas sur son membre, non. Je saisis ses bourses chaudes et pleines dans ma paume. Je sens leurs poids et les serre légèrement.

Ses cuisses se tendent. Peut-être parce qu'il sait que si je serre plus fort, il aura mal. Je les fais rouler sous mes doigts. Je suis tentée de le prendre tout de suite en bouche. S'il reste aussi mou, je pourrai le prendre à pleine bouche.

Mon corps se déplace automatiquement, glisse le long du sien, et je m'installe entre ses jambes, qu'il écarte davantage pour m'accueillir.

Je dépose un baiser à l'endroit où la base de son sexe rejoint son scrotum, puis je l'aspire entre mes lèvres.

Il reste souple assez longtemps pour que je puisse faire tournoyer ma langue autour de lui, pour le goûter pleinement. Puis son membre commence à grandir, à s'allonger, à durcir. J'enroule deux doigts autour de la base et je serre, mes dents grattent la couronne, mes lèvres le suçant sur toute sa longueur.

Ses doigts glissent dans mes cheveux, s'enroulent autour de quelques mèches et tirent si fort que mon cuir chevelu commence à brûler. Mais je continue à le taquiner pour stimuler son érection, même si sa libération ne remonte qu'à très peu de temps.

— Je ne t'ai pas donné la permission de faire ça, dit-il fermement, mais sa voix n'est pas aussi puissante qu'il le voudrait, j'en suis sûre. Ma bouche affaiblit sa détermination, et son pouvoir. Plus il tire fort, plus je suce, lèche, gratte.

— Grace, lance-t-il sur le ton de la menace.

Je m'en moque. Pour l'instant, je veux désobéir. Je veux le défier. Découvrir les châtiments qu'il inflige lorsque je m'obstine, lorsque je ne suis pas ses règles.

— Tu auras la lanière, prévient-il à nouveau, ses doigts serrant et relâchant ma chevelure, sans pour autant cesser de me tirer le cuir chevelu.

Une fois de plus, je m'en moque, car je suis prête à accepter le châtiment qu'il jugera bon de m'infliger. Mais je n'ai aucune idée de ce qu'est cette lanière. Ça sonne un peu médiéval. Un peu méchant.

Je devrais peut-être m'inquiéter. Mais je n'y parviens pas.

Dans cette cabine, je suis à lui et il peut me faire ce qu'il veut.

# Chapitre Cinq

## Nick

Sᴀ ʙᴏᴜᴄʜᴇ ᴇꜱᴛ ɪɴꜰᴀᴛɪɢᴀʙʟᴇ. Je résiste pour ne pas gémir et m'enfoncer plus profondément, plus fort.

C'est moi qui suis censé contrôler la situation. Pas elle.

Cette cabane est mon domaine. Aussi longtemps que je serai là.

Elle doit être à moi. Aussi longtemps que je serai là.

Je ne peux pas perdre le contrôle si rapidement.

Ma menace d'utiliser la lanière sur elle ne sert à rien, et j'en suis excité. J'avais l'intention de l'utiliser de toute façon et maintenant j'ai une bonne excuse.

Ma queue durcit encore plus quand j'envisage de lui montrer ce qu'est une lanière et comment je vais l'utiliser.

Je décide alors que ce qu'elle fait est inacceptable. Interdit.

Parce que je ne lui ai pas donné la permission.

Je lâche ses cheveux et j'attrape ses poignets. Je me redresse et lui dis fermement :

— Laisse-moi.

Elle obéit. Je ne devrais pas être surpris, et pourtant je le suis.

Ses lèvres sont brillantes et son regard un peu flou. Elle aime me prendre en bouche. Elle est probablement toute mouillée à l'idée de m'avoir procuré du plaisir.

Mais je ne suis pas content qu'elle me désobéisse et je dois lui donner une leçon.

— À genoux au milieu de la pièce.

La lanière devra attendre. Comme elle ne bouge pas assez vite, je l'aide en lui tirant les poignets et en l'attirant là où je veux qu'elle se trouve. Elle s'agenouille devant moi au centre de la pièce et me regarde en silence, calmement.

Ses yeux ne sont pas soumis, ils brillent d'excitation. Toutefois, elle garde une expression vide, indéchiffrable.

— Croise les chevilles, les mains derrière le dos, les poignets croisés aussi.

Avec une légère hésitation, elle s'exécute.

—C'est bien. Comme ça. Tu ne bouges pas, quoi qu'il arrive. Si tu bouges, tu ne feras qu'aggraver ta punition. Dis-moi que tu as compris.

— J'ai compris.

Je prends sa mâchoire dans ma main et je relève sa tête pour mieux l'étudier. Je souris.

— C'est bien. Tu as pris sur toi de me prendre dans ta bouche sans permission. C'est exact ?

— Oui.

— Oui, qui ?

— Oui, Nick.

Un frisson la parcourt. Ses mamelons se transforment en petites billes dures. J'ai envie de les aspirer dans ma bouche, de les marquer de mes dents.

Mais elle et moi devrons attendre.

Pour l'instant, il s'agit d'une punition – la récompense viendra ensuite.

J'effleure ses deux tétons du bout des doigts et son corps recule légèrement, mais son regard reste rivé sur le mien. Elle ne cligne même pas des yeux.

Putain, elle est parfaite.

J'ai relevé mon défi, j'ai trouvé ma partenaire idéale. C'est elle.

Si elle accepte tout ce que je lui donne aujourd'hui, ce soir et au-delà, je ne voudrais peut-être jamais partir.

Et ce que je suis sur le point de lui donner correspond à ce qu'elle voulait, mais pas comme elle s'y attendait.

Je glisse un pouce entre ses lèvres et j'ouvre sa bouche, puis je m'avance.

— C'est ma bouche. Garde-la ouverte. Je crois que tu t'es oubliée et que tu as cru que c'était la tienne. Tu as besoin que je te rafraîchisse la mémoire.

Je passe mes doigts dans ses cheveux, je saisis sa tête et, tout en la tirant vers moi, je m'enfonce dans sa bouche, et ses lèvres se referment naturellement autour de moi. Et elle n'est pas la seule à avoir besoin de ce rappel.

Moi aussi.

Sa bouche est chaude et humide, et lorsque sa langue glisse le long de mon sexe dur, mes genoux commencent à se dérober. Je rassemble mes esprits et contracte les muscles de mes jambes, ce qui me permet de rester debout.

— Suce-moi plus fort, lui dis-je, et elle s'exécute, ses joues se creusant.

Je reste immobile et la laisse contrôler le rythme pendant un moment. Mais seulement un moment. Parce que c'est pour mon plaisir, pas le sien.

— La bouche pleine, tu ne peux pas dire ton mot. Mais après la punition vient la récompense. N'oublie pas cela pendant que tu fais ce que je te dis. Mais si tu as besoin d'arrêter, décroise tes chevilles. Je considérerai cela comme un signe que tu n'es pas capable d'achever ta punition et que tu es prête à renoncer à ta récompense.

Mes doigts se referment en poings et j'arrête son mouvement. Je commence à bouger à sa place. Je contrôle le rythme. Maintenant, c'est à moi de décider à quelle profondeur je vais, à quelle vitesse, pendant combien de temps.

Elle peine un peu quand je la pénètre plus profondément, plus loin, sans doute plus loin qu'elle ne l'a jamais fait. Mais elle garde ses chevilles croisées, les mains derrière le dos.

Elle grogne autour de moi, mais ne gémit pas. Alors je vais encore plus loin, ses yeux se posent à nouveau sur les miens, comme si elle me disait qu'elle est prête à relever tous les défis que je lui lance.

Je m'enfonce donc encore plus.

Mes yeux passent des siens à ses chevilles, toujours croisées, puis remontent vers sa bouche, étirée, mais enserrant toujours ma queue. Son visage rougit et ses paupières se ferment.

Lorsque je heurte le fond de sa gorge, je la sens trembler puis se détendre à nouveau. Bon sang, elle me fait plaisir. Elle accepte presque toute ma longueur, mais pas tout à fait.

Je ralentis le mouvement de mes hanches et pousse lentement vers l'avant, aussi profondément que possible. Ses lèvres entourent la base de ma queue et elle a du mal à respirer. Je lui maintiens la tête, les mains entourant deux poignées de cheveux.

— Regarde-moi.

Ses yeux brillent quand elle les rouvre, mais elle fait ce que je lui demande. Je vérifie encore une fois que ses chevilles sont bien croisées. Je suis soulagée de voir qu'elle est prête à faire ce que je lui dis.

Une larme s'échappe du coin de son œil. Non pas parce qu'elle est contrariée, mais parce que je suis si profondément enfoncé dans sa bouche qu'elle ne contrôle plus rien.

Je retire une main de ses cheveux et essuie la larme. Je recule légèrement, la laissant respirer plus facilement, puis je trace le contour de ses lèvres étirées avec le pouce.

— Tu es si belle, Grace. C'est ce que tu voulais, mais il fallait que ce soit à mes conditions.

Je bascule à nouveau mes hanches vers l'avant, lui offrant tout moi une fois de plus. J'y vais doucement, car je ne veux pas la blesser.

Elle m'est trop précieuse. Elle s'est donnée à moi tel un

cadeau, et je dois prendre soin d'elle comme si elle en était un. Je dois prendre soin de ce qui m'appartient.

Et en retour, elle prendra soin de moi.

Rien que de la voir me prendre pleinement, mes bourses se resserrent, ma hampe se durcit encore plus. Je suis à nouveau arrivé au point de non-retour. Cette fois, je vais me répandre dans sa gorge. Lui donner une partie de moi.

Je me retire, puis je bascule mes hanches vers l'avant une fois de plus et je ferme les yeux pendant que je me déverse en elle, sur sa langue, au fond de sa gorge. Elle gémit et ses yeux ne quittent pas les miens. Mais j'y vois de la satisfaction. C'est indéniable.

Elle a aimé ce que je lui ai donné et j'ai aimé le lui donner.

Lorsque mon sexe cesse de palpiter, je me retire d'entre ses lèvres et je lui dis :

— Lèche bien le gland.

Je lui souris quand elle obéit. Quand elle a fini, elle me sourit.

— Tu peux parler librement, dis-je en passant mon pouce le long de sa mâchoire.

— Puis-je me lever ?

— Pas encore. Mais tu peux décroiser tes chevilles et laisser retomber tes bras.

Elle s'exécute avec un soupir de soulagement. Ses muscles sont probablement endoloris par cette position.

— Tu as aimé ça, Grace ?

— Beaucoup.

— Laisse-moi m'occuper de toi.

Je vois ses yeux s'écarquiller pendant une fraction de seconde à mes mots, puis elle se reprend rapidement.

— J'aimerais beaucoup aussi.

# Chapitre Six

## Grace

J'AI PRIS soin de lui. Puis il a pris soin de moi. Après avoir emmené Maggie dehors pour une petite promenade, il m'a fait asseoir à la petite table de la cabine, m'a donné un muffin et a mangé l'autre. Puis, dans la petite kitchenette, il nous a préparé une grande omelette au fromage et aux légumes à partir des produits qu'il avait apportés dans une glacière. Il l'a placée dans une seule assiette et a utilisé une seule fourchette. Une bouchée pour moi, une bouchée pour lui, nous nourrissant à tour de rôle jusqu'à ce que l'assiette soit vide.

Une fois le repas terminé, il m'a essuyé délicatement la bouche avec une serviette. Je n'ai pas eu à lever le petit doigt. Avant que je puisse m'éloigner de la table, il s'est levé et s'est approché de moi pour me masser les épaules, le cou et les bras, un peu endoloris à force d'être maintenus en arrière.

Il a fait tout cela en me murmurant des compliments à l'oreille. Il m'a qualifiée d'adorable, de belle, de magnifique, et bien d'autres jolis mots encore. Des compliments que je n'avais jamais entendus auparavant. Je ne sais pas si l'un d'entre eux est vrai, mais tant que Nick y croit, c'est tout ce qui compte.

Au début, j'ai pensé que c'était ça, ma récompense. Ma récompense pour avoir accepté ma punition.

Mais non.

J'ai découvert plus tard que c'était juste du Nick tout craché. Ouvert. Gentil. Attentionné. Aucun signe de noirceur ou de fantôme. Il semble bien m'aimer et apprécier mon envie de jouer avec lui.

Ensuite, il m'a pris la main délicatement et m'a conduite au lit, m'installant sur le côté et lui se pelotonnant autour de moi. Nous sommes restés allongés tranquillement, j'ai écouté sa respiration régulière jusqu'à m'endormir.

UN ÉCLAIR ardent traverse mon ventre et se loge au creux de mes cuisses. Un autre tiraillement sur mon téton me réveille et je cligne des yeux vers le plafond jusqu'à ce que je me souvienne de l'endroit où je suis. Dans la cabine. Avec Nick.

Un soupir de soulagement m'échappe.

Je pensais que tout cela n'était peut-être qu'un rêve. Mais non. Il suce profondément l'un de mes tétons à pleine bouche et ses yeux sont rivés sur les miens. Il sourit autour de mon mamelon et enfonce ses dents dans la chair tendre.

Mon dos se décolle du lit et, instinctivement, mes mains se tendent vers lui. Puis je me souviens à nouveau qu'il s'agit de Nick et je me retiens de le toucher sans sa permission. Mes doigts se recroquevillent dans mes paumes.

— C'est ta récompense, Grace. Tu peux me toucher si tu veux.

Oh, oui, je veux le toucher.

Passant mes doigts dans ses cheveux noirs, je le ramène à mon téton. Il glousse contre ma peau et je ne peux m'empêcher de sourire.

Lorsque ses lèvres s'accrochent à nouveau à mon mamelon, il suce avec force avant de faire glisser ses dents sur la pointe perlée.

Il fait rouler l'autre entre son pouce et son index avant de l'étirer. Quand ma peau ne se distend plus, il la pince plus fort.

— J'aurais dû apporter des pinces, murmure-t-il contre le galbe de mon sein.

Oui, il aurait dû.

— La prochaine fois, dit-il, et je ne bouge pas.

*La prochaine fois.*

Va-t-il me faire attendre une année entière pour une prochaine fois ?

Soudain, un million de questions se bousculent dans ma tête, mais je les balaie. Ce n'est pas le moment.

Non. C'est le moment de ma récompense. Plus tard, j'aurai tout le temps de penser à autre chose.

Il mordille ma peau en traçant un chemin d'un sein à l'autre jusqu'à refermer ses lèvres sur mon téton et à en effleurer le bout avec sa langue.

— Nick...

Je gémis.

— Est-ce que tu aimes ta récompense ?

Oh, oui, ai-je envie de crier. Mais je n'en fais rien. À la place, je murmure « Oh oui ».

Mon cou se reverse en arrière et soudain, il est là, à mordiller ma gorge, à en chatouiller le creux avec sa langue. Lorsqu'il enfonce les dents un peu plus fort à la jonction entre mon cou et mon épaule, je sursaute.

— Non ? demande-t-il.

— Si, l'encouragé-je.

À nouveau, il glousse doucement, profondément, et je suis soudain couverte de chair de poule. Sa voix seule peut me faire mouiller et me donner envie de lui.

Preuve en est, l'intérieur de mes cuisses devient luisant. Je palpite pour lui. Vraiment, je palpite. Cela ne m'était jamais arrivé auparavant. Avoir tellement envie de quelqu'un que mon corps le réclame.

Mais il ne fait aucun doute que j'ai envie de lui, que j'ai besoin de lui. De lui tout entier.

Il descend le long de ma poitrine, mordant la courbe supérieure de mon sein, mordillant le bout de mon téton, embrassant doucement la peau de mon ventre. Il ne s'arrête pas avant d'avoir atteint le sommet de mon mont de Vénus. Son souffle chaud bat contre ma chair et mon intimité se crispe. Il ne me touche pas, mais il parvient à me faire réagir d'un simple souffle.

Un simple souffle.

— Ouvre-toi à moi, Grace. Je veux tout voir de toi.

Je glisse ma main sur mon ventre et j'écarte mes lèvres.

— Magnifique, murmure-t-il. Une fois de plus, tu es prête pour moi. Mais ce n'est pas ta récompense…

Sa voix faiblit tandis qu'il caresse le cœur de mon anatomie avec sa langue, la pointe de celle-ci trouvant mon bourgeon taquinant mon clitoris, faisant danser mes hanches sur le lit.

— C'est ça, Grace. Tu as tellement bon goût. Je ne peux pas me passer de toi.

Il est silencieux, mais pas moi, tandis qu'il me touche avec frénésie et m'emmène plusieurs fois au bord du gouffre, mais ne me laisse pas chuter. Au lieu de cela, il s'éloigne pour me mordiller l'intérieur des cuisses ou souffler doucement sur mon clitoris sensible. Mais même ce simple geste manque de me faire jouir.

Plus je gémis, miaule ou crie son nom, plus il suce, lèche et donne des coups de langue, et cela devient un nouveau jeu. Un jeu où je serai clairement la gagnante.

Je psalmodie son nom sans réfléchir, le suppliant de me laisser jouir. C'est censé être ma récompense, je ne devrais pas avoir à le supplier. Au début, je ne pense pas qu'il essaie de me contrôler, mais seulement de prolonger mon plaisir. D'une certaine manière, j'aime ça, mais d'une autre, j'ai envie de le maudire.

Jusqu'à ce qu'arrive un moment où je n'en peux plus ; la

tension dans mon corps a besoin d'être relâchée. Je suis tentée de rapprocher son visage et de me frotter à lui.

Mais je ne le fais pas.

J'attends.

Je lui fais confiance, car il sait ce qu'il fait… Ce qui, je m'en rends compte, consiste à apprendre mon corps, mes réactions, ce que j'aime, ce que j'adore, ce qui crée une lente montée en puissance, ce qui m'amène rapidement au but.

J'ai le sentiment qu'il utilisera ces connaissances à son avantage plus tard. Si l'idée est électrisante de voir quelqu'un finir par mieux connaître mon corps que moi-même, elle est aussi intimidante.

Je me dis que c'est une autre forme de contrôle. Il pourra jouer de moi comme d'un violon. Je serai de la pâte à modeler entre ses mains. Et tous les autres clichés qui circulent dans mon cerveau obsédé par la drogue.

— Dis-moi ce dont tu as besoin, Grace, questionne-t-il contre mes lèvres gonflées.

— J'ai besoin de jouir, crié-je presque trop sèchement parce que je suis sur le point de craquer, mais que je me sens aussi terriblement frustrée.

Je suis prête.

Alors, quand il glousse contre mon clitoris et glisse deux longs doigts à l'intérieur de moi, les enroulant pour caresser cette zone secrète, mes mains s'écrasent sur le matelas, s'agrippent aux draps, et je gémis tandis que mon corps se cambre puis ondule autour de lui, palpitant contre sa bouche.

Il dit quelque chose. Je ne sais pas quoi. J'ai la tête dans le brouillard, le regard perdu dans le vide à cause de l'orgasme le plus intense que j'ai eu depuis longtemps.

J'entends ses mots, mais je suis incapable d'en saisir leur sens. Après un dernier baiser doux sur mon clitoris, qui me fait encore tressaillir contre lui, il remonte en glissant le long de mon corps, en veillant à ne pas peser sur moi.

Lorsqu'on se retrouve face à face, il s'empare de ma bouche

comme si elle lui appartenait, parce que c'est le cas. Mon corps tremble encore, mon sexe frémit, mes doigts s'enroulent autour de ses biceps tandis que mes ongles s'enfoncent dans sa chair pour m'ancrer, et ma tête bascule en arrière sous l'effet de la force de sa bouche contre la mienne.

Et, putain de merde, c'est absolument magnifique.

Le meilleur baiser que j'ai jamais eu.

Il me murmure à quel point j'ai bon goût. Je suis d'accord, parce que j'ai découvert ma propre essence pendant son baiser.

Même s'il bande à nouveau, il se glisse contre moi, passe un bras lourd autour de ma taille et pose une main sur ma hanche avant de me serrer contre lui.

— Quel âge a Maggie ?

C'est bien la dernière question que je m'attendais à entendre. Mais à part son érection, le reste de son corps est détendu tout contre moi, alors peut-être qu'il veut en savoir plus sur moi. Ou sur ma chienne, du moins. Bien sûr, c'est elle qui attire l'attention. Elle attire toujours l'attention.

— Huit ans.

D'une main, il écarte les cheveux de mon visage et, du bout du doigt, trace une ligne du haut de mon front jusqu'à mon menton, en passant par mon nez.

— C'est vieux pour un chien de cette taille ?

Je hausse une épaule.

— Non, pas trop.

— Elle a l'air en forme pour son âge, alors. Elle est bien élevée. J'aime ça.

C'est vrai.

Puisque nous parlons librement, j'aimerais en savoir plus sur lui. D'autant plus que je meurs d'envie de savoir depuis des années. Mais une fois de plus, j'attends.

— Mon père entraînait des chiens dans l'armée. Il lui a appris beaucoup d'ordres, verbaux et gestuels, mais je n'exploite pas ses capacités. C'est juste ma complice.

— Tu vis ici seule.

Ce n'est pas une question. Il le sait. Il affirme simplement un fait qui n'a pas besoin d'être souligné, parce que je sais très bien que je vis seule ici. C'est l'une des raisons pour lesquelles j'étais si désespérée d'attirer son attention. Je ne réponds donc pas.

— Qu'est-il arrivé à ton père ? Il est décédé ?

— Oui, l'année où tu es venu pour la première fois. Je suis fille unique, alors j'ai hérité de tout ça.

— Comment fais-tu pour gérer cet endroit ? Il doit y avoir au moins une douzaine de cabanes.

— J'ai l'habitude. J'embauche du personnel local quand j'en ai besoin.

Et j'en ai les moyens, ajouté-je silencieusement.

Je frissonne. Je pense à la cheminée et au plaisir qu'il y aurait à allumer un feu, juste pour chasser le fond de l'air frais. Malheureusement, je n'ai pas encore empilé de bois près des cabanes.

— Tu as froid ?

— Un peu.

Il s'éloigne juste assez de moi pour attraper une couverture soigneusement pliée sur l'étagère inférieure de la table de nuit, puis l'étale sur nos deux corps.

— Ça va mieux ?

— Oui.

— Tu peux m'entourer de tes bras, Grace. Je mords, mais seulement pendant le sexe.

Ses yeux pétillent tandis qu'il prononce ces paroles.

Je dois dire que j'ai apprécié ses morsures et ses mordillements, ainsi que les quelques fois où il a enfoncé ses dents un peu plus fermement dans ma peau.

Encore un truc que je n'avais jamais fait auparavant.

Il me dévisage tout en me demandant :

— Tu as aimé ça ?

— Oui, beaucoup.

— C'est bien.

Un léger sourire ourle les commissures de ses lèvres et je ne peux m'empêcher de les effleurer de mes doigts. Il ouvre la bouche et en prend une entre ses dents, puis le relâche.

Je poursuis mon exploration de son visage, remontant la ligne forte de sa mâchoire jusqu'à ses sourcils. Ses yeux suivent les miens.

Sa voix est rauque lorsqu'il dit :

— Dis-moi depuis combien de temps.

Mon geste se fige et je laisse retomber ma main.

— Je te l'ai dit, trop longtemps.

— Sois plus précise.

— Des mois.

— Combien ?

Pourquoi insiste-t-il pour avoir cette information ? Je ne me sens pas à l'aise pour lui raconter ma vie sexuelle. Ou plutôt de mon absence de vie sexuelle.

— Nick...

— Je t'ai posé une question, j'attends une réponse, insiste-t-il.

— Est-ce que ça marche dans les deux sens ?

Parce que si c'est le cas, j'ai beaucoup de questions auxquelles j'aimerais qu'il réponde.

Il remue un peu sous la couverture et passe une jambe par-dessus la mienne. Maintenant que son bras et sa jambe recouvrent mon corps, je suis clouée au lit. Un autre type de contrainte sans utiliser de cordes ou de menottes.

Intéressant.

— Je vais faire un marché avec toi. Je ne te poserai que des questions auxquelles je suis prêt à répondre moi-même. D'accord ?

— Marché conclu, dis-je.

Mais attendez un peu.

Je fronce les sourcils, regrettant ma décision rapide. Est-ce que ça veut dire qu'il est le seul à pouvoir poser des questions ? Si oui, je ne découvrirai peut-être jamais ce que je veux savoir.

# Chapitre Sept

## Nick

LA DERNIÈRE CHOSE que je souhaite, c'est faire du peu de temps que nous passons ensemble un jeu de questions-réponses. Mais je suis curieux d'en savoir plus sur elle, sur sa vie et sur les raisons qui la poussent à vivre seule dans une région isolée du Maine.

Compte tenu de notre marché, je formule mes questions avec précaution.

— Pourquoi ne vends-tu pas cet endroit ? Ça paraît lourd à gérer toute seule.

— Je pourrais, mais je me sentirais coupable. Mes parents se sont investis corps et âme ici. À la mort de ma mère, mon père l'a conservé parce que c'était un peu d'elle. Aujourd'hui, je le garde parce que c'est un peu d'eux.

— Il n'y a pas que ça, Grace. Parle-moi.

J'observe son visage alors qu'elle hésite, l'incertitude affleurante.

— Je ne saurais pas quoi faire, comment vivre, comment gagner de l'argent. C'est tout ce que j'ai toujours fait, tout ce que j'ai toujours connu.

Ses parents ont créé une entreprise, un foyer, mais ils ont finalement coincé leur fille en agissant de la sorte. Le monde est si grand, et j'ai l'impression que Grace n'a jamais eu l'occasion de l'explorer.

Et c'est fort dommage, non seulement pour elle, mais aussi pour le monde.

— Tu ne t'es jamais mariée.

J'essaie d'en faire une déclaration et non une question parce que c'est un sujet que je ne veux pas aborder moi-même. Mais je suis curieux.

Et nous savons tous que la curiosité est un vilain défaut, même si pour moi, c'est carrément un vice.

— Non. Et toi ?

— Oui, dis-je et ses yeux s'écarquillent.

— Oui, tu *es* marié ? Ou oui, tu as *été* marié ?

Je précise ma réponse, seulement parce que je ne veux pas qu'elle se demande si je suis toujours marié et si je trompe ma femme.

— J'ai été.

Son corps se détend à nouveau contre le mien. J'en reste là, mais je sais qu'elle voudra une suite. Et j'ai raison.

— Un divorce compliqué ?

Compliqué, oui. Divorce, non. Le même chagrin d'amour et la même douleur pourtant. Pour ne pas dire pire.

Si elle pose une question que je ne lui ai pas posée moi-même, je ne suis pas obligé de répondre, mais je le ferai quand même.

— Non.

Quand elle ouvre la bouche pour poser une autre question, je pose un doigt sur ses lèvres.

— Tu t'emballes. Je ne répondrai qu'aux questions que je te pose moi-même.

Elle fronce les sourcils devant mon doigt, et je le remplace rapidement par ma bouche, l'embrassant à nouveau pour lui redonner le sourire. J'aime quand elle me sourit.

— Que voudrais-tu faire de ta vie si tu pouvais choisir n'importe quoi ?

Quand elle coince sa lèvre inférieure entre ses dents, je la touche et secoue la tête.

— Cette lèvre est à moi. Il n'y a que moi qui peux la mordre.

Elle la relâche immédiatement et sourit à nouveau.

— J'aime quand tu me mords.

— Je sais. J'ai l'intention de recommencer.

Son corps tressaille légèrement. Je suppose que c'est dû à l'excitation ou à l'anticipation. Parce que moi aussi, j'aime quand je la mords.

Beaucoup, vraiment beaucoup.

Je promène la pulpe de mon pouce sur sa lèvre inférieure, en suivant le mouvement des yeux. Sa bouche s'ouvre et je sens son souffle doux et chaud glisser sur mes doigts. Ses yeux s'assombrissent et le bout de sa langue sort pour toucher mon pouce.

— Tu aimes me prendre dans ta bouche, Grace ?

— Oui, murmure-t-elle, les paupières à demi-closes.

Elle devrait être rassasiée, mais ce n'est pas le cas. Elle en veut plus.

— J'aime ça.

Et j'aime ça aussi, vraiment beaucoup.

— Tu as aimé quand j'ai pénétré dans ta gorge ?

— Oui.

Cette fois, sa réponse est si douce qu'elle ressemble à un soupir.

— Pourquoi aimes-tu ça ?

Sa gorge est secouée d'un spasme, comme si elle déglutissait difficilement.

— Parce que tu me donnes une partie de toi.

Sa réponse réveille ma queue. Je n'arrive pas à croire à ma chance. J'ai trouvé la femme qu'il me faut, une femme capable de combler ce qui manque en moi. Le creux qui est là depuis des années. Mon instinct à propos de Grace était bon. Chaque fois que je l'ai vue, même pour un court instant au fil des dernières années, j'ai su qu'elle pourrait être la bonne. Et je découvre maintenant que j'avais raison.

J'avais juste eu besoin de temps pour arriver au point où j'en suis aujourd'hui. Au point de pouvoir m'offrir à elle. Au point de pouvoir lui demander confortablement de se donner à moi.

Jusqu'à présent, elle s'est montrée ouverte, honnête et n'a pas hésité à faire tout ce que je lui demandais. Ou plutôt ce que je lui imposais.

Lorsque ma vie a basculé il y a un peu plus de quatre ans, j'ai réalisé que je ne voulais plus jamais revivre une telle situation. Je ne le permettrai donc jamais.

Plus je cherchais à contrôler, plus je me rendais compte à quel point j'aimais cela. Même pendant le sexe.

*Surtout* pendant le sexe.

— Pourquoi viens-tu ici chaque année à la même période ? demande-t-elle.

Puis elle pince les lèvres et ses yeux s'écarquillent à nouveau.

Elle n'a pas pu s'en empêcher. C'est une question qu'elle avait probablement envie de poser.

— Chaque question que tu me poses à tort et à travers te vaudra un coup de lanière. Et je ne te garantis pas que je réponde. Tu as déjà rompu notre marché. Voici donc les termes du nouveau. Tu les acceptes ?

— Je ne sais pas ce qu'est une lanière, répond-elle.

— Demande-moi.

Elle est en proie à un conflit intérieur. Elle sait que si elle demande, elle recevra un coup de plus d'une chose dont elle n'a aucune idée.

Peu importe qu'elle arrête de poser des questions, elle a déjà gagné un coup au moins. Ma queue s'épaissit à l'idée de l'utiliser sur son cul, de le faire rougir.

— Tu veux en avoir une idée plus précise avant de me reposer une question ?

— Non, dit-elle, la voix un peu tremblante.

— Je ne te ferai jamais de mal et tu as ton mot de sécurité, lui rappelé-je.

Lorsque son expression se fait déterminée, je réprime un sourire de triomphe. Elle aime les défis. Et elle estime qu'il s'agit d'un défi auquel elle pourrait vouloir participer.

Je lui offre quelques détails pour lui donner envie d'en savoir plus.

— Je viens ici chaque année pour m'évader.

— Pourquoi ?

Deuxième coup. Ses joues s'empourprent, ses yeux s'assombrissent.

— C'est un anniversaire que je veux oublier. Je laisse tout derrière moi une fois par an à cette époque pour purifier mon âme.

— Quel genre d'anniversaire ?

Troisième coup. Ses lèvres s'écartent et elle expire d'un souffle rauque. Je fais de même, car l'anticipation prend des proportions épiques en moi.

— L'anniversaire d'un deuil important.

Je lui en donne juste assez pour qu'elle en demande plus.

— Un deuil de quoi ?

Quatrième coup.

— La perte d'êtres chers.

Elle se mord la lèvre inférieure et je lui lance un regard noir. Elle relâche sa lèvre, mais je vois bien qu'elle meurt d'envie de demander qui, comment et quand.

Même si c'est un peu plus facile d'en parler maintenant, ce n'est toujours pas un sujet que j'aime aborder. Je suis venu ici et j'ai bu jusqu'à l'oubli, année après année, pour oublier. Même si la perte de mémoire n'était que temporaire. J'avais besoin de passer cette semaine dans un état de stupeur jusqu'à ce que la douleur redevienne un peu plus supportable. Mais elle n'a pas encore complètement disparu.

Et elle ne disparaîtra jamais.

— Tu veux connaître les détails, dis-je enfin.

Elle hoche la tête et dit doucement :

— Oui.

— Alors, demande.

Je ne vais pas la satisfaire aussi facilement.

— Pourquoi ici ?

Cinquième coup. Ma hampe tressaille contre sa cuisse. Je ferme les yeux une seconde pour me ressaisir, non pas parce que j'ai du mal à me souvenir, mais parce que j'ai hâte de lui infliger sa punition.

— Parce que personne ne penserait à me chercher ici. Je ne suis pas du tout dans mon élément. Je vis et je travaille en ville, Grace. Personne n'imaginerait que je me cache au fin fond du Maine.

— De qui te caches-tu ?

Sixième coup. Mes bourses se resserrent et je deviens encore plus dur.

— Des amis, de la famille. Tous ceux qui s'inquiètent de mon état mental cette semaine-là, chaque année.

— Dis-moi ce qui s'est passé.

*Ah*, elle n'a pas posé la question. Bien vu.

Je vais peut-être lui accorder celle-ci parce que six coups, c'est déjà beaucoup. Bien qu'on puisse alterner légèreté et fermeté. Je pense qu'elle aimera recevoir ce châtiment autant que j'aimerai lui infliger.

— D'abord, ta punition, puis la réponse pourrait être ta récompense, décidé-je.

Mon cœur bat un peu plus vite, ma respiration s'accélère un peu lorsque je me glisse loin d'elle et que je sors du lit. Je ne peux plus attendre. J'ai hâte d'y être et j'ai apporté le fouet avec moi, prévoyant de l'utiliser d'une manière ou d'une autre, que ce soit pour punir ou pour jouer.

Je la laisserai voir ce que c'est avant de lui bander les yeux. Alors que je me dirige vers ma valise, une goutte d'excitation perle au sommet de ma queue.

Et j'ai hâte de la baiser une fois que son cul aura pris une teinte rosée sous l'effet de mes coups.

# Chapitre Huit

## Grace

QUAND IL SE RETOURNE, j'aspire une bouffée d'air. Il tient à la main un objet qui ressemble à une longue sangle. C'est plat et ça a l'air diabolique. Le cuir brun épais est fendu en son milieu et à l'autre extrémité, il y a un trou dans lequel passe un cordon de cuir qui doit être enroulé autour de son poignet.

Je regrette d'avoir posé autant de questions.

Il frappe légèrement la lanière contre sa paume en s'approchant du lit. Le claquement du cuir contre la peau me fait sursauter. Chaque fois qu'il frappe sa main, son érection rebondit.

Il ne fait aucun doute qu'il est impatient de me punir.

Mon regard passe de l'instrument à son visage. Ses yeux sont brillants et ses lèvres se courbent légèrement. Il n'a pas l'air méchant. Non, il est excité. Et c'est exactement ce que je constate.

— Mets-toi à quatre pattes et viens au bord du lit. Face à moi.

Je fais ce qu'il dit et je me tourne vers lui. Lorsqu'il s'approche du bord du matelas, son érection est à la hauteur de mon visage.

— Ouvre la bouche.

Je m'exécute.

— Tire la langue.

Oh, putain, il ne va pas me frapper la langue, quand même ?
Je le fais timidement.

Mais tout ce qu'il fait, c'est glisser le sommet de sa queue le long de celle-ci, laissant sur son passage son précieux liquide salé et soyeux.

— Est-ce que ça a bon goût ?

Je ferme la bouche et fais tournoyer son essence en bouche.

— Oui.

— Tu en veux encore ?

— Oui, s'il te plaît.

— Bientôt, répond-il.

Puis, il s'éloigne, me laissant là, au bout du lit, nue, à quatre pattes. Vulnérable.

Je ne laisse pas mon regard le suivre, je fixe droit devant moi un point sur le mur. Mes tétons sont dressés et réclament son attention. Mes parois intérieures se resserrent.

Puis il est de nouveau là, à ma tête, et il pose le bandeau sur mes yeux.

La cabine s'assombrit. Maintenant que j'ai perdu un sens, je dois utiliser mon ouïe pour comprendre ce qui se passe.

Il caresse mes cheveux, puis ma joue, avant de passer le pouce sur ma lèvre inférieure.

— Tu me vois ?

— Non.

— Non, quoi ?

— Non, Nick.

— C'est ça, bébé, dit-il doucement. J'aime mon nom sur tes lèvres. Surtout quand tu le cries pendant que tu jouis. Veux-tu jouir, Grace ?

— Oui, Nick.

— Ce sera ta récompense. Mais d'abord, nous avons d'autres affaires à régler. Six coups, Grace. Mais une fois que j'aurai commencé, tu pourras m'en demander plus.

Je ne réponds pas. Je suis à la fois impatiente et inquiète. J'espère à la fois qu'il se retiendra et qu'il en finira vite pour que nous puissions passer à la récompense.

Soudain, sa main se pose sur mon menton et il le relève doucement.

— Bébé, tu es si belle, ton corps réagit parfaitement. Tu as une rougeur qui remonte le long de ta poitrine jusqu'à tes joues, tes tétons sont aussi durs que des diamants. Je vois des reflets luisants à l'intérieur de tes cuisses. Viens, lève-toi.

Comme je ne vois rien, il m'aide à me lever et me guide face au lit, loin de lui.

— Penche-toi et serre tes poignets l'un contre l'autre sur le lit.

Je m'exécute, joignant mes poignets comme s'ils étaient liés.

— Tu sens la corde autour de tes poignets, Grace ?

C'est fou. Rien qu'avec ses mots, j'ai vraiment l'impression que mes poignets sont attachés par une corde. Il joue avec mes pensées. Mon sexe palpite à l'idée d'être attachée. De ne pas pouvoir m'échapper.

— Oui, Nick.

— C'est trop serré ?

Je teste mes entraves imaginaires.

— Non.

— Est-ce que ça fait du bien ?

— Oui, soufflé-je.

Parce que c'est le cas. Sa voix et sa présence contrôlent tout de moi.

Il fait de moi ce qu'il veut.

Je n'avais jamais réalisé à quel point j'avais besoin de lui, besoin de ça, jusqu'à aujourd'hui. J'espérais seulement mettre fin à ma longue traversée du désert. Mais maintenant, c'est tellement plus.

Je n'avais jamais imaginé que ce serait comme ça.

Et j'espère que ça ne fera que s'améliorer.

— Ta chatte est jolie, Grace. Elle est mouillée par ton désir. Elle est toute à moi, n'est-ce pas ?

— Oui, elle est toute à toi, Nick.

Je le sens se déplacer dans la pièce. C'est étrange de ne pas le voir. Mais mon ouïe semble plus fine maintenant que j'ai les yeux bandés.

Je ne peux peut-être pas le voir, mais je sens sa chaleur derrière moi et j'ai hâte qu'il me touche.

Même si c'est censé être une sorte de « punition » pour avoir posé des questions, j'ai hâte de voir ce qu'il va faire. Je lui fais confiance, car je suis sûre qu'il ne me fera pas de mal. Sa punition ne peut être qu'un plaisir torturant.

J'accepterai ce qu'il me donnera. Quoi qu'il en soit.

Puis ses mains entourent mes chevilles, les écartent, placent mes pieds là où il le souhaite. Mes jambes sont écartées, mes fesses en l'air, mes coudes et mes poignets sur le lit.

J'attends.

Et j'attends.

Jusqu'à ce que j'en ai assez d'attendre, mais je refrène mon envie de lui demander de se dépêcher.

Je sais que je dois déjà recevoir six coups et tant que je ne sais pas ce que ça fait, je n'ai pas envie d'en rajouter.

Il est silencieux, je me demande s'il me regarde, s'il m'étudie. Je me sens vulnérable, penchée sur le lit, tout à découvert.

Est-ce que je me sens gênée ? Non. Peut-être que je le devrais, parce que n'importe quelle personne saine d'esprit le serait. Surtout avec une personne inconnue ou presque.

Mais c'est Nick, me dis-je.

Et plus que tout, j'ai besoin de ça.

Je ferme les yeux derrière le bandeau et je l'imagine debout derrière moi, en train de se caresser tout en regardant mon intimité, qui doit dégouliner à ce stade. Je fonds pour lui et je ne serais pas surprise de laisser une flaque sur le sol.

Même si cette idée est ridicule, elle me fait sourire. Il aimerait probablement ça... surtout en sachant que c'est grâce à lui.

Il prend enfin la parole :

— Je ne veux pas que tu t'éloignes de ta position actuelle. Dis-moi que tu comprends.

— Je comprends, Nick.

— Parfait, Grace, dit-il doucement.

Oui, parce que je suis parfaite. Mais je veux aussi être vilaine. Néanmoins, je ne bougerai pas. Pas avant qu'il ne me le dise.

Soudain, il saisit une poignée de mes cheveux et me tire en arrière, ce qui me fait sursauter, plus par surprise qu'autre chose. Ma tête est entièrement renversée, mon cou tendu et je respire difficilement. Je frémis lorsque sa main libre parcourt mon dos, mes omoplates et ma colonne vertébrale. Il passe la main sous mon corps, tripote mon téton droit et je halète à nouveau. Je veux lui dire de recommencer, mais je ne peux pas parler sans y être invitée. Je ne peux répondre que si j'en ai la permission.

Je respire donc profondément pendant qu'il prend mon sein dans sa main et qu'il fait tourner mon mamelon entre son index et son pouce. J'essaie de ne pas remuer, mais il est difficile de rester immobile.

J'aime tellement ce qu'il me fait.

J'essaie de ne pas gémir lorsqu'il me relâche et fait glisser sa paume sur mes côtes jusqu'à ma taille, puis se pose un instant sur ma hanche. Lorsqu'il relâche mes cheveux, ma tête retombe en avant.

— Pose ton front sur tes bras.

J'obéis.

— Quoi qu'il arrive, garde ton cul en l'air comme il l'est maintenant. Compris ?

— Oui.

— Oui, qui ?

— Oui, Nick.

— C'est ça, bébé. Si, à n'importe quel instant, tu as besoin de dire ton mot de sécurité, tu l'utilises. Quel est ton mot de sécurité ?

— Ananas.

— Veux-tu l'utiliser maintenant ?

— Non, Nick.

Je l'imagine souriant à ma réponse, ce qui me fait sourire en retour. Je le rends heureux et je ressens le besoin impérieux qu'il le soit. On dirait qu'il n'a pas été heureux depuis longtemps. Et j'aime vraiment ce nouveau Nick. Ce Nick qui parle, qui ne grogne pas.

Si je peux l'aider, je le ferai.

Tout comme il m'aide. Il me donne ce dont j'ai besoin. Ce dont j'ai envie.

Il serre mes fesses l'une contre l'autre et dépose un léger baiser sur chacune d'elles.

— Tu me fais un cadeau, Grace. Et je t'en remercie.

Puis ses mains chaudes disparaissent, l'air frais prenant place sur ma peau.

Il glisse un doigt entre mes plis trempés et murmure quelque chose que je n'arrive pas à saisir. Son doigt plonge à l'intérieur de moi juste une fraction de seconde, puis il se retire. Ce geste me donne encore plus envie de lui.

Mais c'est le but, je suppose.

Il veut que je profite non seulement de ma récompense, mais aussi de ma punition.

Je respire profondément par les narines et fais le vide dans mon esprit lorsque la lanière de cuir glisse sur les courbes de mon cul.

Je retiens un gémissement lorsqu'il la fait glisser à nouveau. Le cuir est lisse contre ma peau et maintenant j'attends avec impatience ce qu'il va me faire subir. Tout ce que Nick pense que je mérite pour avoir posé des questions à tort et à travers.

Mais j'ai besoin qu'il s'y mette.

Il joue avec moi.

Et ça me rend folle.

Il tapote la lanière contre ma peau. Il ne frappe pas, non. Des coups doux pour réveiller mes terminaisons nerveuses, pour me faire prendre conscience de l'instrument qu'il tient dans sa main. Pour me rappeler qui contrôle la situation.

Il tapote, tapote, tapote encore la peau de mes fesses.

J'ai la chair de poule sur tout le corps et je me mords la lèvre inférieure, même si je n'en ai pas le droit. Je sais qu'il ne peut pas le voir de là où il se trouve.

De plus, je suis sûre que son attention est concentrée ailleurs.

Puis l'air bouge brusquement et j'entends le claquement sec du cuir contre ma peau avant de sentir la piqûre. Mon corps glisse vers l'avant, même si je lutte contre ma réaction. C'est plus fort que moi.

Et il ne va pas aimer ça.

Mais il ne dit rien et remet mes hanches en place.

Puis j'attends.

Enfin, il dit :

— Chaque fois que tu bouges, le coup ne compte pas. Tu comprends ?

— Oui, sifflé-je, avant d'ajouter rapidement : Nick.

Je déglutis difficilement et me répète de ne pas bouger, d'être prête cette fois. Et lorsque le cuir s'abat sur mon autre fesse, je fais ce qu'il me dit. Je reste en place et j'accepte ce qu'il me donne.

Un bruit m'échappe, et je l'entends aussi grogner. Ce jeu l'affecte autant que moi.

J'en suis ravie.

Et, étonnamment, je ne trouve pas la lanière désagréable. Elle me donne l'impression d'être vivante.

Ses doigts tracent doucement ce que je ne peux qu'imaginer être la marque laissée par le coup de fouet.

— Quel est ton mot de sécurité, Grace ? répète-t-il.

— Ananas.

— Veux-tu l'utiliser maintenant ?

— Non, Nick.

— Bien, souffle-t-il, l'air soulagé.

Une fois de plus, il frappe ma fesse droite à un endroit différent de la première fois. La morsure du cuir réveille ma peau. J'ouvre la bouche, mais aucun souffle ne sort. Rien d'autre que le silence ne m'échappe.

C'est fou, je sais, mais j'aime ça.

Jamais je n'aurais pensé que j'apprécierais quelque chose d'aussi défendu que ça. Un geste que je tentais d'éviter quand j'étais enfant. Et maintenant, je ne peux plus m'en passer.

Je veux sentir. Vraiment sentir. Ressentir cet élan qui remonte de mon cul vers mon cœur, qui me fait mouiller, qui me fait le désirer plus qu'il n'est humainement possible. Je veux qu'il recommence.

Il le fait.

Et encore.

Il le fait.

J'en veux encore. Mais je ne peux pas le supplier d'en faire plus. Je ne peux même pas demander ou suggérer. Alors, je reste silencieuse.

— Veux-tu utiliser ton mot, Grace ?

— Non, Nick.

Il souffle et je sens sa respiration contre ma peau brûlante et je mouille encore plus, mon sexe semble si gonflé, si prêt. J'espère vraiment qu'il va me frapper à cet endroit à la place.

Il ne le fait pas.

Il fait une pause et rien ne me touche, si ce n'est l'air frais qui nous enveloppe.

C'est alors que quelque chose de lisse, d'onctueux, coule sur mon anus, dans le sillon de mes fesses.

— À qui appartient ce cul, Grace ?

— À toi, Nick.

— Est-ce que quelqu'un t'a déjà prise ici ?

— Non.

— Alors, il est tout à moi.

Je ne réponds pas parce qu'il n'a pas posé de question. C'est vrai, personne ne m'a possédée ainsi, mais je me suis toujours demandé ce que ça ferait.

Si je dois le découvrir, je veux que ce soit avec Nick.

Il appuie contre moi, poussant légèrement, décrivant des cercles, et je n'arrive pas à croire comme c'est bon. Quoi qu'il fasse, il me donne toujours envie d'en avoir plus.

Cependant, il n'appuie pas trop fort, il se contente de taquiner le bord de mon orifice serré. Mon instinct me pousse à le repousser, mais je me retiens. Et j'attends encore une fois.

Il presse un doigt, peut-être un pouce – je n'en suis pas sûre – sur mon ouverture. Et lorsqu'il claque la lanière de cuir sur mon cul, son doigt (je le sais maintenant) glisse en moi en même temps. C'est plus fort que moi, je crie.

— Dis-moi ton mot si tu en as besoin, dit-il, l'air un peu tendu lui-même.

J'aime l'effet que j'ai sur lui. Il pense qu'il a le contrôle. Mais ce sont mes réactions qui le contrôlent vraiment. Même s'il l'admettrait jamais.

Je ne prononce aucun mot lorsqu'il me frappe à nouveau sur l'autre fesse, tout en glissant un deuxième doigt en moi, m'étirant.

Mon cul piquant en l'air, il le baise lentement avec ses doigts et c'est fabuleux.

Je n'avais jamais imaginé que le sexe pouvait être aussi bon. Je ne m'attendais pas à aimer ces choses que j'aurais considérées comme de la débauche avec n'importe lequel de mes autres amants.

Mais avec Nick, je me sens bien.

Je ne pense pas qu'il puisse faire quoi que ce soit qui m'empêcherait de le désirer.

Mais clairement... Si ça, c'est une punition, je veux être une vilaine, vilaine fille.

# Chapitre Neuf

## Nick

Grace m'impressionne. Elle m'excite.

Ma Grace.

Elle a encaissé les coups de fouet, l'un de mes jouets préférés, comme je l'avais prévu. Elle aime les défis, et c'en est certainement un qu'elle n'a jamais relevé auparavant.

Elle a gardé ses poignets serrés l'un contre l'autre comme s'ils étaient liés, elle n'a pas bougé ses pieds. À part le mouvement vers l'avant lorsque je l'ai frappée pour la première fois, elle a fait tout ce que je lui ai commandé.

Je ne peux pas être plus dur qu'en ce moment. Elle veut me faire plaisir. Et pour cette raison, je veux lui faire plaisir.

Mais je lui dois encore deux coups. La peau de son cul montre déjà les traces de la lanière de cuir. Rouge, rose et un peu boursouflée. J'embrasse chaque endroit où j'ai donné un coup, reconnaissant qu'elle m'ait permis ces gestes.

Parce qu'elle aurait pu dire non à tout instant.

Elle aurait pu m'arrêter en plein milieu d'un coup. Elle ne l'a pas fait.

Et je sais maintenant qu'elle acceptera les deux derniers comme elle a accepté les quatre premiers.

Ce qui est encore plus excitant, c'est qu'elle aime les jeux de cul. Et, c'est une raison de plus pour laquelle je ne peux pas me passer d'elle.

En guise de remerciement, je lui laisse reprendre un peu le contrôle.

— Pour ces deux derniers coups... Sur une échelle d'un à dix. Dix c'est dur, un c'est juste un petit coup... Quel chiffre, Grace ?

Elle reste silencieuse pendant un moment, évaluant probablement sa propre tolérance.

— Six, dit-elle finalement, la voix haletante.

Six, c'est à peu près comparable aux deux derniers que je lui ai donnés. Je lui inflige à nouveau un six, ce qui me fait douloureusement serrer les bourses.

— Le dernier. Ton chiffre ?

— Huit.

J'hésite.

— Tu es sûre, Grace ?

J'ai besoin d'être sûr. Je ne veux pas lui faire de mal, mais je veux lui donner ce qu'elle demande.

— Oui, s'il te plaît, Nick. Un huit.

Je lui donne un huit et elle gémit avant d'expirer d'un souffle tremblant, mais elle n'a pas bougé. Pas d'un pouce.

Je balance la lanière au loin et me concentre sur l'étirement de son étroit fourreau avec mes doigts, autant que faire se peut. Je ne sais pas si elle sera prête à ce que je l'y entre aujourd'hui. Ou même ce soir. Mais d'ici la fin de la semaine, peut-être. C'est une étape que j'attends avec impatience.

Quand elle gémit et serre mes doigts, je dis :

— Et maintenant, la récompense.

— Je crois que je préfère la punition.

Je rejette la tête en arrière et j'éclate de rire. Sans surprise, je n'ai pas ri ainsi depuis longtemps. C'est une sensation incroyable.

— Comment le sais-tu ? Tu n'as pas encore reçu ta récompense. Même si tu as parlé à tort et à travers. Tu fais exprès de me pousser à te punir à nouveau ? Et qui a dit que la prochaine fois, la punition sera la même ?

Comme elle ne me répond pas, j'ajoute :

— Tu peux parler librement, Grace.

Pendant tout cet échange, je décris des va-et-vient avec mes doigts lisses dans ses fesses, et dès que je lui dis qu'elle peut parler, elle laisse échapper un gémissement fort et sa colonne vertébrale s'arcboute. Elle bascule les hanches en arrière et enfonce mes doigts plus profondément.

Je saisis ma queue de ma main libre et étale le fluide sur toute ma couronne avant de la caresser au même rythme que mes doigts.

La voir bouger autour de ma main m'excite au plus haut point.

— Tu veux que je sois en toi, Grace ? C'est ce que tu veux comme récompense ?

— Oui, siffle-t-elle. J'ai besoin de toi... tout de suite.

— Enlève le bandeau, prends un préservatif.

Comme elle obtempère, je continue :

— Ouvre-le et tends-le-moi.

Elle déchire l'emballage avec les dents et me passe le préservatif, en se tournant suffisamment pour me voir l'enfiler d'une seule main.

— Je suis tellement prêt pour toi, bébé, murmuré-je en pressant le sommet de ma longueur entre ses lèvres gonflées.

— Moi aussi, je suis prête pour toi.

Elle soupire tandis que je m'enfonce lentement en elle.

Je suis entouré de douceur chaude et humide tandis qu'elle m'accepte pleinement. Je fais une pause. Principalement parce que j'ai besoin de rassembler mes esprits. Je ne veux pas jouir immédiatement et ça pourrait très bien se produire, surtout avec mes doigts profondément enfoncés en elle.

Elle gémit et pousse contre moi.

— Nick...

— Oui, bébé, je t'entends. Je sais ce dont tu as besoin. J'en ai besoin aussi, la rassuré-je. Laisse-moi te dire à quel point ton cul est beau maintenant, défait par ta punition, étiré par mes doigts à l'intérieur de toi. Il est parfait. Tu es parfaite.

Je ferme les yeux et je retiens un gémissement quand elle me serre fort, à la fois les doigts et la queue. Je n'ai pas d'autre choix que de bouger, je ne peux plus me retenir. J'essaie de garder le contrôle, de faire en sorte que mes mouvements restent lents et réguliers. J'entre entièrement en elle, je ressors entièrement d'elle. Son corps m'étreint et le besoin d'aller plus vite, plus fort, me tiraille.

— Baise-moi, gémit-elle.

— Plus vite ?

— Oui.

— Plus fort ?

— Oh... oui.

Je lui donne ce qu'elle veut jusqu'à perdre toute notion de temps, toutes mes pensées s'envolent jusqu'à ce qu'il ne reste plus qu'elle. Rien qu'elle. Rien que moi. Juste nous deux, connectés l'un à l'autre, grimpant ensemble vers un plan plus élevé. Ses clameurs sont régulières et lorsqu'elle crie mon nom, je lutte pour ne pas lâcher prise. Je veux que cette expérience dure.

J'ai attendu longtemps que quelqu'un vienne combler ce trou au fond de moi. Et maintenant que j'ai trouvé la personne parfaite, je ne veux pas la laisser partir. Je ne veux pas lâcher prise.

Mais je n'ai pas le choix. Mon corps ne peut pas tout supporter, mon esprit devient incontrôlable. J'ai besoin de me libérer.

Et tandis qu'elle ondule autour de moi, grognant, gémissant, s'agrippant aux draps, enfonçant son bassin contre mes hanches, je me laisse aller. Je laisse tout s'échapper.

Mais je la laisse aussi entrer en moi. Je la laisse remplir ce vide au fond de moi.

Ne serait-ce qu'un instant, je me sens à nouveau entier.
Désiré.
Indispensable.
Aimé.
Entier.

# Chapitre Dix

## Grace

IL SE FAIT TARD. La pauvre Maggie a été patiente avec moi. Avec nous. Mais il est l'heure pour elle de manger et elle a besoin d'une autre promenade. Je ne veux pas quitter le lit. Je ne veux pas quitter la cabane. Je ne veux pas quitter Nick.

Il n'est là que pour quelques jours et je sais que le temps passera trop vite. Je vivrai le moindre moment loin de lui comme une perte.

Je passe les doigts sur sa courte barbe, je me familiarise avec ses poils courts et piquants. Ses yeux sont fermés, sa bouche en forme d'arc est légèrement entrouverte et sa poitrine se soulève et s'abaisse régulièrement dans son sommeil. Son bras me serre contre lui, comme s'il avait peur de me laisser partir.

Si je peux m'éclipser discrètement, je pourrai aller m'occuper des besoins de Maggie, chercher à manger pour nous pendant que j'y suis, et revenir avant qu'il ne se rende compte de mon absence.

Je jette un coup d'œil à mes vêtements de l'autre côté de la pièce et commence à soulever doucement son bras, avec précaution, lentement, jusqu'à ce que j'aie assez de place pour me glisser en dessous de lui. Je me faufile sur le lit et roule jusqu'à ce que mes pieds touchent le sol.

Un gémissement m'échappe lorsque je me lève. Mon corps est raide et endolori, et mon derrière me fait mal à plus d'un titre. Mais je suis contente. Bon sang, je suis heureuse. Donc, tout va bien.

J'enfile mes vêtements face au lit, et je regarde Nick dormir à poings fermés. Maggie gémit un peu en me voyant enfiler mes bottes. Elle a vraiment besoin de sortir et je lui fais une grimace pour qu'elle se taise.

Elle remue la queue et je vois son excitation monter, car elle devait s'ennuyer à mourir puisque Nick et moi avons passé la journée au lit.

Le problème, c'est que lorsqu'elle est excitée, elle a tendance à aboyer. Très fort. Et souvent – croyez-moi, c'est agaçant –. Et je ne veux pas qu'elle réveille Nick.

Je me dépêche d'ouvrir la porte et elle sort en courant, se sauvant sans moi. Comme je sais où elle va, je ne m'inquiète pas. Il n'y a qu'une chose qu'elle aime autant que les grattouilles sur le ventre et les oreilles... et c'est la nourriture. Elle sait où se trouve sa gamelle. Lorsque je grimpe dans la voiturette de golf, elle ne prend même pas la peine d'attendre son chauffeur. Elle se dégourdit les jambes, soulage sa vessie et me raccompagne à la maison à toute vitesse.

Le crépuscule est proche. Le lac et les bois environnants sont silencieux tandis que je descends le chemin, frissonnant, car la température a chuté. Je note mentalement de prendre un sweat-shirt pour le retour.

Mon sourire grandit lorsque je pense à rapporter plus qu'un sweat-shirt à la cabane. Nick a peut-être apporté ses propres jouets, mais j'en ai aussi.

---

En octobre, une minute suffit pour passer du crépuscule à la nuit. Lorsque Maggie et moi retournons à la cabane, l'obscurité s'est abattue et je dois mettre les phares de la voiturette de golf.

Je suis surprise de constater, à travers la fente des rideaux usés, que l'intérieur de la cabane est lui aussi plongé dans le noir.

Je ne suis partie que depuis une heure. Juste le temps de nourrir la chienne qui accapare toujours l'attention et de trouver quelque chose à manger pour nous, humains.

J'espère que Nick n'est pas difficile parce que j'ai dû fouiller dans les placards pour préparer quelque chose qui soit, au minimum, un carburant pour nos corps, puisque je pense que nos activités se poursuivront tout au long de la soirée et jusqu'au petit matin. Du moins, je l'espère.

Qui a besoin de dormir, n'est-ce pas ? Je dormirai quand je serai morte.

Je coupe le contact et observe quelques instants la cabine, tandis que Maggie renifle le bas de la porte, tout en remuant la queue.

*Mmm.*

J'attrape le panier de provisions et me dirige vers la cabane. Lorsque j'ouvre doucement la porte, Maggie se précipite et me fait presque tomber. Avant que je puisse retrouver mon équilibre, une main s'enroule autour de ma gorge, la porte se referme derrière moi et je me retrouve le dos collé à la porte.

Même si mes yeux ne se sont pas encore habitués au noir, je sens le souffle chaud de Nick contre moi et je sais que son visage est proche du mien.

— Tu es partie.

Sa voix est basse et grincheuse, ce qui m'excite plus qu'elle ne m'effraie.

Sa prise sur mon cou est juste suffisante pour me maintenir immobile, mais ne me fait pas mal. Non, au contraire, j'éprouve un plaisir pervers à ce geste.

Je me demande si je n'ai pas perdu la tête.

La chaleur de son corps me transperce, même si je suis entièrement vêtue et que je porte un gros sweat-shirt.

— Oui, murmuré-je. J'ai dû retourner à la maison.

— Tu es partie longtemps.

Ce n'est pas une accusation, mais un constat.

— Je...

Il interrompt mon explication en écrasant ses lèvres contre les miennes, ouvrant ma bouche de sa langue, puis explorant l'intérieur.

*Bordel,* cet homme est vraiment doué pour embrasser.

J'essaie de me fondre contre lui, d'ajuster mon corps au sien comme les deux pièces d'un puzzle, mais je tiens le lourd panier. Je montre plutôt mon approbation en gémissant dans sa bouche et en laissant ma langue guerroyer avec la sienne jusqu'à ce qu'il tourne la tête suffisamment pour nous rapprocher encore plus l'un de l'autre pendant un moment.

Puis il recule. Juste un peu. Son souffle se mêle au mien. Il m'inspire, et je l'inspire, pendant quelques longues secondes.

— Je me suis réveillé seul, murmure-t-il, et ma vue s'est suffisamment améliorée pour que je note qu'il fixe ma bouche. Je me lèche lentement les lèvres et il le remarque.

— Je ne voulais pas te déranger.

— Quand je me suis réveillé et que tu n'étais plus là, je me suis inquiété.

Pourquoi se serait-il inquiété ? J'habite sur la propriété. Même si j'avais voulu lui échapper, je n'aurais pas pu m'éloigner beaucoup.

Mais il est hors de question que je le laisse seul pour le reste de la semaine. Il est à moi tant qu'il est ici. Et de toute façon, il m'a dit que ma bouche, mon sexe, mon cul lui appartenaient. Alors, c'est acté.

Je me mords la lèvre, essayant de ne pas glousser devant mes folles pensées.

— Ne te mords pas la lèvre. Laisse-moi faire.

Et sur ce, il se penche juste assez pour attraper ma lèvre inférieure entre ses dents et presser doucement. Assez pour que je sente les tiraillements et les pincements, mais pas assez pour que la peau se déchire. Mon intimité se crispe parce que je veux que sa bouche soit à nouveau sur moi. Mais pas sur ma bouche – même si c'est acceptable aussi.

— Nick, soupiré-je lorsqu'il relâche ma lèvre.

Sa main est toujours sur ma gorge et le bout de ses doigts s'enfonce un peu plus dans ma peau. Pas assez pour me faire paniquer, puisqu'il ne gêne pas encore ma respiration, mais assez pour me faire mouiller, pour me donner encore plus envie de lui.

Il me prend le panier des mains et, sans me lâcher, le pose par terre à nos pieds, puis se redresse.

D'une main, il ouvre le bouton de mon jean et descend la fermeture éclair, l'ouvre suffisamment pour pouvoir glisser la main à l'intérieur et trouver mon sexe humide. Il passe un long doigt dans mes replis, encercle mon clitoris, et je grogne en fermant les yeux.

— Tu as pris une douche ? demande-t-il.

— Oui. Et je nous ai préparé quelque chose à manger.

Il hoche vaguement la tête, mais ne répond pas. Il est tout à ses caresses sur mon bourgeon sensible, au point que mes hanches se cambrent contre lui. Je souhaite soudain désespérément qu'il me fasse jouir. *Je suis prête.*

*Je. Suis. Prête.*

Quand j'ai dit plus tôt qu'il apprenait à jouer de moi comme d'un violon, c'est exactement ça. Chaque mouvement de sa main, de ses doigts, est précis. Il sait comment m'amener juste ici. Au bord du gouffre, mais sans me faire chuter.

— Tu es si mouillée, Grace. Je suis honoré que ce soit pour moi. Tu serres mes doigts. Tu veux jouir, n'est-ce pas ?

— Oui.

Le mot se transforme en un souffle. Encore quelques secondes... Juste...

Il retire sa main de ma culotte et recule, si bien que mon corps soudain désarticulé s'effondre contre la porte.

*Merde.* Maintenant, j'ai envie d'enfoncer ma propre main dans mon pantalon et de me faire jouir.

Je pense aux deux vibromasseurs que j'ai jetés au fond du panier. Si seulement...

— Enlève tes vêtements. Quand tu es dans cette cabine, tu dois être nue. Tu te souviens de mes règles, Grace ?

J'arrache mon sweat-shirt. Mon tee-shirt suit rapidement. Je me déchausse frénétiquement tout en faisant glisser mon jean sur mes hanches. Je perds l'équilibre et tombe contre la porte – les fesses en premier, heureusement).

Il se tient à l'écart et me regarde, amusé. J'aimerais le voir plus clairement, mais le manque de lumière me gêne : ce que je veux vraiment voir, c'est son sourire, c'est important pour moi. Je doute qu'il ait beaucoup souri ces dernières années. Si tant est qu'il ait seulement souri. Et penser que je peux faire naître un sourire sur ses lèvres me fait vibrer.

Lorsque je suis enfin débarrassée de mes vêtements, je lève les mains en l'air et je chante « Ta-da ! », ce qui lui arrache un petit rire.

— Tu veux manger quelque chose ? demandé-je, car je suppose que j'ai le droit de parler librement à ce moment-là. Si ce n'est pas le cas, je vais devoir supporter la punition qu'il jugera nécessaire.

Ce qui ne me causera aucun souci.

— Oui, mais je pense à quelque chose de différent de ce à quoi tu penses.

Oh, je ne vais pas dire non s'il met sa bouche habile entre mes jambes une fois de plus.

Je suis tout à fait d'accord. La nourriture peut attendre. Moi, non. J'ai hâte qu'il termine ce qu'il a commencé il y a quelques instants. Doigts, bouche, sexe. Je ne serai pas difficile sur les moyens qu'il emploiera pour me faire jouir. Je lui parlerai même des jouets que j'ai apportés s'il veut les étrenner.

Mais si je dois choisir, je préfère les moyens plus authentiques.

— Où veux-tu que je me mette ? lancé-je tout excitée, ce qui bien sûr le fait rire à nouveau.

L'entendre rire me réchauffe le cœur et me fait sourire à mon tour.

Même pendant ce court laps de temps, je change sa vie. Ce n'est peut-être pas extraordinaire, mais si je peux apporter un peu de lumière à ses ténèbres, j'en suis ravie.

Il appuie sur l'interrupteur près de la porte et la cabine s'illumine. Il est nu, bien sûr, et sa queue est à nouveau prête. Rien de surprenant. Cet homme semble être le lapin de la pub Energizer.

— J'ai apporté un truc... en fait deux trucs, avoué-je, parce que je ne peux plus le garder pour moi.

Il hausse un sourcil.

— Qu'est-ce que tu as apporté, Grace ?

Je lève un doigt pour l'inviter à patienter un petit instant, et fouille dans le panier pour en sortir mes deux jouets préférés.

Je les brandis triomphalement et il hoche la tête en signe d'approbation. Il tend la main et je lui donne les deux, l'observe les inspecter, les allumer et les éteindre, vérifier leur vitesse et leurs mouvements variables. Pendant tout ce temps, je serre les cuisses, frémissantes d'impatience. Puis son regard se pose sur le mien. Ses yeux sombres scrutent mon visage avant de dire :

— Ah.

*Ah.* C'est tout ?

Il me montre une chaise en bois toute proche et sur laquelle se trouve l'un de mes vibromasseurs.

— Mets-toi derrière, les mains sur le dossier de la chaise. Les yeux droits devant toi. Ne te tourne pas pour me regarder ou ce que je fais. Tu comprends, Grace ?

Oh, oui. On recommence. Ses jeux que j'aime tant.

— Je comprends, dis-je, peinant à dissimuler mon enthousiasme.

Comment vais-je retourner à ma vie normale et ennuyeuse une fois qu'il sera parti ?

Je chasse cette pensée. C'est l'heure de jouer, pas de réfléchir. Je fais donc ce qu'il me dit, j'agrippe le haut de la chaise et je me penche, bien qu'il ne m'ait pas précisé de prendre une telle position. Je me contente de le faire, croyant que c'est ce qu'il attend de moi.

Je ne le vois pas, mais je l'entends traverser la cabine en direction du lit. Mais il revient rapidement se placer derrière moi. Je dois admettre que je suis un peu étourdie d'impatience. J'ai besoin que cette semaine soit aussi riche en orgasmes que possible. Il faut que ça me tienne jusqu'à l'année prochaine...

*L'année prochaine...*

Et s'il ne revient pas ?

Si ses démons disparaissent, il n'aura peut-être plus besoin de revenir l'année prochaine. Est-ce que je ne suis pas en train de me nuire en l'aidant à les chasser ?

*Bon sang de bonsoir.*

Avant vendredi, je dois le convaincre qu'il peut venir ici pour d'autres raisons. Pour me voir. Pour faire des activités de ce genre. Je dois lui montrer que je pourrais être l'unique raison de son retour.

Il fait quelque chose dans mon dos, mais je ne sais pas quoi. Je résiste à la tentation de jeter un coup d'œil, mais c'est difficile. Puis il traîne une autre chaise derrière moi et là, je suis vraiment curieuse. Les possibilités se bousculent dans mon cerveau.

À la façon dont l'air se déplace, je sais qu'il est maintenant assis sur la chaise. Il passe les mains autour de mes chevilles et je sursaute légèrement au contact inattendu. Le bout de ses doigts remonte l'arrière de mes jambes, mes cuisses, jusqu'à mes fesses. Je frissonne sous ses doigts chauds. Son contact me fait prendre conscience de chaque terminaison nerveuse de mon corps. Pendant un moment, je me concentre uniquement sur son toucher, occultant tout le reste... comme ma propre respiration saccadée.

—Les marques ont disparu, murmure-t-il, un peu déçu, alors qu'il caresse ma peau lentement, doucement. Mais tu es belle avec ou sans elles.

Il promène les doigts dans la raie de mes fesses avant de

glisser dans mes plis humides, m'ouvrant là aussi. Puis il remonte, écarte mes fesses, décrivant des cercles autour de mon orifice serré.

Je sais qu'il veut me baiser là. Je le veux aussi, mais je ne sais pas encore si je suis prête. Mais comme il est assis sur la chaise, je ne pense pas que ce soit ce qu'il envisage pour l'instant.

Et j'ai raison.

Ses baisers légers suivent le parcours de ses doigts, jusqu'à ce qu'il me caresse avec sa langue, qu'il me morde ici et là, et enfin...

*Enfin...*

*Putain.*

Enfin, il chatouille mon étroit fourreau avec le bout de sa langue et le souffle me manque, mes genoux sont sur le point de se dérober, mais je m'accroche pour rester debout pendant qu'il me fait un truc inconcevable. Je sais maintenant pourquoi il m'a demandé si j'avais pris une douche.

Alors qu'il embrasse, lèche et titille un endroit auquel je ne m'attendais pas, ma tête se met à tourner. D'une part, je me dis que c'est *très mal*, d'autre part, je me dis que c'est *tellement bien*.

Le bourdonnement du vibromasseur me ramène un instant à la réalité et il le glisse entre mes replis, recueillant mon excitation pour le lubrifier. Il le presse sur mon clitoris pendant une seconde, puis deux. Je pousse un cri, prête à me laisser aller.

Mais une fois de plus, avant que je puisse le faire, il le retire et le glisse à l'intérieur de moi. La vibration du jouet en moi me rend complètement folle, tandis qu'il plonge sa langue dans mon intimité interdite. Encore et encore. Encore et encore. Et encore, jusqu'à ce que je ne puisse plus me retenir. J'ai envie de me laisser tomber sur le sol, de l'attraper et de lui hurler de me baiser. Me baiser aussi fort et aussi vite qu'il le peut.

Parce que j'ai envie de lui. J'ai envie de lui tout de suite.

Mais je ne peux pas supplier, je ne peux pas demander, je ne peux pas exiger.

Je dois rester tranquille et en place et le laisser faire ce qu'il veut.

Lorsqu'il se retire, je ressens un certain vide.

— Putain, Grace. Je veux que tu sois prête, souffle-t-il. Je veux que tu sois prête, mais tu ne l'es pas encore.

Non.

Mais maintenant, je le veux encore plus que jamais. Il fait glisser le vibromasseur hors de moi et j'entends le claquement du bouchon du lubrifiant. Soudain, je sais quel est son plan. Et mon cœur bat plus fort, plus vite dans ma poitrine.

— Détends-toi, Grace, murmure-t-il.

Ne sait-il pas qu'il ne faut jamais dire à une femme de se détendre ? Ça provoque toujours la réaction inverse.

Je ferme les yeux et j'essaie de le faire, tout en inspirant de longues et profondes bouffées d'air pour me calmer.

Lorsque le lubrifiant coule sur mon cul et dans ma raie, j'aspire une bouffée d'air. Mon corps commence à trembler et je déglutis difficilement, forçant mes muscles à se relâcher. C'est alors que j'entends les deux vibromasseurs en marche. Il en glisse un dans ma vulve, le presse contre mon clitoris, puis je sens l'extrémité émoussée et lubrifiée de l'autre sur mon derrière. J'espère qu'il a choisi le plus petit des deux. La vibration contre mon clitoris et mon anus en même temps est follement érotique. Et, même s'il ne me donne pas la permission de jouir, mon corps lui envoie un grand « va te faire foutre » et je halète alors qu'un orgasme me traverse.

— Grace, dit-il sur le ton de l'avertissement.

*Je m'en fiche.*

*Je m'en fiche.*

*Je m'en fous, putain.*

Il presse le vibromasseur au-delà de mon anus jusqu'à m'étirer plus que je ne l'ai jamais été auparavant. La sensation est étrange. Mais les vibrations stimulent chaque terminaison nerveuse de cette zone érogène et plus profondément encore.

Un nouvel orgasme inattendu me fait lever les yeux au ciel et je crie.

— Grace, répète Nick, mais il n'a pas l'air aussi maître de lui qu'il le voudrait, j'en suis sûre.

Mon clitoris est si sensible en cet instant que je ne pense pas pouvoir supporter l'autre vibromasseur à cet endroit. Comme s'il lisait dans mes pensées, il le déplace entre mes plis humides et gonflés et le fait glisser lentement vers l'avant.

Ah, putain.

Les sensations sont si exquises qu'elles sont à la limite de la torture. Et, une fois de plus, je n'attends pas qu'il me donne la permission de jouir. Mon corps n'en fait qu'à sa tête tandis qu'il fait entrer et sortir les deux vibromasseurs en alternant les rythmes. Il joue de moi comme de ce putain de violon comme je savais qu'il le ferait.

Il murmure quelque chose. Je n'ai aucune idée de ce que c'est parce que tout ce que j'entends, c'est le sang qui afflue dans mes oreilles, mon cœur qui bat à tout rompre, et je ne pense pas pouvoir tenir le coup plus longtemps.

Mes genoux se dérobent, mais je me rattrape avant de m'effondrer, agrippant encore plus fort le dossier de la chaise, mes ongles s'enfonçant dans le bois verni. Le vibromasseur glisse hors de moi et je soupire presque de soulagement. Je n'aurais jamais cru que le plaisir pouvait atteindre un point tel qu'il deviendrait insupportable.

— Tourne-toi, Grace. Regarde-moi.

J'ouvre les yeux et me redresse lentement tandis qu'il maintient soigneusement le vibromasseur restant en place. Il est assis sur l'autre chaise en bois, ses yeux sombres à moitié fermés. Son érection est forte, épaisse, la couronne luisante de son excitation.

J'ai envie de la lécher.

— Prends ce préservatif... et enfile-le-moi.

Il semble aussi à bout de souffle que moi. J'attrape l'emballage métallique sur la table voisine et je l'ouvre. Nick tressaille entre mes mains tandis que je le déroule sur toute sa longueur.

— Maintenant, mets-toi à califourchon sur moi.

Je grimpe sur ses genoux, le maintiens en place et m'enfonce lentement jusqu'à ce qu'il soit aussi profond que possible. Avec lui et le vibromasseur en moi, je me sens pleine, étirée, complète.

Enroulant mes bras autour de son cou, je le regarde dans les yeux tout en coulissant de haut en bas, en me servant de mes orteils sur le sol comme d'un levier.

Son bras est passé autour de mes hanches, maintenant toujours le vibromasseur en place, et l'autre enserre mon visage, son pouce effleurant ma pommette.

— Ne jouis pas tant que je ne te l'ai pas dit. Je veux que nous jouissions ensemble cette fois-ci.

Incapable de parler, je me contente de hocher légèrement la tête. Je l'ai entendu, mais je ne suis pas sûre que mon corps coopère.

*Putain de merde.* Le sexe n'a jamais été une telle aventure pour moi. Jamais comme ça. Jamais aussi agréable.

C'est seulement avec Nick.

Je réalise que je ne me contenterai plus jamais de baises rapides. Je ne serai plus jamais satisfaite avec les motoneigistes, les randonneurs, les observateurs d'élans.

Il m'a ruinée pour tous les autres.

Je garde un rythme lent et régulier. Je monte et je descends jusqu'à ce que je sois haletante, grimaçante, m'efforçant de ne pas lâcher prise.

J'essaie d'attendre comme il le souhaite.

Parce qu'il n'a pas encore dit de jouir.

Bien qu'il peine lui-même. Et je prends plaisir à le voir serrer les dents, la mâchoire tendue, les muscles contractés.

— Embrasse-moi... Grace.

Mon nom n'est rien d'autre qu'un souffle qui franchit ses lèvres.

Je me penche suffisamment pour presser mes lèvres sur un

coin puis l'autre de sa bouche, avant de le happer complètement, de le laisser s'emparer de moi.

Il s'interrompt rapidement. Son corps se tend sous moi et je sais qu'il est sur le point de se libérer au plus profond de moi. Et je suis tellement prête à le recevoir.

— Prépare-toi, Grace, murmure-t-il contre mes lèvres. Prépare-toi. Es-tu prête ?

Bien sûr que oui, je suis prête. Je laisse échapper un bruit qui ressemble à un oui et je sens la vague qui monte pour m'emporter.

— Jouis avec moi, demande-t-il en levant les hanches. Et j'obéis, pressant ma joue contre la sienne, gémissant à son oreille.

Il pulse profondément en moi, et je me tortille sur ses genoux. Je pose mon front sur son épaule pendant qu'il retire le vibromasseur de mon corps et l'éteint, le laissant tomber sur le sol pour me prendre dans ses bras et me serrer contre lui pendant que j'essaie de reprendre mon souffle, de rassembler mes pensées.

— Putain, Grace, tu es faite pour moi. Je savais que tu étais la bonne.

— La bonne... répété-je doucement, souhaitant qu'il continue.

— Celle qui me ramènerait.

« Te ramènerait d'où ? » ai-je envie de demander. Mais je reste silencieuse, et je frotte mon nez contre sa courte barbe.

Saisissant mes hanches, il se lève, m'entraînant avec lui, nous gardant connectés. J'enroule mes jambes autour de sa taille et mes bras autour de son cou, enfouissant mon visage dans son cou. Il nous emmène sur le lit et me dépose au centre, me laissant enfin libre. Il se débarrasse du préservatif et retourne au lit, s'y installe à côté de moi et tire la couverture sur nous.

Nous sommes tous les deux sur le côté, face à face, lorsqu'il rompt le silence.

— Le destin est une chose étrange.

Je suis d'accord.

Rien ne m'a jamais semblé aussi naturel que d'être dans cette cabane, dans ce lit, avec cet homme. En l'espace d'une journée, il a effacé toute la solitude que j'ai pu ressentir en vivant dans une région aussi reculée du Maine, sans autre compagnie que celle de ma chienne.

Et je ne veux pas qu'il parte.

Ou alors, il faut que je parte avec lui. Mais je sais que ce n'est pas réaliste. C'est impossible. Et il pourrait même ne pas le vouloir.

Comme je ne réponds pas à ses derniers mots, il insiste :

— Tu peux parler librement, Grace. S'il te plaît... dis-moi ce que tu penses.

Non, je n'avouerai pas mes toutes dernières réflexions, mais je meurs d'envie de connaître enfin la réponse à la question qui me taraude...

— Nick, je dois te demander quelque chose... hésité-je, et ma voix se brise, car je me demande s'il va me répondre ouvertement et franchement.

Du bout des doigts, il écarte mes cheveux ébouriffés de mon visage.

— Quoi ?

— Comment as-tu fini ici et pourquoi ? C'est quoi, ton histoire ?

# Chapitre Onze

## Nick

J'aurais dû savoir qu'elle me le demanderait. Il fallait s'y attendre. Mais mon humeur tranquille et satisfaite m'a amené à baisser ma garde. Ce n'est pas très courant.

Cependant, la compagnie de Grace m'a permis d'oublier pendant un petit moment. Quand j'ai planifié cette rencontre, j'avais espéré qu'elle serait prête à m'accueillir dans son lit.

Elle l'était.

J'avais espéré qu'elle serait prête à jouer à mes jeux. Pour me donner ce dont j'avais besoin.

Elle l'était.

J'avais espéré qu'elle serait assez sensuelle et sexuelle pour être ouverte d'esprit.

Elle l'était.

Elle l'est.

Elle a largement dépassé mes espérances. Et maintenant, repartir vendredi pourrait se révéler difficile.

C'est une éventualité à laquelle je ne m'attendais pas. Pas du tout.

Nous n'avons passé que quelques heures ensemble, mais j'ai l'impression que c'est une éternité. Et pas dans le mauvais sens du terme.

Je sens ce mal que je n'arrivais pas à chasser depuis si long-temps me quitter enfin, ce vide qui se comble peu à peu à mesure que nous passons du temps ensemble.

Je ne m'attendais pas à partir d'ici après cette semaine et à laisser quoi que ce soit derrière moi. Mais ce que je vais peut-être laisser derrière moi, c'est une partie de moi. Cette nouvelle partie. La partie qui est en train de grandir et de s'épanouir en une chose que je n'aurais jamais imaginée.

Mais ce n'est pas comme si je pouvais rester ici. Je ne peux pas. Ma vie m'attend toujours à la maison. Il y a trop de détails à régler d'abord. De ponts à franchir ou à couper.

Clairement, je suis fou d'envisager seulement de revenir ici encore une fois.

Quoi qu'il en soit, je ne peux imaginer ne pas revoir Grace. Je le sais maintenant. Je dois donc répondre à sa question honnêtement et aussi complètement que possible.

— J'ai besoin que tu écoutes et que tu ne poses pas de ques-tions. Au moins jusqu'à ce que j'aie fini. Tu peux me le promettre ?

Ses yeux s'écarquillent légèrement, mais elle murmure :

— Oui.

Je prends une longue inspiration, tremblante, et je commence.

— Je travaillais tard un soir...

Je devais passer les prendre pour aller au spectacle de danse de ma fille. J'ai pris soin d'effacer toutes les réunions de mon agenda pour ne pas être en retard. Mais, putain, à la dernière minute, j'ai été retenu au bureau. J'étais décidé à ne pas rater le spectacle, mais j'ai dit à ma femme d'y aller sans moi. Je devais me rendre directement à l'école et les y retrouver.

Je suis arrivé avec dix minutes d'avance, mais je ne les ai pas trouvées. Personne ne les avait vues. Elles n'étaient jamais arri-vées. J'ai même demandé autour de moi parce que je commen-çais à paniquer. La professeure de danse m'a même demandé où elles étaient. Plus que cinq minutes avant que ma fille ne monte sur scène.

Ma femme ne répondait ni à mes appels ni à mes messages.

J'ai compris avec effroi que quelque chose de grave s'était produit.

J'ai décidé de rebrousser chemin. Je suis retourné vers la maison, en prenant la route que ma femme aurait empruntée. À seulement six rues de la maison, je...

Je ferme les yeux, car je n'oublierai jamais ce que j'ai vu. Cette scène horrible à l'intersection. Les lumières étaient aveuglantes, les sirènes assourdissantes. Et le conducteur du semi-remorque, dont le système de freinage avait lâché et qui les avait percutées, était assis sur le trottoir, la tête entre les mains, tandis qu'il répondait aux questions des policiers sur place.

Putain de merde. Je le savais... Je le savais...

J'ai failli vomir en me traînant hors de ma voiture. Je me suis forcé à courir, même si mes jambes étaient lourdes comme du plomb. Je reconnaissais à peine la voiture, mais je savais...

J'ai tout perdu.

Il ne me restait plus rien.

Si seulement j'étais passé les prendre, quelques secondes auraient pu empêcher la catastrophe.

J'aurais encore ma famille. Ma femme. Ma petite fille.

— C'est pourquoi, chaque année, à la date anniversaire, je viens ici pour oublier, pour m'éloigner de tout ça. Mon putain de travail qui m'a mis en retard. Ma famille. Sa famille. Chaque année, c'est un peu plus facile. Mais je n'oublierai jamais. Cette scène est gravée dans mon esprit. La colère s'atténue, tout comme la douleur. C'est plus supportable maintenant.

J'arrête de parler un instant, je me concentre sur la cabine, sur Grace. Sur l'ici et le maintenant.

— J'ai trouvé cet endroit de la manière la moins orthodoxe qui soit. J'ai fermé les yeux et posé un doigt sur un point de la carte. Et je t'ai trouvée, Grace. Le destin a trouvé ce dont j'avais besoin pour guérir.

Lorsque je la regarde pour voir sa réaction à mes paroles, à ma confession en quelque sorte, elle ne se concentre pas du tout sur moi. Ses yeux sont fermés et je me demande si elle m'écoute, si elle entend ce que je dis, si elle comprend ce que je dis. Comprend-elle le sens de mes paroles ?

— J'ai failli ne pas revenir cette année. Mais quelque chose m'a poussé à le faire, Grace, murmuré-je.

J'ai besoin qu'elle me regarde, alors je lui saisis la mâchoire et elle ouvre les yeux, brillants de larmes non versées.

— Grace, c'est toi qui m'as attiré ici. Je ne sais pas comment, je ne sais pas pourquoi. Je ne vais pas me poser de questions parce que je ne le comprendrais pas.

— J'espérais seulement que tu reviendrais pour que je puisse m'envoyer en l'air, répond-elle doucement, le regard amusé, chassant les larmes.

Je ris. Elle m'a fait rire plus que je ne l'avais fait depuis des années.

— Je sais. Je t'ai donné ce dont tu avais besoin, n'est-ce pas ?

Elle m'adresse un large sourire et s'essuie les yeux.

— Oh oui, et même un peu plus. Je t'ai donné ce dont tu avais besoin aussi ?

— Absolument. Et je t'en serai toujours reconnaissant. Je me sens à nouveau entier. Ça faisait longtemps.

J'embrasse délicatement son front, le bout de son nez, puis ses lèvres. Lorsqu'elle les écarte, j'approfondis le baiser, explorant doucement sa bouche, taquinant sa langue.

Je ressens la même attirance que celle qui m'a poussé à venir ici cette année, mais maintenant elle se manifeste par une envie de la serrer plus fort, et que nos corps s'emmêlent comme nos langues, s'emboîtant parfaitement l'un dans l'autre.

Alors que ses tétons se resserrent, durcissent, se pressent contre mon torse, je durcis aussi, prêt à la prendre une fois de plus, à la faire mienne.

Même si je ne veux pas penser à la fin de cette semaine, j'ai

besoin de savoir quelque chose avant que nous ne soyons décon-
centrés :

— Quand je partirai vendredi, je veux que tu m'attendes.
Tu veux bien ?

Ses sourcils se haussent de surprise.

— Toute une année ?

— Non, dis-je en secouant la tête.

Non, parce que je ne peux pas attendre un an non plus.

— Un mois. Je serai de retour dans un mois. Et on verra où
ça nous mène, où on doit aller. Tu accepterais ?

— Oui.

— Personne d'autre, Grace. Promets-moi. J'ai besoin de
l'entendre.

Pour ma propre santé mentale, j'ai besoin de l'entendre.
Maintenant que je l'ai, je ne la laisserai pas partir.

— Je le promets.

Le soulagement que je ressens est écrasant et me réchauffe
l'intérieur. Je glisse mes doigts dans ses cheveux et serre le poing,
avant de me rapprocher et de murmurer contre ses lèvres :

— Moi aussi, je te le promets.

Ses lèvres se courbent contre les miennes.

Je pense que je vais la laisser choisir comment nous allons
jouer cette fois-ci...

# Une novella obsédée

Ce n'est pas qu'une histoire d'amour,
c'est une obsession...

Édition française

# LOVING HER

USA Today Bestselling Author

# JEANNE ST. JAMES

# Chapitre 1



**Noah**

JE L'AIME DEPUIS TOUJOURS. Du moins, aussi loin que je me souvienne, c'est-à-dire depuis qu'elle était en maternelle et moi, en CP. Je la pourchassais dans la cour et autour du gymnase, tentant de l'attraper et de l'embrasser.

Quand j'y parvenais, elle serrait ses petits doigts en poing, me donnait un bon coup dans le ventre, puis courait tout raconter à sa mère.

Oui, j'étais nul avec les filles.

Et apparemment, je n'ai pas fait bonne impression. Car aujourd'hui, à 30 ans, elle m'évite toujours.

Même si elle ne peut pas aller bien loin pour le moment puisque je suis le témoin de mariage de son frère et qu'elle est demoiselle d'honneur.

Laissez-moi vous dire que je déteste les mariages.

Je les déteste encore plus quand je suis obligé de me tenir

face à elle et que je n'ai pas le droit de la toucher, de glisser mes doigts dans ses longs cheveux noirs et de faire couler mes lèvres le long de son cou délicat.

Le seul moment où je peux la toucher, c'est lorsque je remonte l'allée à ses côtés. Je l'ai fait deux fois jusqu'à présent. Mais elle refuse de croiser mon regard, elle est crispée à mon bras et ne m'a pas adressé deux mots. Et maintenant, je suis là, immobile, tandis que l'organisateur du mariage radote sur notre rôle pour la cérémonie de demain.

J'en ai marre, j'ai envie de bâiller.

Écoutez, madame l'organisatrice de mariage, c'est facile. On met un pied devant l'autre, on remonte (sans trébucher) l'allée centrale (aucun risque de se perdre tant qu'on reste entre les rangées de bancs et qu'on vise l'autel), puis on se met sur le côté (on ne se cure pas le nez, on ne se gratte pas le cul, on n'ajuste pas ses bijoux de famille).

C'est simple.

Oh, et il ne faut pas tomber dans les pommes. Sinon, la vidéo deviendra virale sur le net.

Encore une chose... les alliances. Je ne dois surtout pas oublier de les ranger dans la poche de mon costume.

J'ai compris.

Un autre bâillement m'échappe.

Ce n'est pas comme si je n'étais pas heureux pour mon pote, qui va se marier avec une femme formidable (même si elle n'est pas aussi éblouissante que la sœur du marié) qui le rend heureux, mais je ne suis pas ravi de participer à toute cette histoire. Mais je le soutiens. Et j'aimerais bien connaître bibliquement sa sœur.

Encore une fois. Mais dans de meilleures circonstances.

Nous avons perdu notre virginité ensemble à dix-sept ans dans l'abri de piscine de ses parents. J'étais amoureux d'elle à l'époque, aussi. Elle, de moi ? Pas franchement.

Et pendant ces quarante-cinq secondes de bonheur, je suis

tombé encore plus amoureux d'elle. Je ne crois pas qu'elle ait trouvé ce moment si extatique. En fait, elle est sortie en pleurant après avoir rabaissé sa belle robe d'été jaune.

J'étais dévasté, et mon ego de dix-sept ans en a pris un sacré coup.

Je l'admets, j'avais beaucoup à apprendre.

Toutefois, je devais tout apprendre ailleurs, puisqu'elle n'était plus partante. En fait, elle m'évitait (comme lors de cette répétition).

Mais j'ai appris. J'étais déterminé à m'améliorer, à ne pas la faire pleurer lors de notre prochaine fois. Malheureusement, il n'y a jamais eu de prochaine fois.

Finalement, Mme Callahan, au bout de la rue, a eu la gentillesse de me prendre sous son aile. Elle m'a appris les secrets et les ficelles des femmes. Du plaisir. À découvrir ce que je voulais et ce que je voulais donner en retour.

Mme Callahan.

Oui.

Elle me demandait de l'appeler comme ça aussi. Et c'est ce que je faisais (quand je ne l'appelais pas Maîtresse).

J'ai appris.

Je me suis perfectionné.

J'ai rêvé au jour où j'aurais une autre chance avec l'amour de ma vie.

Maintenant, nous sommes là, l'un en face de l'autre. Mes yeux rivés sur elle. Ses yeux posés sur tout sauf sur moi.

Je la veux.

J'ai besoin d'elle.

Encore aujourd'hui.

Même après toutes ces années.

Face à elle, je suis hypnotisé par sa beauté inoubliable et stupéfiante.

Je l'aime.

Mais je ne peux pas l'avoir.

Et ça, ça fait vraiment chier.

---

*Bree*

AU DÎNER, je l'observe par-dessus mon verre de vin. Mes yeux se plissent lorsqu'il se penche pour dire quelque chose à voix basse à l'oreille d'une des demoiselles d'honneur. La seule aux gros seins qui s'est assurée de s'asseoir à côté de lui. Elle rejette sa petite tête blonde en arrière et pouffe de rire. Il sourit en réponse, ses yeux verts dorés pétillent. Ils partagent un secret. Apparemment, un secret très drôle.

Elle peut rire avec lui tant qu'elle veut, mais elle doit savoir qu'il est à moi.

Il est à moi depuis que nous avons perdu notre virginité ensemble, il y a des années.

Peut-être qu'il ne l'a pas compris à l'époque. Il ne le comprend pas aujourd'hui.

Peut-être, juste peut-être qu'il a besoin d'une leçon.

Différente de celle que cette pute de Mme Callahan lui a apprise.

Oui, je sais tout sur Mme Callahan et Noah.

Et ce qu'elle a fait à *mon* Noah.

Quelques jours après notre première fois, je l'ai suivi. Je voulais le rattraper pour m'excuser de m'être enfuie en pleurant après qu'il m'avait déflorée. J'ai même crié son nom, mais il ne m'a pas entendue. Ou peut-être m'ignorait-il. Probablement parce que je l'avais déçu ce jour-là dans la remise et qu'il ne voulait plus rien avoir à faire avec moi.

Puis il est allé chez *elle*. J'ai regardé - choquée - la porte s'ouvrir et Noah se faire entraîner à l'intérieur. Il venait d'avoir dix-huit ans. Il avait tout juste l'âge légal. Cette salope avait déjà une centaine d'années à l'époque.

D'accord, probablement le même âge que nous aujourd'hui. Mais à l'époque, elle aurait tout aussi bien pu avoir un siècle.

Elle a ouvert la porte en nuisette sexy presque transparente. J'aurais tué pour avoir la même (et la remplir comme elle). Ses yeux se sont levés sur moi et je me suis figée. Elle a lancé un sourire carnassier à Noah, lui a attrapé le bras et l'a tiré dans la maison. Puis elle m'a adressé le même sourire en fermant la porte derrière lui.

J'ai fini par le suivre plus d'une fois. Plus de deux fois.

Je suis gênée d'admettre combien de fois c'est arrivé.

Mais ce qu'il a appris, je l'ai appris aussi. Je les ai observés.

Et un jour, alors que j'étais cachée, je l'ai vu.

Elle tenait la ceinture de son mari. Et elle l'a fouetté avec alors qu'il était à genoux, la tête contre le matelas.

Je l'ai vu tressaillir à chaque assaut, ses fesses devenir plus rouges à chaque coup. Et elle n'était pas douce. Non. Elle le frappait fort, souvent, mais je ne pouvais pas savoir s'il réagissait. S'il criait, s'il lui demandait d'arrêter.

En tout cas, je n'ai jamais eu cette impression.

Il aurait pu s'échapper, s'enfuir. Il n'était aucunement attaché, il n'était pas retenu. Il se mettait de son plein gré en position et, d'après ce que je pouvais voir, ses yeux traduisaient son excitation.

Un sourire ourlait les lèvres de cette sorcière pendant qu'elle le frappait.

J'ai eu peur en la voyant faire.

Pas pour lui.

Non.

Pour moi.

Parce que j'ai réalisé que ce qu'elle lui donnait, ce qu'il acceptait volontiers, provoquait une réaction en moi. Ces gestes allumaient un feu dans mon ventre, me donnaient la chair de poule sur tout le corps, me crispaient les tétons, me rendaient poisseuse entre les cuisses.

Ce que faisait Mme Callahan aurait dû me perturber. Or, ce n'était pas le cas.

J'étais excitée.

Je voulais échanger ma place avec elle.

Maintenant, non seulement je voulais Noah, mais je voulais lui faire des trucs auxquels je n'aurais jamais pensé.

# Chapitre 2

*Noah*

Lorsque nous avions quinze ans, Bree et moi nous sommes embrassés pour la première fois (enfin, la première fois sans que je reçoive un coup de poing dans le ventre) lors d'une partie de Fais tourner la bouteille à une fête à laquelle elle s'était invitée avec quelques amis. Notre baiser a été rapide, humide et chaud. Absolument parfait, putain.

Quand son tour est revenu, j'ai été atterré de voir la bouteille tournoyer jusqu'à s'arrêter devant Donnie Carson. Leur baiser a duré beaucoup plus longtemps que de coutume, alors disons que j'ai été soulagé quand elle l'a finalement repoussé avec une grimace, avant de s'essuyer les lèvres avec le dos de la main.

Mon soulagement était double. D'abord parce que je craignais de devoir lui botter le cul à lui (ce qui aurait gâché la fête) et ensuite parce qu'elle n'avait pas fait cette grimace en m'embrassant (j'espérais donc être plus doué).

Comme deux des garçons avaient volé de l'alcool à leurs parents, nous avons mélangé de la vodka avec du Tang. Quand l'horloge a sonné 22 heures, nous étions presque complètement ivres et le jeu de la bouteille s'était transformé en Sept minutes au paradis. Nous n'étions plus qu'une poignée, assis là en cercle, alors j'avais de bonnes chances.

Quand Bree a fait tourner la bouteille, j'ai retenu mon souffle, parce que si la bouteille s'arrêtait sur quelqu'un d'autre que moi, ça allait poser un problème.

C'était déjà assez pénible de la voir embrasser d'autres garçons (et d'autres filles), mais la savoir enfermée dans un placard sombre avec quelqu'un d'autre que moi pendant sept minutes... c'était un putain de grand *NON* majuscule. Je ne le supporterais pas. Non, impossible.

Est-ce que la bouteille s'est arrêtée devant moi ? Non, putain. Le hasard ne m'a pas souri. En revanche, elle a pointé Mary Jane Pavlovich. J'ai regardé avec fascination leurs yeux s'écarquiller, elles ont gloussé, puis MJ a attrapé la main de Bree et l'a entraînée dans le placard, en claquant la porte-derrières elles.

Je n'ai aucune idée de ce qu'elles ont bien pu faire là-dedans, mais on a eu droit à beaucoup de rires entrecoupés de longs silences.

*Oh ouiiiiiii.* C'est ce qu'on appelle les fantasmes d'un adolescent. Juste devant moi.

Lorsque quelqu'un a finalement réussi à ouvrir la porte, leurs cheveux étaient ébouriffés et elles arboraient toutes les deux un sourire rêveur.

Aujourd'hui, alors que je m'approche d'elle au bar de l'hôtel, je sais que, quoi qu'il arrive, je veux revoir ce sourire empreint de mélancolie sur son visage.

Et j'ai bien l'intention d'y parvenir.

J'en ai assez de lui tourner autour, de ce petit jeu où elle refuse de me regarder, d'admettre même que j'existe.

Non. J'en ai marre, ça suffit.

Il est temps de passer à la vitesse supérieure.

———

## *Bree*

Je reprends une gorgée de mon Merlot et j'adresse un sourire poli, mais distant à l'homme éméché assis à côté de moi au bar. Il me rebat les oreilles depuis cinq minutes et je dois me décaler parce qu'il commence à se pencher vers moi et je sais très bien ce qui va suivre. Une main sur la cuisse. Un frôlement « accidentel » de mes seins. En plus, je dois rentrer chez moi avant de trop boire (comme dans son cas) et de ne plus être capable de conduire.

Ce ne serait pas une bonne idée. En revanche, ce serait l'excuse parfaite pour aller frapper à la porte de Noah et me réfugier dans sa chambre. Je sais qu'il loge ici parce qu'il a pris l'avion depuis une autre ville…

Une main se pose sur mon épaule, interrompant mes réflexions, et je me dis d'abord qu'il s'agit de l'abruti bourré d'à côté. Puis je me rends compte que non, car ses yeux vitreux sont rivés sur une personne debout derrière moi.

Une main me serre l'épaule et mes yeux s'écarquillent lorsqu'une voix masculine grave, putain, tellement grave, me murmure à l'oreille :

— Tu as besoin d'une excuse pour t'enfuir ?

Sans même me retourner, je sais de qui il s'agit. Noah. Son prénom résonne dans mon esprit.

Il. Était. Temps. Putain.

J'acquiesce, les battements de mon cœur se répercutent dans tout mon corps et déferlent en mon centre, où ils se transforment en un tout autre genre de palpitations.

Je repousse mon verre de vin et pivote sur mon siège. Il a l'air si exquis que j'en ai le souffle coupé.

Une mèche de ses cheveux blond cendré (et trop longs) retombe sur son front et j'ai envie de la balayer sur le côté du bout des doigts. Comme il est tard, une barbe naissante lui barre la mâchoire. Elle lui va bien. Si cela ne tenait qu'à moi, il ne se raserait plus jamais (tailler, oui, raser, non).

À l'église (et à nouveau au dîner), il m'a fallu résister à l'envie de le fixer, et me forcer à détourner les yeux. Sinon, j'aurais sans doute été capable de l'allonger dans l'allée centrale de l'église et de baiser sur le sol en marbre jusqu'à ce qu'il en oublie son nom. Soit dit en passant, ce serait *après* avoir chevauché son visage.

Je pense que Jésus (cloué sur une croix au-dessus de l'autel) aurait vu cela d'un mauvais œil.

Sans parler de mon frère Rob et de sa fiancée Barb. Même si cela aurait pu mettre un peu de piquant à la répétition.

Voire de piment.

Il m'attrape le coude et se penche à nouveau vers moi.

— Un dernier verre ?

— Bien sûr, dis-je, parce que je ne suis pas idiote.

Et j'en ai assez du jeu du « faisons comme si rien ne s'était passé ».

— Chez toi ou chez moi ?

Sa question me fait l'effet d'un électrochoc dans la colonne vertébrale.

J'ai l'impression qu'il ne propose pas une petite discussion sur le bon vieux temps et qu'il a décidé de passer aux choses sérieuses.

Direct. Ça me plaît.

Je suis partante pour ce nouveau jeu.

Pour autant, je dois réfléchir à sa question. Son « chez lui » est une chambre d'hôtel à l'étage. Un avantage : c'est tout proche et pratique.

Plusieurs inconvénients : elle se trouve dans un hôtel bondé, je n'ai aucune de mes affaires avec moi et notre dernier verre sera limité par le contenu du minibar, lequel n'est sans doute pas extraordinaire et probablement du bas de gamme.

D'un autre côté, mon appartement n'est qu'à une dizaine de minutes d'ici, il est bien approvisionné en alcool de base (mais de qualité), il est privatif et j'aurai mes propres affaires.

Et par « affaires », je veux dire mes jouets.

Que j'aimerais présenter à Noah. Et, il va sans dire, j'attends cette occasion depuis fort longtemps.

Mes genoux se dérobent un instant et ses doigts s'enfoncent dans mon bras pour me soutenir.

— Ça va ? me demande-t-il doucement.

— Oui, dis-je tout aussi bas.

L'amour de ma vie me guide hors du bar... Et je suis ravie qu'il me donne une seconde chance.

— Alors ?

Alors ? Oh, oui.

— Chez moi.

C'est sûr.

— C'est près d'ici ?

— Oui.

— Je te suis dans ma voiture de location.

— Oui, répété-je, parce qu'apparemment c'est le seul mot que je puisse prononcer tellement je suis excitée et impatiente.

Sans parler du fait que mon cerveau n'est concentré que sur une seule chose...

Noah avec une barbe naissante.

Mon corps tremble tandis qu'il me conduit à travers le hall et jusqu'au parking, ses doigts serrés autour de mon bras comme s'il craignait que je ne m'enfuie. Il me demande où je suis garée et je me contente de pointer du doigt mon véhicule parce que mon cerveau bouillonne de ce que j'ai envie de lui faire et de comment j'ai envie de le faire.

Sur le trajet du retour, je n'arrête pas de surveiller mon rétroviseur pour m'assurer de ne pas le perdre. Sinon, je vais devoir opérer un demi-tour et le retrouver.

Cette fois, il ne me glissera pas entre les doigts. Même si je dois l'attacher... et avec plaisir.

Il ne s'est pas perdu. Il n'a pas changé de direction. Il m'a suivie de près et s'est garé derrière moi dans mon allée.

Et maintenant, alors que je lui tends son whisky-glace, je l'étudie. Cette fois, je ne cache pas mon intérêt. Je ressens un tiraillement entre mes cuisses et une bouffée de chaleur lorsqu'il constate que je le reluque.

Il est plus grand aujourd'hui. Il a bien vieilli. Ses épaules sont larges sous sa chemise blanche. Le col est ouvert et laisse entrevoir un maillot de corps blanc. Il est bien taillé, c'est sûr, mais à quel point... impossible à dire tant que je ne l'ai pas vu nu ! Son torse semble svelte, jusqu'aux hanches. Ses cuisses remplissent son jean et ce que j'ai vu de ses fesses est très joli aussi. Il n'a ni bourrelets ni ventre de buveur de bière, et ses jambes sont plus longues que dans mon souvenir. Ses longs cheveux blonds sont plus foncés que lorsqu'il était adolescent. Malgré tout, il reste quelques mèches claires, comme s'il passait pas mal de temps au soleil. Peut-être fait-il encore de la course à pied comme lorsqu'il pratiquait le cross-country.

Quoi qu'il en soit, il a définitivement changé depuis la dernière fois que je l'ai vu, avant que nous ne partions tous les deux pour l'université.

Il ne baisse pas les yeux lorsque les miens reviennent sur son visage. Non, il affronte mon regard directement et fermement. Presque comme un défi.

J'aime cette attitude. Je n'aime pas les hommes faibles, et il ne me renvoie aucun signe de douceur. Mais il ne m'offre aucun sourire non plus, pas même un petit en coin. Rien n'indique qu'il aime que je le mate. Et pourtant, c'est le cas. Je le sais parce que la tension dans l'entrejambe de son jean le prouve.

J'aime ça aussi.

Réactif. Enthousiaste.

J'incline légèrement la tête tandis qu'il porte le verre à ses lèvres et avale une bonne gorgée de ce whisky hors de prix. C'est si doux qu'il ne grimace même pas lorsque le liquide coule dans sa gorge. Mon regard passe de ses yeux à ses longs doigts enroulés autour de son verre.

Des doigts pour lesquels j'ai des projets. Mes tétons se hérissent d'impatience, mon souffle accélère sous l'effet du désir.

Il baisse lentement son verre.

— Bree…

Mon cerveau enregistre à peine ses paroles.

— Hmm ?

— Je suis désolé.

— Pour quoi ? murmuré-je, toujours distraite par la beauté de cet homme.

Je le trouvais déjà impressionnant lorsque nous étions adolescents, mais il l'est devenu encore plus avec l'âge.

Il pince brièvement les lèvres avant de répondre :

— D'avoir été un idiot maladroit il y a tant d'années.

*Moi aussi.*

— On était jeunes, balayé-je, comme si c'était du passé et que le passé n'avait pas d'importance.

Pourtant, il en a. Le passé définit qui nous sommes aujourd'hui. Qui je suis maintenant. Qui il est, lui.

— Je sais, mais je t'ai fait pleurer.

*Quoi ? Non.*

Ses mots me sortent de ma rêverie. Je cligne des yeux, laissant la réalité m'envahir.

C'est Noah, là, dans mon salon.

Noah.

— Tu pensais que… rétorqué-je en secouant la tête. Je n'ai pas pleuré parce que tu étais un idiot.

C'est tout le contraire. C'était moi l'imbécile, pas lui.

— Tu t'es enfuie…

— Oui, je me suis enfuie parce que je pensais t'avoir déçu. J'étais…

J'hésite. Est-ce que je veux vraiment l'admettre ? Aujourd'hui ?

— J'étais embarrassée.

— Putain, souffle-t-il. Je pensais t'avoir déçue.

— Eh bien...

Moins d'une minute, ce n'est pas dingue, mais inutile de remuer le couteau dans la plaie. Il doit comprendre mon expression, car je suis sûre de n'avoir rien avoué à voix haute.

— Je sais... C'était nul.

Eh bien, puisqu'il l'admet lui-même...

— Oui.

Il se passe une main sur le visage.

— Pour nous deux.

Je hausse une épaule et un petit sourire se dessine sur mes lèvres. C'est plus fort que moi. Nous avons été jeunes et inexpérimentés. Mais tout le monde a été dans cette situation à un moment donné, non ?

— Je te promets que je ne suis plus comme ça maintenant.

Je ne le sais que trop bien. Mais ce n'est pas le bon moment pour l'avouer. Parce qu'alors, il saura que je connais son secret. Et je devrais lui révéler le mien.

Plus tard.

— Pourquoi es-tu ici, Noah ?

— Parce que tu m'as invité chez toi.

— Non, je ne t'ai pas invité.

Perplexe, il fronce légèrement les sourcils.

— Non ?

— Non, tu as fait une suggestion.

Soudain, un éclair de compréhension traverse son visage.

— Ah, oui, « chez toi ou chez moi ».

— Oui, mais pourquoi ?

— Pourquoi pas ?

— Noah, le réprimandé-je doucement.

Ses doigts se resserrent autour de son verre et il le soulève à nouveau, avale le fond de whisky, puis fixe le verre vide. Il fait tournoyer les glaçons, puis son regard croise le mien. Confiant, mais avec une pointe de colère.

— Je ne pouvais pas regarder un autre homme te toucher.

*Ah, comme Mme Callahan t'a touché. Je l'ai supporté, moi.*

— L'homme au bar ?

— Oui.

— Il ne m'a pas touchée.

— Il voulait le faire.

— Peut-être.

— Il n'y a aucun peut-être.

Je penche la tête en signe d'interrogation.

— Pourquoi t'en soucies-tu ?

Son regard se pose à nouveau sur son verre et sa mâchoire assombrie par la barbe naissante se crispe.

— Parce que tu es à moi.

Il se détourne et pose le verre sur le buffet.

Juste comme ça. Je suis *à lui*.

Merde.

Mes genoux flanchent sous l'effet de sa déclaration et je masque mon air surpris avant qu'il ne se tourne à nouveau vers moi.

Je garde une voix égale et je demande :

— Depuis quand ?

Un petit bruit lui échappe. De l'impatience ?

— Tu sais très bien depuis quand.

Non, la colère qui se dégage de ses mots est sans équivoque. Il sait que je joue avec lui pour essayer d'extirper ce qu'il y a au plus profond de lui.

— Dis-moi, exigé-je, mais avec douceur.

— Depuis toujours.

J'aspire une bouffée d'air.

— Depuis toujours, ça fait longtemps.

— Oui, confirme-t-il en penchant la tête, les yeux plissés. Pourquoi joues-tu à ce jeu, Bree ?

— Ce n'est pas un jeu.

Pas exactement.

— Qu'est-ce que c'est ?

— Je veux juste m'assurer que c'est ce que tu veux.

— Je te veux.

— Comment me veux-tu ?

— De toutes les façons possibles.

Je résiste à l'envie de lui demander pourquoi. Pourquoi moi ? Pourquoi avant ? Pourquoi maintenant ? Pourquoi toute notre vie avons-nous exécuté cette chorégraphie qui ne nous a jamais rapprochés, mais qui nous a au contraire éloignés ? Tout a commencé avant même que nous ne puissions le comprendre. Nous avons toujours été attirés l'un par l'autre. De toute évidence, nous le sommes encore.

— Si je te demande de te mettre à genoux, tu le feras ?

Il ne veut pas que je joue à des jeux, alors je ne le ferai pas.

Une expression indéchiffrable traverse son visage et ses yeux s'assombrissent. Mais il prend le temps de répondre, de soupeser ma question.

— Oui.

— Tu ferais tout ce que je te demande ?

Il souffle.

— Sais-tu seulement ce que tu fais ?

Bien sûr, il ignore que je le sais parfaitement. Il ne peut pas savoir que j'ai aiguisé mes propres compétences au fil des ans avec certains des meilleurs. Non seulement dans l'espoir de saisir un jour cette chance qui s'offre à moi, mais aussi parce que j'en avais besoin pour moi aussi.

— Oui.

Je me lèche les lèvres parce que j'ai hâte de savourer sa peau. Son regard remonte de ma bouche à mes yeux.

— Comment sais-tu ce que je veux ?

— Je ne te demande pas ce que tu veux. Je te demande si tu feras ce que je te demande. C'est simple.

— Pas si simple.

— Ça peut l'être, réponds-je.

— Si je l'autorise.

— L'autoriseras-tu ? demandé-je, en essayant de ne pas laisser transparaître l'espoir dans ma question.

Il hésite.

— Putain, Bree, murmure-t-il en secouant la tête. Qu'est-il arrivé à la fille qui portait des robes d'été jaunes ?

Bonne question.

— Elle a grandi.

Un sourire se dessine enfin au coin de ses lèvres.

— En effet, acquiesce-t-il.

— Tu aimes ce qu'elle est devenue ?

Ses yeux se posent sur moi, et mon corps se met à frémir.

Je sais ce qu'il regarde. Moi aussi, j'ai changé au fil des ans. Mes courbes sont devenues plus prononcées, mes seins plus lourds, mes cuisses plus souples. Pleines. Féminines. Je ne suis plus une adolescente. Je remplirais une robe d'été jaune bien différemment aujourd'hui.

— J'aime ce qu'elle est devenue.

Je lui adresse aussi un sourire.

— Alors tu feras ce que je te demande.

Ce n'est pas une question parce qu'il est temps d'arrêter de demander et de commencer à annoncer.

— Bree, tu peux me soumettre comme tu le souhaites.

— Soumettre, mais pas briser, lui assuré-je.

Soudain, ses yeux plongent dans les miens et s'y ancrent. Il est désormais baigné dans la clarté. Il comprend ce que j'attends de lui. Il comprend que ce dont il a besoin est aussi ce dont j'ai besoin.

Et j'ai besoin de le toucher.

# Chapitre 3

*Noah*

J'ai la tête qui tourne tandis que je m'assieds sur le canapé. D'abord, parce que j'ai du mal à croire que je suis vraiment dans son salon. Deuxièmement, parce que je sais que tous mes fantasmes au sujet de Bree sont sur le point de se réaliser. Troisièmement, je vais enfin pouvoir me rattraper de l'horrible épisode de la perte de notre virginité. Et quatrièmement, si je la comprends bien (et je suis presque sûr que c'est le cas), elle va bouleverser mon putain d'univers.

Elle m'a dit d'attendre ici. Ma queue est dure et la réclame. Bon sang, ma cage thoracique me fait mal aussi, et je passe la paume sur mon cœur, puis sur mon ventre et jusqu'à l'aine.

Je suppose qu'elle se rafraîchit puisqu'elle a emprunté le couloir avec détermination. Pendant tout ce temps, mes yeux sont restés rivés sur ses fesses galbées dans son pantalon noir. Je ne l'ai même pas encore embrassée et j'en meurs d'envie. J'aurais dû en profiter avant qu'elle ne disparaisse.

En attendant, j'ai besoin de plus d'alcool. Pour me donner du courage, au moins. Je me lève donc et me dirige vers le buffet, attrape la bouteille de whisky japonais et m'en sers deux doigts de plus. Elle s'y connaît en spiritueux. Elle aime la qualité. Sa maison n'est pas immense, mais de taille convenable pour une personne qui vit seule, je suppose.

Je n'ai d'ailleurs pas demandé si elle vivait réellement seule.

Mais le mobilier et la décoration semblent également de qualité. Tout est conçu dans des couleurs primaires. Noirs, rouges, blancs, une touche de jaune par-ci, de bleu par-là.

C'est classe.

Je bois une gorgée de Yamazaki et j'en savoure la douceur. Il me réchauffe les tripes.

Comme Bree.

Au moment où je pense qu'elle m'a oublié, j'entends un cliquetis dans le couloir carrelé. Le son d'une femme en talons hauts ne laisse aucun doute. Et moi qui pensais qu'elle se serait changée et aurait opté pour une tenue plus confortable.

Le verre en suspens à quelques centimètres de mes lèvres, je tourne la tête et...

J'en ai le soufflé coupé.

Putain. De. Bordel. De. Merde.

La fille que j'aime et qui portait des robes d'été jaunes a bel et bien grandi.

Alors qu'elle s'approche de moi, non seulement mes bourses se resserrent, mais mon anus se contracte. Mon cœur rate un battement avant de se mettre à tambouriner frénétiquement.

Bree n'est plus Bree. Non, cette femme devant moi est Brianna.

Et elle est ma nouvelle maîtresse.

Je sais maintenant pourquoi elle m'a demandé si je me mettrais à genoux pour elle.

En la regardant avancer, je décide tout de suite qu'elle n'aura même pas besoin de me le demander.

Ses longs cheveux soyeux, presque noirs, sont toujours relevés dans ce chignon serré qu'elle a porté tout l'après-midi et toute la soirée. Pas un cheveu ne dépasse.

Ses yeux sont plus sombres, plus charbonneux. Le maquillage, peut-être. Mais les étincelles dans ses yeux couleur café sont indéniables. Elle est déterminée. Elle n'a pas froid aux yeux.

Ses lèvres sont d'un rouge profond, ses joues sont légèrement colorées. Une bouffée de rouge sous l'effet de l'excitation, peut-être, mais je n'en suis pas sûr.

Mais. Putain. De. Bordel. De. Merde.

Elle porte un corset de cuir noir avec des baleines tout autour de la taille qui poussent ses seins vers le haut et les font saillir des bonnets. La peau pâle de sa poitrine scintille délicatement. Le devant du corset est lacé en croix depuis son décolleté jusqu'en bas, laissant entrevoir un soupçon de peau. La courbe inférieure du corset ne rejoint pas tout à fait la jupe en cuir qu'elle porte. La jupe n'est pas courte, mais elle est moulante, épousant ses hanches et ses cuisses pulpeuses. Elle s'arrête à quelques centimètres au-dessus du genou. Et ces jambes... Elle porte des bas noirs translucides qui les allongent tant que je pense pouvoir les enrouler autour de mes hanches pendant que je la baiserais.

Et ces putains d'escarpins. Bordel. Du cuir noir assorti au reste de sa tenue, et un talon aiguille terriblement haut. Leur hauteur fait ressortir les courbes de ses mollets qui sont absolument délicieuses.

Lorsque mes yeux remontent, je remarque qu'elle tient un objet à la main. J'espère qu'il s'agit d'un fouet, d'une cravache, bref, de quelque chose qu'elle pourrait utiliser pour me corriger. Mais ce n'est pas le cas. C'est un cercle de cuir noir avec une boucle et un anneau en forme de D.

Et là, je comprends ce que c'est.

Un putain de collier. Attachée à l'anneau métallique en forme de D, une fine laisse en cuir est enroulée dans sa main.

Elle va faire de moi son esclave.

Putain. De. Merde.

— À genoux.

Elle le dit doucement, mais fermement. Et il est impossible d'ignorer l'autorité qui se cache derrière ces mots.

J'hésite trop longtemps. Je pense que c'est parce que je ne m'y attends pas. Je n'ai pas été prévenu. Un indice, oui, mais c'est tout.

— Ne m'oblige pas à te le répéter.

Je pose rapidement le verre sur le buffet et m'agenouille, heurtant le carrelage avec un grognement de douleur. Je baisse le menton, mes yeux se posent sur le sol, à la recherche de ses chaussures.

Je ne la défierai pas sur ce terrain. Je meurs d'envie de voir où tout cela va nous mener.

En fait, je *ne vis plus* que pour savoir où ça va me mener parce que je ne peux pas être plus dur qu'en cet instant. En la voyant ainsi vêtue, en l'entendant exiger, je sais que mes fantasmes à son égard n'ont jamais été aussi étoffés, aussi parfaits, aussi colorés.

Elle m'a complètement époustouflé.

— Relève le menton.

Je redresse le visage, mais je garde les yeux rivés sur le sol. Elle se pavane (et cette femme sait se pavaner, putain, avec ces talons) derrière moi et j'entends le tintement métallique de la boucle. Le cuir entoure mon cou et elle le serre jusqu'à ce qu'il soit bien ajusté. Un symbole qui me rappelle que je suis désormais sa propriété. J'entends le clic d'un minuscule cadenas et le duvet de ma nuque se hérisse.

Puis elle recule d'un pas et tire d'un coup sec.

— Debout.

Je me mets sur mes pieds, mais ne me retourne pas. Je garde les yeux baissés et le corps détendu.

Je ne savais pas qu'elle était comme ça.

Elle ne savait pas non plus que je l'étais.

Comment savait-elle que j'accepterais son collier sans résister ? Sans au moins quelques commentaires inquiets ?

Elle ne le savait pas. Elle ne pouvait pas le savoir.

Lorsque Brianna me contourne, je découvre qu'avec ses talons, elle m'arrive au menton et non plus à l'épaule.

Lorsque le collier tressaute contre mon cou, ma queue aussi, et je la suis dans l'obscurité du couloir.

Je ne sais pas à quoi m'attendre. Une chambre à coucher. Une salle de jeux. Mais c'est le fait de ne pas savoir qui fait bouillonner mon sang, mon cœur bat plus vite, mes membres frissonnent.

Tout ce qu'elle pourrait me faire submerge mon esprit, et quand nous arrivons dans sa chambre, je remarque rapidement tout ce qu'il y a à l'intérieur. En particulier, le lit king-size, dans des tons toujours noir, rouge et blanc. Des couleurs vives et audacieuses.

Elle tire sur la laisse et, une fois de plus, je la suis volontiers. Je me dirige désormais vers le centre de la vaste pièce.

— Mets-toi là.

Elle détache la laisse et la jette sur le lit, puis se tourne vers moi.

— Je te repose la question, Noah, es-tu prêt à faire tout ce que je te demande ?

— Oui, et ma voix tremble sous l'effet de l'excitation qui me traverse.

— Tu as un mot de sécurité ?

Je hoche la tête, mais ne réponds pas.

— Noah, dit-elle sur le ton de l'avertissement.

Je souris. J'aime quand elle me réprimande. Ma queue tressaille dans mon jean. Elle se rapproche, suffisamment pour que sa chaleur me brûle. Elle passe les doigts sur mes lèvres, ses yeux suivant le mouvement.

— Noah, dit-elle doucement. Dis-moi ton mot de sécurité.

Elle sait que j'en ai un. Elle me connaît, elle sait ce qu'il y a en moi. Je ne sais pas comment, mais elle le sait.

— Mississippi.

D'un signe de tête, elle accepte et recule. Je ressens la perte de sa chaleur, de sa proximité. Je ne veux pas qu'elle parte.

— Tu connais la marche à suivre, dit-elle en se plaçant derrière moi.

Oui, je connais la marche à suivre. Je sais qu'il faut utiliser ce mot lorsque je suis poussé au-delà de mes limites. Cela ne m'est arrivé qu'une poignée de fois au cours de toutes ces années, quand la situation était devenue très difficile ou incontrôlable, la plupart du temps parce que j'étais avec la mauvaise personne pour la mauvaise raison.

— Déboutonne ta chemise.

Sa voix, rauque, mais ferme, se fait entendre par-dessus mon épaule. Mes doigts trouvent immédiatement les boutons, les repoussant dans leur trou. Je descends jusqu'à la taille et retire la chemise de mon jean jusqu'à ce qu'elle soit ouverte.

Je sens alors ses mains sur moi, traçant le bord du collier en cuir, glissant le long de mon cou, sous ma chemise, sur mes épaules, écartant la chemise de mes bras et me l'enlevant. Tandis que ses paumes remontent mon dos, elle attrape mon maillot de corps et le tire par-dessus ma tête, avant de le jeter au loin.

Ses mains sont de nouveau sur moi, cette fois-ci elle enfonce les ongles dans ma peau et ratisse mon dos. Je me cambre sous la douleur et souffle. Elle n'a pas planté ses ongles assez fort pour marquer ma chair, mais suffisamment pour que je prenne conscience de leur longueur.

Putain. De. Merde.

Moi.

Elle passe la main autour de ma taille pour défaire ma ceinture et ses seins débordants se pressent dans mon dos, ce qui me fait gémir. Je veux que mon visage soit enfoui dans ces seins, je veux que ses tétons soient dans ma bouche. Je veux goûter à sa moiteur avec mes doigts et ma langue. Et enfin, ma verge.

La chaleur me traverse alors que je me demande ce qu'elle porte sous la jupe, si elle porte quoi que ce soit.

Ses doigts jouent avec ma fermeture éclair, avec le bourrelet dur de mon jean. Elle le défait, ouvre la fermeture éclair, puis elle disparaît à nouveau, avant de venir me faire face.

— Enlève tes chaussures.

J'obtempère et les envoie valser dans le coin de sa chambre.

Elle glisse les mains dans la ceinture de mon jean et le baisse en même temps que mon caleçon. Elle se penche en même temps qu'elle le fait descendre sur mes genoux, jusqu'à mes chevilles. Elle se penche et tape sur ma jambe droite, que je lève automatiquement. Elle retire la jambe de mon jean, ma chaussette et mon sous-vêtement d'un côté et répète l'opération avec l'autre jambe.

Lorsque je me tiens devant elle, totalement nu, mon érection oscille dans l'air, perlant de désir et je la contemple, accroupie à mes pieds.

Elle observe mon corps, ses yeux se posent sur mon entre-jambe et elle se lèche les lèvres. Et je ressens cette sensation au plus profond de mes bourses...

En remontant, elle passe la langue le long de ma queue, capturant le liquide du bout des lèvres, puis elle le goûte.

— Splendide, Noah.

Oui, je suis d'accord, ce qu'elle vient de faire est absolument splendide.

— Tu prends soin de toi, murmure-t-elle en se redressant avec un sourire qui me foudroie.

— Oui.

— Ça me fait plaisir.

— Je suis là pour te faire plaisir.

— Je suis heureuse de l'entendre. Maintenant, va vers l'embrasure de la porte.

Je jette un coup d'œil par-dessus mon épaule vers la porte ouverte de sa chambre, et c'est là que je remarque les anneaux dans les coins du chambranle, en haut et en bas. À côté, sur le sol, je vois ce qui ressemble à des menottes en néoprène. Rien de bien méchant puisqu'elles s'attachent avec du Velcro. Un truc utilisé entre personnes consentantes.

Et c'est tout à fait ce que je suis.

## *Brianna*

SON CORPS EST INCROYABLE, toujours celui d'un athlète. Taillé, solide, sculpté. Et tout à moi. Au moins pour ce soir. Mon cœur palpite jusqu'à la gorge tellement je contiens mon excitation, mais je dois rester maîtresse de la situation. Pour moi. Pour lui.

J'ai tellement de choses à lui faire, à faire avec lui, et si peu de temps pour cela. J'ai donc choisi quelques-uns de mes jouets préférés pour m'amuser avec lui. Ceux qui ne risquent pas de déclencher son mot de sécurité, j'en suis sûre.

Alors qu'il se dirige vers la porte comme j'ai demandé, ou plutôt exigé, j'observe le mouvement de ses muscles sous la peau dans la douce lumière de ma chambre. Son cul... les fossettes de ses fesses me mettent l'eau à la bouche. J'ai hâte de sentir la flexion de ces muscles sous mes doigts et mes mollets lorsqu'il s'enfoncera encore et encore en moi.

Mais nous n'en sommes pas encore là. Nous devons d'abord jouer.

Je dois lui donner ce dont il a besoin pour que tout ceci soit extraordinaire. Je dois prendre ce dont j'ai besoin dans l'espoir d'une rédemption.

Quand il atteint le seuil de la porte, j'aboie un ordre.

— Face à moi. Bras et jambes écartés. Touche les coins du chambranle.

Il se retourne, ses cheveux blond foncé retombent sur son front, me rappelant quand nous étions jeunes et si innocents. Je devine la lueur dans ses yeux lorsque je m'approche. Par chance, il est assez grand pour que l'embrasure de la porte lui permette de se placer dans la position que je souhaite. Mais pas trop tout de même, de sorte que je peux aisément atteindre le bout de ses bras levés du haut de mes talons.

Quand il se trouve là où je veux qu'il soit, je murmure :

— Ne bouge pas.

Je récupère les menottes en néoprène et lui attache soigneusement les chevilles, puis je me redresse et lui attache les poignets au-dessus de lui.

— Tire.

Il s'exécute. Les menottes tiennent bon.

— Bien, mon toutou.

Le surnom m'échappe avant que je puisse le retenir, mais je suis ravie de le voir frémir quand je l'appelle ainsi. C'est parfait. Je vais le garder.

Je quitte son corps un instant pour aller chercher deux objets sur la console contre le mur.

Alors que je glisse le large bandeau sur ses yeux, je me demande presque si je ne devrais pas m'en passer. C'est vraiment dommage de couvrir des yeux aussi beaux et expressifs. Peut-être que plus tard, je l'enlèverai. Mais pour l'instant...

— Peux-tu me voir, mon toutou ?

Il expire longuement.

— Non.

— Veux-tu me voir ?

— Oui, souffle-t-il, et sa réponse me fait sourire. Maintenant, commençons...

Je vérifie le moulinet de Wartenberg dans ma paume. C'est l'un de mes jouets préférés. Contrairement aux moulins à vent de notre enfance qui tournent au gré de la brise, ce moulin est réservé aux adultes. Il me rappelle l'éperon d'un cow-boy. Le manche est en métal et vingt pointes acérées en forme d'aiguilles rayonnent autour de la roue. Il pourrait être utilisé à double titre... pour procurer du plaisir ou de la douleur, selon la pression exercée, selon son utilisation.

Mais pour l'instant, je veux que mon toutou soit dur, prêt pour moi quand je serai prête pour lui. Je veux qu'il ait envie de me faire plaisir après que je lui ai fait plaisir.

Donner et prendre. Je donnerai et je prendrai. Il me suivra dans cette aventure.

— Un..., murmuré-je en faisant rouler la roue le long de sa peau, de son bassin à son ventre jusqu'à sa poitrine. Il rentre l'estomac et expire, sa queue tressaille et goutte entre nous.

— Deux...

Je passe légèrement sur son mamelon droit.

— Ah putain, murmure-t-il, la mâchoire serrée.

— Trois...

Je le fais rouler sur son mamelon gauche, sur la pointe très dure, et il tressaille dans ses entraves.

— Bree, souffle-t-il.

J'aime mon prénom sur ses lèvres lorsqu'il est submergé par le plaisir, mon entrejambe en est tout contracté. Je veux le prendre là et le serrer fort, le sentir me remplir et me faire jouir sans réfléchir.

Mais c'est trop tôt. Nous venons à peine de commencer.

Je fais rouler le moulinet le long de la tendre face inférieure de ses bras qui s'étirent devant moi. Je le refais rouler sur son torse, son ventre, en appuyant plus fort cette fois, laissant des marques dans son sillage.

— Oui ? lui demandé-je.

— Oui, gémit-il.

Non pas que je changerais mon plan d'action s'il disait non. Il sait ce qu'il doit dire pour m'arrêter.

Je poursuis mon chemin le long de sa taille, sur ses hanches, le long de ses cuisses, ses muscles se tendent, se crispent, se contractent. Puis derrière ses genoux, le long de ses mollets, autour de ses chevilles. S'il n'était pas ligoté, je passerais sur la plante de ses pieds et le rendrais fou.

Je suis déçue de ne pas pouvoir le faire. Peut-être la prochaine fois.

Je m'agenouille devant lui et fais rouler le disque à l'intérieur de ses cuisses, jusqu'à son entrejambe. Je l'étudie, le moulinet serré entre mes doigts. Il est superbe. Son membre n'est pas plus long que la moyenne, mais sa circonférence est remarquable et ses bourses pendent lourdement, n'attendant que mon contact.

Je ne sais pas si je dois le lui offrir tout de suite, car je me débats avec mes propres pulsions. Et si je leur cède, je ne contrôle plus rien.

Quoi qu'il en soit, je ne veux pas décevoir Noah à nouveau. Ni maintenant, ni jamais.

Je passe mes ongles sur son membre, puis sur le bout et un bruit lui échappe ; mes tétons se transforment en pics encore plus durs. Légèrement, je fais rouler la roulette sur toute sa longueur, frôlant de peu la peau délicate de ses bourses.

— Ah, putain, s'écrie-t-il, son menton retombant sur sa poitrine.

— Tu aimes ça, mon toutou ?

Je le lui demande par courtoisie, mais sans plus.

Il balbutie quelque chose qui ressemble à un oui, mais ce n'est pas un mot tout à fait cohérent. Je souris.

Ce soir, aucun de nous deux ne sera déçu, contrairement à ce qui s'est passé il y a des années. Je ferai en sorte qu'il parte d'ici pleinement satisfait. Je ferai en sorte de l'être tout autant quand il me quittera.

Je passe la molette pointue sur son gland et en fais le tour.

— Tu aimes mon instrument de torture ?

— Pas... de la torture.

Non, clairement, ce n'en est pas.

Je redescends, m'arrêtant une fois de plus avant de toucher cette peau délicate. Peut-être qu'une autre fois, je le testerai à cet endroit. Mais pas ce soir.

Je passe à nouveau mes ongles sur lui, puis je suis le même chemin avec le bout de ma langue, et il gémit bruyamment.

— Encore... supplie-t-il, et sa voix se brise.

Il ne sait pas comment m'appeler. Je vais lui laisser le soin de le découvrir. Ce sera une autre leçon à apprendre.

— Que veux-tu de plus, mon toutou ? La roue, mes ongles ? Ou ma bouche ?

Oh, je ne lui donne pas le choix. Il aura ce que je lui donne et strictement rien d'autre.

— Tout.

Je dois admettre que cette réponse me convient. J'embrasse son scrotum et le compresse légèrement tandis que j'aspire son gland entre mes lèvres, goûtant son fluide salé. Il est délicieux et je savoure son parfum. Son essence sur ma langue me donne encore plus envie de lui. L'humidité entre mes jambes grandit, m'incitant à serrer mes cuisses l'une contre l'autre. Je suis sur le point de jouir et il suffirait de peu.

En fait, c'est ce que je veux faire. Pendant qu'il a les yeux bandés et qu'il est attaché, je veux qu'il m'entende jouir.

Mais je n'en suis pas encore là, j'ai besoin de plus pour atteindre ce point sans qu'il me touche.

Après avoir léché une dernière fois son gland luisant, je me lève et inspecte son torse. Ses petits mamelons sombres se nichent au milieu d'une traînée de poils. Pas très fournis, mais juste ce qu'il faut. Sa peau est bronzée, comme s'il passait beaucoup de temps à l'extérieur, ce qui est logique avec ses cheveux baignés de soleil. Il n'a aucune marque ou cicatrice visible. Pas un seul tatouage.

Il est presque sans défaut. Presque. Parce que parfois, les plus gros se cachent à l'intérieur.

Malgré tout, j'adorerais voir ses tétons percés. S'il devient mon toutou attitré, j'insisterai pour qu'il le fasse.

Je suce l'un de ses tétons et effleure l'autre du bout de l'ongle. Il tressaille contre moi, son torse se soulève, sa respiration se fait saccader. La longue courbe de sa verge se presse entre nous. Ses hanches basculent tandis qu'il la frotte sur le cuir lisse de ma jupe.

Il me fera jouir s'il continue ainsi. Et j'ai besoin de me torturer et de le torturer un peu plus longtemps avant de m'autoriser cette délivrance.

Lorsque je recule, son corps se penche en avant dans l'embrasure de la porte. Soit il a envie de mon contact, soit il est soulagé que je le relâche.

J'espère que c'est la première hypothèse et non la seconde.

J'attrape le jouet suivant sur ma console. Je le scrute de près, me demandant s'il sera à la bonne taille. Il risque même d'être un peu trop serré à cause de sa circonférence. Mais Noah fera avec. Il le supportera, c'est certain.

C'est un jouet qui nous sera utile à tous les deux dans un avenir très proche.

Je me rapproche de lui et m'accroupis, l'enserrant dans ma paume. Je fais glisser l'anneau en silicone sur son gland gonflé et sur toute sa longueur, en passant délicatement ses bourses dans le deuxième anneau. Il se branle déjà dans ma main, mais ne se doute pas de ce qui va suivre.

Et quand je l'allume, son corps se fige, ses lèvres s'entrouvrent :

— Ah, putain, laisse-t-il échapper.

— Tu te plains, mon toutou ?

— Non, souffle-t-il en serrant les dents.

Je lui caresse les cuisses et le cockring n'est alors plus le seul à vibrer. Ses muscles frémissent à mon contact tandis que mon intimité palpite entre mes jambes.

— Alors je suppose qu'il n'est pas trop serré et que tu apprécies cette sensation.

— Putain, oui, lâche-t-il dans un soupir rauque.

— Tu veux me baiser avec ça ?

— Putain... oui. *S'il vous plaît*

Je souris, puis je le prends en bouche.

# Chapitre 4

*Noah*

JE SUIS à deux doigts de perdre la tête lorsqu'elle avale presque complètement ma verge. Entre la chaleur humide de sa bouche et les puissantes vibrations de l'anneau, je pèse davantage sur les menottes qui maintiennent mes poignets suspendus.

Mon corps est devenu le sien et ne m'appartient plus. Et j'ai envie d'enfoncer mes doigts dans ses cheveux et de lui baiser le visage. Mais je ne peux pas.

Elle ne me laisse pas faire.

Et ma détermination n'en est que plus grande.

Je ne veux pas jouir dans sa gorge, je veux jouir en elle. Elle est à moi depuis toujours. Elle ne le sait peut-être pas, mais moi, je le sais. Et j'ai besoin de la proclamer mienne.

Même si j'aime être son toutou et qu'elle sait comment faire réagir mon corps comme il faut, je dois lui montrer que je suis capable de la satisfaire. Je dois rattraper mon erreur passée. Mon inexpérience. La raison pour laquelle je l'ai fait pleurer.

Alors que sa langue caresse le dessous de ma verge et que sa bouche m'entoure, mes genoux faiblissent et je les verrouille pour rester debout. Sinon, je serais suspendu à mes bras, et je sais que ces entraves ne sont pas faites pour ça.

Je ne comprends pas pourquoi elle en possède. Je ne comprends pas pourquoi elle est comme ça. Je ne me plains pas. Putain non. C'est mon fantasme. Et jamais dans mes rêves les plus fous je n'aurais pensé que Bree serait ainsi.

Ça rend ma présence ici avec elle d'autant plus douce. Mais la douceur ne peut pas suffire.

Normalement, un bandeau ne me dérange pas, mais là, je le déteste. Je déteste ne pas pouvoir voir ses lèvres s'étirer autour de moi, ses joues se creuser tandis qu'elle me suce vigoureusement. Ses dents effleurent le bout de ma verge et au lieu de me retirer, je l'enfonce plus profondément dans sa bouche, encourageant le raclement de ses dents sur toute ma longueur.

Putain. De. Merde.

C'est exceptionnel, putain. Mes bourses sont déjà tendues à force d'être enfoncées dans l'anneau serré, mais maintenant elles pulsent, réclamant d'être vidées. Mais je refuse de jouir sans voir son visage. J'ai une envie soudaine d'enfoncer mes doigts dans sa chair, tout en la pilonnant fort, rapidement, en regardant ses lèvres s'écarter, crier mon nom, m'en demander plus, me dire qu'elle va jouir. Pas une fois. Pas deux fois. Mais autant de fois qu'elle l'autorisera.

D'habitude, j'aime ce jeu, ce genre de séances. Mais comme avec le bandeau, je le méprise soudain. Je déteste avoir envie de Bree autrement et pas ainsi.

Je n'arrive pas à m'ôter de la tête l'image qu'elle m'a laissée il y a toutes ces années. Sa robe d'été jaune relevée, exposant ses douces cuisses, les boucles humides entre ses jambes. Elle m'offrait un cadeau qu'elle ne devait donner qu'une seule fois. Une seule fois, et c'était à moi de le recevoir.

C'est à moi qu'elle offrait ce cadeau spécial. À moi.

Et j'ai tout gâché.

J'ai tâtonné. On s'est cogné les dents. J'ai été trop brutal parce que j'étais incapable de contrôler mes pulsions. Mon cerveau ne fonctionnait plus parce que mon corps avait pris le dessus, désirant une unique chose... me libérer. Et il a atteint ce but bien trop rapidement. Je suis allé trop vite en besogne et je l'ai délaissée.

Mon inexpérience, mon empressement juvénile, ont détruit cette précieuse offrande qu'elle voulait que je possède, et que je sois le seul à posséder.

Je l'ai trahie.

Je me suis trahi moi-même.

Et, même si je n'avais jamais imaginé qu'elle me laisserait la toucher à nouveau, me voici ici. Attaché, les yeux bandés. Et, *putain*, je n'ai pas le droit de la toucher.

Je suis incapable de réparer le mal que je lui ai fait toutes ces années auparavant.

Et en temps normal, j'aurais adoré ça. Je m'en délecterais. Mais pas maintenant.

Pas comme ça.

Je déteste ça.

Je veux Bree, pas Brianna.

Une fois que j'aurai Bree, Brianna pourra me faire ce qu'elle veut.

## Brianna

ALORS QUE SON corps se tend sous mes doigts, il pousse un faible gémissement qui me donne la chair de poule.

Ce n'est pas un cri de plaisir, non. C'est un murmure de douleur et de frustration. Je bascule rapidement sur mes talons, le relâchant.

Avant que je puisse comprendre ce qui se passe, ses muscles se contractent, ses mains se crispent et il se libère de ses liens.

Je retombe sur les fesses et le regarde, choquée, arracher son bandeau, les narines dilatées, le visage à l'agonie.

L'ai-je blessé d'une manière ou d'une autre ? Mes gestes me

reviennent à l'esprit. Non, je n'ai rien fait qui lui déplaise. Je n'ai pas raté son mot de sécurité. Je n'aurais jamais continué s'il l'avait dit.

Le velcro se déchire dans un bruit assourdissant tandis qu'il dégage ses chevilles, mais ses yeux sont rivés sur moi. Intenses. Chauds. Presque effrayants.

Putain.

Nous avons à peine commencé. J'ai tellement d'autres projets — le moulinet, mes ongles, mes dents et la fellation sont déjà trop pour lui ?

Impossible.

Avant que je puisse m'éloigner de lui à reculons, il est sur moi, m'attrapant par les bras, me soulevant, me jetant par-dessus son épaule. L'air s'échappe de mes poumons et il m'est impossible de lui crier d'arrêter, de s'expliquer.

Alors qu'il me jette sur le lit, ses doigts accrochent mon chignon et mes cheveux se libèrent, tombant autour de moi. Un *outch* m'échappe au moment où j'atterris sur le dos.

Puis il est sur moi, au-dessus de moi, il me domine.

Ce n'est pas comme ça que cette soirée devait se passer. Mes lèvres s'entrouvrent pour le lui dire, mais mes mots se dissolvent lorsqu'il m'attrape par les chevilles et me fait glisser sur le lit.

— Noah !

Son prénom jaillit enfin de mes lèvres quand je réussis à inspirer. Je tremble, confuse. Il ne dit rien, n'explique rien.

Je n'ai jamais été dominée ainsi auparavant. Je ne prétends pas que je n'aime pas ça, parce que ça ne m'est jamais arrivé.

Il me retourne et dégrafe ma jupe, mais ne la baisse pas. Au contraire, il la desserre juste assez pour pouvoir la remonter autour de ma taille.

Je suis trempée, j'ai du mal à respirer, mes tétons frottent douloureusement contre mon corset.

Il a inversé cette séance, et ce n'est pas le comportement d'un soumis. Pas du tout. Je pensais qu'il était soumis.

Peut-être que je me suis trompée. Peut-être qu'il a changé au fil du temps.

Je sursaute lorsqu'il m'attrape les cheveux, me tire la tête en arrière, me force à arquer la gorge. Puis il est sur moi. Son poids, sa chaleur. Son érection est dure et lourde contre l'intérieur de ma cuisse.

Il approche ses lèvres de mon oreille, sa voix est basse, rauque.

— Je ne sais pas comment, mais tu sais que j'aime ça, que je vis pour ça. Je ne sais pas pourquoi. Je n'en ai rien à foutre pour l'instant. C'est mon moment, et je te laisserai avoir le tien après. Et je te laisserai faire parce que j'en ai besoin. Mais pas tout de suite. Pour l'instant, j'ai besoin de le faire parce que j'ai attendu plus de treize ans pour vivre ça. Cette fois-ci, on le fait à ma façon, et ensuite tu pourras me faire ce que tu dois faire pour tout reconquérir.

Ses mots me font frémir, ils déclenchent un séisme au plus profond de mon âme.

Je ne devrais pas autoriser cela. Je devrais lutter pour reprendre le contrôle. Le punir d'avoir agi de manière inacceptable et inconsidérée.

J'essaie de me retourner pour lui faire face, mais son poids me cloue sur place.

— Laisse-moi me relever, insisté-je.

— Non.

— Noah.

— Non.

— Tu seras puni, l'avertis-je par-dessus mon épaule. Ces mots ne semblent pas assez sévères, même à mes propres oreilles.

— D'accord.

Il ratisse mon cou avec ses dents, puis les enfonce dans mon épaule – je sursaute, puis gémis.

À peine ai-je dégagé mes mains coincées sous mon corps qu'il saisit mes poignets entre ses doigts et les étire au-dessus de ma tête, les maintenant fermement plaqués contre le lit.

— Relâche-moi, répété-je.

— Non.

En toute honnêteté, je suis soulagée qu'il refuse. Je suis surprise de voir à quel point cette situation m'excite. Lui qui me vole le contrôle, qui agit en alpha, qui prend ce qu'il pense être à lui.

Mais peu importe, parce qu'à ce stade, je ne peux pas lui faire comprendre que j'aime ça, car il veut cette bataille.

Parce qu'il veut la gagner.

Je le vois bien. Et je sais aussi comment jouer à ce jeu.

Je me tortille sous lui et il se redresse, enjambant mes cuisses, ramenant mes poignets au creux de mon dos, tout en les tenant fermement.

De sa main libre, il attrape mon string et me l'arrache, mon corps tressaillant sous la force du geste.

Putain de merde. Je suis ruisselante. Mes seins se sont échappés de mon corset à force d'être ballottés et mes tétons frottent maintenant contre le rebord rigide du cuir, les stimulant encore plus, les durcissant encore plus.

Je gémis, remuant de nouveau sous le poids de ses cuisses. Il me claque les fesses et la piqûre me fait crier et me trémousser davantage.

— Noah, soufflé-je.

— Pour l'instant, tu es à moi. Après, je serai à toi. Pas avant.

Putain. Je n'aime pas les hommes dominants, voilà ce que je me suis toujours dit. Mais mon corps me trahit. Je n'aime peut-être pas que les autres agissent de la sorte, mais j'aime ce Noah autoritaire.

Il prend un oreiller à côté de ma tête et le place sous mes hanches, puis me mord la fesse.

*Putain.*

Il glisse le long de mes jambes, sa langue parcourant ma fente. Le matelas tangue et ses genoux sont entre mes cuisses, qu'il écarte brutalement. Puis sa langue est à nouveau là, glissant entre mes fesses, me taquinant jusqu'en bas, goûtant ma moiteur, écartant mes lèvres ardentes et gonflées, plongeant, grignotant, me marquant de ses dents. Il appuie un doigt sur mon clitoris palpitant et je tressaille, incapable de contrôler mes propres réactions.

— Noah, gémis-je à nouveau. Je devrais le décourager, le rappeler à l'ordre.

Mais je n'en ai pas envie.

La tournure que prennent les événements me plaît assez.

Et je n'ai pas encore joui. J'étais si près du but quand je l'avais en bouche. Soudain, je suis de nouveau au bord du gouffre, je vacille.

Il suce avec force mes replis luisants et je sens cette tension jusqu'au plus profond de moi.

— Putain, ces bas, gémit-il entre mes cuisses et mon souffle m'échappe dans un frisson.

Il me suce plus fort, tripote mon clitoris et je perds la boule. Je perds totalement la tête. Mes parois intimes se contractent autour de rien. Ni ses doigts ni son sexe. Je suis vide, mais je palpite encore tandis qu'un orgasme déferle. Et c'est incroyable.

Puis sa main s'enfonce à nouveau dans mes cheveux, tirant ma tête vers l'arrière jusqu'à ce qu'il puisse saisir à la fois ma chevelure et mes poignets d'une seule main. D'un coup de genou, il pousse mes hanches plus haut, plus haut, puis il s'enfonce en moi. Rapidement, durement, ses hanches claquent contre mon cul. Les vibrations de son anneau m'amènent à un nouvel apogée presque immédiatement, puis je bascule à nouveau dans ce vide doux-amer.

Deux fois en quelques secondes. Il n'y aura pas de larmes ce soir, pas de fuite honteuse. Je connais mon corps maintenant ; il connaît clairement le sien.

Il passe un bras sous mes hanches et tire mon cul encore plus haut tandis qu'il s'enfonce plus profondément, me pénétrant plus intensément. Le bruit de nos peaux qui s'entre-choquent se mêle aux mots qu'il marmonne, aux encouragements que je crie.

Je ne lui dis pas d'arrêter, j'exige qu'il me donne plus, tout ce qu'il a. Tout ce qu'il peut être.

Je bascule davantage les hanches alors qu'il me claque à nouveau les fesses et gémit un « putain ».

— Encore, Noah, exigé-je.

Il frappe ma chair avec sa paume une fois de plus, et je crie :

— Oui. Encore.

Il obéit.

— Putain, Bree.

— Encore. Et fais-moi jouir. Maintenant !

Il réussit à répondre à mes deux demandes. Un claquement contre mon cul nu. Un troisième orgasme. Et un revirement complet. Il fait ce que je lui ordonne et il ne se rend même pas compte qu'il a renoncé à tout contrôle.

Il est perdu dans cet instant, dans son plaisir et dans le mien.

Il pense qu'il fait ce qu'il veut. Mais il fait ce que je lui demande.

— Noah, baise-moi.

— Je te baise, semble-t-il dire entre ses dents.

— Tu ne peux pas me faire jouir à nouveau.

— Je peux. Je vais le faire.

J'esquisse un sourire qui disparaît rapidement lorsque mon corps bascule vers l'avant sous la force de sa poussée. Sa main sous ma hanche, qui me maintient en position, glisse entre mes jambes et ses doigts se fraient un chemin dans mon humidité, nous touchant là où nous sommes si intimement liés. Et lorsque son pouce caresse mon clitoris sensible, je me crispe autour de lui, le serrant aussi fort que possible, puis mon corps prend le dessus, pulsant intensément.

— Putain...

Il gémit et son corps s'enroule autour du mien alors qu'il s'enfonce encore une fois et reste là, la base de sa verge palpitant contre ma chair alors qu'il se vide à l'intérieur de moi. L'anneau est poussé si fort contre mon intimité que les vibrations me font basculer une fois de plus.

— Cinq, murmure-t-il dans mon cou.

Cinq putains d'orgasmes en quelques minutes.

Et pas une larme de versée.

Il est fier de lui. Comme il se doit.

Il relâche mes cheveux puis mes poignets et j'enfonce mon front dans le matelas, rassemblant mes forces, aspirant l'air à pleins poumons.

Puis il se décale et les vibrations s'arrêtent, mais il reste profondément en moi. Ses doigts effleurent mes fesses et je suppose que ma peau porte la marque de ses efforts.

— Putain, murmure-t-il, puis il aboie : Putain !

Il se glisse hors de moi et disparaît. Je ressens intensément le manque de lui.

J'essaie de ne pas gémir en me retournant pour voir où il est allé. La lumière de la salle de bain principale est allumée et il est dedans, mais je ne le vois pas, car la porte est presque fermée, quoique pas complètement.

Je me redresse, mes cheveux tombent autour de moi en un épais nuage et je les écarte de mon visage, passe une main tremblante sur mon front humide et caresse la morsure de mon épaule pour en éprouver la douleur.

Il m'a marquée.

Il m'a faite sienne.

Sur mon épaule. Sur mon cul.

Un soumis ne ferait jamais ça.

# Chapitre 5

*Brianna*

Je n'ai pas bougé d'un centimètre quand la lumière s'éteint dans la salle de bains et que la porte s'ouvre.

Noah traverse la pièce d'un pas assuré. Je me dis qu'il revient vers le lit, vers moi. Pour me dire que j'avais tort, qu'il n'est pas un soumis. C'est un véritable alpha, qui prend sa femme, qui la fait sienne.

Mais j'ai le souffle coupé lorsque, sans jamais croiser mon regard, il tombe à genoux au milieu de la pièce, s'agenouille et courbe son corps vers l'avant jusqu'à ce que son front touche le sol.

Il se prosterne, implorant mon pardon.

*Putain de merde.*

Cet homme me demande pardon sans même prononcer un mot.

Maintenant, j'ai envie de pleurer parce que ses actions sont magnifiques et tout simplement stupéfiantes. Il s'offre à moi.

Je me lève, remets ma jupe en place et la ferme, rentre mes seins dans mon corset et renonce à dompter mes cheveux. Je ne parviendrai pas à les remettre en chignon facilement.

Et pour l'instant, j'ai des choses plus importantes à faire.

Comme de m'occuper de mon précieux toutou.

Je me place devant lui, observant ses côtes se déployer et se contracter à chacune de ses respirations. Sa peau semble immaculée, la courbe de son cou délectable alors qu'il se prosterne à mes pieds.

Ce n'est pas l'homme d'il y a quelques minutes.

Je ne sais pas lequel des deux je préfère.

Les deux, peut-être.

— Parle, lui dis-je.

Ses mains se rapprochent jusqu'à ce que le bout de ses doigts touche la pointe de mes escarpins. Je pourrais lui reprocher de m'avoir touchée sans permission. Mais comme c'est à peine un effleurement, je laisse passer.

— Je suis désolé, Maîtresse.

*Maîtresse.*

Certes, c'est logique qu'il m'appelle ainsi, qu'il pense à utiliser ce titre, mais je ne le tolérerai pas. Pas de sa part.

Alors que le titre résonne dans mon esprit, mon corps tremble et un élan de tristesse et de noirceur me traverse.

— Ne m'appelle pas comme ça, dis-je sans pouvoir contenir mon irritation.

Il relève la tête, son regard croise le mien, inquisiteur, curieux. Confus.

— C'est comme ça que tu l'appelais, *elle*.

— Elle, répète-t-il à voix basse, les sourcils froncés, une question dans les yeux.

— *Elle*.

La femme qui me l'a enlevé.

Je lui tourne autour, lui, à genoux au beau milieu de ma chambre, dans une position très soumise. Il attend sa punition.

— Je t'ai vu. Tu m'as brisé le cœur.

Puis je l'ai transformé en acier.

Je le vois réfléchir à ma confession. Une expression de stupeur l'envahit, mais elle disparaît aussitôt, et son visage redevient calme. Ses lèvres s'entrouvrent comme s'il était sur le point de dire quelque chose, mais qu'il n'y parvenait pas.

— Tu aimais ce que Mme Callahan te faisait ?

Ses lèvres s'écartent de nouveau, mais quelques secondes passent avant qu'il ne demande :

— Que sais-tu ?

— Plus que tu le penses. Je t'ai observé, Noah. Elle et toi. Au début, je pensais qu'elle était juste malade. Dépravée. Puis...

Je m'interromps.

— Puis ?

— Puis... répété-je en secouant légèrement la tête. J'ai compris que tu aimais ça.

— Oui, dit-il simplement.

— Et que tu en redemandais.

— Oui.

— Et à mesure que tu apprenais ce que tu aimais, ce dont tu avais besoin, ce que tu désirais... j'ai fait de même.

Une fois de plus, le trouble se lit sur ses traits.

— Qu'est-ce que tu veux dire ?

— J'ai réalisé que je voulais que ce soit moi qui te le fasse. Pas elle. Moi.

Je l'entends à peine répondre :

— Tu aurais dû dire quelque chose.

— C'est vrai. Parce qu'on était tellement honnêtes l'un envers l'autre à cette époque-là, à cet âge-là.

— Tout ce temps...

Il ferme les yeux et quand il les ouvre, ils sont différents. Peinés. Tristes.

— Si j'avais su...

— Ce n'était pas le bon moment, murmuré-je.

Parce que c'est vrai. Nous étions trop jeunes, trop déboussolés. Trop gênés.

— Je la détestais, admets-je, parce que c'est aussi la vérité. Mais je lui suis aussi reconnaissante. Elle t'a permis d'être fidèle à toi-même.

— Oui. Elle m'a fait découvrir quelque chose au fond de moi dont je ne soupçonnais pas l'existence. Je pensais que ça allait s'estomper. Mais non. J'y ai succombé. Mais tu aurais quand même dû me le dire.

Mes narines se dilatent et ma mâchoire se resserre alors que je m'arrête devant lui.

— Bien sûr.

J'essaie de ne pas laisser transparaître l'amertume dans ma voix, dans mes mots, mais c'est difficile.

— Et puis, quoi, Noah ? Je n'étais pas à la hauteur, je pesais bien peu face à une femme aussi mûre et expérimentée. Elle savait lire en toi, comprendre tes besoins. Je ne savais rien à l'époque, sauf comment les pièces s'emboîtaient et encore...

Je m'éloigne, redoublant de détermination, refusant que cette histoire me touche, qu'elle affecte le peu de temps que nous avons ensemble. Je secoue la tête.

— Alors, ne m'appelle plus jamais *Maîtresse*. Je ne suis pas elle.

— Bree...

C'est le seul mot qui lui échappe avant que je ne lui coupe la parole.

— Il faut que tu arrêtes de parler, exigé-je.

— Bree, tente-t-il de nouveau, un peu plus fermement.

Un petit pas vers la reconquête du contrôle. Je ne peux pas le permettre. Je ne peux pas le laisser faire. Pas maintenant.

— Tais-toi. Si tu veux rester dans cette chambre, pour cette séance, arrête de parler, Noah.

Ses yeux se ferment et un frisson le parcourt, suffisamment fort pour que je le perçoive, mais je refuse de ployer. Et lorsqu'il rouvre les yeux, son regard vert doré n'est plus doux, il est sombre, déterminé.

Il veut continuer à jouer. Il est prêt à céder les rênes une nouvelle fois. Mais je pense qu'il a aussi du mal à faire ce choix.

Tout comme moi.

— Mme Brianna ?

— Juste Brianna, si tu le souhaites.

— Ai-je un autre choix ?

— J'accepte que tu m'appelles madame.

— Tant que ce n'est pas Maîtresse ?

J'ai accepté ce titre avec d'autres, mais pas avec lui.

— Voilà.

Il acquiesce et baisse les yeux, sans plus me défier.

Étonnamment, je suis un peu déçue.

— Tu as enlevé ton anneau vibrant.

— Oui, madame.

— Remets-toi contre le sol, comme tu étais.

Il pose les paumes par terre et baisse le front.

— Que serait une bonne punition pour mon toutou ? lancé-je en m'avançant jusqu'à ce que la pointe de mes chaussures soit dans son champ de vision. Tu as retiré ton anneau sans ma permission.

— Tu m'as touchée sans ma permission. Tu m'as défiée. Tu as déposé ta semence en moi sans préservatif.

À la dernière phrase, son corps tressaille.

— Je ne t'ai pas donné la permission de le faire, et tu n'as pas demandé, n'est-ce pas ?

— Non, madame.

— Je ne t'ai pas non plus autorisé à enlever tes menottes et ton bandeau, si ?

— Non, madame.

— Tellement de manquements. Tu as manqué de respect à mon autorité, pas vrai ?

— Oui, madame.

— Qu'est-ce que je vais faire de toi, Noah ?

— Ce que vous voudrez, madame.

— Je devrais te congédier. Te renvoyer à ton hôtel.

Son corps se tend à mes mots. J'imagine qu'il veut se redresser, peut-être pour plaider sa cause, mais il n'en fait rien. Il reste immobile.

— Je devrais mettre un terme à tout ceci. Mon toutou

devrait-il être récompensé alors qu'il n'a été rien de plus que vilain ?

— Non. Je vous en prie, madame.

— Non ? Tu ne veux pas partir ?

— Non, madame.

— Mais est-ce à toi de choisir ?

Il hésite.

— Non... madame.

Il répond à voix si basse que je ne l'entends presque pas. Ses doigts, jusqu'alors écartés, se serrent en poings.

Je le pousse à nouveau. Je lui rappelle quelle est sa place.

S'il ne veut pas se plier à cette exigence, il n'a qu'à se lever, se rhabiller et partir. C'est aussi simple que cela.

Il ne le fait pas.

Il ne le fera pas.

Il en a besoin autant que moi.

— À quatre pattes.

Immédiatement, il se met en position, les yeux rivés sur le sol. Je soupèse mes options.

Il doit être puni, mais je veux que nous en profitions tous les deux. Je le laisse là et me dirige vers ma commode, fouille dans le tiroir du haut et en sors une tapette large et ronde en cuir. Une autre de mes préférées, avec des rivets métalliques plats qui en dessinent le pourtour. Pour quelqu'un d'inexpérimenté, cet objet serait intimidant. Mais Noah n'est pas inexpérimenté.

Je m'approche de lui, ponctuant chaque pas d'un coup de batte à plat dans la paume de ma main. Je m'arrête devant lui.

— Regarde, toutou. Tu approuves ?

Je n'ai pas besoin de son approbation, mais je veux voir son acceptation.

Lorsque son regard se pose sur l'instrument que je tiens, ses lèvres s'écartent et ses yeux s'assombrissent.

— Oui, madame. J'approuve.

— Combien de fois cet objet doit-il toucher ta chair pour racheter toutes tes transgressions ?

— Autant de fois que vous le jugerez nécessaire, madame.

Bonne réponse. Il ne cherche plus à reprendre le contrôle, mais accepte que je le détienne entre mes mains… tout comme la palette.

— Je t'ai déjà vu recevoir des coups avec un tel objet, Noah. J'ai vu à quel point cela te rendait dur. J'ai vu que la tapette seule pouvait te faire perdre tes moyens. Me feras-tu ce cadeau ce soir ?

Il hésite. Mais je sais pourquoi. Il vient juste d'arriver, et il n'a plus dix-huit ans. Il faut plus de temps à un homme de notre âge pour récupérer. Je lui demande un effort qu'il n'est peut-être pas en mesure de fournir.

Il peut être disposé à le faire, mais pour autant, ce n'est peut-être pas possible.

Mais, mon Dieu, je veux le voir. Je veux être celle qui le provoque. Je veux que ce soit moi et personne d'autre qui soit dans son esprit lorsqu'il sentira la piqûre du cuir dur et plat contre sa peau.

Je veux effacer de ma mémoire et de la sienne tout ce que j'ai vu par la fenêtre ouverte de Mme Callahan.

Je veux que tout cela soit à nous désormais.

J'ai besoin que ce soit à nous, parce que si nous n'y parvenons pas, ça ne marchera jamais. Elle sera toujours là entre nous. Et la femme doit être expurgée de notre passé pour que nous puissions travailler sur notre avenir.

Si nous décidons effectivement d'en avoir un.

Mais ce n'est pas une priorité pour l'instant. Pour l'instant, je dois punir Noah, lui rappeler ses erreurs.

— Tu ne m'as pas répondu, toutou.

— Brianna, je ferai de mon mieux.

— C'est tout ce que je demande.

Je me place derrière lui, je fais glisser la batte à plat sur ses fesses, tout en observant ses muscles se contracter sous sa peau tendue.

L'anticipation est un instrument puissant.

— Baisse la tête, lui intimé-je.

Il baisse la tête une fois de plus, les fesses en l'air. Ses cuisses sont serrées, les muscles contractés, ses mains sont toujours en poings de part et d'autre de sa tête. Ses cheveux sont assez longs pour couvrir les côtés de son visage. Encore une fois, je trouve dommage qu'une partie de son magnifique corps soit couverte. Mais c'est ainsi que cela doit être.

Ses bourses pèsent lourd entre ses cuisses et je dois veiller à ne pas le frapper à cet endroit. Je ne veux pas lui faire mal, je veux l'exciter. Je veux voir si les coups de la batte provoqueront une autre érection, une autre décharge spontanée.

L'humidité entre mes cuisses s'accroît tandis que mon corps se tend, impatient lui aussi.

— Es-tu prêt, mon toutou ?

— Oui, souffle-t-il tandis que je me place à sa gauche et que je lève mon bras droit. À cet instant, tout son corps tressaille.

Comme je l'ai dit, l'anticipation est un instrument puissant. Elle peut faire perdre la tête.

— Mississippi ?

— Non.

Je hoche la tête, satisfaite, même s'il ne peut pas me voir, et j'abaisse la tapette avec autant de force que possible. Le bruit sec du cuir contre la peau emplit la pièce.

— Putain ! hurle-t-il, et tout son corps se déplace vers l'avant sous l'effet du choc. Ses mains ne sont plus serrées en poings, il y a désormais enfoui son visage. Et je lutte contre la panique.

— Mississippi ? demandé-je, en essayant de retenir les tremblements de ma voix.

Il geint, mais répond :

— Non, madame.

Putain.

Son cul prend déjà une jolie teinte rouge dès le premier coup. Et rien qu'en la contemplant, j'ai envie de le chevaucher.

Je jette un coup d'œil, mais il n'est pas encore dur, alors ça ne va pas le faire.

— Es-tu prêt, Noah ?

Il lâche un juron étouffé entre ses doigts.

— Ne me demandez pas, ne me prévenez pas... *s'il vous plaît*.

Ce n'est pas lui qui fixe les règles. Si ça ne lui plaît pas, il n'a qu'à s'en aller.

Mais j'espère qu'il ne le fera pas.

— Es-tu prêt, Noah ? répété-je, parce que je dois le faire.

— Oui... *putain*.

Je le frappe à nouveau, mais cette fois moins fort et sur une fesse au lieu des deux. Le claquement de la peau résonne encore dans l'air, après quoi je l'entends pousser un soupir de soulagement.

— Tu aimes ça, mon toutou ?

— Oui, madame.

— Un autre ?

Il hésite.

— Si vous voulez que je bande, madame.

Je souris. C'est bien ce que je veux.

Je lui donne un coup sur l'autre fesse. Les deux derniers ne font que rosir sa peau, pas rougir comme le premier. Mais c'est toujours aussi beau.

Il est beau.

Et, mon Dieu, comme je l'aime. Je l'aime encore plus en ce moment parce qu'il fait quelque chose que je lui ai demandé. Et il le fait volontairement.

Il veut me faire plaisir.

— Encore ?

— S'il vous plaît, madame.

— Oui, murmuré-je, c'est mon bon toutou, ça.

Je frappe son cul encore et encore jusqu'à ce qu'il soit dur et que du fluide perle de son gland, lourd et bas contre ses bourses. Il tressaille à chaque coup, même si je me suis beaucoup calmée parce que j'aime ça et que je veux que ça dure.

Après un nombre que je juge suffisant, je lance :

— Assez ?

Son visage n'est plus enfoui dans ses mains, ses paumes sont de nouveau à plat sur le sol, ses doigts écartés de part et d'autre de sa tête. « Pas si tu veux que je jouisse », dit-il doucement.

— Tu as besoin d'aide ?

Encore une fois, un instant d'hésitation avant un aveu : « Oui ».

Je le lui permets, parce que je veux le voir jouir et que je ne veux pas avoir à abuser de la tapette, au point qu'il doive demander merci. Je veux quand même que ce soit agréable pour lui. Pas seulement pour moi.

— Touche-toi.

Il enroule l'une de ses larges mains autour de sa verge dégoulinante et se caresse, ses fesses fléchissant à chaque mouvement.

Ce spectacle suffit à mettre ma volonté à rude épreuve.

Mon intérêt ne se porte plus sur son cul rougi, mais sur ce qu'il y a entre ses jambes. Sans même réfléchir, je jette la palette de côté.

— Redresse-toi.

Il obtempère, s'agenouille sur ses talons, sa queue dure et longue dans sa paume, mais il ne bouge plus.

— Continue, lui dis-je, et il s'exécute.

En le regardant se toucher ainsi, en observant ses paupières s'abaisser sur un regard perdu dans le vide, en admirant son dos s'arquer alors qu'il se tire vers un tel sommet que je n'arrive presque plus à contempler sa beauté... Je réalise qu'il est une œuvre d'art.

J'ai un objet d'art vivant et respirant au milieu de ma chambre.

Il est exquis. Précieux. Et à moi.

Quand il presse son gland jusqu'à ce qu'il noircisse avant de faire glisser ses doigts jusqu'à la racine, je n'en peux plus. Je me place juste devant lui, face à lui, même si son regard reste baissé.

Mes doigts trouvent la petite fermeture éclair à l'arrière de ma jupe et je la dézippe.

— Regarde-moi.

Il relève les yeux, mais sa mâchoire est serrée et il grimace. Il est près de basculer. Je dois me dépêcher.

— Ralentis, Noah. Préserve-toi pour moi.

Son torse se soulève et s'abaisse au même rythme que sa main. Mais il finit par ralentir.

Je laisse ma jupe tomber par terre et je me dégage du cercle de cuir avant de le repousser d'un coup de pied.

Je ne pourrais jamais être plus mouillée qu'en cet instant.

— Assieds-toi.

Sans relâcher sa prise autour de sa verge, il bouge vers l'avant pour ramener ses jambes autour de lui jusqu'à se trouver assis en tailleur.

— Ne bouge plus.

Sa main s'immobilise, le bout de son sexe est si luisant et brillant de sa propre excitation. Je m'avance au-dessus de ses jambes croisées, pose les mains sur ses épaules, puis m'abaisse à genoux avant de m'empaler profondément sur lui. Enfin, sa main recule et s'aventure dans mon dos, son autre main la rejoignant, glissant dans mes cheveux, tout contre mon cuir chevelu, s'enfonçant, tirant, tandis que je me soulève et m'abaisse sur toute sa longueur.

— Retire-moi ce corset, dis-je beaucoup plus doucement que prévu. Ses doigts trouvent la fermeture éclair en haut et la font lentement descendre, encore plus bas, toujours plus bas, jusqu'à ce qu'il tombe, libérant mes seins. Il le jette au loin et enfonce à nouveau ses doigts dans mes cheveux.

— J'ai toujours aimé tes cheveux.

Je laisse passer sa remarque, alors qu'il parle à tort et à travers puisque je ne lui ai pas posé de question. Mais jusqu'à présent, rien ne s'est passé comme prévu ce soir.

Je redoute de perdre mon doigté.

Mais j'en gagne un autre... Celui de Noah.

Bien qu'il porte mon collier, j'ai l'impression qu'il ne m'appartient pas. J'ai plus l'impression que c'est lui qui me possède.

Une fois de plus, la tension qui règne dans la pièce a changé et c'est lui qui me contrôle.

L'excitation que je ressens à cette idée est probablement due à l'agitation ou à l'excitation.

Une main toujours accrochée à mes cheveux, il pose l'autre sur mes fesses, me tenant fermement, serrant les doigts chaque fois que je m'élève au-dessus de lui.

Le besoin de jouir, de m'effondrer m'envahit et cambre ma colonne vertébrale. Mais j'ai peur : si je lâche prise, il le fera aussi, et je veux que cette fois-ci dure un peu plus longtemps. Je veux profiter de tout ce qu'est Noah tandis que nous faisons face à face. Les yeux dans les yeux. Nos lèvres s'écartent, nos respirations se mélangent.

Et je me rends compte que... nous ne nous sommes pas encore embrassés. Nous n'avons pas accompli l'acte le plus intime. Un geste que nous avons fait il y a si longtemps et que nous aimions partager. Pour lequel nous avons découvert être doués avant cette funeste déconfiture. À l'époque, ses baisers à eux seuls m'avaient fait mouiller, m'avaient poussée à le désirer. C'est à cause de ses baisers que nous sommes passés à l'étape suivante.

Ce faux pas.

Alors que je fixe ses lèvres, me souvenant de la sensation qu'elles me procuraient, son majeur descend le long de la fente de mon cul et s'enfonce à l'intérieur. Et quand il me prend là, je le prends aussi, capturant ses lèvres, gémissant dans sa bouche, goûtant sa langue alors que nous nous enchevêtrons l'un dans l'autre.

Je me soulève et atterris durement sur ses genoux, coulant mes hanches contre sa peau alors qu'il me pénètre de sa verge, de son doigt. Je ne le baise plus, c'est tout le contraire. Une fois de plus, il a pris le dessus.

Il a pris avant que je ne lui en donne la permission.

C'est un vilain toutou, mon Noah.

Mais, soudain, je m'en fiche.

Il peut me faire ce qu'il veut.

Je serai son esclave.

Il peut être mon maître.

Je ferai tout ce qu'il demande.

Je me prosternerai à ses pieds.

Je veux juste qu'il continue à faire ce qu'il fait.

M'embrasser.

Me baiser.

M'aimer profondément et pleinement.

Il ne relâche mes lèvres que quelques instants plus tard, lorsque nous jouissons tous les deux.

# Chapitre 6

*Noah*

JE POSE mon front contre le sien tandis que nous reprenons notre souffle, attendant ensemble le ralentissement des battements de nos cœurs.

— C'était notre premier baiser ce soir, murmuré-je, à un cheveu de ces lèvres magnifiques que je viens de goûter.

— Oui, répond-elle comme si c'était tout à fait normal.

— Normalement, tu n'embrasses pas, dis-je.

— Non.

Je comprends ce choix. Je n'embrasse presque jamais les gens avec qui je couche. Ma bouche sert à tout sauf à embrasser. C'est drôle comme un baiser semble plus intime qu'un véritable rapport sexuel. Pour moi, la personne que l'on embrasse doit représenter quelque chose pour soi, et pas seulement un corps dont on tire une jouissance sexuelle.

C'est peut-être pareil pour elle.

— Si je te le demande, tu m'embrasseras encore ?

— Tu n'as pas demandé, dit-elle simplement.

C'est vrai.

Je peux demander ou prendre. Je me demande ce qu'elle

préfère. Peu importe à quel point elle est déterminée à être aux commandes, ce contrôle lui a clairement échappé à plusieurs reprises depuis le début de la soirée. Et dans ces instants, mon besoin de prendre le dessus, d'être ce que je n'ai pas été depuis longtemps, ce que je n'ai pas eu besoin d'être depuis plus d'une décennie, prend des proportions épiques.

Et, honnêtement, j'ai le sentiment que c'est uniquement parce que c'est elle. L'avoir dans mes bras me donne un désir brûlant de la protéger, de prendre soin d'elle, de la faire mienne.

Je décide de ne pas demander et de prendre ce que je veux, effleurant doucement ses lèvres rouges une fois, deux fois. Puis j'incline la tête, j'approfondis notre baiser, ma langue plongeant à l'intérieur, explorant, la sienne imitant la mienne. Elle gémit dans ma bouche tandis que j'enfonce mes doigts dans ses longs cheveux soyeux, les agrippant fermement. Je la maintiens en place et je prends sa bouche comme si elle m'appartenait.

Parce que c'est *enfin* le cas.

Je suis toujours enfoui profondément en elle lorsqu'elle se déplace, basculant ses hanches, pressant son clitoris contre moi. Je laisse glisser une main entre nous pour taquiner son bourgeon du pouce. Je décris un cercle tout autour, j'appuie, et elle se frotte violemment contre moi, me serrant de toutes ses forces.

Puis je le sens, son corps ondule à nouveau autour de moi. Nos bouches sont unies, nos corps sont liés et je ne veux pas la laisser partir.

Ce dernier orgasme était uniquement le sien, puisque j'ai la chance d'être resté suffisamment dur pour rester en elle. Je sais que la situation va changer très rapidement. Mais elle ne quitte pas mes genoux et je la tiens fermement par les hanches, car je veux la garder près de moi.

Elle enfouit son visage dans mon cou et respire profondément. J'enfonce mon nez dans ses cheveux, près de son oreille.

— Bree…

— Hmm ? murmure-t-elle contre ma peau.

— Je me sens si bien avec toi.

Sa colonne vertébrale se déplie et elle se redresse, la mine trop sérieuse pour une femme qui vient d'avoir son millionième orgasme de la soirée. D'accord, c'est peut-être un peu exagéré. Mais cette femme n'est pas du genre à se contenter d'un seul.

— Tout ne s'est pas passé comme je l'espérais, admet-elle.

Je me réjouis de cet aveu et je dois serrer les lèvres pour ne pas lui adresser un grand sourire niais. Finalement, une fois que j'ai repris le contrôle, je demande :

— C'est si grave ?

— Est-ce que des orgasmes multiples ont déjà été graves ?

À ce stade, je ne peux plus lutter. Je souris et dépose un léger baiser sur ses lèvres.

— Non, jamais. Et je suis heureux de pouvoir te les donner.

— De pouvoir, répète-t-elle en soupirant.

Enfin. Cela ne fait que treize ans, mais oui, je peux enfin lui donner cela.

Avec regret, j'ajoute :

— Même si j'aime que tu sois sur mes genoux, mes jambes s'engourdissent.

Elle touche le collier de cuir autour de mon cou, fait glisser ses doigts le long du bord supérieur. Je reste immobile. Un rappel subtil.

— Tu me demandes ou tu me dis de te lâcher ?

— Je demande.

Elle acquiesce et, les mains posées sur mes épaules pour garder l'équilibre, elle se lève.

— Je dois me rafraîchir de toute façon puisque tu n'as toujours pas utilisé de préservatif.

— C'est un problème ?

Elle arque un sourcil parfaitement dessiné vers moi.

— En est-ce un ?

— Pas pour ma part, la rassuré-je.

— De mon côté, non plus. Cependant, ce n'est pas mon habitude.

J'ai envie de répondre « Ravi de l'entendre », mais je me

retiens. Néanmoins, c'est certainement un point qui mérite d'être souligné. Les baisers, l'intimité, le fait de ne pas se plaindre de ne pas utiliser de préservatif. Cela me prouve que je compte plus pour elle que n'importe qui d'autre avec qui elle a l'habitude d'être.

Non pas que je souhaite savoir avec combien d'hommes elle a été. Je n'aime pas l'autoflagellation. L'idée qu'un homme puisse avoir ma Bree est perturbante, même si je suis réaliste. Et ce n'est pas non plus comme si je m'étais préservé non plus.

Parce que clairement, pas du tout.

Ma vie a été un voyage à la découverte de la sexualité. Depuis les baisers volés dans le jardin jusqu'à ce moment précis.

Et pendant chacune de ces nombreuses minutes, chacune de mes partenaires a fait de moi un meilleur amant, et m'a permis de mieux comprendre et aimer le corps d'une femme et le pouvoir qu'elle peut exercer grâce à lui.

Alors, à présent, je contemple mon ultime partenaire. La personne avec qui ce voyage a commencé et celle avec qui je veux le terminer.

Elle se tient au-dessus de moi, avec des bas noirs mi-cuisses, des talons aiguilles et un regard interrogateur.

Je reprends ma place.

— Comment me voulez-vous, Brianna ?

Instantanément, ses yeux s'assombrissent et une courbe minuscule s'esquisse au coin de ses lèvres. Ce n'est pas tout à fait un sourire, mais plutôt une expression de satisfaction. Tel un chaton qui vient de finir un bol de lait chaud.

— Je vais d'abord me laver, puis ce sera ton tour. Ensuite, je te veux dans mon lit.

Et je veux y être. De préférence avec Bree, mais pour l'instant, je me contenterai de Brianna.


**Brianna**

Il est à couper le souffle. Je refuse de recouvrir ses magnifiques yeux verts d'or d'un bandeau de sitôt, alors il m'observe attentivement. Ses bras bien formés s'étirent au-dessus de sa tête, mais pas à cause de menottes en néoprène à velcro, non. Cette fois-ci, ses poignets sont étroitement liés dans du cuir et attachés au crochet de ma tête de lit très solide, spécialement conçue pour ce type de jeu. Il ne pourrait se libérer de ses liens qu'au prix de dégâts considérables. Et certainement plus conséquents pour lui-même que pour le mobilier.

Je pourrais rester ici toute la nuit à l'étudier. Je l'ai fait pendant des mois, il y a des années. Par cette fenêtre. Dans cette chambre. Avec cette femme. Je regardais son corps réagir à tout ce qu'elle lui faisait, à tout ce qu'elle lui disait. Même si ce spectacle m'excitait, il me donnait tout autant envie de vomir.

À l'époque, je ne comprenais pas pourquoi il ne voulait plus de moi et semblait préférer ce qu'elle avait à lui offrir. Mais c'était peut-être mieux ainsi. Peut-être avait-il besoin de découvrir tous ses vrais désirs.

Et moi, les miens.

Le problème, c'est que… maintenant, je veux que notre relation soit totalement différente. Je ne veux pas ce qu'ils avaient.

Je veux créer quelque chose qui nous soit exclusif.

Je l'ai attendu longtemps. Il dit qu'il m'a attendu longtemps.

Peut-être devons-nous nous redécouvrir. Voir ce qui nous convient.

Normalement, je n'aime pas embrasser les hommes.

J'adore embrasser Noah.

Normalement, je n'aspire pas à des moments de douceur avec mes jouets.

J'adore être serrée dans les bras de Noah, qui est clairement bien plus qu'un jouet.

Normalement, je ne laisse aucun homme me dominer. Jamais.

Étonnamment, j'ai adoré être dominée par Noah.

Mais je dois m'en assurer. Je ne veux pas renoncer à tout ce que j'ai si durement réussi à réaliser au fil des ans et découvrir qu'il veut en fait ce que j'ai à offrir, les compétences que j'ai développées au fil des ans avec les experts que j'avais sollicités. Mais lorsqu'il s'est libéré de ses menottes et qu'il a pris le contrôle... Je n'avais pas ressenti une telle excitation depuis très, très longtemps.

Mes orgasmes n'en ont été que plus bouleversants.

Ils ont réellement eu un sens pour moi, bien plus qu'une vulgaire réaction corporelle, que je peux obtenir de presque n'importe qui si je me donne un peu de mal.

Avec lui, c'était facile.

Trop facile.

Je pourrais m'habituer à ce qu'il prenne le dessus, à ce que mon corps le réclame, à ce qu'il l'appelle.

Est-ce que cela va à l'encontre de mes habitudes ? Peut-être.

Est-ce que cela va à l'encontre des siennes ? Peut-être.

C'est une conversation que nous devrons avoir si cette histoire se poursuit après cette nuit.

Mais je ne sais pas si c'est possible, ni même réaliste. Demain, c'est le mariage de mon frère. Ensuite, Noah retournera à sa vie. Mais je n'ai aucune idée de ce que cette réalité implique, car je ne l'ai jamais demandé à mon frère. Je sais seulement qu'il vit à un vol en avion de distance. Qu'il est venu seul au mariage. Mais tout le reste est un mystère. Un mystère qui devra être résolu un jour ou l'autre.

— Bree...

Sa voix est douce, presque un murmure.

Il a dû déceler quelque chose dans mon expression. Je cligne des yeux pour revenir à l'instant présent.

— Brianna, corrigé-je.

Parce que c'est ce que nous sommes en ce moment. Ici. Dans mon lit.

— Brianna. Désolé, madame.

Quand il m'appelle Bree, je fonds. Quand il m'appelle Brianna, je me durcis.

Compte tenu de ses actions précédentes, je suis curieuse.

— Ça t'arrive de changer de rôle ?

— Non.

— Jamais ?

— Non.

— Qu'est-ce qui s'est passé plus tôt ?

— J'avais désespérément envie de toi.

Mon Dieu. Cet homme sait comment me mettre à genoux rien qu'avec quelques mots.

Oh, attendez. Je suis déjà à genoux, à califourchon sur ses hanches, et il est sous moi, attendant de voir ce qui va suivre.

Et pour la première fois, je suis complètement perdue. Je veux cet homme. Je le veux. Mais je ne suis plus sûre de le vouloir ainsi.

Mais je veux aussi qu'il soit heureux. Je veux répondre à ses besoins et si c'est ce qu'il désire, alors je veux être celle qui le lui donnera. Personne d'autre. Plus jamais.

Je gratte un ongle sur son torse, sur le bout de son téton, ses yeux s'assombrissent lorsqu'ils se posent sur les miens. J'effleure l'autre mamelon avant de tracer une ligne le long de son ventre, m'arrêtant juste au-dessus de son bassin.

Il est encore mou, mais cela ne me dérange pas. Je sais qu'il a besoin d'un peu de temps pour récupérer.

Je suis patiente.

Il y a beaucoup d'autres trucs délicieux que je peux lui faire, ou qu'il peut me faire, pendant cette attente.

Mais il y a une chose qu'il n'a pas encore faite. Ce qui explique pourquoi il est attaché de cette façon. Les bras au-dessus de la tête, le corps étendu sur le matelas, les chevilles attachées au pied du lit. Vulnérable. Délectable. Comme tout à l'heure, son corps de sportif, élancé et tendu, me fait penser à une œuvre d'art vivante.

Normalement, je forcerais un homme à s'agenouiller, je me

tiendrais au-dessus de lui pour lui rappeler sa place, puis je le fouetterais ou lui donnerais des coups de bâton pendant qu'il exécute mes ordres.

Mais encore une fois, pour une raison inconnue, je veux que tout soit différent entre Noah et moi.

Je veux que ce moment soit le nôtre.

Et peut-être que c'est tout simplement ridicule. Mais je m'en fiche.

Mon entrejambe palpite à l'idée de sa bouche sur moi. Je me mets à quatre pattes au-dessus de lui, attrape un oreiller et le place sous sa tête. Je veux m'assurer qu'il puisse me voir aisément.

Après l'avoir bien ajusté, je fouille dans le tiroir de ma table de nuit et sors l'un de mes jouets de dompteuse.

Le meilleur ami de la femme.

Je descends du lit, me dirige vers le pied du lit et m'arrête à nouveau pour apprécier tout ce qui s'offre à moi. Je suis impressionnée par la confiance qu'il m'a accordée en me permettant de le restreindre une fois de plus.

Je m'installe entre ses jambes écartées, drapant les miennes de part et d'autre de ses cuisses, m'ouvrant ainsi à sa vue. L'inclinaison de sa nuque lui évite tout effort pour voir ce que je lui offre, et je ne rate pas l'instant où ses yeux se détachent des miens. Je porte toujours mes bas, mais c'est tout. J'ai retiré mes escarpins et j'ai laissé la jupe et le corset là où ils étaient tout à l'heure. Ses yeux suivent le haut en dentelle de mes bas jusqu'à mon sexe.

Lorsqu'il lèche ses lèvres, je le sens jusqu'à mon cœur avant que la chaleur n'irradie toutes les parties de mon corps. Mes tétons se froncent et j'effleure leurs extrémités avant de les prendre en main et de serrer mes seins l'un contre l'autre.

Il observe chacun de mes mouvements, surtout lorsque je fais rouler mes deux tétons entre mes doigts.

— Vous aimez les pinces à tétons, Brianna ? demande-t-il, la voix un peu éraillée. Il est déjà troublé alors que j'ai à peine commencé.

— Oui, j'aime bien.

— Sur vous ?

Je ne lui réponds pas. Alors, il continue courageusement.

— Vous aimez leur morsure sur les tétons, Brianna ? Cette traction à travers le corps quand elles se serrent ?

Mes lèvres s'écartent et un soupir s'échappe. Je tripote mes tétons plus fort, imaginant la sensation aiguë que les pinces peuvent procurer.

— Vous voulez que je les attache sur vos pointes et que je tire sur une longue chaîne avec mes dents jusqu'à ce que vous me suppliiez de vous baiser sauvagement ?

Il recommence. Et je le remets à sa place.

— Arrête de parler, ordonné-je.

J'adore la façon dont il me rend torride et excitée. Mais il essaie de retourner la situation, et je suis curieuse de savoir pourquoi.

— Tu en as envie, murmure-t-il.

Et j'en ai envie. Mais maintenant, il parle trop, et sans ma permission.

— Tu es un toutou désobéissant, tu le sais, Noah ?

Il ne me répond pas, mais je vois cette lueur dans ses yeux. Il est déterminé à me faire perdre le contrôle.

Je le lui permettrai peut-être, mais pas tout de suite.

— Tu as aimé la batte en cuir de tout à l'heure ?

Encore une fois, il ne me répond pas.

— Apparemment, ça n'a pas suffi à t'apprendre à être sage.

Encore une fois, rien.

— Tu peux parler, lui dis-je.

— Oui.

Je le regarde en fronçant les sourcils.

— Oui ?

— Oui, j'ai aimé la batte. Mais non, je ne veux pas être sage avec toi. Alors, tu peux me fouetter jusqu'à ce que je sois noir et bleu, mais je donnerai autant que je recevrai.

— Tu as eu des maîtresses qui ont supporté ce type de comportement, cette insolence ? demandé-je, surprise.

— Non.

— Habituellement, tu ne défies pas ta maîtresse ?

— Jamais.

J'ouvre la bouche pour demander : « Pourquoi maintenant ? », pourtant je me retiens parce que je sais pourquoi. Et ça m'excite. Mais seulement avec lui. Il le sait et essaie d'en tirer avantage.

— Est-ce que tu me manques de respect en agissant ainsi ?

Je ne suis pas fâchée, plutôt amusée.

— Non. Jamais.

Je hoche brusquement la tête, relâche enfin mes seins, ramène les mains vers mes lèvres, en bas, en écarte les plis, y promène un doigt.

— Tu ne pourras pas t'échapper cette fois, mon toutou.

Comme il ne répond pas, je m'inquiète.

— Tu comprends cela, n'est-ce pas ? Je suis sûre que tu as déjà porté des menottes similaires et sache que mon lit est spécialement conçu pour ce type de contrainte. Il est impossible de se libérer sans se faire mal. Si tu as absolument besoin d'être libéré, utilise ton mot de sécurité.

Je me demande s'il m'écoute. Et je dois m'assurer qu'il m'entend bien.

— Quel est ton mot de sécurité, Noah ?

Son regard plonge dans le mien, puis redescend vers mes doigts, qui se faufilent lentement entre mes lèvres pulpeuses et luisantes.

— Mississippi, articule-t-il si doucement que j'entends à peine le mot.

J'attrape mon vibromasseur rouge préféré et je tourne le capuchon jusqu'à ce que son ronronnement nous donne la sérénade. Il murmure quelque chose d'autre, mais je ne le saisis pas.

Avec deux doigts en V, je m'ouvre et j'appuie le vibromasseur sur mon clitoris. Mes cuisses se tendent et les siennes aussi. Son corps se raidit tandis que je joue avec moi, au point de devoir ouvrir la bouche pour relâcher une respiration rapide et saccadée.

La chaleur m'envahit lorsque je vois qu'il m'observe attentivement. Un doigt appuyé sur mon clitoris, j'abaisse le jouet et le glisse lentement à l'intérieur. La tonalité des vibrations change lorsque je le serre, les sensations irradient partout dans mon bas-ventre, me poussant jusqu'au bord du gouffre, mais sans me faire basculer.

Pas tout à fait.

Je fais des mouvements de va-et-vient, encore et encore, mes hanches se contractent, mes cuisses se serrent, mes doigts se déplacent plus vite contre mon clitoris. Normalement, je suis capable de jouir très rapidement. Mais cette fois, je veux que ça dure un peu plus longtemps, je veux qu'il soit prêt à me prendre avec sa bouche. Je veux qu'il ait très faim.

— À quel point as-tu envie de me goûter, mon toutou ?

Ses paupières sont lourdes, sa bouche est entrouverte, son torse se soulève et s'abaisse à un rythme rapide. Il secoue les menottes qu'il a aux mains et aux pieds, me faisant presque valser du lit.

Sa verge est à nouveau longue et dure, une goutte de fluide luisant sur son gland.

— Je te veux maintenant, Brianna.

— Tu n'as pas le droit d'exiger quoi que ce soit, mon toutou, affirmé-je calmement, en essayant désespérément de garder mon sang-froid.

— Maintenant, Brianna, crie-t-il comme s'il perdait la tête.

Il déglutit difficilement et sa pomme d'Adam tressaille, attirant mon attention sur sa gorge. Je meurs d'envie d'y enfoncer mes dents pendant qu'il crie mon nom.

Ses yeux s'écarquillent et se font sauvages lorsque je murmure que je suis sur le point de jouir.

Il ferme les yeux – c'est inadmissible.

— Regarde-moi, exigé-je.

Sa poitrine se soulève et il tire de nouveau sur ses liens. Le lit ne cède pas, ne bouge pas d'un centimètre.

— Putain, gémit-il.

— Ouvre les yeux, Noah, lui dis-je plus fermement.

Il souffle, mais les ouvre, son regard me brûle.

— Regarde-moi jouir.

Mes hanches se soulèvent alors qu'un orgasme me traverse, crispe mes orteils et je rejette la tête en arrière, haletante.

Ses jambes s'agitent sous moi alors qu'il se débat contre ses entraves. Comme s'il était soudain bien loin, je l'entends grogner :

— Putain.

Le vibromasseur m'échappe et je le jette de côté tandis que je baisse la tête pour le dévisager.

Sa mâchoire est serrée, un muscle tressaille férocement, ses bras se gonflent alors qu'il continue à lutter contre les chaînes.

— Putain, aboie-t-il encore.

Mais il ne me demande pas de le libérer, il ne dit pas le mot qui mettrait fin à son supplice.

— Tu as aimé ça, mon toutou ?

— Putain, répète-t-il, en enfonçant sa tête dans l'oreiller et en acquiesçant fougueusement.

Je remonte le long de son corps à quatre pattes, jusqu'à lui faire face, passe un doigt sur sa joue, sur ses lèvres, celles qui seront bientôt sur moi. Sa bouche s'ouvre et il aspire mon doigt entre ses lèvres, jouant avec mon doigt du bout de la langue. C'est alors que je me rends compte qu'il goûte mon excitation encore sur mes doigts.

Une seconde plus tard, il le relâche.

— Assieds-toi sur mon visage, ordonne-t-il.

C'était ce que j'avais prévu, mais il vient d'exiger de moi quelque chose qu'il n'aurait pas dû.

— Cette phrase ressemblait à un ordre, mon toutou. J'ai sûrement mal compris.

Il cligne rapidement des yeux tout en s'efforçant de reprendre calmement :

— Oui, madame... S'il vous plaît... pardonnez-moi.

Je glisse un pouce sur son autre pommette.

— Je ne sais pas si je peux laisser passer ça, Noah. Tu es terriblement désobéissant.

Sa lèvre se retrousse presque dans un grognement.

— C'est vrai, je l'admets. Punissez-moi en vous asseyant sur mon visage.

Il agite à nouveau les bras. Je lève les yeux vers le mécanisme d'attache des menottes. Tout est intact... toujours solide.

Je pince les lèvres pour ne pas rire de son impertinence. Il est déterminé, je dois le reconnaître.

Je glisse mes doigts dans ses cheveux et les dégage de son visage.

— Mon toutou, murmuré-je. Mon Noah. Qu'est-ce que je vais faire de toi ?

— Je me fiche de ce que tu fais de moi tant que je t'ai toi.

Mon cœur se serre, une partie de ma détermination fond. J'enfonce mes mains dans ses cheveux, de chaque côté de sa tête, et je me mets à genoux sur le lit, au-dessus de ses épaules. Puis je fais mienne sa bouche tout en me baissant. Mes doigts s'enroulent fermement dans ses cheveux tandis que sa langue m'ouvre et qu'il me dévore comme un homme affamé. Ses actions manquent de douceur et j'en adore chaque seconde. Ses dents, ses lèvres et sa langue me rendent dingue. Mes hanches ondulent au-dessus de lui et je me frotte à son visage, j'en veux plus, j'ai envie de tout ce qu'il me donne. Il suce mon clitoris avec force, le gratte avec ses dents, ce qui me fait gémir. Je lui soulève la tête par les cheveux, le maintenant serré contre moi, et il gémit contre mon intimité trempée. Sa barbe courte marque la peau délicate de l'intérieur de mes cuisses.

Putain. Il va me faire jouir à nouveau d'un instant à l'autre.

Mon corps se tend, mon dos se cambre, ma nuque bascule en arrière et je crie son nom. Mais il continue de me goûter, de me mordiller et de me sucer tandis que je reviens sur terre.

Lorsque je desserre mes doigts, sa tête retombe sur l'oreiller, et je suis son mouvement, capturant ses lèvres avec les miennes, me goûtant sur sa langue. Il émet un bruit au fond de sa gorge et je romps le baiser.

— Mississippi, lâche-t-il dans un souffle.

Quoi ? Maintenant ? Pourquoi ?

Ça n'a aucun sens.

# Chapitre 7

*Noah*

— Mississippi, répété-je plus fort et plus fermement cette fois, parce qu'elle ne bouge pas assez vite. En fait, elle ne bouge pas du tout. Et c'est inacceptable.

Il faut qu'elle se dépêche, qu'elle me lâche, parce que je n'en peux plus. J'ai atteint ma limite et je suis à bout.

Complètement.

Son visage est empreint d'une inquiétude agacée.

— Ne te fous pas de moi, Noah, prévient-elle et je comprends ce qu'elle veut dire… il vaudrait mieux que ce ne soit pas un piège.

Je ne vais pas expliquer mes actes. Je ne le ferai pas. Je ne peux pas. Je ne peux pas.

— Mississippi, dis-je à nouveau, déterminé à ce qu'elle honore mon souhait.

Comme si elle sortait d'une transe, elle s'empresse de descendre du lit, et commence par me détacher les chevilles. Pendant ce temps, ma tête tourne comme une toupie et j'ai besoin que ça s'arrête. J'ai besoin de remettre de l'ordre dans mon univers.

Une fois les jambes déliées, je plie les genoux dans l'attente d'être enfin délivré, d'être libre. De pouvoir prendre des décisions pour moi-même.

Je suis incapable de la quitter des yeux tandis qu'elle s'attaque à mes poignets, se penchant au-dessus du lit pour tenter de les atteindre. Ses seins qui pendent à quelques centimètres de mon visage, de ma bouche, me tentent et je gémis, ce qui l'amène à baisser les yeux vers moi, maintenant plus inquiète que mécontente.

Elle pense que je souffre. Et c'est le cas. Mais pas comme elle le pense.

Alors que la tension se relâche sur mes poignets, j'y goûte enfin... ma liberté. Et soudain, je ne suis plus entravé. Avant qu'elle ne puisse s'éloigner, mes mains entourent sa taille et nous retournent, de sorte que je suis au-dessus d'elle et elle, en dessous.

Je passe une main dans ses cheveux et j'en saisis une poignée, tirant sa tête vers l'arrière pour exposer son cou. J'y enfouis mon visage et j'enfonce mes dents dans sa peau avec force.

— Noah, souffle-t-elle. Qu'est-ce que...

Je la fais taire en saisissant sa bouche, en forçant ma langue entre ses lèvres, et un bruit vibre dans sa gorge, que j'avale. C'est le mien. Tous les mots qu'elle prononce m'appartiennent maintenant, et tous les bruits qu'elle fait sont les miens. Ses seins, son sexe, ses fesses, tout est à moi.

Je ne veux pas être son toutou. Je veux être son homme. Elle a besoin de m'appartenir autant que je lui appartiens. Et je dois le lui prouver. Lui montrer à quel point c'est important.

Je descends le long de son corps, je mordille, j'embrasse, je lèche, je taquine un téton, je suce son nombril, je descends encore plus bas, j'attrape la chair de son pubis entre mes dents jusqu'à ce qu'elle crie. Puis, encore plus loin, je repousse ses cuisses vers le haut et vers l'extérieur, plongeant mon visage là où j'étais auparavant incapable de la toucher autrement qu'avec ma bouche.

Maintenant, je peux la toucher comme je veux. Maintenant, elle ne peut plus rien y faire.

C'est mon heure.

C'est pour moi.

Et c'est pour elle.

Mais aucun de mes gestes n'est doux. Pour l'instant, je ne cherche pas à la séduire. Je veux plus la satisfaire et je dois lui prouver que je peux le faire sans artifices, sans jouets. Ni fouet, ni chaîne, ni menottes, ni vibromasseur.

Elle n'aura que moi.

Juste Noah.

Juste Bree.

Juste nous.

Exactement comme nous aurions dû être dans ce putain d'abri de piscine, en cet instant précis où tout a basculé. Cet instant et cet endroit qui ont changé nos vies.

Une chose aussi stupide, aussi simple et dont on devrait si facilement se moquer, n'a jamais eu lieu. Tout a été trop pris à cœur par deux personnes qui ne savaient pas comment communiquer.

Je ne veux plus jamais qu'il en soit ainsi. Pas si nous voulons que ce « nous » puisse survivre.

Ses hanches dansent, se frottent à ma bouche, ma langue entre et sort d'elle, mes doigts suivent la danse sur son clitoris.

Elle a l'air magnifique. Elle a un goût magnifique. Elle est magnifique. À l'intérieur comme à l'extérieur. Rien n'a changé.

Ma bouche et mes doigts changent de place, je suce fortement son clitoris et j'enfonce mes doigts au plus profond d'elle, sachant exactement où elle a besoin de me sentir, ce qu'elle a besoin que je fasse.

Elle me tire les cheveux, me déchire le cuir chevelu et hurle lorsqu'un orgasme l'envahit. Mais je ne lâche pas. Pas un instant.

Je me rattraperai pour tous les orgasmes que j'aurais dû lui donner au cours de ces années. Peut-être pas tous ici ce soir. C'est impossible. Mais finalement... Je finirai par rattraper ce temps perdu dans nos vies où nous aurions pu être ensemble, nous aimer, nous blottir l'un contre l'autre, parler, partager... créer une famille.

Tout ce que nous avons raté parce que je l'ai fait pleurer.

Maintenant, j'ai besoin de l'entendre pleurer, mais tout autrement.

Ses mains se posent sur mes épaules, ses ongles ratissent ma peau, et je souris contre sa chair alors qu'elle jouit une fois de plus.

— Lâche-moi. Arrête, scande-t-elle, à bout de souffle. J'ai besoin d'une pause.

Je me jette en avant, recouvrant son corps du mien.

— Pas de pause, bébé, grogné-je en m'enfonçant profondément en elle. Ses bras entourent mon cou, ses jambes recouvertes de ses bas s'enroulent autour de mes hanches, ses talons s'enfoncent dans mes cuisses tandis que je la prends avec force et rapidité.

Sa tête s'enfonce dans l'oreiller et son cou se cambre tandis qu'elle gémit :

— Ah, Noah... Noah...

— C'est ça, bébé, dis mon nom.

Un gémissement lui échappe, puis elle se soulève, saisit mes cheveux pour m'embrasser profondément, mais nous devons tous les deux interrompre le baiser rapidement parce que nous respirons trop fort, trop vite. Je glisse mes mains sous ses hanches, je la bascule, je l'incline et je la pénètre aussi profondément que possible.

— C'est moi en toi, bébé, c'est moi. Noah. Pas ton toutou. Pas ton jouet. Pas ton esclave.

— Noah, crie-t-elle. Baise-moi, Noah, baise-moi !

— C'est ce que je fais, bébé, je te baise comme tu dois être baisée. Par moi et seulement moi. Il n'y a personne d'autre pour moi que toi, Bree. Seulement toi. Est-ce que tu ressens ça entre nous ? Le ressens-tu comme moi ?

— Oui... Je le ressens.

— C'est à toi ?

— C'est à moi.

— Et c'est à moi ?

— Tout à toi.

— C'est à nous, bébé. Tout à nous. Jouis pour moi, Bree. Je veux te sentir palpiter autour de moi. Je veux jouir avec toi. Allez, jouis pour moi.

— Je... Je ne peux pas... Je ne peux pas... Oh, putain. Je ne peux pas..., gémit-elle, les yeux révulsés.

J'appuie mes lèvres sur son oreille.

— Tu peux. Tu peux. Maintenant.

— Putain, Noah... Putain ! hurle-t-elle.

Sa poitrine se heurte à la mienne, son corps se cambre sous moi et je sens ce que je cherche. Ses muscles pressent ma queue violemment, rapidement, et c'est à ce moment-là que je me déverse en elle, basculant de l'autre côté avec elle.

À bout de souffle. Épuisé. Comblé.

J'enfonce mon visage dans son cou humide tandis que toute mon énergie me quitte, que je m'efforce de contrôler ma respiration, d'aspirer l'oxygène dont j'ai tant besoin. Je respire son parfum et un sentiment de calme m'envahit.

Ses doigts s'enroulent autour de ma tête, lissent mes cheveux et je reste silencieux, écoutant sa respiration qui ralentit également.

Je me glisse à contrecœur hors d'elle, m'effondre à ses côtés et place une paume sur son cœur, sentant ses battements puissants sous mes doigts.

C'est alors que je suis à nouveau frappé par une révélation, cette fois-ci plus brutale. Je n'ai jamais désiré ce genre de jeu avec elle. Pas avec Bree. La seule chose que j'aie jamais voulue d'elle bat sous ma paume.

Ma poitrine se serre et je me redresse sur un coude, fixant mon regard au-dessus d'elle.

— Nous en avons fini ici. On en a fini avec ça.

J'indique les menottes qui pendent encore à la tête de lit.

Les yeux écarquillés, elle me regarde en clignant des yeux.

— Qu'est-ce qui ne va pas ?

— Tout. Rien ne va.

— Je t'ai fait mal tout à l'heure ? demande-t-elle, la surprise transparaissant dans sa voix.

— Tu m'as fait mal quand tu es sortie de l'abri en pleurant. J'ai eu mal quand je n'ai pas eu la possibilité de m'excuser. Je sais que tu ne l'as pas fait exprès et que c'est arrivé. C'est la vie. J'ai grandi et je suis passé à autre chose. Je suis conscient que je t'ai blessée aussi. Avec mon inexpérience, avec ce dont tu as été témoin dans cette putain de maison, un endroit où je ne m'échappais que pour m'assurer que je ne ferais plus jamais pleurer une femme pour cette même raison. Mais aujourd'hui, Bree, cette connerie doit cesser.

Les lèvres tremblantes, elle murmure :

— Je suis désolée. Je pensais...

— Je sais ce que tu pensais. Et je sais pourquoi. Tout ce que tu pensais est vrai. Mais pas avec toi. Je ne peux pas être comme ça avec toi.

— Je croyais que c'était ce que tu voulais.

Je secoue la tête.

— Non. Ce n'est pas ce que je veux, répliqué-je en fermant les yeux un instant pour rassembler mes pensées bouleversées. D'accord, c'est ce dont j'avais besoin pour comprendre ce que je voulais. Mais, bébé... ce n'est pas ce que je veux de toi.

Je prends son visage dans mes mains.

— Qu'est-ce que tu veux de moi ?

— Juste toi. De la douceur. Des robes d'été jaunes. Des culottes en coton rose. Des sourires. Des rires.

Tout est clair pour moi maintenant.

— Tu n'aimes pas le cuir ?

Ce que je n'aime pas, c'est l'insécurité dans sa voix. Ce sentiment n'est pas sa place et je ne veux pas en être la cause.

— J'aime le cuir. J'aime le fait que je devienne dur comme de la pierre quand tu portes cet accoutrement en cuir. J'aime que tu me rendes fou en portant ces putains de bas quand tu me fouettes le cul ou que tu me suces. Mais j'aime Bree, bébé, *Bree*. Brianna est géniale, mais pas pour tous les jours. J'aime beaucoup Brianna, ne te méprends pas. Mais, bébé, *j'aime* Bree. J'ai toujours aimé Bree. Je t'ai aimée dès que je t'ai vue. J'ai su que tu serais à moi la première fois que je t'ai embrassée dans ton jardin et que tu m'as donné un coup de poing dans le ventre.

— Tu m'aimes depuis ce jour ?

— Oui. Je n'ai aimé personne d'autre que toi.

— Mais...

— Ne te méprends pas... Il y a eu d'autres femmes. Et j'ai eu d'autres maîtresses. Mais aucune d'entre elles n'a jamais duré parce qu'au fond de moi, je savais que j'étais fait pour être avec toi. Seulement toi, Bree.

— Noah, murmure-t-elle, la voix chevrotante.

— Aucun regret. Maintenant, il est temps de les enterrer. Et d'aller de l'avant.


### Bree

— Je ne sais pas où on va désormais, dis-je, parce qu'honnêtement, je ne sais pas. Nos vies se sont séparées et nous avons pris deux directions distinctes ce jour-là.

— Est-ce qu'on a besoin de savoir où l'on va ? Le chemin doit-il être tracé d'avance ? Ou bien peut-on le découvrir tout en avançant ?

Je sais que je suis prête à faire tout ce qu'il faut pour être avec cet homme. Toutefois, la logistique peut poser problème. Et le fait que nous ne connaissons que les versions enfantines et adolescentes de nous deux, pas les versions adultes.

— Tu réfléchis trop, me dit-il en écartant une mèche de cheveux de mon visage.

C'est vrai.

— Je sais. Il y a tellement de questions à se poser.

— Comme quoi ?

— Le temps. La distance. Le fait que je ne sais pas si je peux encore être Bree.

Et c'est vrai aussi.

Il enroule une mèche de mes cheveux autour de son doigt et l'étudie un instant. Puis il croise mon regard, déterminé.

— Nous ne pouvons rien faire pour le temps. Il s'est envolé. Nous n'avons que ce temps qui avance. Nous ne pouvons que regarder vers l'avenir. La distance ? Je vais m'arranger. Je peux te le promettre. Et pour ce qui est d'être juste Bree...

Il hésite, puis prend une grande inspiration avant de continuer :

— Je ne dis pas que je veux que Brianna disparaisse complètement. Je ne veux pas. Il y a des moments où j'aurai besoin d'elle. Mais la plupart du temps, j'aurai besoin de ma Bree. Je n'arrive pas à concevoir que tu ne m'attaches pas et que tu ne me fasses pas tien dans tous les sens du terme. Mais j'aurai besoin de vivre la même chose avec toi.

— Ça me convient.

Lorsque les commissures de ses lèvres se retroussent, je suis encore une fois époustouflée par la beauté simple de cet homme. Il s'est offert à moi ce soir et maintenant il s'offre à moi... peut-être pour toujours.

Il a raison, on ne peut pas revenir en arrière et réparer ce qui a été cassé, et peut-être que c'est mieux ainsi. Peut-être avions-nous tous les deux besoin de prendre notre propre direction pour nous retrouver en tant qu'individus, pour nous perfectionner en tant que personnes indépendantes. Nous sommes devenus plus équilibrés, chacun riche de différentes expériences de vie.

Une chose est sûre, tout ce qui s'est passé auparavant a fait de nous deux de meilleurs amants. Et, je l'espère, de meilleures personnes au sens large.

Pendant toutes ces années, il aurait pu trouver quelqu'un

d'autre. Il n'en a rien fait, et moi non plus. Alors peut-être qu'en fin de compte, nous étions faits l'un pour l'autre.

Un amour perdu puis retrouvé.

À l'époque, je détestais cette femme parce qu'elle m'avait volé. Mais aujourd'hui, je comprends qu'à l'époque, il n'était pas prêt à être à moi.

Sa voix grave me tire de mes pensées.

— Sache que... J'ai hâte de me réveiller à tes côtés, de me retourner et de te prendre dans mes bras, de t'embrasser, de t'apporter le petit déjeuner au lit, de te faire l'amour lentement, doucement, gentiment. Et j'en aimerai chaque minute. Puis il y aura les moments où je rentrerai à la maison et où tu me mettras ce collier, dit-il en touchant du doigt le cuir qui entoure encore son cou, et tu me forceras à m'agenouiller pour obéir à tes ordres. Puis nous baiserons fort et vite jusqu'à ce que nous soyons tous les deux à bout de souffle, épuisés et pleinement satisfaits. Et j'en savourerai chaque instant, aussi.

Oh, moi aussi.

Une fois de plus, cet homme me fait fondre avec ses mots. Mon cœur d'acier est en fusion.

## Noah

ELLE N'A PAS HÉSITÉ UNE seule fois à accepter ma proposition. Et je ferai tout ce qui est en mon pouvoir pour que ma promesse devienne réalité.

Je continue :

— Je ne décolle pas avant dimanche soir. Demain, nous avons le mariage de ton frère. Demain soir et dimanche matin, tu m'auras moi. Je te laisse décider si tu veux être Bree ou Brianna. Mais quoi qu'il en soit, je veux être avec toi. Peux-tu me donner ça ?

— Oh, oui. Certainement.

Bree imite mon sourire. Le sien illumine son visage et me

ramène à l'époque où nous étions plus jeunes et n'avions aucune idée de la direction que prendraient nos vies.

— Je dois remercier mon frère, murmure-t-elle.

Moi aussi, d'ailleurs.

— Même si je déteste les mariages, je suis contente qu'il m'ait forcée à participer à celui-ci. Et si je dois remonter l'allée accompagné, je suis heureux que ce soit toi à mon bras, Bree, expliqué-je en posant mes lèvres sur les siennes. C'est là que tu es censée être.

Et j'y crois de tout mon être.

Pour que cela arrive, pour que je sois enfin là où je suis censé être, j'ai beaucoup de travail et de préparation devant moi. Si je dois déplacer des montagnes, je le ferai, car je sais ce qui m'attend de l'autre côté.

On dit qu'on se souvient toujours de sa première fois. Les personnes qui racontent ça (quelles qu'elles soient) ont tout à fait raison. Je me suis toujours souvenu d'elle. Et elle ne m'a jamais oublié.

Je l'ai aimée toute ma vie. Cette femme que je voulais tant, étonnamment, je l'ai maintenant. Et cette fois...

*Ce sera pour toujours.*

# Chapitre 1



*Skylar*

Je regarde la sueur couler goutte après goutte, sur mon tapis de yoga hors de prix. Le soleil est si brûlant et je suis là, comme une idiote dans mon jardin, pliée en deux dans la posture du chien tête en bas depuis un million d'années. D'accord, peut-être pas des années… mais bien un million de secondes. Mais mon corps a décidé qu'il me détestait (rien de nouveau) et il est pris de crampes tandis que la tête me tourne. Mieux encore, mon pantalon de yoga hors de prix s'est frayé un chemin jusqu'à la raie de mes fesses (ainsi qu'à un autre endroit). Et pourtant…

Aucun voisin à l'horizon.

Qu'est-ce que c'est que ce bordel ?

Même si mes yeux tentent de sortir de leurs orbites, je jette un coup d'œil à ma montre de sport. Il aurait dû être là il y a deux minutes et trente secondes.

Et merde.

D'habitude, cet homme passe devant chez moi le lundi, mercredi et vendredi après-midi de chaque semaine. La plupart du temps, en tout cas. Toutefois, les orages semblent le décourager de faire sa séance de cardio (je ne sais pas trop pourquoi).

Ces jours-là, je serais ravie de lui proposer un autre type d'entraînement pour stimuler son cœur. Et peut-être aussi faire travailler ses hanches.

Quoi qu'il en soit... regardez-moi ! Je fais du yoga sur ma pelouse, sur l'herbe mal tondue, et j'attends comme une femme désespérée (ce n'est pas le cas, je vous le promets, c'est juste une impression).

Mais, bon sang, cet homme est beau et quand il passe devant moi torse nu, luisant de sueur, j'ai envie de l'attirer à l'intérieur et de lui faire sa toilette avec ma langue.

Mes cuisses commencent à trembler quand je jette un coup d'œil entre mes jambes écartées, parce que, bien entendu, mes fesses doivent être orientées vers la rue. Je veux qu'il voie bien ce que j'ai à lui offrir.

Il se peut même que je le remue un peu lorsqu'il passera à petites foulées.

Enfin, si je ne m'évanouis pas avant.

Je soupire.

Puis je soupire encore un peu plus fort pour faire bonne mesure.

Peut-être que ce serait plus facile si je me mettais à courir. Je porterais un de ces soutiens-gorge de sport sexy, j'attacherais mes cheveux en queue de cheval, arborerais un sourire et le suivrais autour du pâté de maisons d'un pas guilleret.

Plutôt mourir.

---

## Cade

JAMAIS JE NE SAURAI POURQUOI je me suis lancé dans ces conneries. Non, je mens. Je le sais très bien. Je me suis dit : « Cade, mec, ce ne serait pas génial d'améliorer ton cardio et de te mettre à courir ? »

Je me suis répondu : « Oui, mec, ce serait génial et sympa,

en plus ! » Et puis peut-être que je ne serai plus aussi essoufflé quand je jouerai au basket avec les copains. J'aurai plus d'endurance, je paraîtrai et me sentirai plus jeune, et...

*Allez, quelle merde.*

La course à pied, c'est nul. Et je ne suis même pas sûr que ma pratique puisse être considérée comme de la course à pied. Non, c'est plutôt un jogging. Ou une marche rapide. Ou le trot d'un âne au sabot boiteux.

Inspirâler. Expirâler. Quel enfer !

Ma poitrine brûle, les muscles de mes jambes se contractent, mes burnes semblent baigner dans une flaque de sueur, et la raie de mon cul...

Je refuse de m'étendre sur le sujet. (Croyez-moi, vous n'en avez pas envie non plus.)

Alors, pourquoi ne pas mettre fin à la torture ? (Bonne question !)

Je me la pose depuis un mois.

Et la réponse est toujours...

Elle.

Je sacrifie trois jours par semaine juste pour voir une femme que je ne connais pas.

Je ne sais pas trop pourquoi, mais elle semble toujours être dehors à la même heure. C'est pourquoi je m'assure de passer par là en courant (en joggant, en trottant, en boitant) à ce moment-là.

Suis-je fou de me torturer parce que je trouve une femme attirante et que j'aimerais retenir son attention ?

Oui. Peut-être.

Pourquoi ne pas frapper à sa porte et l'inviter à sortir ? (Encore une excellente question.)

Peut-être que je veux l'impressionner avec mon physique et mes prouesses athlétiques.

Mais honnêtement, il faut que ça avance, et bientôt. Parce que cette course à pied, c'est vraiment naze et je préférerais encore m'enfoncer des lames de rasoir sous les ongles.

Au moins, ma foulée paresseuse me permet de l'observer sans paraître flippant. Marcher serait trop lent et évident. En voiture, ce serait trop rapide et inutile, sans parler du danger, puisqu'elle est clairement source de distraction.

Et, bien sûr, mon rythme me laisse toujours assez de temps pour apprécier le spectacle qu'elle m'offre.

Mercredi, elle lavait sa voiture, le haut trempé, ses tétons transparaissant à travers le tissu fin de son tee-shirt, et lorsqu'elle s'est penchée pour frotter le capot de ladite voiture, ma queue a failli jaillir de mon caleçon. Vous savez, ces petits shorts de course en nylon. Ceux avec la doublure en résille large, qui ne sont clairement pas faits pour l'excitation sexuelle.

Mais je digresse.

La semaine précédente, elle arrosait sa pelouse. Et, une fois de plus, son haut était plus humide que son gazon.

Le problème, c'est que tout le quartier est équipé d'arroseurs intégrés.

Peut-être que le sien est cassé.

C'est possible.

Je grogne en tournant au coin de la rue et j'essaie de me dépasser un peu, car je ne suis pas dans mon assiette aujourd'hui. Je suis plus en retard que d'habitude et je veux que ma course ait l'air aussi facile que possible. Il faut que je donne l'impression d'être en pleine possession de mes moyens et de ne pas souffrir en cachette.

Mes yeux glissent vers la gauche pendant que je cours. Elle vit dans la quatrième maison. Celle en briques avec le garage pour deux voitures.

Encore deux maisons.

Une maison.

J'écarquille les yeux en voyant ses fesses en l'air, moulées dans un pantalon de yoga noir. Je chancelle, incapable de freiner mon élan.

Ma bouche forme un O, d'une part parce que je suis en train de tomber et d'autre part parce qu'elle s'est agenouillée et se cambre vers l'arrière, les mains sur les talons, le tissu de son débardeur tendu sur sa poitrine généreuse.

La dernière chose que je vois, ce sont ses paupières qui clignent à l'envers vers moi, sa tête renversée en arrière.

Soudain, je ne distingue plus que le trottoir (et ma perte de virilité). Le peu d'oxygène que j'avais inspiré s'est envolé.

Puis, quelques secondes plus tard, me semble-t-il, des orteils nus, mignons et vernis de rouge apparaissent devant moi.

J'ai envie de mourir.

Et dire que je voulais l'impressionner. C'est complètement foutu. J'ai juste envie de ramper sur mes mains et mes genoux écorchés pour aller me planquer dans un buisson.

— Ça va ? demande-t-elle, une main posée sur mon épaule, inquiète.

Ce qui me touche. Mais ce n'est pas le genre de contact dont j'ai besoin de sa part. Je détourne les yeux des orteils que j'ai envie de sucer, je remonte le long de ce pantalon de yoga moulant, et j'hésite quand j'arrive au V entre ses jambes.

J'ai l'impression qu'elle ne porte pas de culotte.

— Tu peux te relever ?

*Bon sang.* Il faut que je réponde. Je ne peux pas faire comme si rien ne s'était passé. Ou peut-être que si ?

— Oui, dis-je, mais ce mot sonne plus essoufflé (et moins viril) que je l'aurais voulu. Comme si je n'étais pas en forme ou un truc du genre.

Impossible. Je cours trois jours par semaine.

Bon, d'accord.

Soudain, je réalise que je suis toujours en train de fixer son entrejambe. Pas terrible. Je lève à contrecœur les yeux sur le haut de sport moulant qu'elle porte et j'hésite durant une brève seconde un peu perverse sur les perles dures de ses tétons. Finalement, je continue, non, attendez… encore un coup d'œil. Très bien, je remonte mon regard jusqu'à son visage et je remarque qu'elle se mord la lèvre inférieure et que ses yeux sont plissés aux coins, comme si elle se retenait de rire.

Parce que moi qui tombe à la renverse, c'est un peu risible, non ?

Peut-être que je devrais me mettre à rire et que nous pourrions tous les deux nous esclaffer, puis je pourrais rentrer en boitant mollement chez moi et m'enfermer jusqu'à ce que je retrouve ma virilité perdue.

— Besoin d'un coup de main ?

De main. De bouche. De...

— Non, merci, dis-je.

J'essaie de le prouver en me remettant sur mes pieds. Cette fois, je veux rester à la verticale.

Lorsque ses magnifiques yeux bleu ciel survolent mon corps, je présume qu'elle vérifie l'absence de blessures. Et je reste là comme une andouille pendant qu'elle étudie mon torse (qui, je l'espère, ne l'effraie pas), porte son regard sur mon short (j'espère que mes petits bourrelets ne sont pas décelables) puis sur mes jambes, mes meilleurs atouts (si je puis dire) puisque je fais beaucoup de squats (hé, au moins, ce n'est pas de la course à pied).

Quand elle pousse un petit cri, je baisse les yeux. Peut-être qu'elle est impressionnée par mon énorme sexe. Mais non... elle fixe mes genoux. Sans crier gare, elle s'accroupit et pose les mains sur mes cuisses.

— Tu saignes.

Je fixe le sommet de sa tête blonde, bien trop proche de mon entrejambe. Si elle ne se relève pas et ne retire pas ses mains, elle va se prendre mon érection incontrôlée en pleine figure.

Mais elle a raison, mes genoux saignent, même si ce n'est pas bien grave.

— C'est rien. Je peux aller...

Elle se redresse brusquement, les yeux écarquillés.

— Oh non, laisse-moi faire. J'ai une trousse de premiers secours chez moi.

Soudain, je l'imagine en tenue d'infirmière blanche,

moulante et courte (l'ancienne version avec la jupe — vous vous rappelez ?), avec des bas blancs et tout le tralala. (Enfin, sauf les chaussures de matrone. Dans mon petit fantasme, elle porte des talons aiguilles de huit centimètres).

Et puis BAM...

Ma demi-molle se transforme en une véritable érection.

— Viens, me dit-elle en posant une main sur mon bras.

Je regarde ses doigts délicats s'enrouler autour de mon biceps et découvre que ses ongles sont vernis de la même couleur que ses jolis petits orteils.

Je réalise à quel point j'ai envie que ces ongles me ratissent le dos et s'enfoncent dans la peau de mes fesses pendant qu'elle m'encourage à la prendre encore plus fort.

Bon sang, je viens de tomber dans un profond puits de dépravation.

Je la suis quand même. Elle me fait rêver depuis des semaines. Et j'ai enfin une chance, même si je suis un sacré empoté.

Alors qu'elle me guide vers sa porte d'entrée, elle rejette ses cheveux blonds sur une épaule en disant :

— Je m'appelle Skylar.

Skylar.

Ça lui va bien, à elle et à ses yeux bleus.

Je m'éclaircis la voix, parce que je veux avoir l'air beaucoup plus viril que tout à l'heure quand je lui réponds.

— Kincade.

Elle me sourit par-dessus son épaule et je manque de trébucher à nouveau.

Pourquoi lui ai-je donné mon prénom complet, que je n'utilise jamais ? Ah, parce que tout le sang de mon cerveau s'est accumulé beaucoup plus bas, voilà tout.

— Je t'en prie... appelle-moi Cade.

— Cade, murmure-t-elle en poussant la porte avant de relâcher mon bras et d'entrer, s'écartant suffisamment pour me laisser passer.

Il me faut un moment pour m'habituer au changement de luminosité, et dans ce cours laps de temps, elle ferme (et verrouille !) la porte derrière moi.

Je jette un coup d'œil dans l'entrée et constate que sa maison est agencée comme la mienne, comme probablement l'ensemble de celles du quartier, puisqu'elles ont toutes été construites à la même époque, par le même promoteur.

Je sais donc exactement où se trouve la plus grande chambre. Ce qui n'arrange rien à l'afflux de sang vers mon sexe. Sans parler du manque de sang vital dans mon cerveau.

Je me rends alors compte qu'aucun de nous n'a bougé. Je lance un coup d'œil par-dessus mon épaule et elle est appuyée contre la porte, me lorgnant comme si j'étais un filet mignon à point dans un restaurant gastronomique.

— Tu as un très joli cul, murmure-t-elle.

Je me retourne lentement pour lui faire face, m'efforçant de ne pas laisser transparaître le choc provoqué par sa remarque.

Ah, et merde, tant pis…

— Toi aussi.

— Tu aimes les jeux de fesses ?

Je cligne des yeux.

— Pardon, quoi ?

Une vive douleur me traverse le cerveau à l'instant où il implose.

— Des jeux de fesses.

Putain de merde. Est-ce que j'ai des hallucinations auditives ? Je me ressaisis, et je me dis qu'il faudrait peut-être que je me nettoie les oreilles. J'essaie de déglutir, mais ma pomme d'Adam reste coincée dans ma gorge.

— Jeux de fesses, répété-je, en essayant de garder mon sang-froid.

— Oui.

Je pensais qu'elle allait désinfecter mes genoux écorchés. Mais les jeux de fesses, c'est tellement mieux que les compresses imprégnées d'alcool, la pommade antibiotique et les sparadraps.

Elle attend ma réponse.

— Je... euh... je ne suis pas *contre,* dis-je, me demandant où elle veut en venir.

— Actif ou passif ?

Elle se décolle de la porte et je recule par réflexe. Mais je ne sais pas pourquoi. Elle a l'air inoffensive...

— Je ne sais pas pourquoi...

Elle penche la tête vers mon short.

— Tu dois avoir les mêmes idées que moi puisque tu es aussi dur qu'un roc sous ton petit short satiné.

Je me retiens aussitôt de tendre la main vers cette zone, car je n'ai pas besoin de la sentir pour savoir à quel point je suis dur à ce moment-là. Je n'ai pas besoin de le voir. Et, apparemment, je suis incapable de le cacher aussi.

Quoi qu'il en soit, ma première pensée n'a pas été la même que la sienne. Les jeux de fesses ne m'avaient assurément pas effleuré l'esprit avant qu'elle n'en parle.

Mais je dois admettre que maintenant, cette idée y est ancrée.

— Suis-moi.

Ses mots sont si suaves que je suis soudain prêt à faire tous les jeux de fesses qu'elle désirera. Même si je suis passif.

# Chapitre 2



*Skylar*

MA CHANCE EST à son comble aujourd'hui. Sa chute dans la rue m'a permis non seulement de parler à mon voisin, nommé Cade, mais aussi de l'inviter dans ma tanière (je veux dire ma maison).

Je me suis dit qu'aller droit au but et mentionner le jeu de fesses serait un bon test pour voir s'il est facilement effrayé. Il ne s'est pas enfui en hurlant, c'est donc bon signe.

Alors que j'avance dans le couloir, je l'entends me suivre (volontairement) et la chair de poule se répand sur tout mon corps.

J'observe cet homme depuis deux mois et mon appétit pour lui a atteint des proportions épiques. (Mais encore une fois, je ne suis pas désespérée ou quoi, promis !)

Oh, j'ai oublié un détail important...

— As-tu une famille, Cade ?

— Devrais-je craindre que tu m'attires au fin fond de ta maison pour m'assassiner, m'enterrer dans ton jardin et que tu cherches maintenant à savoir si quelqu'un va venir me réclamer ?

Je m'arrête brusquement à l'entrée de ma cuisine et il me percute, son érection (d'ailleurs, il est décidément bien loti dans ce domaine) s'écrasant dans le creux de mon dos. Il recule rapidement.

— Désolé, marmonne-t-il.

— Non, j'essayais juste de faire connaissance avec l'un de mes voisins, dis-je en me retournant pour lui faire face.

— Désolé, répète-t-il, et on dirait qu'il le pense vraiment. J'ai de la famille, mais personne dans les environs.

J'espère que cette phrase signifie qu'il est célibataire. Mon regard se pose sur sa main gauche. Il la lève et remue son annulaire, heureusement vierge de toute alliance.

— Toi ? demande-t-il.

— Non, il n'y a que moi et ma chatte.

Sa bouche s'ouvre, puis se referme et je souris à sa réaction.

— Ma chatte. Miauleuse, précisé-je.

— Miauleuse ?

Son expression se fige, comme s'il essayait de camoufler ses pensées.

— Oui, je sais. C'est ridicule, hein ? Malheureusement, c'est le nom qu'elle portait quand je l'ai adoptée. Je l'appelle Chipie, c'est plus simple.

— Ah.

Cade doit déjà se dire que je suis un peu folle. Après l'avoir regardé une dernière fois, je me tourne vers la cuisine, attrape la trousse de premiers soins sous l'évier et ressors.

— Nos maisons sont-elles agencées de la même façon ? lui demandé-je sans attendre de voir s'il me suit.

— Oui.

Étonnamment, Cade est toujours sur mes talons tandis que je me dirige vers ma chambre. Maintenant, je me dis qu'il est peut-être du genre aventureux. J'espère bien que oui. Quoi qu'il en soit, c'est une âme courageuse.

— Alors tu sais où je vais ?

— Oui, répond-il doucement.

Je souris de plus belle en pénétrant dans la chambre, avant de passer le seuil de la salle de bain attenante.

Je referme l'abattant des toilettes, puis le désigne du doigt.

— Assieds-toi.

Il obtempère. Ses cheveux noirs sont encore légèrement humides de sa course et j'ai envie de passer mes doigts sur la coupe courte et en brosse. Un style militaire.

Hum. J'ai toujours eu un faible pour les hommes en uniforme.

Mais il ne porte pas de matricule autour du cou. Il n'est donc peut-être pas en service actif. Malgré tout, il serait probablement à son avantage en tenue de camouflage, et mes tétons se durcissent encore plus à cette idée.

Je me rends compte qu'il me fixe et que je le fixe. Ses yeux marron foncé sont ardents, ses lèvres pulpeuses et assurément appétissantes. Son torse nu se soulève et s'abaisse à un rythme rapide, même s'il ne devrait plus être essoufflé par sa course.

Est-il possible qu'il soit aussi attiré par moi que je le suis par lui ? Est-ce qu'il m'a observé pendant ses séances de sport autant que moi ?

Je me mets à genoux et ouvre la trousse de premiers secours. Il est temps de passer aux choses sérieuses.

— Tu es plutôt régulier dans ton programme de jogging.

Je fouille pour trouver les lingettes alcoolisées, j'en déniche deux et en ouvre une.

— J'ai besoin de garder la forme.

— Pourquoi ? Qu'est-ce que tu fais dans la vie pour avoir besoin de rester en forme ?

— Je... euh... travaille pour le gouvernement.

Je lève les yeux vers lui. Il me dévisage intensément.

— Ça va piquer, le préviens-je, même s'il le sait probablement puisqu'il doit avoir une quarantaine d'années et non quatre.

Il tressaille sous mes doigts alors que je commence à nettoyer son genou gauche.

Je reporte mon regard sur sa jambe, me concentrant sur ma tâche.

— Depuis quand les fonctionnaires ont-ils besoin de se maintenir en forme ?

— La plupart n'en ont pas besoin.

— Mais toi, tu es spécial.

— Pas vraiment.

Sa voix est tellement plus grave maintenant qu'elle l'était lorsqu'il est tombé pour la première fois. Il s'est ressaisi. J'aime sa voix. Elle colle bien avec son physique, sa mâchoire carrée, ses pommettes hautes, ses épaules larges.

Je déplie une autre lingette alcoolisée et nettoie soigneusement son genou droit.

— Ça fait mal ?

— Quoi ?

Je lève les yeux.

— Tes genoux.

— Pas vraiment.

Je hoche légèrement la tête.

— C'est bien. Je ne voudrais pas que tu te retrouves en arrêt, incapable de travailler pour le gouvernement.

Après avoir essuyé plusieurs fois son genou, je lui demande :

— Fédéral ?

Il hésite.

— Oui.

Rien d'extraordinaire là-dedans. Notre agglomération, en Virginie, regorge d'employés de l'administration fédérale.

Je ne serais même pas surprise qu'il soit du FBI ou de la police du Capitole.

— Tu es flic ? demandé-je en jetant les compresses usagées à la poubelle juste derrière les toilettes.

— Dans les forces de l'ordre.

Je souris devant son genou en appliquant une crème anti-biotique sur sa peau écorchée. Ses genoux ne sont pas en mauvais état, mais j'aime bien m'occuper de lui. Et c'est le moment idéal pour en apprendre plus à son sujet.

— Tu dois avoir un emploi du temps bien tranquille si tu arrives à passer devant chez moi à la même heure trois jours par semaine.

— Alors, tu as remarqué, déclare-t-il.

— C'est vrai.

Je pose les deux mains sur ses cuisses, juste au-dessus de ses genoux pliés, et je serre doucement. Un petit signe qu'il percevra. Les agents des forces de l'ordre ont tendance à mieux percevoir les indices subtils que les autres. Mais je n'ai pas franchement été subtile (vous vous souvenez de la question sur les jeux de fesses ? Oui, j'en ai vraiment parlé).

— Je t'ai remarqué aussi.

Je m'accroupis et examine ses plaies.

— Pas besoin de pansements. Les coupures ne sont ni profondes ni étendues. Vous devriez échapper à une amputation totale des deux jambes, monsieur l'officier.

— Je ne suis pas un officier.

Il répond comme s'il était important de rectifier ce propos. Il ne veut pas être considéré comme un simple « officier ».

— Alors quoi ?

Dans le peu de temps que nous avons passé en compagnie l'un de l'autre, il n'a pas souri une seule fois. Pas une seule fois. Je trouve ça bizarre.

— Services secrets.

Dans un sursaut, je tombe à la renverse sur mes fesses et il se lève instantanément des toilettes pour me rattraper.

— Skylar.

Mon cerveau a cessé de fonctionner et mes pensées tourbillonnent. Je fixe le grand homme qui me tend la main.

— Skylar, tu vas bien ?

Je cligne des yeux plusieurs fois, essayant de m'éclaircir les idées.

— Je... Oui, désolée.

Je prends la main qu'il me tend, elle est chaude, large et forte, et il m'aide à me relever.

Ma salle de bain principale est de taille convenable, mais pas assez grande pour que nous puissions nous tenir tous les deux devant les toilettes sans être collés l'un contre l'autre. Surtout avec sa taille, et une telle proximité, il semble même plus grand et plus large que je ne l'avais d'abord cru.

Il me regarde fixement, sa main balaie les cheveux de mon visage et ses doigts effleurent ma mâchoire avant de saisir mon menton et de tourner mon visage vers lui.

— Tu vas bien ? murmure-t-il, l'inquiétude transparaissant dans ses yeux.

Je frissonne et souffle un « oui ». Puis je secoue la tête pour me ressaisir, je pose ma paume sur son torse chaud (et toujours dénudé), et je répète plus fort et avec plus de conviction :

— Oui. Je vais bien.

Je sens son cœur sous ma main, qui bat vite, fort.

— Pourquoi as-tu réagi comme ça ?

— Pour rien... dis-je, en pensant très fort « rien que je veuille admettre ». J'ai juste eu la tête qui tourne pendant une seconde.

Il fronce les sourcils. Il ne me croit pas, mais il ne me connaît pas assez bien pour me dire d'arrêter de raconter des conneries.

Pourtant, je le lis sur son visage.

Je vois bien que c'est un homme qui aime la franchise.

Moi aussi, j'aime la franchise. Mais pas dans ce cas précis.

Je passe rapidement ma maison en revue pour m'assurer que rien ne pourrait lui révéler qui je suis. Ou plutôt qui j'étais.

Parce que s'il le découvre, il pourrait tout simplement franchir la porte et tous mes plans tomberaient à l'eau.

# Chapitre 3

*Cade*

QUAND JE LUI ai parlé de ma carrière, sa réaction m'a paru curieuse. Peut-être que je me fais des idées et qu'elle a vraiment été prise de vertiges. Mais mon instinct me dit le contraire.

Je devrais probablement partir…

Mais j'ai du mal à m'éloigner – littéralement. Son dos est appuyé contre le mur et mon érection pousse contre la douceur de son ventre. Lorsque sa main se pose sur mon torse, ses ongles s'enfoncent dans la peau au-dessus de mon cœur.

Comme je plonge mon regard dans ses yeux bleus comme un ciel sans nuage, ses paupières retombent, sa bouche rosée s'ouvre et un souffle s'échappe d'entre ses lèvres. Ses tétons sont aussi durs que des diamants sous son haut de yoga et je suis tenté de les effleurer pour tester leur fermeté.

Je force mon esprit à fonctionner, mais en réalité, je n'ai qu'une seule idée en tête.

— Tu aimes les jeux de fesses ?

Sa respiration est saccadée et elle fond presque contre moi. C'est bon, vraiment bon. Ce genre de contact intime m'a manqué.

— J'adore les jeux de fesses, répond-elle en relevant le menton, m'invitant à l'embrasser.

Je baisse la tête jusqu'à ce que mes lèvres soient à peine au-dessus des siennes.

— Mordre, fesser, lécher, baiser ?

— Oh, oui, murmure-t-elle, les yeux rivés sur les miens.

Je souffle une bouffée d'air.

— Je peux t'embrasser ?

— Tu as même plutôt intérêt, rétorque-t-elle.

Ses derniers mots sont noyés par l'assaut de ma bouche. Je n'ai pas besoin de forcer, elle s'ouvre, m'invite, me taquine du bout de la langue. J'attrape ses poignets, les relève au-dessus de sa tête et les plaque contre le mur. De mon genou écorché, j'écarte ses cuisses sans qu'elle bronche.

J'avale son gémissement et elle avale le mien, alors que je ne peux m'empêcher de me presser sur elle. Ma verge n'en fait qu'à sa tête, c'est certain.

Me libérant de la tentation de sa bouche brûlante, je caresse la chair douce de ses seins qui débordent de sa tenue de yoga. J'ai envie de faire ça depuis presque deux mois, depuis que j'ai posé les yeux sur elle lors de mes débuts dans la course à pied.

Je passe ses deux poignets dans l'une de mes mains et j'effleure enfin de mon pouce ces pointes galbées.

Ah, putain. Je veux les prendre en bouche. Je veux serrer ses seins et faire des va-et-vient entre eux avec mon sexe jusqu'à jouir sur elle. Mais je veux aussi jouir en elle, dans son sexe, ses fesses, sa bouche pulpeuse.

Tant de possibilités, et j'espère que nous pourrons toutes les satisfaire. J'ai le sentiment qu'elle sera prête à faire tout ce que je lui demanderai.

Et je suis assurément prêt à faire tout ce qu'elle me demande.

Cette pensée fait palpiter ma verge.

— Douche, murmure-t-elle.

Sans relever la tête, le nez enfoui entre ses seins généreux et moelleux, je demande :

— Quoi ?

— La douche. Nous sommes tous les deux en sueur.

J'emmerde la douche. J'ai besoin de m'enfoncer en elle d'abord.

— On va d'abord s'envoyer en l'air, puis prendre une douche, et ensuite je te dévorerai jusqu'à ce que tu cries.

Un petit sifflement résonne dans mon oreille alors qu'elle se cambre contre moi, mais je ne pense pas qu'elle se plaigne de mes intentions.

Je sais que si je n'ai pas un orgasme rapidement, je n'aurai pas l'endurance nécessaire pour prendre mon temps avec elle. Alors, voici le plan... J'en ai pour me détendre, puis je prends mon temps pour lui donner les meilleurs de toute sa vie. (Je ne me mets pas trop de pression).

Ces deux derniers mois, elle m'a provoqué trois fois par semaine, comme des préliminaires prolongés, et maintenant je suis prêt à passer aux choses sérieuses.

Mais d'abord...

— Préservatif ?

Elle me dévisage en clignant des yeux, son cerveau probablement aussi embrouillé que le mien. Mais je n'oublie jamais la contraception. Jamais.

Elle tire sur ses poignets entravés, mais je secoue la tête.

— Dis-moi où ils sont, je m'en occupe. Quand je te relâcherai, je veux que tu te déshabilles, que tu te penches sur le lavabo, les avant-bras sur le meuble, et que tu relèves ton joli cul. Es-tu prête pour moi ?

— Oui, dit-elle, un léger sourire ourlant la commissure de ses lèvres.

*Oh, oui.*

— À quel point ?

— Il va falloir que tu le découvres toi-même.

— C'est bien ce que je compte faire.

Je lui retourne un large sourire parce que j'aime bien son attitude effrontée. Elle n'est pas du tout timide, ce qui était clair dès le départ quand elle m'a parlé de jeux de fesses. Impossible de faire plus audacieux.

— Les préservatifs ? répété-je.

Elle incline la tête vers un étroit placard à côté de la douche.

Je la relâche, mais elle se contente de baisser les bras et ne bouge pas.

Je ne bouge pas non plus.

— Mets-toi en position, lui dis-je.

Soudain, elle arrache son haut, ses seins rebondissent lorsqu'ils sont tirés vers le haut par le tissu et lorsque le soutien-gorge intégré les libère enfin, ils retombent. Bon sang, ils sont parfaits. Des mamelons roses d'une taille parfaite pour ma bouche. Ils ne sont pas petits et guillerets, bien au contraire, ils sont lourds et pleins, faciles à malaxer. Ils méritent d'être embrassés, sucés et mordus.

Je ne peux pas rester là à les mater. Il faut que je bouge. Surtout lorsqu'elle commence à enlever son pantalon de yoga, qui épouse la courbe de ses hanches arrondies. Cette femme a suffisamment de chair pour que je puisse m'y agripper lorsque je m'enfonce en elle et, bon sang, ça me fait de l'effet. Quand je savoure une entrecôte, c'est la viande que je veux, pas l'os.

Je traîne assez longtemps pour confirmer mes soupçons : elle ne porte pas de culotte. (J'avais raison, et je me félicite mentalement).

Je réussis enfin à bouger les pieds et à ouvrir l'étroite porte du placard, scrutant les étagères à la recherche de préservatifs. Je les trouve tout au fond, sur la deuxième étagère. *Vraiment* tout au fond. Ce qui m'amène à me demander depuis combien de temps elle n'en a pas eu besoin.

Il serait peut-être impoli de ma part de poser la question, alors j'attends de voir si elle me donne cette information en premier. Je vérifie la date de péremption. Le soulagement m'envahit en constatant qu'ils sont encore valables. Sinon, je serais obligé de jeter son corps nu et appétissant par-dessus mon épaule et la ramener à la maison.

Regardez-moi, feignant d'être capable de jeter une femme par-dessus mon épaule et de la traîner sur deux pâtés de maisons.

Joli fantasme. Disons que je suis ravi que les préservatifs soient encore utilisables.

J'en sors un, je déchire l'emballage avec les dents et je me retourne, prêt à l'enfiler.

Elle a fait ce que je lui ai dit. Elle est penchée sur le lavabo et me regarde dans le miroir.

Oh putain de merde, son cul... en forme de cœur, me tente, m'aguiche. Entre ses jambes, j'aperçois ses lèvres gonflées qui m'appellent. J'ai hâte de les écarter, de voir si elles sont gorgées de désir.

Je sais qu'elles le sont. Je le sais.

*Bon sang.*

Il faut absolument que je me retienne assez longtemps pour m'assurer qu'elle sera satisfaite de ce premier coup, puis nous pourrons prendre notre temps et jouer.

La bonne nouvelle, c'est que je n'ai pas besoin de me présenter au travail avant lundi. J'ai tout le week-end pour profiter de cette femme devant moi.

— Touche-toi, exigé-je.

Et je saisis ma queue dans ma propre main, glissant la paume sur toute sa longueur, découvrant mon gland humide d'excitation. Je ne suis pas prêt à enfiler le préservatif, à perdre cette sensation.

Dans le miroir, elle baisse les yeux pour me regarder me caresser. Ce faisant, elle glisse une main entre ses jambes et un doigt dans ses plis.

*Bon sang.*

Mes bourses se contractent douloureusement et une nouvelle perle de liquide s'échappe du bout de mon sexe. Du pouce, je l'étale autour du gland.

Il faut que je la prenne.

Il faut que je la prenne *maintenant*.

Mais j'aime aussi me faire attendre.

J'aime cette attente impatiente. Imaginer ce que je ressentirai en la sentant autour de moi quand je m'enfouirai profondément en elle. L'émerveillement de savoir quel bruit elle fera quand je la ferai jouir !

Quand elle écarte ses lèvres, je vois à quel point son cœur rose est luisant.

— Dis-moi ce que tu veux, dis-je, reconnaissant à peine ma propre voix.

Elle est profonde, rauque, épaisse, empreinte de désir. Je sais très bien ce que je veux. Je suis un quadragénaire en bonne santé avec un appétit sexuel insatiable. Et je n'ai pas exploré mes désirs et mes besoins sexuels depuis un bon moment. Depuis un an. Au moins. Peut-être plus. Je suis vraiment un imbécile de m'en être privé.

Mais c'est comme ça.

Je ne voulais pas de complications. Subir le chaos d'une relation. Mon travail est stable aujourd'hui, mais pendant longtemps, avant que je ne monte en grade, il en était tout autrement. Je partais au pied levé, en avion par-ci, en voiture par-là. Des hôtels. Des stations balnéaires. Partout où l'on avait besoin de moi, selon la personne auprès de laquelle j'étais affectée.

Les chefs d'État ont tendance à être exigeants, très demandeurs. Tout comme une femme peut l'être. Je ne voulais pas connaître cette situation dans les deux sphères de ma vie... professionnelle et personnelle.

Puis les choses ont changé en ce jour fatidique. Aujourd'hui...

Je me ressaisis. Inutile de ressasser le passé, cela ne ferait que me rendre amer et ce que je regarde, c'est tout le contraire.

C'est doux et sucré. Skylar est très, très douce et sucrée.

— Dis-moi ce que tu veux, répété-je doucement, en déroulant le préservatif sur mon sexe dur.

— Toi.

— Sois plus précise.

— En moi, dit-elle au miroir tout en continuant à se caresser, à me taquiner.

Un doigt, puis un deuxième glissent en elle et je retiens un gémissement. Je me place derrière elle et nous regarde tous les deux. Elle est complètement nue, exhibée. En revanche, mon short n'est baissé qu'assez pour me permettre d'attraper ma queue, et je porte encore mes chaussettes et mes chaussures de sport.

Comme je ne veux pas qu'elle pense que je vais la sauter et m'enfuir, j'enlève mes baskets, mes chaussettes, je descends mon short et je le balance d'un coup de pied. Puis je me rapproche jusqu'à être serré contre ses fesses tandis qu'elle retire sa main et la repose sur le comptoir.

Je frotte mon gland recouvert de latex dans ses replis et je ferme les yeux un instant parce que je n'arrive pas à croire que je suis dans la maison de cette femme, dans sa salle de bain, prêt à faire ce que j'ai fantasmé de lui faire depuis deux mois.

Pendant une seconde, je me demande si je ne suis pas en train de rêver.

Je force mes yeux à s'ouvrir et je prends ma main (celle qui est libre) puis je longe sa colonne vertébrale du bout des doigts. Elle semble bien réelle. Lisse et bronzée, pas une marque ou un grain de beauté altère la perfection de sa peau. Je me penche sur elle, enfonçant ma queue dans la fente de son cul, tandis que ma langue remonte le long de son dos. Son gémissement m'encourage, alors je mordille ses omoplates, puis ses côtes, sa taille et enfin les courbes supérieures de ses fesses.

— Tu as du lubrifiant ?

Elle me regarde dans le miroir pendant quelques secondes avant de répondre.

— Oui. Maintenant ?

— Non, pour plus tard.

Non, certainement pas maintenant. Si je m'enfonçais dans ce cul doux et serré maintenant, ce serait fini avant même d'avoir commencé. Encore une fois, j'ai juste besoin de me détendre.

J'aligne mon sexe tout contre son orifice et avant que je ne puisse m'y enfoncer, elle se cabre et s'empale sur moi.

Je quitte des yeux le point de contact entre nos corps et relève la tête vers le miroir. Ses yeux sont fermés, sa bouche est ouverte et je la remplis complètement.

J'avais l'intention d'y aller doucement.

Apparemment, pas elle. Je peux m'en accommoder.

Elle pose ses paumes à plat sur le comptoir et commence à se déhancher contre moi, claquant ses fesses contre mes hanches.

Ça n'ira pas. Pas du tout. Je dois contrôler le rythme ou elle n'éprouvera pas le plaisir que j'ai l'intention de lui donner.

J'ai besoin qu'elle en veuille encore et encore.

Je crie « Stop » et lui assène une violente claque sur la fesse. Ses yeux s'écarquillent, son regard est brûlant et sombre, inter-rogateur.

— Laisse-moi faire, réussis-je à peine à articuler, en espérant qu'elle comprendra ce que je veux dire.

Sa peau rosit légèrement à l'endroit où je l'ai fessée. Et, bon sang, ça ne m'aide pas à tenir le coup.

Plus tard, je lui donnerai une fessée jusqu'à ce qu'elle soit rouge. Plus tard, je taquinerai son orifice étroit jusqu'à ce qu'elle me supplie de la prendre ici aussi.

Pour l'instant... J'ai juste besoin de calmer le jeu, me rappelé-je (une fois de plus).

— Regarde, lui dis-je en commençant à bouger, lentement d'abord parce que son intimité est douce comme du beurre.

Elle brûle mon âme. Elle me happe.

C'est une sensation extraordinaire, putain. Absolument spectaculaire. Pourquoi suis-je resté si longtemps sans cela ? Pourquoi me suis-je privé de cette sensation de chaleur somp-tueuse qui m'entoure ?

# Chapitre 4



*Skylar*

JE REPRENDS mon souffle tandis qu'il prend son temps, s'enfonçant et se retirant lentement de moi. Ce sentiment de plénitude, de complétude m'a manqué. Non seulement la connexion physique, mais aussi la connexion mentale avec un autre être humain.

Je me suis sentie si vide, si seule.

Je ne sais pas pourquoi cet homme a attiré mon attention (à part le fait qu'il soit canon), mais c'est ainsi. Je suis ravie d'avoir attiré la sienne, moi aussi.

Peut-être que c'était écrit d'avance.

Le destin.

Je m'empresse de chasser cette idée ridicule de ma tête. Ce n'est rien d'autre qu'une attirance physique, me répété-je. La seule « connexion » que nous ayons est sexuelle.

Même ça, c'est discutable puisque nous ne nous sommes rencontrés qu'il y a une demi-heure.

Je lève les yeux vers le miroir. Non pas pour le regarder me baiser (et il le fait très bien, si je puis dire), mais pour me regarder.

*Je ne connais cet homme que depuis quelques minutes et il est en moi.*

Je devrais avoir honte.

Mais non.

C'est ce que je veux depuis presque deux mois. Et je suis le genre de femme qui prend généralement ce qu'elle veut. C'est juste que je n'ai pas vu quoi que ce soit qui me plaisait depuis un bon moment.

Il a les yeux rivés sur moi dans le miroir et ce qu'il y lit le fait hésiter, perturbe son rythme.

Ce n'est pas acceptable. Parce que j'ai besoin de jouir et lui aussi. Ainsi, nous pourrons passer à des activités plus importantes et plus intéressantes.

Une douche. Un lit. Une chance de découvrir ce qu'il aime, ce dont il a besoin, ce qu'il veut. Ce qui l'excite, ce qui le rebute (pas grand-chose, j'espère).

Son ouverture d'esprit.

Ses limites.

Et jusqu'où il pourra pousser les miennes.

Avec cette pensée et un sourire, je me resserre autour de lui et ses hanches tremblent de nouveau. Sa poitrine se soulève et s'abaisse comme s'il inspirait profondément, et ses yeux se voilent. Je recommence, mais cette fois je ne souris pas. Cette fois, en soutenant son regard, je ne peux pas m'empêcher de respirer aussi fort.

L'oxygène entre et sort de mes poumons au même rythme qu'il entre et sort de moi.

Il faut que je l'encourage à aller plus vite.

— Baise-moi plus fort.

Il secoue la tête, ses doigts s'enfoncent dans mes hanches.

— Je le ferai. Mais pas tout de suite.

— N'attends pas. Maintenant.

— Il faut que…

— Il faut que tu me baises plus fort.

— Putain, murmure-t-il, alors il me pénètre de toutes ses forces, me poussant vers l'avant.

Il s'arrête au fond de moi et ferme les yeux. Je me resserre autour de lui, essayant de l'encourager à bouger.

— J'ai juste...

Ses mots s'évanouissent. Il essaie à nouveau :

— Je veux juste... putain.

Puis il me pénètre encore et encore, fort, vite, mes hanches plaquées contre le comptoir, le claquement de nos peaux emplissant la petite pièce.

Ses yeux s'ouvrent. Sombres, brûlants. Sa mâchoire semble crispée, comme s'il grinçait des dents.

— Oui, baise-moi, lui dis-je. C'est ça. Baise-moi.

Cade baisse la tête et expire. Quand il relève la tête, il m'observe et je vois ce qui ressemble à de la détermination sur son visage. Il s'est ressaisi et il est prêt à passer à l'étape suivante.

— Debout, tes mains sur le bord.

Sa requête me fait frissonner.

Oui.

*Comme ça.*

Je tends les bras, remontant ma poitrine, et aussitôt, il m'attrape les seins, les presse, les pétrit. Il fait rouler les deux tétons entre ses doigts, mon dos se cambre, mes lèvres s'écartent.

Les mots « c'est ça » m'échappent difficilement.

— Oui, Cade. *Oui.*

Il murmure un juron, les tendons dans son cou se contractent, et j'observe le jeu des muscles le long de ses épaules et de son torse.

Cade est un bel homme. Il a l'air bien foutu, mais pas brutal. En forme, mais solide, pas du tout bâti comme un coureur, mais tout de même assez athlétique pour me mettre l'eau à la bouche.

Il me pénètre jusqu'au fond à chaque mouvement, et même si j'aime ses mains sur mes seins, j'ai besoin qu'elles se posent ailleurs.

Reposant tout mon poids sur une main, je saisis l'une des siennes et la glisse entre mes jambes.

— Touche-moi, murmuré-je.

Il enroule mon clitoris comme mon téton et mon sang afflue tandis que je me plaque de nouveau contre lui.

— Oui, Cade, oui. *Oui !*

Son autre main trouve encore une fois ma hanche, la serre, mais n'y reste pas, au lieu de cela, il me donne une fessée, puis fait glisser ses doigts sur ma raie.

J'inspire une bouffée d'air avant de la laisser s'échapper en un long gémissement grave tandis qu'il décrit des cercles autour de mon orifice étroit. Je m'efforce de me détendre, même si c'est difficile puisqu'il continue de me pénétrer de toutes ses forces en même temps. Mon cerveau ne sait pas sur quoi se concentrer : ses doigts sur mon clitoris, son sexe profondément enfoncé en moi, ou son doigt qui tourne autour de mon anus et le taquine.

— J'ai besoin de..., dit-il en se pressant plus fort contre moi.

— Oui, fais-le, l'encouragé-je. Juste...

Je perds le fil de mes pensées lorsqu'il enfonce un doigt en moi. Serait-il préférable de penser d'abord au lubrifiant ?

Oui.

Mais c'est quand même agréable, jouissif, et tout ce dont j'ai besoin de la part de Cade. Il me caresse avec douceur, mais quand je l'étudie dans le miroir, son visage ne laisse rien transparaître de tel.

Son expression est devenue tendue et sombre. Il accélère le rythme de ses doigts pour suivre celui de ses hanches. Et le regarder bouger, le voir au bord du gouffre, me conduit vers le mien.

— Je vais jouir, gémis-je, essayant désespérément de garder les yeux ouverts, de soutenir son regard.

— Oui, bébé, jouis tout autour de moi.

*Oui, bébé, jouis tout autour de moi*, résonne dans ma tête. Et ses mots me poussent à faire exactement cela.

Mon corps se serre contre le sien et, enfin... *enfin*, je dois fermer les yeux pour profiter de l'orgasme qui déferle.

Waouh. Waouh. *Waouh !*

L'intensité de l'orgasme me fait perdre le souffle et Cade s'immobilise tandis que je m'effondre contre lui.

Dès que j'y parviens, j'ouvre les yeux et je vois les siens fermés, tandis qu'il se mord la lèvre inférieure. Il doit être prêt à exploser.

— Ne te retiens pas. Regarde-moi, dis-je d'une voix rauque et faible, et quand il obéit, je me répète : Ne te retiens pas. Laisse-toi aller.

Soudain, son doigt a disparu et il m'agrippe les hanches avec force, plongeant dans mon corps une fois, deux fois, avant de rejeter la tête en arrière et de gémir.

Le regarder se perdre dans les affres du plaisir et de la libération m'excite comme jamais et, tandis que je le sens palpiter en moi, j'ai hâte que ce rendez-vous se poursuive après notre douche.

---

## Cade

SÉRIEUSEMENT, mes bourses me remercient à cet instant. Elles n'ont pas connu de libération aussi intense depuis longtemps. Se branler, ce n'est pas pareil. L'état de nerfs dans lequel j'évoluais est maintenant apaisé, et nous pourrons continuer après notre douche.

Ou... sous la douche.

Ou sur le sol de la salle de bain.

Mais une fois que j'aurai récupéré. À mon âge, mon corps a tendance à mettre un peu plus de temps à se remettre d'aplomb. Plus que les cinq minutes qu'il mettait à... vingt ans. Ou même à trente-cinq ans.

Le jour où je ne pourrai plus du tout récupérer sera l'un des pires de ma vie. Mais ce n'est pas aujourd'hui et c'est tout ce qui compte pour le moment.

De plus, il est encore tôt. Tant qu'elle aura la volonté et la patience de m'attendre, tout ira bien.

Alors non seulement mes bourses me remercient, mais elles sont maintenant heureuses. Et moi aussi.

Tandis qu'elle se penche dans la douche pour tourner le robinet, je me rends compte qu'elle n'a aucun complexe. Elle semble aimer ce qu'elle est et l'accepter. J'aime ça.

J'ai eu affaire à trop de femmes dans ma vie qui se cachaient, s'inquiétaient de ce que je penserais de leur corps, avaient une faible estime d'elles-mêmes. Pas Skylar.

C'est tout à fait rafraîchissant.

Malgré tout, je ne peux m'empêcher d'aimer ce que je vois. J'aime une femme qui a des formes, des hanches et des seins bien développés, une douceur féminine. Pas grosse, mais galbée, pulpeuse. Douce.

Si je voulais des os et des muscles, je baiserais un homme. Ce n'est pas ce que je veux.

Lorsque Skylar se tourne vers moi, ses yeux bleus parcourent mon corps, et je devine qu'elle aime aussi ce qu'elle voit.

— Tu n'aimes pas courir, n'est-ce pas ? me demande-t-elle, me prenant au dépourvu.

Je me retiens de sourire en voyant à quel point elle est perspicace.

— Non, je déteste ça.

— Pourquoi le fais-tu ? On dirait que tu t'entraînes aussi par ailleurs.

— En effet.

En plus de jouer au basket avec les potes, je fais partie d'une équipe de baseball avec mes collègues, et je fais régulièrement des abdos, des pompes et des squats. J'ai une piscine dans laquelle je vis pendant l'été. Rien de mieux que des longueurs pour rester en forme.

— Alors, pourquoi te torturer ?

— Quelle est la température de l'eau ? demandé-je.

Parce que nous sommes deux personnes qui se connaissent à peine, debout, nues, dans une salle de bain, sur le point de prendre une douche ensemble. Non pas que ce soit gênant. D'accord, peut-être un peu. Mais notre conversation peut se poursuivre sous la douche. (Je suis multitâche.)

Elle passe une main sous le jet, et quand elle se retourne vers moi, elle dit doucement :

— Parfaite.

En effet, elle est parfaite.

— Entre.

Avec un léger sourire, elle grimpe dans la baignoire-douche et je la suis, une main dans le creux de son dos. L'espace est étroit, ce qui nous permet d'apprendre à nous connaître mieux et plus vite.

Le jet d'eau tiède touche mon dos et c'est agréable. Mais pas aussi agréable que d'être à l'intérieur de Sky.

— Je peux t'appeler Sky ?

— Bien sûr, dit-elle en se retournant et nous voilà face à face dans cette baignoire exiguë.

Je commence à penser que prendre une douche ensemble ne sera pas possible. Je ne suis pas un gringalet. Je prends un peu de place et elle n'est pas minuscule non plus.

Je recule directement sous la pomme de douche et laisse l'eau ruisseler sur moi, me rincer. Puis, je pose une main sur sa hanche, nous changeons de place et je me retrouve juste devant le jet d'eau et je regarde les gouttes d'eau couler sur ses cheveux, ses seins, et cascader sur ses tétons pointus.

Bon sang, je ne veux plus jamais boire d'eau dans un verre. Je ne veux plus me désaltérer qu'avec l'eau qui coule de ses seins. Comme une fontaine sexy. Une fontaine à laquelle je serais le seul à pouvoir m'abreuver.

Cette pensée m'arrête net.

Je n'ai aucun lien avec cette femme, rien ne nous unit. Avoir soudain envie de la posséder complètement, de la faire mienne, de la garder pour moi – cela ne me ressemble pas.

Je cligne des yeux pour chasser l'eau de mes cils et je fixe cette femme qui pourrait bien causer ma perte, qui pourrait bien faire s'écrouler le château de cartes que je suis.

Je la connais à peine, me dis-je. Il faudrait peut-être que je l'écrive et que je me le colle sur le front.

Je repousse ces idées folles, puisque je ne la connais que depuis quarante-cinq minutes. Mais pour qui est-ce qui compte ?

— Tourne-toi et donne-moi le shampooing.

Elle s'exécute sans poser de questions. Après avoir pressé une noisette dans ma paume et lui avoir rendu le flacon, je passe mes doigts dans ses cheveux mouillés qui s'accrochent à ses épaules et à son dos. Ses cheveux blonds sont plus foncés maintenant qu'ils sont trempés. Je fais pénétrer le shampooing dans ses mèches et je l'entends gémir lorsque je masse son cuir chevelu du bout des doigts.

— Tu aimes ça ?

— Oui, répond-elle, haletante.

— Le gel douche.

Elle me le tend par-dessus son épaule, ainsi qu'une éponge en nylon rose. Je la savonne et, repoussant ses cheveux sur le côté, je commence à passer l'éponge sur tout son corps, sur chaque courbe, dans chaque recoin, tout le long de ses côtes, entre ses fesses en forme de cœur, sur ses jambes jusqu'en bas avant de remonter de nouveau. Elle ne bouge pas, elle me laisse m'occuper d'elle comme elle l'a fait tout à l'heure avec mes genoux éraflés. Mais sa tête est penchée en avant et elle est très détendue. Je passe la main devant elle et, le torse appuyé contre son dos, je m'assure que ses seins, son ventre et tout le bas de son corps sont également propres. Je suis minutieux parce que j'apprécie cette proximité autant qu'elle. Et j'aime tout simplement la toucher (alors, allez-y, jetez-moi la première pierre !).

J'accroche l'éponge au robinet et l'aide à rincer ses cheveux, puis j'appuie mes lèvres sur son épaule pour l'embrasser avant de lui demander :

— Pourquoi n'ai-je pas trébuché plus tôt ?

Son corps tremble contre moi dans un gloussement silencieux.

Je ne sais pas. Je n'aurais jamais su que tu existais si tu n'étais pas passé chez moi.

— Je suis une fille chanceuse.

— Non.

Elle tourne la tête pour me regarder par-dessus son épaule.

— Hmm ?

— Pas une fille, rectifié-je en glissant les mains sur ses côtes et en attrapant ses hanches. Une femme de haut en bas.

— Ah, répond-elle en soupirant.

Oui, je veux entendre encore beaucoup de soupirs lui échapper avant ce soir, demain ou à la fin du week-end.

Je me souviens que cette douche me donne l'occasion d'apprendre à mieux la connaître, alors je lui demande :

— Tu as déjà été mariée ?

Son corps tressaille légèrement sous mes doigts. Voilà qui est curieux.

— Une fois, dit-elle, distante, tendue.

— Un divorce horrible ?

Elle secoue légèrement la tête.

— Non. Juste horrible.

J'attends, mais elle n'explique pas.

— Toi ? me demande-t-elle à son tour, par-dessus son épaule, celle que je ne peux m'empêcher d'embrasser.

— Non.

— Jamais ? renchérit-elle, manifestement surprise. Jamais de relation sérieuse ?

— Non.

— Ah, un de ces célibataires endurcis. Qui ne laisse personne voler son cœur. Qui reste sous clé, donc...

— Pas nécessairement. Je n'ai simplement pas trouvé la

bonne personne, dis-je en secouant la tête. Peut-être que je suis trop difficile.

— Peut-être, acquiesce-t-elle.

Peut-être que j'ai des attentes irréalistes. Je veux une femme qui aime être dominée au lit, mais qui soit mon égale partout ailleurs. Elle doit avoir de la volonté et de l'assurance. Intelligente et sexy. Faut-il qu'elle fasse le ménage, la cuisine et la lessive à la perfection ? Bien sûr que non. Elle doit être ma partenaire, pas ma femme de ménage.

Alors pourquoi n'ai-je trouvé personne en quarante ans ? Peut-être que je n'ai pas assez bien cherché. Peut-être que je préférais la quête. Mais encore une fois, ma carrière est passée avant tout et j'ai trouvé que trop de femmes se montraient trop rapidement envahissantes, alors que j'étais toujours en mouvement.

Peut-être que les choses auraient été plus faciles si j'avais eu un emploi de bureau. Mais ce n'était pas le cas et ça ne l'est toujours pas.

Au moins, maintenant, j'ai un emploi du temps raisonnable. Et si je trouve la femme qu'il me faut... Peut-être voudra-t-elle faire des longueurs dans la piscine avec moi. Ou me laisser lui apporter son petit-déjeuner au lit après avoir passé la nuit à lui donner des fessées, à la baiser sauvagement, et même à lui jouir dans la gorge.

Ma verge commence à frémir, mais elle n'est pas prête pour la suite. Pas encore en tout cas. Bientôt.

Rien de tel qu'une belle femme mouillée et galbée serrée contre soi pour faire circuler le sang.

— Tourne-toi, Sky.

Je l'aide à se mettre face à moi pour éviter qu'elle glisse. On en est déjà à une chute aujourd'hui, et c'est bien suffisant.

Quand elle se retourne, elle se mord la lèvre inférieure avec une innocence sexy, mais feinte. Elle lève les yeux vers les miens.

— Cade ?

Je suis hypnotisé.

— Oui ?

— Je vais te laver maintenant.

Je ne peux pas cacher mon sourire à ses mots.

— D'accord, Sky.

Soudain, ma queue tente de se réveiller. Bientôt, me rassuré-je, bientôt. Encore un peu de patience.

Émerveillé, je l'observe tandis qu'elle fait couler du gel douche dans sa paume plutôt que sur l'éponge, et qu'elle commence à me savonner les épaules.

Et descend.

Plus bas.

Toujours plus bas.

# Chapitre 5

*Skylar*

MES DOIGTS s'enfoncent dans ses cheveux mouillés, mes ongles dans son cuir chevelu. La douche a été coupée depuis longtemps, Cade est maintenant sur ses genoux éraflés, mes jambes sont écartées et sa bouche sur moi est juste…

Sacrément merveilleuse.

Deux doigts d'une main ouvrent à lui, tandis que deux doigts de l'autre main entrent et sortent de moi. Et je dégouline. Pas à cause de la douche, mais de ce qu'il me fait. Le bout de sa langue effleure mon clitoris, décrit des cercles autour, puis le suce vigoureusement. Mon dos se cambre contre la paroi humide de la douche et j'ai du mal à rester debout.

Mes seins se sentent négligés, alors je prends les choses en main. Je les attrape, je les serre l'un contre l'autre, puis j'attrape les tétons entre le pouce et l'index, je les fais rouler fort, je les tourne, je les tire. Et soudain, j'ai l'impression qu'il y a une ligne directe entre les extrémités de mes mamelons froncés et mon clitoris, où il poursuit son œuvre délicieuse.

Waouh. Waouh. *Waouh.*

Où était cet homme pendant toute ma vie ? S'est-il entraîné à laper de la glace à l'italienne au cornet ? A-t-il découvert ce talent en léchant les pales d'un batteur ?

Je repousse ces pensées, car je me fiche de savoir comment il a appris, je sais juste que ce qu'il fait me fait perdre la tête.

— Cade, ai-je à peine le temps de dire.

Il lève les yeux, mais pas la bouche et à la seconde où il remarque où sont mes mains, ce que font mes doigts, ses paupières s'alourdissent, ses yeux deviennent brûlants. Il gémit contre mon bourgeon sensible et je gémis avec lui.

Bon sang, je suis si près de l'orgasme.

Sa verge est plutôt bien réveillée maintenant. Il n'est pas tout à fait prêt, mais je sais qu'il le sera bientôt. Et je ne peux pas attendre.

Avant que je ne puisse jouir, il se lève et ses lèvres me manquent déjà. Il écarte une de mes mains de mon sein et aspire le téton entre ses lèvres, ses dents grattant les contours, et cette sensation intense me fait sursauter.

J'aime ça.

Oui, j'aime ça.

Ses doigts continuent d'entrer et de sortir de moi, son pouce reprenant la place de sa langue alors qu'il attire mon mamelon plus profondément dans sa bouche. Incroyablement loin.

Putain de merde.

Oui.

Puis il enfouit sa main dans mes cheveux humides et se redresse, tirant ma tête en arrière. Maintenant, mon sein aussi se languit de lui. Il me fixe, les lèvres brillantes de sa propre salive et de mon excitation.

Nous ne nous sommes toujours pas embrassés. J'ai le sentiment que cette situation est sur le point de changer.

Et... j'ai raison.

Lorsqu'il baisse la tête, mes lèvres s'entrouvrent et je relève le menton pour aller à sa rencontre. Il prend ma bouche comme si c'était la sienne, comme si elle avait toujours été la sienne et uniquement la sienne.

Comme si c'était un territoire encore vierge qu'il lui appartenait de découvrir.

J'adore ça.

C'est comme si je n'avais connu personne avant lui. C'est mon nouveau départ. Mon renouveau.

Il commence maintenant. Dans cette douche. Avec cet homme.

*Cade.*

Bon sang, j'ai l'impression qu'un bouleversement total vient de s'opérer en moi. J'ai l'impression d'être enfin revenue à la vie.

Tout ça grâce à la bouche de cet homme.

Comment est-ce possible ?

Sa langue se mêle à la mienne et je gémis profondément au fond de ma gorge. Sa prise sur mes cheveux se resserre et mon cuir chevelu fourmille sous l'effet de la traction.

Oh, mon Dieu, j'adore ça. Je me sens plus vivante que jamais. Mon intimité se resserre autour de ses doigts. Et lorsqu'il touche une dernière fois mon clitoris, je sens une onde de choc partir du plus profond de mon être et mes yeux se révulsent.

Il avale mon halètement, mais ne recule pas, sa langue continue de dévorer ma bouche.

C'est trop. C'est trop.

*Oh, oui.*

Je serre encore plus fort ses doigts alors que les vagues intenses s'estompent.

Il éloigne ses lèvres des miennes.

— Sky, regarde-moi.

Je cligne des yeux pour oublier ma folie passagère et étudie l'homme qui me toise. Je me demande ce qui va suivre. Ce qu'il prévoit.

Je sais ce que je ferais, mais je préfère le laisser décider.

Je veux qu'il prenne le contrôle, qu'il soit l'homme dont j'ai besoin.

Je veux qu'il me domine.

Qu'il me fasse sienne.

Et uniquement sienne.

---

## Cade

Il n'y a rien de plus exquis qu'une belle femme adroitement maintenue par des cordes.

Je peux donc apprécier la scène qui s'offre à moi. Sky est attachée, les mains derrière le dos, au centre de son grand lit. Mais ses poignets ne sont pas les seuls à être liés. Elle est sur ses genoux, repliés sous elle, la joue appuyée sur le matelas. Je l'ai attachée de façon à ce que ses seins se trouvent retenus par une sorte de harnais façon haut de bikini. Et le tout est relié aux menottes de corde.

Voilà le truc...

La corde, c'est elle qui l'avait. C'est elle qui l'a mise à disposition. Cependant, c'est moi qui sais comment l'attacher, comment faire les nœuds. Et je pense que le fait qu'elle possède et dégaine une corde de chanvre et que je connaisse les techniques du bondage nous a surpris tous les deux.

Nous avons récupéré rapidement et tandis que j'enroulais les cordes autour d'elle, en réalisant les nœuds nécessaires, ses yeux ne m'ont pas quitté. Elle a l'habitude de se mordre la lèvre inférieure, je ne sais pas encore si c'est pour se contenir.

Ce dont je suis sûr, en revanche, c'est qu'elle est sexy à souhait.

J'ai maintenant une grosse érection. La voir attachée, surtout dans une position de soumission, a fait affluer tout le sang vers mon entrejambe.

Ses longs cheveux, encore humides, tombent négligemment sur son visage et ses épaules. Et son cul en forme de cœur...

Complètement exhibé. Un cadeau dont je peux faire ce que je veux. J'ai envisagé de la bâillonner et de lui bander les yeux. (Surprise ! Elle possédait aussi tout ce qu'il fallait. Où était cette femme pendant toute ma vie ?) Toutefois, on peut toujours garder ces accessoires pour tout à l'heure.

Ou demain.

Ou le jour suivant.

Mon regard suit la corde qui épouse sa colonne vertébrale jusqu'au creux de son dos. La corde est enroulée trois fois autour de chaque poignet et un nœud spécial est utilisé.

Son mot de sécurité est « sucette ». Après avoir appris qu'elle avait la corde, un bâillon boule et un bandeau, je n'ai pas été surpris qu'elle ait un mot de sécurité. Je me demande quels sont ses autres jouets et si elle accepterait de les partager.

Même si elle a son mot, j'espère qu'elle n'aura pas à l'utiliser. Je sais que c'est bizarre de faire confiance à un homme que l'on ne connaît pas et j'apprécie vraiment cette chance, mais je ne suis pas sûr que je serais prêt à échanger nos rôles en cet instant. Complètement ligotée devant un voisin qu'elle n'a vu que passer devant chez elle en courant...

Si c'était quelqu'un d'autre que moi, je m'inquiéterais pour sa sécurité. Mais c'est moi, et j'ai de la chance.

Beaucoup de chance.

Revenons à ses jouets... C'est une des raisons pour lesquelles je ne l'ai pas bâillonnée. Je ne sais pas où se trouve sa cachette (et je suis sûr qu'elle en a une) et je vais devoir lui poser des questions. Comme...

— Lubrifiant ?

Je ne manque pas de remarquer que son cul se contracte rapidement, mais se détend immédiatement. Elle anticipe déjà ce qui va suivre.

L'impatience est un excellent aphrodisiaque.

— Placard. Étagère du haut. Il y a une boîte bleue...

Je repère le placard dont elle parle et m'en approche. À l'intérieur, il y a une boîte décorée assez grande sur l'étagère du haut, comme elle l'a indiqué. Je la descends et la pose près du lit. Un sourire se dessine sur mon visage lorsque je soulève le couvercle.

*Oh, oui.*

Je me demande à quel moment de sa vie elle a compris qu'elle aimait ce genre de pratiques. Pour moi ? C'était il y a très longtemps. J'avais à peine 21 ans, j'étais encore à l'université et j'attendais une réponse des services secrets à ma candidature. J'étais tombé sur ce que je pensais être une fête d'étudiants, qui s'est révélée être tout le contraire.

Et cette soirée a changé ma vie.

Devant sa boîte à malices, je demande :

— Quand ?

Même si je ne la regarde pas, je sens ses yeux sur moi.

— Quoi ?

— Quand t'es-tu trouvée ?

Comme elle ne répond pas, je lève les yeux vers elle. Elle a tourné la tête, l'autre joue posée sur le lit, et m'observe attentivement.

— Jamais, répond-elle doucement.

— Jamais ?

— Je ne me suis jamais trouvée.

Je me demande si elle joue les timides avec moi, mais son visage est ouvert et sincère. Je la crois.

Elle se cherche encore.

Il n'y a rien de mal là-dedans.

Je pose la question autrement.

— Quand as-tu pris cette direction ?

— Il y a longtemps.

— Et tu n'es toujours pas sûre ? demandé-je, surpris.

— Je m'en suis écartée pendant un long moment.

*Un long moment...*

— Pendant ton mariage ?

— Oui.

— Pourquoi ?

Je l'imagine hausser les épaules si elle n'était pas attachée au lit.

— Il le fallait.

— Pourquoi ?

Ses sourcils se froncent.

— Il fallait que la situation reste à un niveau normal.

Un niveau normal. *Étrange.*

— Et tu ne trouves pas ça normal ?

— Moi, je trouve ça normal. Lui, non. Les choses pouvaient dégénérer. Il se trouve qu'il n'était pas...

— N'était pas quoi ?

Ses yeux se ferment comme si elle voulait occulter un souvenir. Je regrette soudain mes questions. Elle n'est pas en plein interrogatoire, alors je réfrène mon instinct. C'est censé être agréable pour elle, pas pénible.

— Désolé, oublie ça, dis-je.

À mes excuses, ses yeux s'ouvrent et son visage semble plus détendu. Elle murmure « Merci » et ma poitrine se serre douloureusement à la vue de la tristesse ou du vide qui se cache derrière ses yeux.

*Bon sang.* Maintenant, je veux vraiment connaître ses secrets. Elle garde un secret bien enfoui. Je suis curieux de savoir ce que c'est.

Une seule chose me hante vraiment et, malheureusement, ce n'est pas vraiment un secret. Mais c'est un sujet dont j'évite de parler autant que possible.

Je veux explorer avec elle tout ce que contient cette grande boîte bleue, mais pour l'instant, je sors la bouteille de lubrifiant et la jette sur le lit à côté d'elle. Je ne veux pas la garder attachée trop longtemps, surtout dans cette position. Avant de me redresser, je repère un objet auquel je ne peux résister.

Un gode en verre perlé. Il me rappelle les perles anales (mais sous stéroïdes) et je sais exactement ce que je vais en faire.

Je l'attrape et m'agenouille sur le lit. Avant de faire ce que je meurs d'envie, je me place devant elle. Je bouge jusqu'à ce que sa tête soit pratiquement sur mes genoux, j'écarte les cuisses, j'effleure sa lèvre inférieure avec mon pouce, puis je serre fermement ses cheveux à pleines poignées.

— Ouvre, lui dis-je.

Ses yeux se lèvent vers les miens et ses lèvres s'écartent, sa bouche s'ouvre en grand. Puis ses lèvres roses et pleines s'enroulent autour de moi et elle me suce profondément. Mes doigts se crispent dans ses cheveux et elle gémit autour de mon sexe.

*Putain, oui. C'est parfait.*

Elle est dans une position où elle n'est pas aussi libre de ses mouvements qu'elle le voudrait, alors en utilisant mes mains plongées dans ses cheveux, je la guide de haut en bas sur toute ma longueur. Ses joues se creusent et un bruit lui échappe quand je touche le fond de sa gorge. Je me rends compte qu'elle ne peut pas dire son mot de sécurité et comme elle est attachée, elle ne peut pas faire de signe non plus. Je ne veux surtout pas qu'elle morde si c'est trop, alors je la préviens :

— Cligne deux fois pour envoyer un signal.

Elle comprend, mais continue, sa langue caressant le dessous de ma queue tandis que je décris des va-et-vient dans sa bouche, lui donnant tout ce que j'ai, toute ma longueur, et elle ne cligne jamais deux fois des yeux.

Je suis impressionné et admiratif lorsque je vois une larme s'échapper du coin de son œil. Un réflexe naturel lié à la profondeur de la fellation.

Toujours aucun signal.

La forte succion de sa bouche chaude et humide me contraint à résister à l'envie de jouir dans sa gorge. Il y a tellement d'autres choses que je veux faire avec elle, et je ne veux pas avoir à récupérer de nouveau. Pas encore. Pas maintenant. Pas tant qu'elle est attachée et sous mon contrôle.

Ce que je ne peux empêcher, c'est de sentir mes yeux se révulser sous mes paupières. Les sensations, les bruits qu'elle fait en prenant presque chaque centimètre de moi me serrent les bourses et m'amènent jusqu'au bord du gouffre.

Je suis là, juste au bord. Prêt à me libérer. Mais non, je relâche ses cheveux et me retire. Je suis étonné de voir la déception dans ses yeux.

— Tu aimes me prendre dans ta bouche.

— Oui, répond-elle, les lèvres brillantes et humides.

Un peu de salive coule du coin de sa bouche, mais elle ne la lèche pas. Au lieu de cela, je la capture avec mon pouce, puis le glisse dans sa bouche. Elle suce mon doigt, ce qui provoque une flexion de ma queue en retour.

*Bordel.*

Je suis tellement prêt à m'enfouir de nouveau en elle.

— Tes liens te conviennent-ils toujours ?

Elle me décoche un sourire enjôleur.

— Oui.

Je suis soulagé. J'effleure sa pommette d'une phalange, puis passe les doigts le long de sa mâchoire.

— Baisse la tête.

Elle laisse immédiatement retomber sa joue droite sur le lit. C'est une amante obéissante. J'aime ça aussi.

Je me place derrière elle et laisse mon regard glisser sur tout ce qu'elle m'offre, ouvertement, sans complexe.

C'est très beau, c'est même époustouflant.

Son sexe rose et rebondi et son orifice étroit et froncé sont une invitation. Me tentent. Réclament toute mon attention.

Je prends le gode perlé dans ma paume et je sens la fraîcheur du verre. Il ne faudra pas grand-chose pour le réchauffer. Je sais exactement où le mettre à cette fin.

Je trace sa colonne vertébrale avec l'extrémité en verre jusqu'à la raie des fesses, puis je reviens vers ses mains attachées ensemble. Je le frotte contre ses doigts.

— Tu as déjà utilisé ça avant ?

— Oui.

— Où ? Ici ? demandé-je, en faisant glisser le verre frais sur ses lèvres lisses.

— Oui.

Je l'appuie légèrement sur son anus.

— Ici ?

— Non.

— Pourquoi pas ?

— Je ne l'ai pas fait, c'est tout, répond-elle après une courte hésitation.

— Mais tu n'es pas contre.

Ce n'est pas une question parce que je sais quelle sera la réponse. Parce qu'elle aime les jeux de fesses (difficile de l'oublier).

— Non.

J'effleure à nouveau son intimité du bout rond du gode, cette fois-ci jusqu'à son clitoris, puis je remonte.

— Bien, dis-je enfin.

Elle frémit visiblement.

J'écarte ses lèvres et glisse lentement le gode en elle, en commençant par l'extrémité la plus large. Sa colonne vertébrale se courbe, la corde le long de son dos se tend, et elle pousse un cri, mais il est étouffé parce qu'elle tourne le visage contre le matelas.

Tandis que je le fais entrer et sortir d'elle lentement, douce-ment, le verre devient plus chaud entre mes doigts, absorbant la chaleur de son corps. La chaleur moite qui va bientôt m'entourer.

Je n'en peux plus. Ses réactions sont merveilleuses et les bruits qu'elle fait sont de la musique.

Je me demande depuis combien de temps elle vit ici, depuis combien de temps nous avons vécu si proches l'un de l'autre sans jamais nous découvrir. Par une chance inouïe, j'ai décidé de me mettre à courir. Sans cela, je ne l'aurais peut-être jamais trou-vée. Je n'aurais même jamais su qu'elle existait.

Mais je l'ai trouvée.

Je l'ai trouvée.

Et j'en suis très heureux, putain.

Je retire le gode et elle pousse un petit cri qui ressemble à une protestation, ce qui me fait sourire.

Elle est avide et demandeuse.

Je suis un sacré putain de veinard.

# Chapitre 6



LE BRUIT du tube de lubrifiant que l'on ouvre est inimitable et un frisson me parcourt. Je commence à avoir des crampes dans les jambes à force de les sentir serrées sous moi. Mais je m'en fiche.

Vraiment, je m'en fiche.

Cela fait longtemps que je n'ai pas joué ainsi. Longtemps que je n'aie pas eu un partenaire consentant. Je ne veux pas perdre un instant ni même une seconde, à me plaindre d'un petit inconfort.

Les cordes qui enserrent mes seins frottent contre ma peau, et je suis bien consciente que c'est Cade qui a le contrôle en ce moment.

Cade.

Il me tient à sa merci.

Mes seins sont douloureux contre le drap, mes tétons se hérissent désespérément. J'ai hâte de les sentir de nouveau dans sa bouche, entre ses doigts, ou même entre les miens. Je suis prête à attendre maintenant, parce que je sais ce qui va se passer d'abord.

Oh oui, je le sais.

Cade fait couler du lubrifiant dans ma raie et le choc du gel frais contre ma peau brûlante me fait haleter et je me contracte fortement, même si je n'ai rien en moi à serrer. Je suis vide. Ni doigts, ni sexe, ni langue, ni même un gode.

Mais ça va venir.

Ça va venir.

J'attends. Mais pas longtemps. Son pouce encercle mon anus, étalant une généreuse quantité de lubrifiant, et il l'introduit rapidement à l'intérieur. Juste assez pour me taquiner.

Puis le voilà. Mon nouveau jouet préféré. J'ai été déçue lorsqu'il est arrivé. Je l'avais commandé sur un coup de tête et, une fois déballé, j'ai pensé qu'il ne pourrait jamais me satisfaire.

Mais aujourd'hui, j'ai changé d'avis. Il a déjà utilisé le bout large, je me demande s'il refera pareil cette fois-ci.

Quand je sens la pression du verre arrondi, je sais très bien que non – c'est le bout étroit. Une à une, les billes circulaires du gode sont enfoncées en moi. Le verre glisse grâce au lubrifiant et je me détends pour lui permettre d'aller plus loin, plus profondément.

— Ça va ? demande-t-il doucement.

Je souris et tourne la tête sur le côté. Je suis émue de voir à quel point il est attentionné.

— Oui.

— Encore ?

— Oh oui.

Je gémis tandis que le gode perlé fait son effet à mesure qu'il s'enfonce. Je pourrais même jouir rien qu'avec ça et, si j'avais les mains libres, en me touchant moi-même.

Oui, nous devrons peut-être tenter l'expérience. Plus tard.

Pas maintenant.

Avant d'avoir inséré toute la longueur, il la retire et un gémissement m'échappe. J'ai déjà utilisé des perles anales (ou plutôt un partenaire les a utilisées sur moi), mais ceci, ce gode en verre, c'est encore mieux. Je sursaute lorsqu'il le recule, une perle à la fois.

Avant qu'il ne le retire complètement de moi, avec un peu de pression, il le réintroduit lentement, toujours une perle à la fois, de la plus petite à presque la plus grande. Puis il s'arrête. J'entends sa respiration saccadée, même par-dessus le battement de mon propre cœur qui remplit mes oreilles. Je le sens battre contre ma peau.

— Recommence, l'encouragé-je puis je ferme les yeux pour profiter du voyage dans lequel ce simple jouet m'emmène. Enfin, le jouet et Cade.

Ce ne serait pas pareil sans lui.

— Es-tu prête pour moi ?

— Oui. S'il te plaît.

Le déchirement de l'emballage du préservatif me fait dresser l'oreille, et dans mon excitation, je me crispe autour du gode.

— Doucement, murmure-t-il.

Non. Je ne veux pas y aller doucement. Je veux tout ce qu'il est en mesure de me donner. Qui sait quand j'aurai à nouveau cette occasion. Qui sait quand j'aurai un partenaire volontaire et compétent à portée de main, dans mon lit.

Je sens le sommet lisse de son sexe contre mes lèvres, glissant de haut en bas, poussant gentiment. Je lève les yeux au ciel avant même qu'il ne me pénètre, car je sais à quel point je vais aimer ça. Je sais à quel point ce sera agréable d'être remplie complètement à deux endroits en même temps.

Il retire entièrement le jouet en verre, puis lentement, ô si lentement, il s'enfonce en moi en même temps qu'il introduit le gode. Petit à petit, il me remplit jusqu'à ce que plus rien ne manque. J'ai tout ce qu'il faut.

— Cade, gémis-je en faisant rouler ma tête d'avant en arrière sur le lit. Cade.

Ma voix vacille.

— Je suis là, Sky, dit-il, sa voix est si basse, si rude, on dirait qu'il a mal.

Il se penche sur mon dos de sorte que je puisse frôler son ventre du bout des doigts de mes mains liées, sentir sa peau chaude.

Soudain, je ne veux plus être attachée, ligotée, entravée pour son plaisir. Je veux le toucher. Partout. Je veux explorer son corps, son esprit. Découvrir ses secrets, ses pensées.

Je veux le toucher à l'intérieur et à l'extérieur.

— Cade, crié-je.

— Oui, bébé ?

*Bébé.* J'adore ça.

— Baise-moi.

— Dans une seconde, lâche-t-il, la voix tendue.

— Baise-moi, s'il te plaît.

— Dans un instant, Sky.

Là, il doit regretter de ne pas m'avoir bâillonnée.

— Maintenant, Cade !

Cette fois, il ne fait que grogner en se drapant plus avant sur mon dos et en pressant sa bouche contre mon oreille.

— Je te baiserai quand je serai prêt.

Je frissonne alors que ses mots me remplissent comme son sexe. Comme le gode.

— Je suis prête, insisté-je.

— Sky, dit-il en guise d'avertissement.

— Maintenant, Cade.

— Tu me pousses.

— Oui, sifflé-je.

Et c'est ce que je fais. Je le pousse pour obtenir une réaction. Je ne veux pas qu'elle soit lente. Pas maintenant. Tout de suite, j'ai besoin de le sentir vite et fort et j'ai besoin de jouir.

Je sais ce qu'il fait. Il aime l'attente, la taquinerie, le frisson que procure la retenue.

— J'ai vu que tu avais un martinet.

Mon souffle se coupe puis s'échappe dans un gémissement.

— Oui, j'en ai un.

Beaucoup utilisent le martinet comme une punition. Je préfère l'utiliser comme récompense.

Je ne le dévoilerai pas tout de suite.

— Continue à me pousser à bout alors, prévient-il.

J'enfonce mon visage dans le matelas pour cacher mon sourire. Une fois que je suis parvenue à le maîtriser, je tourne la tête vers lui.

— Cade, reprends-je.

— Sky.

— Baise-moi, exigé-je.

— S'il était à ma portée, je te fouetterais le cul tout de suite.

J'inspire une bouffée d'air, puis j'expire. Le sang afflue, tous mes nerfs sont à fleur de peau. Mes tétons sont maintenant si tendus que je ressens un tiraillement jusque dans le ventre.

— Fais-moi jouir.

— Quand je serai prêt, dit-il fermement, en se dégageant de moi et en se remettant à genoux.

Son poids sur mon dos me manque. Sa voix directement dans mon oreille me manque. Il me semble maintenant si loin.

— S'il te plaît, le supplié-je.

Enfin, il bouge, s'enfonce profondément en moi tandis que sa main reste sur le gode pour en contrôler le mouvement.

*Ah, putain.*

Il me fait perdre la tête. Il va me faire jouir avant même d'avoir commencé.

Il s'enfonce à nouveau en moi, imitant le mouvement avec le gode. Je crie sous l'effet du plaisir exquis.

— Lève ton cul plus haut.

Sans hésiter, je me mets à genoux, ce qui a pour effet d'enfoncer davantage mon visage dans le lit. Mais je vois ce qu'il veut. Il veut plus de moi.

Laissant le gode profondément enfoncé en moi, il enroule un bras autour de ma hanche, ses doigts trouvant mon clitoris. L'autre main serpente autour de mes côtes et jusqu'à mon sein.

Il caresse un téton, puis l'autre, avant de toucher les cordes qui les enserrent.

Un bruit lui échappe qui me fait regretter de ne pas voir son visage. Je devine aisément que les cordes l'excitent. Il ne fait aucun doute qu'il a de l'expérience en matière de liens. Il sait faire les bons nœuds. Il connaissait la bonne tension et le bon serrage pour que je ne me blesse pas. Je suis impressionnée par ses connaissances, c'est le moins que l'on puisse dire.

C'est également encourageant. Si notre histoire continue après aujourd'hui, nous pourrions être en mesure d'explorer beaucoup, beaucoup de possibilités.

Pas seulement des cordes, mais d'autres choses. Ces possibilités me font frissonner du sommet de la tête à la pointe des pieds.

Mon excitation monte d'un cran à l'idée qu'il utilise le martinet sur moi dans un avenir très proche. Par exemple, aujourd'hui. En fait, je ne le laisserai pas partir tant qu'il ne l'aura pas utilisé.

Mon sourire disparaît lorsque ses mouvements deviennent plus rapides, plus forts, et que je dois lutter pour rester à genoux, pour ne pas glisser sur le lit. Mais c'est difficile puisque je n'ai pas l'usage de mes mains.

Mes épaules commencent à me faire mal, mais lorsqu'il me pince un téton, puis le suivant, j'oublie rapidement cette douleur.

— Encore, Cade.

Il tire sur mon mamelon jusqu'à ce qu'il s'étire, puis le tourne jusqu'à ce que je craigne que ma peau cède sous ses assauts. C'est exactement ce que je voulais dire quand j'ai demandé plus.

— Oui, grogné-je. Oui.

Deux doigts entourent mon clitoris, le pressent, le titillent et le pincent même. Chaque sollicitation me fait vibrer au plus profond de mon être. Je me resserre autour de lui et du gode, et j'entends un autre gémissement lui échapper – grave et long, et ce seul son me mène au bord du gouffre.

— Cade, il faut que je jouisse.

— Dis-moi ce dont tu as besoin.

— Toi. Juste toi.

Et, étonnamment, c'est vrai. Nous partageons un lien étrange. Un truc inexplicable. Le fait qu'il soit en moi me donne soudain l'impression d'être entière. Je n'ai jamais ressenti ça avec personne d'autre.

Peut-être que je me fais juste des idées étranges.

J'ai juré que je n'étais pas désespérée, mais peut-être que si.

En manque d'attention.

De contact.

D'intimité.

— Tu m'as, dit-il enfin, ses hanches accélérant, sa respiration se faisant saccadée.

*Oui, je t'ai, mais pour combien de temps ?*

Pour aujourd'hui seulement ? Demain ? Ce week-end ? Jusqu'à ce que nous nous lassions l'un de l'autre ? Jusqu'à ce que tu découvres qui je suis ?

Je repousse cette pensée. Pourquoi gâcher un bon moment, même s'il ne dure qu'un temps ?

— Sky, je vais jouir… J'ai besoin que tu jouisses avec moi.

Je suis d'accord, j'ai besoin moi aussi d'être là avec lui. Je ferme les yeux, je fais abstraction du monde extérieur et je me délecte des sensations incroyables qu'il me procure, qu'il tire de mon corps. Il relâche mon mamelon et, avec deux doigts toujours sur mon clitoris, il fait lentement entrer et sortir le gode de verre, mais à un rythme beaucoup plus lent que le sien.

— Je veux que tu jouisses quand je te le dirai.

— Oui. Oui.

C'est ce que je veux.

Je le veux.

Je le veux.

Je...

J'ai le souffle coupé quand il dit :

— Jouis pour moi, Sky.

Et juste comme ça, c'est si facile. Il m'arrache un orgasme et j'explose autour de lui, mes yeux se ferment pour se concentrer sur le point où nos corps sont reliés. Il s'est immobilisé, si profondément en moi, tandis que sa queue palpite à mesure qu'il se libère. Il ne bouge pas pendant un moment. Son souffle chaud bat contre ma peau, je frissonne.

Je gémis lorsqu'il retire lentement le gode, puis se détache de moi de sorte que nous ne sommes plus un. Maintenant, nous sommes séparés et distants. Et je ressens le manque d'intimité.

Mais nous n'en avons pas fini.

Il est clair que ce n'est pas fini.

Nous avons encore tant à nous offrir l'un à l'autre aujourd'hui.

Il dépose un baiser sur chacune de mes fesses et un sur chaque omoplate, puis il se penche à nouveau sur moi, ses lèvres s'approchant de mon oreille.

— Je vais commencer par tes poignets.

La pointe de sa langue effleure le contour de mon oreille avant qu'il ne recule. Quelques secondes plus tard, mes poignets sont libérés et il me redresse à genoux, un bras entourant mes seins tandis qu'il me ramène contre lui. Je suis dos à lui. Ses deux mains entourent mes seins et il les caresse doucement avant de suivre, une fois de plus, le tracé de la corde qui les lie.

— C'est étonnant de voir à quel point une femme attachée par une corde est belle.

— Pourquoi ?

Il ne répond pas tout de suite. Il prend son temps. Formule ses pensées.

— Elle te rend impuissante, ce qui fait pencher le rapport de force de mon côté. Mais ce n'est pas ce qui m'excite. C'est que tu m'aies fait suffisamment confiance pour l'accepter. Pour me remettre ce pouvoir entre les mains. Surtout que tu me connais à peine... Non, « à peine » n'est même pas correct. Tu ne me connais pas. J'aurais pu abuser de ce pouvoir.

— Mais tu ne l'as pas fait.

— Non, je ne l'ai pas fait. Et je ne le ferais pas. Mais comment aurais-tu pu le savoir ?

— Je n'en savais rien. J'ai suivi mon instinct.

Encore une fois, je pense à ce lien étrange, mais naturel que nous avons.

— Ça pourrait être dangereux.

C'est vrai. Parce que mon instinct s'est déjà trompé. Complètement trompé.

Je ne pense pas que ce soit le cas ici.

— Ça doit être ton visage qui inspire confiance, dis-je doucement, en tendant la main derrière moi pour toucher sa joue.

Il attrape mes mains, encercle mon corps de ses bras pour tendre mes poignets devant moi, à la recherche d'une brûlure de corde.

Il n'y en a pas. Il a été prudent, ce que j'apprécie. Je ne me suis pas non plus débattue, il n'y avait donc aucune raison pour que la peau se déchire ou s'irrite. Ses pouces frottent le creux de mes poignets pour favoriser la circulation, même si ce n'est pas nécessaire.

Je suis étonnée de voir à quel point ces petits gestes, ces attentions à mon égard, sont érotiques en elles-mêmes.

Je penche la tête en arrière pour me nicher contre sa clavicule et il presse sa joue contre la mienne.

— Tu as faim ?

— Je pense qu'il faudrait que je mange.

Ses pouces remontent et il fait glisser le bout de ses doigts le long de mes avant-bras.

— Je pourrais rentrer à la maison et...

— Non, l'interromps-je.

Je ne veux pas qu'il parte, même pour un truc aussi simple

qu'un plat à emporter, et même avec la promesse qu'il reviendra. Pas maintenant. Pas tout de suite.

— Je suis sûre que je peux préparer quelque chose dans la cuisine.

— Tu n'as pas à faire ça.

— Non, mais j'aimerais bien.

Il passe ses paumes le long de mes bras et sur mes épaules, frottant la douleur causée par la position longuement adoptée, les bras dans le dos. Je ne peux retenir le petit gémissement qui s'échappe de mes lèvres.

Il me caresse l'oreille du bout du nez et me suce le lobe pendant une seconde, jouant avec sa langue.

— Sky, murmure-t-il contre la peau de mon cou.

— Hmm ?

— Tu veux que j'enlève le reste de tes entraves avant d'aller me nettoyer et de me débarrasser de ce préservatif ?

— Non. Pas encore.

Les baisers qu'il dépose dans mon cou et sur mes épaules s'arrêtent et il relève la tête.

— Très bien. Je vais me nettoyer et je te rejoins dans la cuisine.

Il semble satisfait de mon choix. Je tends une main vers l'arrière et l'enroule autour de sa tête, l'attirant vers l'avant tandis que je me penche en arrière et me tortille pour embrasser brièvement ses lèvres.

— Lave-toi et je te nourrirai.

Il a nourri mon âme aujourd'hui, c'est le moins que je puisse faire.

---

*Cade*

Sur une femme, la soie ou le satin noir peuvent être très sensuels. Que ce soit en robe de chambre, en chemisier ou même en jupe, ce textile épouse les courbes comme la main d'un amant. En sous-vêtements, il souligne la beauté simple d'un sein, d'une fesse, de la cambrure d'une hanche. Et regarder Sky se déplacer dans sa cuisine uniquement vêtue de son peignoir de satin noir, soulignant ses formes généreuses, me donne envie de bien plus que de manger.

Ce n'est pas seulement à cause du peignoir, bien sûr. Mais aussi de ce qu'elle porte en dessous. Pas la culotte. Non. Je sais qu'elle n'en porte pas – difficile de passer à côté quand elle s'est penchée pour fouiller dans un meuble bas. L'apparition fugace d'une fesse et de sa chair rose en a été une preuve suffisante.

C'est le contour de la corde qu'elle porte encore autour de ses seins. Ses mamelons sont durs comme des diamants sous le tissu fin et glissant, et le simple fait de savoir ce qui m'attend lorsque j'ouvrirai ce peignoir plus tard me fait tourner la tête.

Je souffle sur mon café tout en la regardant se déplacer dans la cuisine par-dessus le bord de ma tasse. De temps en temps, elle me jette un petit coup d'œil en arrière et je le ressens jusqu'aux orteils (sans parler du reste).

Ses cheveux blonds retombent librement dans son dos et se balancent presque autant que ses hanches. Le son inimitable du rock classique nous entoure depuis une chaîne stéréo invisible. Soudain, alors que je me prélasse sur l'une des chaises à la table de la cuisine, je suis bouleversé.

Nous pourrions être là, n'importe quel samedi ou dimanche matin. Elle, préparant le petit-déjeuner, moi en buvant du café, la musique en léger fond sonore.

Il ne me manque que le journal du dimanche, une paire de pantoufles et un Golden Retriever à mes pieds.

Un sentiment étrange me pousse à me ressaisir et je lève les yeux vers l'horloge murale. Il est 18 heures. J'ai commencé mon footing un peu après 16 heures cet après-midi. J'ai trébuché quelques minutes plus tard.

Cette petite scène de ménage devant moi me fait soudain froid dans le dos. Je n'ai jamais vécu avec une femme. J'ai toujours aimé mon indépendance. Et, bien sûr, avec mon travail, il aurait fallu la bonne partenaire pour supporter mon emploi du temps. Je n'avais pas envie de faire du tri jusqu'à trouver la bonne.

Soudain, j'ai l'impression que je devrais sauter le repas qu'elle prépare et rester sur ma faim. Jouer avec elle encore un peu, m'assurer de me servir du martinet et me barrer peu de temps après.

Quelque chose de doux s'enroule autour de mes chevilles nues et je penche la tête : sa chatte Miauleuse serpente entre mes jambes, frottant sa douce fourrure contre ma peau, donnant un coup de tête sur mon mollet, frottant ses moustaches le long de mes orteils.

C'est bizarre.

Je n'ai jamais eu d'animal de compagnie. Mais si j'en avais un, ce ne serait pas un chat. J'aime les chattes, mais pas celles à quatre pattes.

Le rire profond de Skylar attire mon regard vers elle. Elle regarde son chat.

— Petite chipie, dit-elle. Je parie que tu veux dîner.

La queue du chat se redresse et un miaulement retentit. Sky disparaît quelques instants dans la réserve attenante, puis réapparaît, une gamelle à la main.

Marrant comme le chat se désintéresse rapidement de moi et traverse la pièce jusqu'à l'endroit où Sky a posé le bol. Et une fois de plus, lorsqu'elle se penche, j'ai une parfaite vue sur une partie succulente et tentante de son corps.

J'essaie d'imaginer ces fesses bronzées marquées par mes gestes, par le martinet, et ma queue commence à s'agiter dans mon caleçon.

Manger d'abord, s'amuser ensuite.

Ce qu'elle prépare commence à grésiller dans la poêle et elle se dépêche de revenir pour remuer le tout.

— Ça sent bon.

Et c'est vrai. Ce qu'elle prépare embaume la pièce. Si cette femme sait cuisiner...

Je suis peut-être fichu.

— Poulet sauté. J'espère que tu aimes les légumes.

— Absolument, puisque je suis végétarien.

Je garde un visage aussi impassible que possible alors que sa bouche s'ouvre en forme d'O. Elle jette un coup d'œil rapide à la poêle, puis le ramène vers moi.

— Je plaisante, dis-je.

Le soulagement se lit instantanément sur son visage et elle s'esclaffe, ce qui me fait sourire.

Après avoir remué les ingrédients une dernière fois, elle s'adosse au comptoir tout proche, les deux paumes posées sur le rebord. Le peignoir s'ouvre juste assez pour que je puisse voir un petit décolleté et un peu de la corde.

— Putain, Sky, murmuré-je en secouant la tête. Si tu ne fais pas attention, je pourrais finir par laisser le dîner brûler.

Elle suit mon regard et referme le tissu autour d'elle avant de m'adresser un sourire sulfureux tandis que ses doigts se promènent sur le satin, épousant les contours de la corde.

— Tu es sûr de vouloir t'en tenir au café et de ne pas prendre un verre de vin ?

— J'ai besoin de garder mon énergie, le vin pourrait m'endormir.

— Mmm, murmure-t-elle en attrapant le verre de vin qui se trouve à sa portée avant d'avaler une gorgée du rouge qu'elle s'est servie tout à l'heure. Alors... commence-t-elle en penchant la tête pour m'étudier. Quand tu as parlé des services secrets, tu voulais dire agent, n'est-ce pas ?

Je bois une gorgée de mon café qui a enfin suffisamment refroidi pour que je n'aie pas l'impression de me brûler la langue avec le noyau en fusion de la terre.

— Oui.

— Tu as déjà mis quelqu'un hors d'état de nuire ?

Je la fixe par-dessus ma tasse. Je veux m'assurer que je comprends bien ce qu'elle me demande. Même si je le sais et que je ne fais que retarder ma réponse, parce que c'est une conversation que je n'aime pas avoir. Mais la plupart des gens sont curieux. Ils demandent innocemment, sans se rendre compte des conséquences d'une question aussi simple. Simple, seulement dans la syntaxe, pas simple quand il s'agit des répercussions dans la vie réelle.

— Mis quelqu'un hors d'état de nuire ?

— Éliminé une menace, je veux dire.

— Tu veux dire un combat au corps à corps ?

— Non.

Je l'observe et me demande comment elle va réagir à ma réponse. Je pose délicatement ma tasse sur la table.

— Une fois.

La curiosité qui se lisait sur son visage disparaît soudain, son visage devient un masque vide.

— Tu y as pensé à deux fois d'abord ?

— Non. Je ne peux pas hésiter. Des vies pourraient être perdues.

— Mais... une vie a été perdue ?

Le poids de son regard sur moi me semble considérable.

Ôter une vie n'est jamais une décision facile, mais c'est parfois nécessaire. Devoir prendre des mesures de protection, c'est mon métier, mais quoi qu'il arrive, quelqu'un en sort toujours perdant. Qu'il s'agisse de la victime et de tous ceux qui l'aiment et la connaissent. Ou de la personne qui a tenté d'éliminer sa cible. Ainsi que tous ceux qui connaissent et aiment cette personne, criminelle ou non. Ils sont toujours lésés. Cette personne a une famille, a mené une vie.

Elle laisse également une empreinte sur l'agent des forces de l'ordre qui doit se charger du dossier. C'est un événement que l'on n'oublie jamais. Et on ne devrait pas l'oublier. Mais même si c'est ce qu'il faut faire et ce qu'il est légal de faire, ça laisse des traces.

Dans tous les cas, c'est tragique. En un instant, des vies sont changées à jamais.

Y compris la mienne.

Y compris celle de la seule et unique personne qui tentait d'assassiner un sénateur candidat à la présidence. Un sénateur qui n'était pas très apprécié par certains groupes. Mais quand même...

— Tu y penses encore ?

— Tous les jours, bordel, marmonné-je avant d'attraper mon café et d'en boire une nouvelle gorgée.

Avec un signe de tête, elle se retourne vers la cuisinière, une fourchette à la main.

Elle pique quelque chose, puis regarde par-dessus son épaule. « Viens ici », dit-elle doucement.

Je me lève comme si j'étais attaché à une corde et qu'elle en tirait le bout. Elle appelle et je viens. Lorsque j'arrive à sa hauteur, elle se retourne et soulève la fourchette vers ma bouche, une main sous mon menton.

— Ouvre, m'exhorte-t-elle.

Avant de glisser la fourchette chargée de poulet sauté entre mes lèvres écartées, elle fronce les siennes et souffle. Puis elle recommence.

Bon sang de bonsoir. C'était tellement torride (et je ne parle pas de la température de la nourriture).

Avant que je puisse dire un mot, elle enfonce la fourchette dans ma bouche et je goûte son sauté « improvisé ».

Oui, cette femme sait cuisiner.

Je déglutis, saisis ses hanches et me rapproche d'elle.

— Comment se fait-il que tu sois encore célibataire ?

Elle plisse les yeux.

— Je te retourne la question.

Touché.

# Chapitre 7



CADE DEVAIT AVOIR BIEN PLUS FAIM qu'il ne le pensait. Après avoir englouti une assiette et demie de mon sauté, il a poussé un long soupir de satisfaction. J'ai l'intention de l'imiter bientôt. Mais pour une tout autre raison.

Maintenant, c'est à mon tour de m'asseoir à la table et de regarder Cade debout devant l'évier de la cuisine, seulement vêtu de son petit short de course rouge et soyeux. J'ai été surprise quand il m'a proposé de faire la vaisselle. Bien sûr, je n'ai pas hésité à sauter sur l'occasion. Mais il a posé une condition...

Je devais m'asseoir à la table en ne portant rien d'autre que la corde, et l'observer. Son regard m'a transpercé lorsque, sans un mot, j'ai fait glisser le peignoir de mes épaules et l'ai laissé retomber sur le dossier de la chaise.

Aussitôt, il s'est éloigné en se contentant de me dire :

— Reste assise jusqu'à nouvel ordre.

Mon cerveau commence à tourbillonner, je me demande ce qu'il a prévu. Cette attente transforme mes mamelons en pointes dures, mon clitoris réclame son attention.

— Puis-je me toucher ?

Sans se retourner, il répond :

— Oui. C'est attendu.

Eh bien, voyons. Les grands esprits...

Je pivote sur ma chaise pour lui faire face, même s'il a le dos tourné et qu'il ne fait pas attention à moi. Il se concentre sur la vaisselle qu'il récure avec une éponge.

J'ai envie de prononcer son nom, mais je me retiens.

Je pense qu'il veut imaginer ce que je fais. Je glisse une main entre mes cuisses, caressant mon intimité, effleurant mon clitoris si sensible. J'effleure d'une paume les bourrelets serrés de mes tétons, d'abord l'un, puis l'autre.

Alors que je fixe son dos, espérant qu'il se retourne, je glisse mon majeur à l'intérieur de moi, et un petit son s'échappe du fond de ma gorge. Je remarque que ses mains ne s'arrêtent qu'un instant avant de poursuivre leur tâche.

Je me mords la lèvre, essayant d'éviter de faire davantage de bruit, mais je suis finalement obligée de souffler en tremblant. Je sais qu'il a entendu cela aussi, quand les muscles de son dos nu se contractent très légèrement.

Maintenant, c'est un défi et je suis déterminée à le pousser à bout, à voir combien de temps il peut résister. Parviendrai-je à le faire craquer avant qu'il n'ait fini sa corvée ?

Un faible gémissement s'échappe de mes lèvres tandis que je tripote mes seins et que j'insère un deuxième doigt au plus profond de moi. Je taquine mon clitoris et je me pénètre moi-même, mes hanches oscillant doucement.

— Oui, soufflé-je.

Il s'agrippe au bord de l'évier et penche la tête en avant, son dos se raidit, ses biceps se gonflent.

Je suis à deux doigts de le faire craquer.

Je suis aussi à deux doigts de me faire jouir. Je tourne mon téton entre mon index et mon pouce, puis je tire dessus si fort que je sursaute dans un petit cri.

Je plaque mes pieds sur le sol et mes hanches se soulèvent.

La chaise vacille sous mon poids et les pieds claquent tandis que l'orgasme me submerge, s'empare de tous les muscles de mon corps, me fait vibrer et fermer les yeux.

Pour cette raison, je le sens avant de le voir.

J'ai réussi. Je l'ai fait craquer. J'entends un objet heurter la table, mais avant que je n'aie le temps d'ouvrir les yeux, sa main est sous mon menton, tirant ma tête vers l'arrière, courbant mon cou jusqu'à sa limite physique, et je lève les yeux pour le voir debout au-dessus de moi. Son visage est grave, ses yeux brillent.

Je n'ai aucune idée de ce qu'il a jeté sur la table, mais je suis sûre que je le découvrirai bien assez tôt.

Malgré tout, c'est le glaçon qu'il fait glisser sur ma gorge étirée qui me fait sursauter. Il laisse une trace froide sur ma peau, des gouttes d'eau s'accumulant entre mes clavicules. Mais il ne s'arrête pas là. Il décrit des cercles autour de mes mamelons. L'un puis l'autre, les érigeant en pics douloureux. Sa langue brûlante suit le glaçon, d'abord dans mon cou, puis sur mes mamelons dont il effleure les extrémités dures de la pointe de sa langue.

— Cade...

— Chut.

Cette exigence monosyllabique me donne envie de sourire de satisfaction, mais je ne peux pas. Impossible. La glace entre ses longs doigts fait à nouveau le tour de mes mamelons avant de glisser sur mon ventre jusqu'à mon entrejambe.

— Ouvre.

J'ai le souffle coupé et je suis incapable de lui répondre. Alors, je n'essaie même pas. J'obéis et j'écarte mes lèvres pour lui offrir l'accès qu'il réclame. Lorsque le froid touche mon clitoris chaud et gonflé, je sursaute, mais il resserre sa prise sur mon menton, m'empêchant de bouger, me maintenant dans une position inconfortable, incapable de regarder ou même de me dégager. La glace m'engourdit, mais avant que je ne puisse me plaindre, il attrape ma bouche, y plonge sa langue et l'emmêle à la mienne. Je gémis et il l'attrape, l'aspire.

Puis il me relâche brusquement et fait tourner la chaise, et les pieds crissent sur le sol. Je manque de glapir tout aussi fort, car je ne m'attendais pas à cette manœuvre. Il se met à genoux, introduit ce qui reste du glaçon dans sa bouche et écarte encore plus mes cuisses.

Il baisse la tête et cette fois, je fais de même, ma bouche s'entrouvre quand il me goûte, passant la langue et le glaçon entre mes cuisses, sur mon clitoris, et redescendant jusqu'à ce qu'il ne reste plus que sa bouche froide et humide, le glaçon ayant fondu depuis longtemps.

En fait, sa bouche n'est pas la seule à être mouillée. Je suis trempée.

— Je veux te sentir en moi.

Il recule légèrement.

— Tu le demandes ou tu l'exiges ?

— Je l'exige.

— Alors tu vas devoir attendre, répond-il et avec un dernier coup de langue sur mon sexe (même ce bref coup de langue me fait me trémousser).

Il se redresse, m'attrape sous les bras et me soulève pour que je l'imite.

— Sur la table.

Quand je regarde la table de la cuisine par-dessus mon épaule, je vois enfin ce qu'il y a jeté. Une *cuillère en bois*. Certes, c'est la plus large que j'ai, mais quand même... une cuillère en bois. Mon corps tremble à l'idée que celle-ci soit utilisée sur moi pour ce qui est, me semble-t-il, une punition.

Et, honnêtement, je ne sais pas si le frisson qui me parcourt est attribuable à la peur, à l'excitation ou à un mélange des deux.

Je n'ai jamais été frappée avec un tel objet, mais j'essaie d'imaginer à quel point ça va faire mal. Ou à quel point ça va faire du bien. Tout dépendra de la force avec laquelle Cade me fessera.

J'ai toujours une échappatoire.

*Sucette.*

Si je prononce ce mot, il devra s'arrêter immédiatement.

Il n'en est peut-être pas *obligé*, mais je dois lui faire suffisamment confiance et espérer qu'il s'arrêtera. Je croise son regard et j'essaie de le déchiffrer, en vain. Son visage est impassible et je ne le connais pas assez pour voir ce qui se cache derrière ce masque.

— Je vais dans la chambre un instant. Quand je reviendrai, sois en position, déclare-t-il finalement, avant de baisser la tête, de m'embrasser rapidement, mais intensément, puis de murmurer contre mes lèvres : Je ferai en sorte que ça en vaille la peine.

Oh oui. Voilà qui semble prometteur.

Mon regard le suit tandis que ses longues jambes le conduisent rapidement hors de la cuisine et de mon champ de vision.

Je me retourne et fixe la table. En chêne massif, entourée de quatre chaises en bois. Un endroit pour manger. Un endroit pour se réunir. Et l'endroit où se déroulera ma prochaine expérience sexuelle.

Je souffle en me mettant « en position ». Malheureusement, tandis que je m'allonge sur la table, la cuillère en bois me contemple.

---

## Cade

Je jette un coup d'œil dans sa chambre, repère le lubrifiant balancé plus tôt et m'en empare, ainsi que d'un autre préservatif. Mais avant de retourner vers Sky (et son joli cul qui a intérêt à être en position sur la table), je m'arrête et je réfléchis. Je ne suis pas encore prêt à sortir le martinet, même si je prévois de l'utiliser. Je cherche plutôt autre chose.

Je fouille dans sa boîte à jouets et en sors un bandeau noir en soie. Je pourrais utiliser plus de corde, mais j'ai envie de changer. Je tourne la tête vers le placard entrouvert où se trouvait la boîte.

Je me demande ce qu'elle a bien pu cacher d'autre.

J'ouvre un pan du meuble et je jette un coup d'œil à l'intérieur. Des vêtements féminins sont suspendus en ordre sur les cintres, des chaussures sont soigneusement rangées en bas sur un porte-chaussures, et d'autres boîtes de différentes tailles sont empilées sur l'étagère au-dessus de la tringle. J'en saisis une qui ressemble à un coffre de banquier, je la pose sur le sol et en retire le couvercle.

Il me faut une seconde pour digérer le contenu de la boîte. Des papiers, beaucoup de papiers jetés au petit bonheur la chance à l'intérieur, mêlés à des coupures de journaux et à des photos. L'une d'entre elles attire mon attention… une photo de Sky, mais avec un homme.

Probablement son ex-mari.

Je la tire de sous un document pour la regarder de plus près, puis je fronce les sourcils, cligne des yeux et observe plus attentivement encore.

Sky a l'air très jeune, peut-être une vingtaine d'années, et fixe l'homme qui l'entoure de son bras. Ils rient tous les deux, mais c'est le regard d'adoration qu'elle affiche qui me serre la poitrine.

Elle l'a aimé. C'est clair.

Mais ce n'est pas l'émotion qui me serre le cœur. Je sors la photo de la boîte et l'incline sous la lumière déclinante de la fenêtre voisine.

Il me semble familier.

Très familier. Je me creuse les méninges. Je connais ce type.

Je le connais, mais je n'arrive pas à le situer. Mon cerveau s'embrouille lorsque j'essaie de mettre le doigt dessus.

Je secoue la tête et remets la photo dans la boîte. J'en sors une autre. Une photo de lui seul. Plus âgé, les cheveux noirs, mais il ne rit pas sur cette photo. Son visage semble hanté, distant. Il a aussi l'air plus émacié.

Quelque chose a changé entre la première et la deuxième photo.

J'attrape une autre photo. L'homme porte un treillis beige. Il est à l'étranger, dans un pays envahi par le sable, entouré de plusieurs autres soldats qui posent tous avec des carabines M4. Sur cette photo, je perçois la fraternité entre les hommes, mais aucun d'entre eux ne sourit. Ils ne plaisantent pas. Pas de blague, rien. Ils ont l'air épuisés, épuisés par les jeux de guerre. Ils ont l'air d'un groupe qui a connu la mort et qui est prêt à rentrer à la maison.

Je remets la photo à sa place, culpabilisant d'avoir fouiné. Peut-être que le mari de Skylar est rentré chez lui avec un syndrome de stress post-traumatique et qu'ils n'ont pas réussi à surmonter cette épreuve, comme c'est le cas de beaucoup de couples après le retour du conjoint à la suite d'un déploiement.

Mais, encore une fois, le gars me dit quelque chose et ça me turlupine. Je ressens un truc pesant et inquiétant. C'est là, ça me tracasse, mais ce n'est pas limpide.

Peut-être en arriverons-nous à discuter de son mariage révolu. C'est trop tôt, c'est certain. Mais peut-être...

Peut-être que si les choses se passent bien... et que nous découvrons que nous sommes compatibles et que nous voulons tous les deux explorer ce lien qui existe entre nous...

À ce stade, je me dis honnêtement que j'ai envie de tenter le coup, de voir où cette histoire nous mènera.

Mais je dois aussi découvrir qui est cet homme sur la photo. Alors que je commence à parcourir les documents à la recherche d'un indice, j'entends Sky m'appeler en gémissant tout bas.

*Merde.*

Je jette un coup d'œil rapide à la boîte, frustré, la referme et la repose sur l'étagère. Je pousse la porte du placard jusqu'à la fermer.

Ce sera pour une autre fois.

# Chapitre 8

*Skylar*

— CADE, gémis-je encore et soudain, il est là, à côté de la table, les mains chargées, mais mes yeux se concentrent sur le lubrifiant.

Il a un plan.

— Hé, ma jolie, murmure-t-il.

Son regard coule sur moi alors que je suis étendue sur la table, mes fesses nues en l'air, mes seins attachés pressés contre la surface lisse. La corde a commencé à s'enfoncer dans ma peau, alors après cette séance, je vais demander qu'il l'enlève. Je pourrais l'enlever moi-même puisque je n'ai plus les mains liées, mais ce ne serait pas très amusant.

Absolument pas. Ce serait comme retirer mon propre déshabillé.

— Il t'a fallu autant de temps pour récupérer ces trois objets ?

Il hausse un sourcil dans ma direction.

— Je t'ai laissé l'occasion de réfléchir à ton comportement.

Il raconte vraiment des conneries. Il a adoré mon comportement. Ce n'est qu'un jeu. Pour lui. Et pour moi aussi.

Je me mords la lèvre inférieure jusqu'à ce que le sourire qui voulait éclater disparaisse.

— T'avoir empêché de te concentrer sur la simple corvée de vaisselle ? Je ne suis pas désolée.

— Ah, soupire-t-il. Je sais bien que non.

Il pose le lubrifiant et le préservatif sur la table, mais à portée de main de l'endroit où je suis savamment exhibée. Puis il soulève le bandeau et tend l'élastique qui le maintiendra en place.

— Pour toi.

Là, je souris. Davantage par satisfaction que par jubilation. Je ne posséderais pas de bandeau si je n'aimais pas m'en servir.

Il écarte mes longs cheveux de mon visage et glisse le bandeau sur mes yeux. J'essaie de l'ajuster et il émet un bruit sec qui me fige en plein mouvement.

— Les paumes à plat sur la table en face de toi, à moins que je ne te dise le contraire.

Charmant.

Plus il devient autoritaire avec moi, plus j'aime ça. Je ne suis pas du tout quelqu'un de soumis dans le monde réel, j'exige d'être sur un pied d'égalité, mais dans la chambre à coucher (ou sur une table de cuisine), je veux que ce soit l'homme qui prenne les choses en main.

Jusqu'à présent, Cade a montré qu'il aimait le faire.

C'est parfait.

Je pose mes mains à plat sur la table après avoir tendu les bras devant moi. Je sais que la cuillère en bois se trouve entre elles, posée là, attendant la suite.

Une fois de plus, un frisson me traverse et j'imagine déjà la douleur cuisante du bois contre mes fesses. Mon sexe se resserre et j'en ai le souffle coupé avant de pousser un soupir tremblant.

— Redis-moi ton mot de passe, Sky.

Au son de sa voix grave, je devine qu'il s'est placé derrière moi.

— Sucette

— Très bien.

Ce ne sera pas très bien pour lui si je l'utilise. (Ni pour moi non plus, si je ressens le besoin de m'en servir).

Maintenant que j'ai les yeux bandés, mon univers est plongé dans l'obscurité. Je dois utiliser mon ouïe et mon sens du toucher pour comprendre ce qu'il fait. Mais je ne suis pas surprise quand son doigt effleure la raie de mes fesses.

La question que je lui ai posée tout à l'heure, « Tu aimes les jeux de fesse ? », me revient à l'esprit. Cet homme n'a pas froid aux yeux, c'est certain.

— Passe-moi la cuillère.

Ah. Il va m'obliger à lui remettre l'instrument de mon châtiment. Astucieux.

Je tâtonne là où je l'ai vue pour la dernière fois et mes doigts trouvent le manche étroit et long. Je le saisis et le tends derrière moi pour la lui offrir.

Je tiens la cuillère en l'air pendant ce qui me semble être de très longues minutes. Mais il ne s'écoule probablement que quelques secondes avant qu'il ne demande :

— Montre-moi où tu veux que je l'utilise.

J'abaisse la cuillère et la laisse effleurer ma fesse droite.

— Ici.

Je sursaute quand ses mains s'emparent soudain de mes hanches et que ses lèvres touchent ma peau à l'endroit où j'ai posé la cuillère.

— Ici ? demande-t-il. Où encore ?

Je la déplace sur la fesse gauche.

— Ici.

Il embrasse aussi cette zone.

— Ailleurs ?

— Non. Pas maintenant.

— Montre-moi la force avec laquelle tu veux que je te donne la fessée.

J'hésite. Je ne me suis jamais mis la fessée moi-même. Pourtant, j'adore les bonnes fessées, à la main, à la ceinture, à la palette, à la cravache. Je ne suis pas difficile. Comme la cuillère en bois est un objet que je n'ai jamais essayé, je ne suis pas sûre de ce que je vais apprécier. Si tant est que j'y prenne plaisir *tout court*.

— Montre-moi, répète-t-il, mais avec plus de fermeté.

Je tapote légèrement la cuillère contre mon cul. C'est indolore.

— C'est tout ?

— Non, soufflé-je.

— Montre-moi.

— Cade... commencé-je, mais je laisse tomber, car je veux que ce soit lui qui saisisse la cuillère.

Je veux que ce soit lui qui l'utilise.

— S'il te plaît, Cade.

— S'il te plaît, quoi ?

— S'il te plaît... *Donne-moi une fessée, baise-moi, fais-moi jouir.* Fais ce qui doit être fait.

— Et qu'est-ce qui doit être fait, Sky ?

Je lui tends la cuillère et il la prend de mes doigts.

— Remets tes mains sur la table.

Je reprends ma position, me préparant psychologiquement à ce qui va suivre.

Mais même si je pensais savoir ce qui allait arriver, je suis surprise. Le choc brutal de la cuillère plate et large contre mes fesses me fait avaler une grande bouffée d'air.

L'un de ses doigts descend à nouveau entre mes jambes, jusqu'à mon clitoris, puis remonte. Le claquement de la cuillère contre mon autre fesse me pousse à refermer mes doigts en poings, à me dresser sur mes orteils et à me trémousser vers l'avant, sous le choc de la sensation.

La douleur s'estompe rapidement et la palpitation de ma peau devient agréable, et mon sexe se resserre. Je veux qu'il s'enfonce profondément en moi avant de me frapper à nouveau.

— Magnifique, murmure-t-il. Ton cul n'a pas fini de prendre des couleurs.

*N'a pas fini...*

— Les mains en arrière, écarte tes fesses.

J'appuie une joue sur la table et je fais ce qu'il demande, attrapant mes fesses et les écartant bien.

— Putain, gémit-il et je souris.

Il tapote doucement la cuillère sur le haut des deux fesses. Je me cambre et l'encourage à redoubler d'efforts. Mais il n'en fait rien. Il s'arrête et je l'entends remuer derrière moi, puis je reconnais le bruit du tube de lubrifiant qui s'ouvre. Un frisson me submerge. Aucune raison d'utiliser du lubrifiant s'il compte juste me sauter. Je ne peux pas être plus prête et mouillée qu'en cet instant.

Tandis qu'il applique le lubrifiant sur mon orifice serré, je souffle un « oui ».

Il plonge un doigt jusqu'à la première articulation et prépare ainsi la zone pour l'accueillir. Je me détends et j'apprécie les sensations de va-et-vient de son doigt qui s'enfonce de plus en plus profondément.

— Cade, gémis-je.

— Bientôt, bébé, m'assure-t-il.

Pas assez.

Soudain, il disparaît et j'entends le froissement de l'emballage du préservatif. Dans mon esprit, je le vois le dérouler sur son sexe dur, puis étaler généreusement du lubrifiant sur sa longueur gainée de latex.

Soudain, il glisse son gland contre mon anus, descend le long de ma raie, entre mes lèvres palpitantes, et le frotte sur mon clitoris. Il bouge doucement, s'enfonce et je gémis haut et fort lorsqu'il se loge au plus profond de moi, mes doigts se pressent dans ma chair.

— Reste ouverte pour moi, Sky. Je veux tout voir de toi.

Le raclement de la cuillère sur la table me met à nouveau en alerte.

Parce que je sais ce qui se prépare.

Je sais ce qui s'en vient.

Maintenant qu'il est en moi, ce sera encore mieux.

Mon cœur bat la chamade et je ferme les yeux, même si j'ai les yeux bandés et que je ne vois de toute façon rien.

Alors qu'il entre et sort lentement de mon corps, je le supplie :

— Donne-moi une fessée, Cade. Vas-y.

— Tu le demandes ou tu l'exiges ?

Oh, putain.

— Je demande... *S'il te plaît.*

Ses doigts effleurent la corde qui traverse mon dos avant de s'enrouler autour de mes côtes, et je frissonne. Le claquement de la cuillère en bois contre mon cul me fait sursauter et gémir, mais il empoigne la corde contre ma colonne et me maintient en place.

— Ne bouge pas.

J'aimerais bien *le* voir rester immobile quand on lui donne une fessée avec une cuillère en bois. Plus facile à dire qu'à faire !

— Je veux fesser ton sexe avec la cuillère.

*Merde.* S'il fait ça, je risque de crier « Sucette » (ainsi que d'autres mots fleuris savamment choisis).

Quand il se retire, je me dis que c'est ce qu'il va faire et je panique.

— Cade !

Il glousse, se penche au-dessus de moi et me chuchote à l'oreille :

— Je ne vais pas te faire de mal. Et non, je ne vais pas le faire. Il faudrait que tu me supplies de le faire.

Il n'y a aucune chance que cela arrive. La main, peut-être. Une cuillère en bois, jamais. Je ne suis pas masochiste à ce point.

Je soupire de soulagement.

J'entends à nouveau le bouchon sur le lubrifiant, puis il frotte à nouveau son gland dans ma raie et à chaque passage, il s'arrête sur mon orifice étroit.

— Tu veux bien ?

Oh...

— Oui.

Absolument. Mais je me crispe, car ça fait longtemps pour moi.

— Détends-toi, murmure-t-il, en poussant doucement en moi, en m'étirant lentement. Dis ton mot de sécurité si tu as besoin que je m'arrête, bébé.

Il n'y a plus l'ombre d'un rire dans sa voix. Non, elle est plutôt rauque.

Je me mords la lèvre inférieure tandis qu'il saisit mes hanches avec force, enfonçant ses doigts dans ma chair pour me maintenir immobile tandis qu'il franchit mon orifice et glisse doucement à l'intérieur. L'étirement, la brûlure me font reprendre mon souffle, mais je ne veux pas qu'il s'arrête.

Et j'aime qu'il m'appelle bébé. Non seulement j'aime ça, mais je veux l'entendre plus souvent de sa bouche.

Je lève les yeux au ciel quand il s'enfonce le plus profondément possible et s'arrête. Il se penche à nouveau sur mon dos, embrasse mes omoplates, mes épaules, mon cou, puis enfonce ses dents dans la zone délicate où mon cou rejoint mon épaule. Je pousse un cri d'encouragement.

Je prends autant de plaisir à être mordue qu'à recevoir une fessée.

— Encore, gémis-je.

Il lèche la marque de la morsure et redescend le long de mon dos, mordillant ma peau, saisissant ma chair entre ses dents, faisant palpiter mon entrejambe pourtant vide au profit de mon cul.

Waouh. Waouh. Waouh.

S'il est doué avec le martinet, je vais peut-être devoir épouser cet homme. Je grogne à cette idée et il hésite.

— Ça va ?

— Oui. À la perfection, dis-je alors qu'il passe ses doigts

autour de ma taille et enroule un bras autour de mes hanches pour que je recule légèrement de la table.

Juste assez pour qu'il puisse trouver mon clitoris et me caresser.

— Tu es si étroite, grogne-t-il contre la peau de mon dos.

Oh, je le sais. Quand il glisse un doigt en moi tandis que son pouce se joue de mon clitoris comme d'un violon, je m'abandonne.

— C'est ça, bébé. Putain.

*Bébé.*

— Je vais te baiser plus fort, me prévient-il en glissant un deuxième doigt en moi, ce qui me plonge dans un état second. J'ai depuis longtemps relâché mes fesses et replacé mes mains sur la table pour me soutenir.

— S'il te plaît, supplié-je.

— S'il te plaît, quoi ?

— S'il te plaît, baise-moi plus fort. Fais-moi jouir.

Je pousse un cri qui ressemble à celui d'un animal sauvage lorsqu'il me pénètre brusquement.

Puis, avant que je ne réalise ce qui se passe, je recule lorsqu'il passe un bras autour de ma taille. J'atterris sur ses genoux lorsqu'il s'installe sur la chaise de cuisine où je me trouvais tout à l'heure.

Je suis maintenant au-dessus, mon dos contre son torse, alors qu'il est profondément enfoui en moi, me remplissant doublement de son sexe et de ses doigts.

— Chevauche-moi, gronde-t-il au creux de mon oreille, et je frissonne.

Je prends appui sur le carrelage, me soulève et m'abaisse. Sa main libre pince un de mes mamelons pendant qu'il me prend les fesses et maintient son assaut sur mon clitoris.

Sans crier gare, une vague déferle sur moi, me faisant basculer, tandis que je jouis autour de ses doigts, que je me resserre autour de sa queue et que je crie son nom.

— C'est ça, bébé. Donne-moi tout ce que tu as.

Il semble à bout de souffle, luttant pour garder le contrôle.

— Encore une fois avant que ce ne soit mon tour.

Il m'effleure le cou du bout du nez, racle ma peau avec ses dents, et les enfonce une fois de plus dans mon épaule. Mais cette fois, il ne me lâche pas. Il mord plus fort tandis que je monte et descends plus vite, l'encourageant à me ramener au bord de cette mer pour surfer une autre vague folle. Je ne veux pas attendre que la jouissance monte, je ne veux pas savoir qu'elle arrive, je veux juste être frappée de plein fouet, ballottée dans tous les sens, haletante et peinant pour me ressaisir.

C'est l'orgasme que je veux. Intense et dévorant.

J'atterris lourdement sur ses genoux et je me frotte à lui.

— Putain, bébé, gémit-il. *Putain.*

Oui. Oui. *Oui !*

Plus je l'entends perdre la tête, plus je me rapproche du dénouement. Je m'enfonce à nouveau et il grogne bruyamment. Je recommence et il pousse un juron.

Maintenant, je sais qu'il ne tient plus qu'à un fil. Un fil que je ne veux pas rompre avant d'avoir joui encore une fois.

Je recouvre la main qui me caresse de la mienne, je le guide, je glisse un doigt puis deux à l'intérieur en même temps que les siens, je l'incite à bouger ses doigts plus vite, plus fiévreusement.

Et quand il se raidit, je sais qu'il a basculé. Il s'est libéré. Il lâche prise et je gémis tandis que mes orteils se recourbent et que la vague me traverse une fois de plus, me déchirant entièrement, une onde qui part du plus profond de moi jusqu'aux limites de mon corps.

Alors qu'il psalmodie mon nom, je l'emmène avec moi. Par-dessus et par-dessous avant que la vague ne nous projette tous les deux sur la terre ferme. Essoufflés, haletants, frémissants sous l'effet de la libération.

Waouh. Waouh. Waouh.

Dès que j'ai repris mon souffle, je pousse un long soupir de satisfaction. Il me retire le bandeau et le jette sur la table, m'attrape le menton et fait pivoter ma tête pour m'embrasser fougueusement.

Lorsqu'il recule enfin, il murmure :

— C'était absolument incroyable.

En effet, ça l'était.

# Chapitre 9



ALLONGÉ de tout mon long sur le dos dans le lit de Sky, je contemple les cheveux blonds et soyeux qui s'étalent sur mon torse. Son oreille est collée à mon cœur, sa paume glisse sans réfléchir de haut en bas sur mon ventre, sa cuisse plaque la mienne contre le matelas et son orteil épouse mon mollet.

Mes doigts s'enfoncent dans ses cheveux, j'en démêle les mèches et je me demande comment elle fait pour qu'ils ne se transforment pas en un gigantesque nœud. Je suis heureux qu'elle ne soit pas le genre de femme qui a peur de finir ébouriffée. J'aime pouvoir les toucher et savourer leur douceur de miel entre mes doigts.

Sa respiration est lente et régulière, ses seins doux et pleins se pressent contre ma cage thoracique.

Elle est comblée.

Moi aussi.

Et ce qui est vraiment fou, c'est que...

Je me sens tellement *bien*.

Ma place est ici.

Elle est destinée à être blottie contre moi.

Je suis entier. Et je n'avais jamais remarqué que je ne l'étais pas auparavant. Du moins, pas jusqu'à ce moment précis.

Maintenant, je sais pourquoi je ne me suis jamais casé avec une autre. Aucune de ces femmes n'était faite pour moi, tout simplement.

Sky a raison. C'est elle, *la bonne*.

Quelle idée ridicule que de penser savoir une telle chose en un laps de temps ridiculement court.

Ce qui ne devait être qu'un coup d'un soir avec une voisine sexy et attirante est soudain devenu bien plus.

Je distingue les marques que j'ai laissées sur sa fesse, alors je passe une paume sur sa peau.

— Ça va ?

— Oui, dit-elle en soupirant.

Moi aussi.

— Je ne t'ai pas fait de mal, n'est-ce pas ?

Ses yeux se tournent vers les miens.

— Non. Pas du tout.

— Tant mieux.

J'en suis ravi. J'ai vraiment envie de recommencer ce genre de trucs avec Sky. Et son martinet n'arrête pas de me trotter dans la tête. Mes doigts me démangent de l'essayer. Pour laisser des rayures sur sa peau bronzée, sur ses seins et sur ses fesses.

Peut-être pas aujourd'hui. Peut-être demain. Si elle me laisse jouer avec elle ce week-end.

Bon sang, même la semaine prochaine. Le mois prochain.

Je n'ai aucune idée de ce qu'elle ressent pour moi, si elle partage même ce sentiment.

— Tu as l'intention de passer la nuit ici ?

Et voilà.

— Eh bien, ce martinet réclame mon attention, dis-je en jetant un coup d'œil sur elle, confortablement drapée contre mon flanc. Tu aimerais que je m'en serve ?

— Oui, j'aimerais bien.

Soudain, je me sens soulagé. Soulagé qu'elle n'ait pas envie de me mettre à la porte après quelques orgasmes. Soulagé de constater qu'elle désire peut-être voir où tout cela va mener, exactement comme moi.

— Je n'ai pas de vêtements de rechange. Il va falloir que je rentre chez moi.

Je vais littéralement devoir courir jusqu'à la maison et prendre des affaires pour le week-end. Parce que, honnêtement, si elle veut bien de moi, je resterai jusqu'à dimanche soir ou même tôt lundi matin.

Mais je la laisse aller à son rythme.

— Qui a dit que tu avais besoin de vêtements ?

Elle me décoche un sourire coquin. Je lui retourne le sourire et passe une phalange sur sa pommette.

— C'est vrai. Mais une brosse à dents et du déodorant ne seraient pas du luxe.

— Mmm. Je vois ce que tu veux dire.

Je ris et son sourire se fait plus éclatant, illuminant son visage.

Pendant quelques instants, nous restons silencieux, baignant dans ce silence bienveillant. J'ai envie de mieux la connaître. Je n'ai pas que le martinet à l'esprit, mais aussi les photos que j'ai vues tout à l'heure.

Il faut que j'aborde la question délicatement.

— C'est étrange qu'on ne sache pas grand-chose l'un sur l'autre, mais on est là, allongés nus dans un lit ensemble. On a l'air très à l'aise l'un avec l'autre. Est-ce que je me trompe ?

Elle me dévisage, surprise, de ses beaux yeux bleus.

— Non. J'aime bien ça. Je t'aime bien toi.

J'essaie de ne pas lui adresser un grand sourire niais. (Garde la tête froide, Cade.)

— Idem. Mais je ne connais même pas ton nom de famille.

Une bonne idée pour lancer la conversation dans la bonne direction.

Elle touche mon téton.

— Je ne connais pas le tien non plus, tu sais.

C'est vrai. Je ne l'ai pas révélé. Enfin, surtout parce que je n'ai pas eu l'occasion de le faire. À part ma carrière et mon prénom, elle est dans le noir tout comme moi.

— Le mien est assez courant. Harrison.

— Un nom de famille fort. J'aime bien ton prénom aussi, me confie-t-elle, avant de reprendre, tout bas, comme la voix off d'une bande-annonce de film : « Kincade Harrison, agent des services secrets. »

Puis son corps tressaille légèrement et, sans lever la tête, ses yeux retrouvent les miens et elle m'étudie. Je m'efforce de garder une expression impassible, car il me semble qu'elle tente de fouiller au plus profond de mon âme.

Une lueur apparaît dans son regard et ma curiosité s'éveille.

— Schaeffer, murmure-t-elle tout bas.

Skylar Schaeffer. Ce nom de famille ne me dit rien de particulier.

— C'est ton nom de femme mariée ?

Je continue à brosser paresseusement ses cheveux du bout des doigts.

— Non, je... J'ai repris mon nom de jeune fille.

Ce n'est donc pas le nom de famille de l'homme sur les photos.

— Depuis combien de temps es-tu divorcée ?

Elle détourne les yeux et un frisson remonte le long de ma colonne vertébrale.

Je hausse un sourcil.

— Tu n'es pas divorcée ?

Elle enfouit son visage contre mon torse, si bien que je ne peux même plus lire son expression.

— Non, il est décédé.

Ma respiration se fait plus saccadée.

— Je suis désolé de l'apprendre. Cette épreuve a dû être éprouvante. Depuis combien de temps ?

— Quelques années déjà.

Ce n'est pas une réponse précise. J'attends, mais elle reste silencieuse.

— Une longue maladie ?

Elle hésite durant le temps d'un battement de cœur, puis deux.

— Des complications d'une maladie, oui.

Là, je suis vraiment curieux. Mais j'essaie de ne pas donner l'impression de lui faire passer un interrogatoire. Je ne veux pas qu'elle se referme, ou pire, m'exclue complètement.

Mais il faut que je sache...

— Quel était ton nom de femme mariée ?

— Pourquoi ?

— Juste par curiosité.

---

**Skylar**

LA PEUR se répand dans mes veines comme un ruisseau glacial. Parce que je suis convaincue que ma réponse pourrait signer la fin de notre histoire.

Finie avant même d'avoir vraiment commencé.

J'aime bien Cade. J'aime me lover contre lui dans mon lit. J'ai aimé qu'il se penche sur la table pour me faire atteindre un orgasme exquis. J'aime sa voix, son allure, le pouvoir qu'il a sur moi pendant les ébats. Si je devais choisir un homme sur un site de rencontre qui serait parfait pour moi, ce serait Cade.

Nous sommes faits l'un pour l'autre. Même après la courte période passée ensemble, je m'en rends compte. Et d'après ce que je vois, lui aussi.

Le destin a-t-il voulu que nous soyons voisins ?

Peut-être.

Le destin a-t-il voulu qu'il se mette à faire du jogging ?

Peut-être.

Le destin a-t-il voulu que je sois en train de bricoler dans mon jardin lorsqu'il est passé et a attiré mon attention ?

Très probablement.

Si je prononce mon ancien nom de famille, il pourrait le reconnaître, même s'il y a probablement un million de personnes qui portent le même. Toutefois, ce nom de famille pourrait éveiller la vigilance d'un agent des services secrets.

Mais ce n'est pas en lui mentant que l'on donnera à cette relation naissante un départ solide. Une relation, ou même la possibilité d'une relation bâtie sur des mensonges restera bancale et illusoire.

Une relation solide repose sur la confiance.

Puis-je éviter la question ? Oui, pour l'instant, mais tôt ou tard, il la posera de nouveau. C'est un agent fédéral. Les forces de l'ordre ont tendance à être curieuses par nature. Comme il se doit.

Quoi qu'il arrive, la vérité finira par éclater. Mieux vaut arracher un petit pansement maintenant qu'un gros plus tard.

Mais tout de même...

Cette situation me retourne l'estomac et fait battre mon cœur à tout rompre.

Je me lance...

— Mon mari a servi en Afghanistan. Comme beaucoup de soldats, il a vu des choses qui le hanteraient à jamais.

Cade ne dit rien, il se contente de me caresser les cheveux, et j'aimerais que ce geste apaise mes nerfs. Tout du moins, il m'encourage à continuer.

— Et comme beaucoup de militaires, il est revenu avec un syndrome de stress post-traumatique.

Les doigts de Cade s'immobilisent. Même si ce n'est que pour une fraction de seconde, je le remarque. Et maintenant, son autre main glisse le long de mon dos nu.

J'inspire profondément par le nez, puis je souffle, en espérant en tirer un peu d'énergie. Malheureusement, ça ne marche pas.

— C'était dur. Pour nous deux.

Des mots simples, mais tellement vrais.

— Notre mariage a souffert après ça. Il s'est renfermé sur lui-même. Il déprimait, se mettait en colère, devenait violent.

Finalement, Cade prend la parole :

— Il t'a fait du mal ?

Je m'autorise à croiser son regard, ne serait-ce qu'un instant.

— Non, jamais. Même pendant sa propre « guerre » qu'il a menée après son retour de l'étranger, il m'a aimée. Il s'en est fallu de peu pour qu'il devienne incontrôlable. Mais il n'a jamais dépassé les bornes. Jusqu'à...

Je ferme les yeux et enfonce mon visage un peu plus profondément contre le torse de Cade. Les souvenirs m'envahissent et je n'ai pas envie de sangloter, de pleurer ou de me perdre de nouveau.

Je ne veux pas me perdre parce que je viens juste de me retrouver, moi. Et Cade. Qui, je l'espère, nous donnera encore une chance quand j'aurai raconté mon histoire.

— La dernière élection présidentielle...

Cade remue un peu sous moi. Ce n'est qu'un léger mouvement, mais il est révélateur.

— Je m'en souviens bien. J'ai assuré la protection d'un des candidats.

Sa voix est un peu monocorde, comme s'il essayait de ne rien dévoiler.

Or, c'est précisément ce qu'il fait.

J'en ai le souffle coupé et maintenant que j'en ai trop dit, je me demande si je peux m'arrêter et passer à un autre sujet.

Je suis sûre que Cade ne me laissera pas faire diversion. Pas maintenant. Jamais.

— Quel candidat ?

Oh, mon Dieu, s'il te plaît, s'il te plaît, s'il te plaît, ne prononce pas les mots que je crains que tu ne prononces.

— Celui qui a gagné.

Mon cauchemar resurgit. Peut-être n'a-t-il jamais vraiment disparu. Peut-être était-il tapi sous la surface.

Ses doigts s'enroulent dans mes cheveux et ne bougent plus. Sa main le long de mon dos se volatilise.

— Ton mari s'appelait Williams.

*Bordel.*

Ce n'est pas une question, juste une affirmation.

Il sait.

Il était là.

Il a été témoin de cette horreur.

Il sait maintenant qui je suis. Même si je n'étais pas au courant des projets ou des agissements de mon mari, je reste liée à *lui*.

J'ai aussi été une victime. Mais personne ne s'en est inquiété.

— Landis voulait réduire les indemnités des vétérans.

— Et il le veut toujours. Il n'est pas très populaire auprès des anciens combattants.

— Non. Mon mari a craqué.

— C'est le bon terme, confirme-t-il, et sa main s'enroule autour de mon menton et relève mon visage vers le sien. Sky...

Je secoue légèrement la tête, pas assez pour dégager mon visage de son emprise, mais assez pour refuser la compassion dans ses yeux. La tristesse qui le tiraille. À cause de moi.

Merde. C'est vraiment mal barré.

C'était censé être un jour heureux, rempli de jouissance et de plaisir.

Est-ce que je pourrai jamais surmonter cette épreuve ? Est-ce qu'elle va me hanter pour toujours ?

— Rien de tout cela n'est de ta faute. Tu ne savais pas qu'il allait perdre les pédales du moins ainsi et tenter de tuer le sénateur.

— J'aurais dû avoir des doutes... quelque chose clochait. Enfin, plus qu'à l'accoutumée.

— Ne culpabilise pas.

C'est bien difficile. J'aurais dû déceler un *indice quelconque*.

Un signe montrant qu'il avait fini par sombrer complètement. Que son esprit était sérieusement détruit. Et la décision qu'il a prise d'essayer d'assassiner un sénateur a été le point de rupture ultime.

Une décision fatale.

La fin pour lui. La fin pour nous.

J'ai fait tout mon possible pour que ce ne soit pas la fin pour moi.

Au bout du compte, j'ai réussi à me hisser hors de ce trou noir. Et je pensais avoir retrouvé un certain équilibre.

C'est alors qu'un agent des services secrets est passé en courant devant chez moi. Un agent qui protégeait le sénateur que mon mari a essayé de tuer. C'est dingue, non ?

Le destin murmure à mon oreille.

Nous sommes tous liés les uns aux autres, d'une manière ou d'une autre. Certains plus que d'autres.

— Je suppose que tu connais l'agent qui a tiré sur mon mari ?

Sa poitrine se soulève et s'abaisse tandis que ses yeux se posent sur les miens.

À cet instant, je connais la réponse sans qu'il prononce un seul mot. Alors quand il ouvre la bouche, je ne suis pas surprise.

— Sky, j'ai quelque chose à te dire... S'il te plaît, s'il te plaît, pardonne-moi...

Je ferme les yeux et laisse sa voix profonde m'envahir. Je ne bouge pas tant qu'il n'a pas fini de parler.

Soudain, je comprends... peut-être que le destin avait un plan. Peut-être que nous avons été réunis pour une raison... Pour nous aider l'un et l'autre à guérir.

Pour surmonter le passé et aller de l'avant.

Nous verrons ce que le destin nous réserve.

Pour ma part, je veux savoir.

Je crois que Cade aussi.

Jeanne St. James

Inscrivez-vous à la lettre d'information de Jeanne pour connaître ses prochaines sorties, ses ventes et bien plus encore (En anglais):

**http://www.jeannestjames.com/newslettersignup**

*Faites connaissance avec les hommes de Manning Grove, trois frères et policiers dans une petite ville, et leurs rencontres avec les femmes qui changeront le reste de leurs vies. Voici l'histoire de Max...*

Amanda Barber, fêtarde invétérée et véritable enfant gâtée, est une fille typique des grandes villes. Mais son existence va prendre un nouveau tournant quand elle va devoir s'adapter à la vie dans une petite bourgade tout en s'occupant de son frère dépendant. Sans compter ce flic local horripilant contre lequel elle ne cesse de se heurter.

Agent de police et ancien soldat, Max Bryson est Monsieur Responsabilité. Il n'a jamais vécu en couple et n'a pas l'intention de s'y mettre dans un avenir proche. Il aime trop son indépendance. Et même s'il était tenté par la vie à deux, il ne choisirait jamais une femme aussi immature et irresponsable qu'Amanda.

Pourtant, il a beau s'efforcer de ne pas y penser, elle ne quitte jamais ses pensées... ni son cœur. À mesure qu'elle prend de l'assurance, il se sent de plus en plus protecteur envers elle.

Certes, Amanda trouve son policier autoritaire et possessif, mais elle ne peut nier qu'il lui fait beaucoup d'effet. Quoi qu'il en soit, elle refuse de se laisser contrôler à nouveau, et cet homme ne sera pas différent des autres. À moins que... ?

**Tournez la page pour lire le premier chapitre de: Des Frères en Uniforme : Max**

# Des Frères en Uniforme : Max

## Des Frères en Uniforme (livre 1)

### Chapitre un

Pendant quarante-cinq minutes, la petite voiture de location rouge resta immobile sur le parking. Amanda Barber était figée sur le siège du conducteur. Elle fixait le bâtiment en briques qui se trouvait face à elle à travers le pare-brise. Le moteur de la voiture était coupé, la clé encore sur le contact. Il lui suffirait d'un bref instant pour tendre le bras, tourner cette clé et refaire la route qui l'avait menée jusqu'ici en sens inverse.

Elle lut encore une fois l'enseigne du bâtiment comme si cela allait lui permettre de repousser l'inévitable. *Howell – centre d'accueil de jour pour adultes.*

Il commençait à faire noir, elle ne pouvait plus rester plantée là. Elle avait promis à l'avocat de sa belle-mère qu'elle resterait ici pour deux semaines, rien que deux semaines. Quatorze jours, un demi-mois.

Il fallait qu'elle arrête de jouer les pleurnicheuses.

*Très bien, plus de place pour les hésitations.* Elle s'empara des clés et les jeta dans son sac à main. Autant en finir avec ça. Elle sortit de la voiture et entra dans le bâtiment avant de changer d'avis.

Lorsque la porte se referma derrière elle avec un *clic* qui lui parut assourdissant, Amanda regarda autour d'elle. Quelques personnes âgées étaient assises là, à tricoter, à lire, et à parler en petits groupes. On entendait la télévision en bruit de fond. Un très vieil homme était assis dans un fauteuil roulant face à une grande fenêtre panoramique, la tête dans le vide lorsqu'il s'assoupit.

Une femme qui ne devait avoir que quelques années de plus qu'elle leva les yeux et remarqua Amanda. Elle se redressa, et était à cet instant en train de porter assistance à un jeune homme assis à une table de jeu. Amanda ne voyait pas bien pour quelle raison le jeune homme avait besoin d'aide. Il avait l'air d'être en train de dessiner. La femme se pencha et lui dit quelque chose à l'oreille avant de s'approcher d'Amanda.

— Puis-je vous aider ?

— Je crois, oui.

La femme eut un regard sceptique lorsqu'Amanda resta silencieuse.

Elle poursuivit avec hésitation :

— Avez-vous besoin d'informations, ou bien souhaitez-vous visiter l'établissement ?

— Non.

La femme plissa les yeux d'un air confus et pencha la tête de côté, comme pour lui poser une question tacite. Lorsqu'elle ouvrit la bouche, Amanda l'interrompit.

— Je suis venue voir Gregory Barber.

Elle avait dû prononcer cette phrase à voix haute, car le jeune homme leva les yeux de son ébauche et se tourna vers elles. Il se mit à rire bruyamment et repoussa les cheveux qui lui tombaient dans les yeux du dos de son poignet replié.

La bouche de la femme devint ronde comme un O.

— Vous devez être Amanda.

Amanda fronça les sourcils. Bien évidemment que la femme savait qui elle était. Elle était prête à parier que tout Manning Grove attendait qu'elle pointe le bout de son nez.

— Oui, je suis venue récupérer Greg.

Amanda se mordit la lèvre lorsque le jeune homme se leva de table, arborant un sourire tordu. L'instant qui suivit, il se mit à courir vers elle en agitant les bras en l'air. Amanda recula machinalement. Elle avait vraiment envie de se retourner et de partir en courant, mais le jeune homme enveloppa ses bras autour d'elle, et la serra contre lui au point qu'elle ne puisse plus respirer.

La femme lui empoigna les bras pour tenter de le forcer à se décoller de la nouvelle venue.

— Greg ! Greg ! Lâche-la !

Greg se balança d'avant en arrière avec Amanda dans ses bras, appuya sa tête contre sa poitrine et la serra encore plus fort. Elle poussa un gémissement de douleur.

— Greg !

— Donna, est-ce que c'est Manda ? Est-ce que c'est Manda ? Sa voix tonitruante vibrait contre sa poitrine.

— Greg, tu vas l'étouffer à force de la serrer si fort !

Greg la relâcha à contrecœur et se recula, le sourire tordu sur son visage s'agrandissant encore. Des postillons lui échappèrent de la bouche lorsqu'il hurla :

— Ma sœur Manda !

— Oui, Greg, ta sœur est venue te chercher.

Donna se tourna vers Amanda.

— Comme vous pouvez le constater, je m'appelle Donna. C'est moi qui dirige cet établissement.

Un soupçon d'inquiétude transparut sur son visage.

— Vous semblez un peu pâle. Voulez-vous vous asseoir ?

Amanda secoua la tête.

— Non.

Elle prit une grande respiration, se massa les côtes et inspecta sa tenue pour voir si elle n'avait pas subi trop de dégâts. Elle baissa sa jupe et réajusta le pull qui était tout de travers sous sa veste.

— Non, ça ira.

— Ramenez-vous Greg chez sa mère ?

— Oui.

— Vous êtes-vous déjà occupée d'une personne à besoins spécifiques ?

Amanda regarda Greg, qui la fixa en retour, un immense sourire dessiné sur son visage.

— Non.

Greg ne parvenait pas à rester immobile. Il gigotait dans tous les sens et marmonnait dans sa barbe.

Donna fronça les sourcils.

— Oh, Bon Dieu.

Amanda n'avait pas envie d'entendre une telle remarque. *Oh, Bon Dieu.* Qu'est-ce que cela signifiait ? Elle savait qu'elle s'apprêtait à porter un lourd fardeau, mais de là à dire « *oh, Bon Dieu* », tout de même...

*Merde.*

— Eh bien... est-il prêt à partir ?

Donna regarda Greg.

— Oui. Il est tout content de retrouver sa sœur, comme vous le voyez.

Elle reporta son attention sur Amanda et leva les sourcils.

— C'est la première fois, n'est-ce pas ?

Amanda acquiesça. Elle ne savait pas si elle devait se sentir honteuse ou effrayée. La honte qu'elle éprouvait submergea bien vite sa peur. Il ne faisait aucun doute que Donna connaissait la réponse à cette question avant même de l'avoir posée. Amanda était certaine que la ville tout entière savait la vérité.

*Double merde.*

Donna la prit par le bras avec un air de pitié dans le regard.

— Écoutez, je vais vous donner ma carte. En cas de problème ou si vous avez des questions, appelez-moi. Greg est un bon garçon. Il est très facile de travailler avec lui et il se contente d'un rien.

Amanda regarda celui dont il était question. Il n'avait rien d'un garçon. Son demi-frère avait vingt-deux ans. Vingt-deux.

Il était assez grand pour boire de l'alcool, voter, s'engager sous les drapeaux.

C'était un adulte au comportement d'enfant.

— Merci. Je pourrais bien vous prendre au pied de la lettre.

Pour la première fois depuis le début de leur entrevue, Donna sourit.

— Pas de problème. Voilà le dépliant de l'établissement ainsi que ma carte. Greg vient ici trois jours par semaine. Un bus viendra le chercher le matin, avant huit heures, le lundi, le mercredi et le vendredi, sauf pendant les vacances. Il le déposera ensuite chez lui après dix-huit heures.

Amanda avait la tête qui tournait.

— Très bien.

— Greg, es-tu prêt à partir à présent ?

— Ouais, ouais, ouais, je suis prêt à y aller !

Greg sauta sur un pied, puis l'autre, tout excité qu'il était.

— On y va maintenant !

Il courut de nouveau vers Amanda et lui tendit sa main toute tordue.

Amanda tendit le bras et la prit dans la sienne. Son immense sourire était irrésistible. Elle aussi esquissa un faible sourire à son attention.

— Tu es prêt, mon pote ?

— C'est qui, mon pote ?

Amanda regarda son frère. Il avait beau n'être que son demi-frère en réalité, ils partageaient tout de même un lien de sang. Il faisait partie de la famille. Amanda relâcha quelque peu ses muscles tendus et lui caressa doucement la main.

— Mon pote, c'est toi. Tu vas devenir mon nouveau meilleur copain.

— Oh ! Oh ! Donna, je suis un pote ! Je suis son pote ! dit Greg en la tirant en direction de la porte.

— Oh, attendez, Madame Barber !

Amanda tourna la tête vers Donna, tirée par son frère vers le sas d'entrée.

— N'oubliez pas Chaos !

— Quoi ?

Elle s'agrippa à l'encadrement de la porte pour empêcher Greg de la traîner à l'extérieur et de la faire s'étaler sur le trottoir, tout enthousiaste qu'il était.

— Chaos, répéta-t-elle comme si ce simple mot constituait la réponse à tous ses questionnements.

Donna se dirigea vers la porte de derrière et la maintint ouverte. Un border collie noir et blanc bondit de l'autre côté et les encercla en aboyant, tout aussi déchaîné que Greg.

*Chaos.*

Son nom était décidément très bien choisi.

***

Un tintement de clés se fit entendre et les gonds de la porte d'entrée grincèrent lorsqu'Amanda entra dans sa nouvelle maison.

Sa nouvelle maison à titre temporaire, se souvint-elle.

Elle se sentait épuisée à cause du long vol qu'elle avait pris, suivi du trajet interminable et lassant jusqu'à cette ville *au milieu de nulle part*. Elle avait bien besoin d'une bonne nuit de sommeil pour avoir les idées claires le lendemain matin.

Elle regarda sa montre : sept heures.

Ni Greg ni elle n'avaient encore dîné, et voilà qu'elle songeait déjà à aller se coucher, comme une vieille fille. À Miami, la vie nocturne n'avait probablement même pas encore commencé.

Chaos passa à côté d'elle en l'effleurant. Le chien avait probablement faim, lui aussi.

— Greg, est-ce que tu sais ce qu'il faut donner à manger à Chaos ?

En l'absence de réponse, Amanda se retourna pour le regarder. Il se tenait toujours debout près de la voiture, et était resté étrangement calme et silencieux lorsqu'ils étaient entrés dans le voisinage avant d'arriver jusqu'à la maison. Le « garçon » tout excité dont elle avait eu un aperçu tout à l'heure s'était évaporé.

— Greg ?

— Est-ce que maman est là, dans la maison ?

Même dans le noir, et bien qu'il soit si éloigné d'elle, la tristesse et la confusion qu'il éprouvait transparaissaient clairement sur son visage. Mais sa question fit se hérisser les poils à l'arrière de la nuque d'Amanda.

— Non, Greg, ta maman est partie. Viens, il faut que je te prépare quelque chose pour le dîner.

— Maman fait du bon manger.

Amanda soupira. Elle n'avait pas envie de s'occuper de ça, il n'était pas sous sa responsabilité. D'ailleurs, elle n'avait encore jamais rencontré son frère jusqu'à aujourd'hui. Elle était au courant de son existence, mais ils vivaient chacun dans deux mondes bien distincts. Son père, sa belle-mère et son demi-frère n'avaient jamais fait partie de son monde à elle. La mère d'Amanda, Anne, s'en était assurée.

— Tu sais, mon pote, je ne suis certainement pas la meilleure des cuisinières. Pour tout dire, je suis même probablement l'une des pires qui puissent exister. Mais je peux tout de même te préparer un bol de soupe et un bon gros sandwich au fromage grillé.

Son nouveau surnom sembla l'enthousiasmer un peu. Il la suivit à contrecœur à l'intérieur de la maison.

Amanda passa la main le long du mur, car la maison était plongée dans le noir, et chercha un interrupteur. À tâtons, elle en trouva un du bout des doigts et alluma. La maison était plutôt mignonne et assez petite. Tout semblait avoir une place bien précise, et était disposé de manière très soignée. Malgré le fait que sa belle-mère, Dolores, était décédée un peu plus d'une semaine auparavant, la maison semblait relativement propre.

Le salon situé sur sa droite semblait commode, équipé d'un grand canapé moelleux et de quelques vieilles tables en bois massif, ornées de jolies gravures. Il s'agissait probablement de meubles d'antiquaire. Les murs étaient principalement décorés de photographies encadrées. Elle les scruterait de plus près ultérieurement, après avoir un peu dormi.

Amanda remarqua cependant rapidement une chose : la décoration ne comportait rien de délicat, pas de poteries ni d'objets en verre, ni même de petits bibelots. Amanda comprit vite pourquoi lorsqu'elle entendit quelque chose tomber dans un grand fracas. Elle retourna à toute vitesse à l'arrière de la maison.

La grande cuisine arborait un style moderne, équipée de tout un tas d'appareils électroménagers dernier modèle en acier inoxydable, et d'un splendide plan de travail en granit. Un ensemble de faitouts en cuir pendaient au-dessus d'un comptoir entouré de chaises d'un bois sombre.

Au centre de cette belle cuisine se trouvait Greg, qui se tenait là, l'air penaud.

— Désolé.

Il avait fait tomber la gamelle en métal de Chaos, mais le chien n'en avait que faire. À la vitesse où il mangeait, il avait gobé toutes les croquettes jusqu'à la dernière comme un aspirateur, partout où elles avaient roulé.

— Ça ne fait rien, mon pote. Voyons voir ce que nous pouvons te trouver à manger.

Après avoir fouillé les placards pendant quelques minutes, elle prépara rapidement le dîner de Greg, et se mit à explorer la maison plus en détail tandis qu'il mangeait. Même si celle-ci était petite, comme elle en avait eu l'impression au premier abord, elle semblait commode, disposant de deux étages, de trois chambres et de deux salles de bain.

La cuisine était certainement l'une des pièces les plus spacieuses de la maison. Le petit jardin intérieur était long et étroit, bordé d'une clôture parfaitement adaptée pour le chien. Ce qu'Amanda préférait, c'était la véranda adjacente au bureau, à l'arrière de la maison, qui semblait avoir été rajoutée récemment.

Amanda retourna dans la cuisine pour voir comment se

portait Greg. Peut-être n'aurait-elle pas dû le laisser seul aussi longtemps, ou du moins, elle aurait pu lui donner une serviette. Tout en l'aidant à essuyer la soupe à la tomate qui avait coulé sur ses vêtements, elle lui posa quelques questions pour tenter de déterminer ce qu'il pouvait faire ou non.

Vers vingt-deux heures, après que Greg eût fini de regarder, selon ses dires, l'une de ses émissions « préférées », elle monta avec lui dans sa chambre.

— Je vois que tu es un grand fan de la NASCAR[1], Greg.

— J'adore la NASCAR. J'adore les courses ! Un jour, je deviendrai pilote de course automobile.

— Laisse-moi deviner, je parie que Tony Stewart est ton pilote préféré !

Greg poussa de petits cris enthousiastes.

— Comment tu le sais ?

Amanda fit le tour de la chambre du regard, dont les murs étaient recouverts de posters de la voiture de course de son pilote favori, portant le numéro 14. Son demi-frère possédait également une collection de figurines de voitures ainsi que divers objets souvenirs. Elle tira le couvre-lit, évidemment à l'effigie de Stewart. *Hmm, comment pouvait-elle s'en douter ?*

— Est-ce que tu vas pouvoir te débrouiller maintenant ? Peux-tu te préparer à aller te coucher ?

— Oui.

— Très bien, bonne nuit, Greg.

— Manda ?

— Oui ?

— Je peux avoir un câlin ?

— Bien sûr, mon pote.

Cette fois, son étreinte fut plus délicate.

— Bonne nuit, mon pote. On se revoit demain matin.

— Bonne nuit, Manda.

Amanda retourna en bas. Elle se dirigea tout de suite vers le comptoir de la cuisine, où elle avait laissé tout à l'heure l'enveloppe blanche que l'avocat lui avait donnée. Elle s'en saisit et alla dans la véranda, où elle s'effondra avec un grognement las sur l'une des causeuses recouverte d'un tissu pelucheux. Elle déchira l'enveloppe. Chaos entra dans la pièce en courant et sauta sur le fauteuil, avant de se rouler en boule à côté d'elle. Amanda passa une main le long de son dos, sur son pelage soyeux.

Elle déplia la lettre et se mit à lire :

*Chère Amanda,*

*Je sais que nous n'avons jamais eu l'occasion de nous rencontrer, et j'en suis navrée. Les circonstances n'y changeront plus rien à présent. La première chose que je tiens à ce que tu saches, c'est que ton père t'aimait, peu importe ce que tu as pu croire. Il nous a donné une belle vie, et je lui suis reconnaissante pour cela. Je l'aimais énormément.*

*Je suis consciente que cela doit être un grand choc pour toi de rencontrer ton frère pour la première fois. Gregory est un bon garçon. J'espère que tu le constateras par toi-même.*

*La vie a été dure pour Greg après la mort de ton père, décédé comme tu le sais d'une crise cardiaque il y a deux ans, sans parler de moi. Je sais que tout sera encore plus difficile pour Greg après mon départ. Il ne sait pas que l'on m'a diagnostiqué un cancer du sein, et de toute manière, je ne pense pas qu'il comprenne bien de quoi il s'agit.*

*Si tu lis cette lettre, cela signifie que Greg a perdu ses deux parents. J'espère qu'au plus profond de ton cœur, tu trouveras la force de l'aider ainsi que de l'aimer. Je sais que ce n'est que ton demi-frère, mais ton frère tout de même. Tu es tout ce qu'il a au monde.*

*Je t'en prie, puise au fond de toi la volonté de lui ouvrir ton cœur. La tâche promet d'être ardue. Greg est capable de se gérer lui-même, dans une certaine mesure, mais il aura besoin d'une aide conséquente. J'ai essayé autant que possible de le rendre plus autonome, mais il ne sera jamais capable de vivre tout seul. Il a vraiment besoin de toi. Je n'ai pas envie qu'il finisse seul dans un institut.*

*La maison est à toi désormais. Ton père et moi avons mis en place un fidéicommis par l'intermédiaire duquel tu percevras une rente mensuelle pour t'aider à prendre soin de Gregory. La somme que tu toucheras devrait te suffire si tu restes à Manning Grove, tu n'auras vraisemblablement pas besoin de travailler et pourras être présente aux côtés de Greg lorsqu'il aura besoin de toi. Si tu le ramènes à Miami (ce que, j'espère, tu ne feras pas), l'argent va fondre comme neige au soleil.*

*Cette ville est charmante, les habitants sont aimables et ils connaissent Gregory. Je sais que cela ne va peut-être pas te convaincre, mais je ne pense pas que Greg serait heureux dans une grande ville.*

*Bref, je m'étale.*

Amanda parcourut ensuite une sorte de liste de courses détaillant ce que Greg pouvait faire tout seul et ce pour quoi il avait besoin d'aide. Elle froissa la lettre dans sa main et la lança à travers la pièce. Celle-ci rebondit sur l'abat-jour d'une lampe et atterrit sur le sol au beau milieu de la véranda.

Chaos sauta du fauteuil et alla chercher la lettre roulée en boule comme s'il se fût agi d'une balle avant de la poser sagement sur ses genoux. Elle le regarda, hébétée, lui et la lettre froissée et humide, essaya de ne pas crier, lutta de toutes ses forces pour ne pas pleurer.

Elle ne voulait pas faire ça, ce n'était pas possible. Cette femme n'avait aucunement le droit d'exiger cela d'elle. Elle n'avait jamais demandé à avoir un frère. Cela ne l'avait jamais dérangée d'être enfant unique. Sa mère l'avait gâtée, pas parce qu'elle l'aimait, mais plutôt par besoin de la contrôler, et si nécessaire, de s'assurer qu'Amanda ne lui reste pas dans les jambes.

Chaos lui effleura la main du bout du nez, et attendit qu'elle lui relance la « balle ».

En fixant du regard le chien noir et blanc, elle se rendit

compte que l'on attendait d'elle qu'elle se montre responsable. *Elle*, Amanda Barber ! Elle qui n'avait jamais eu le moindre animal domestique, pas même un hamster. Elle avait désormais sous sa responsabilité un autre être humain. C'en était trop.

Elle allait laisser tomber Greg.

Sa tête retomba dans ses mains, et elle craqua. De lourds sanglots lui tiraillaient les entrailles au point qu'elle finit par en avoir mal à l'estomac. Son nez était encombré, rempli de sécrétions, et elle avait les yeux gonflés. Elle renifla bruyamment. Chaos s'assit à ses pieds, les oreilles relevées, et leva la tête dans sa direction, comme s'il se demandait silencieusement ce qui se passait.

Elle avait peur.

Elle était seule.

Même sa mère ne pouvait pas ou ne voulait pas l'aider.

Cette simple idée lui fit reprendre du poil de la bête. Elle n'avait pas besoin de sa mère, qui était en colère contre elle. Anne avait dit qu'Amanda ne serait jamais à la hauteur de la tâche, que sa fille était une incapable.

Amanda allait lui montrer ce dont elle était capable justement, elle se comporterait mieux que sa mère. Greg partageait avec elle un lien de sang, il faisait partie de sa famille. Elle se montrerait chaleureuse, attentionnée et aimante.

Du moins, elle pouvait toujours essayer.

Chaos, qui en avait marre d'attendre, sauta à nouveau sur le fauteuil pour se coucher à côté d'elle. Amanda lui caressa la tête. Elle était déterminée à prouver à sa mère qu'elle s'était trompée sur son compte.

**Disponible ici : mybook.to/Max-French**

# Si vous avez aimé ce livre

Merci de votre lecture. Si vous avez apprécié ce livre, merci de publier un avis sur votre site de vente préféré et/ou catalogue en ligne de type Goodreads pour en informer les autres lecteurs. Les avis sont toujours très appréciés et quelques mots suffiront à aider énormément une auteure indépendante comme moi!

# Livres en Français

Made Maleen: Un conte de fées moderne revisité

Endommagé

### Série Des Frères en Uniforme :
Des Frères en Uniforme : Max (livre 1)
Des Frères en Uniforme : Marc (livre 2)
Des Frères en Uniforme : Matt (Tome 3) - comprend aussi
Teddy (Nouvelle 3.5)
Des Frères en Uniforme : Noël Chez la Famille Bryson (livre 4)

### La Série Dare Ménage :
Osez doublement (livre 1)
Proposition osée (livre 2)
Osez être trois (livre 3)
Un désir osé (livre 4)
Oser s'abandonner (livre 5)
Un voyage audacieux (livre 6)

### Les Novellas Obsédées :
Forever Him (livre 1)

# À propos de l'auteur

JEANNE ST. JAMES est une auteure de romances, dont les best-sellers sont en vente dans le monde entier et figurent au classement de *USA Today*. Elle adore mettre en scène des femmes fortes et des mâles alpha. Elle n'avait que treize ans quand elle a commencé à écrire. Son premier texte publié était une nouvelle érotique, dans le magazine *Playgirl*. Elle a écrit sa toute première romance en 2009. Depuis, elle est l'auteure de plus de cinquante romances contemporaines. Ses sujets de prédilection sont les histoires M/F et M/M, les trios M/M/F et les couples mixtes. Elle écrit aussi sous le nom de plume J.J. Masters. Envie de découvrir un peu plus ses œuvres ? Téléchargez un extrait gratuit en anglais : BookHip.com/MTQQKK

Pour ne rien rater de ses actualités et de ses parutions, consultez son site web www.jeannestjames.com ou inscrivez-vous à sa newsletter (en anglais): http://www.jeannestjames.com/newslettersignup

**www.jeannestjames.com**
**jeanne@jeannestjames.com**

Jeanne's Groupe de lecteurs: https://www.facebook.com/groups/JeannesReviewCrew/
TikTok: https://www.tiktok.com/@jeannestjames
Amazon.fr: https://www.amazon.fr/~/e/B002YBDE7O

facebook.com/JeanneStJamesAuthor

instagram.com/JeanneStJames

bookbub.com/authors/jeanne-st-james

goodreads.com/JeanneStJames

pinterest.com/JeanneStJames

# Notes

## Chapitre 1

1. Une *MILF* est une mère de famille sexuellement attirante. Le terme est un acronyme qui en anglais signifie « *Mother I'd Like to Fuck* » (littéralement « mère que j'aimerais baiser »). En français européen l'acronyme peut être traduit par **MBAB** (« mère bonne à baiser »).

## Des Frères en Uniforme : Max

1. N.d.T : La NASCAR est une célèbre course automobile américaine sur circuit, organisée par la société du même nom.